Matt van Bogen

Starke Frauen...

Bettgeschichten von Musikern und anderen Leuten

16 Kurzgeschichten

Meinem lieben Schulfreund Andreas, genannt Coalman, mit dem ich früher alle Frauengeschichten ausgetauscht habe...

Inhaltsverzeichnis

Haut

Daniel Blaskow saß gemütlich am Fensterplatz eines Airbus A330 auf dem Weg nach Orlando, Florida. Über dem Atlantik lag ein Wolkenmeer und er wähnte sich über einem schneegezuckerten Gebirge, welches, von der ewigen Sonne beschienen, so grell leuchtete, dass der Himmel über dem Flugzeug fast schwarz wirkte. Das Weltall schien hier in 11.000 Metern Höhe so nahe und die Welt darunter so bezaubernd und friedlich, als wären Kriege, Not und Hunger nicht existent. Daniel saß ein ganzes Stück hinter der Tragfläche, die an ihren Enden mit den Winglets mitunter leicht bebte, ansonsten lag der Vogel absolut ruhig in der Luft. Das Triebwerk konnte er gerade noch so sehen; es verrichtete ruhig und souverän seinen Dienst. Daniel freute sich schon auf die Landung, wenn die Tragfläche „auspackte", sich entblätterte, wenn Landeklappen und Vorflügel und das ganze Zeug zum Vorschein kamen, um den Jet langsamer zu machen. Noch mehr freute er sich aber auf Denisa, die ihn in Orlando am Flughafen abholen würde. Sie hatte sich nach der Sache mit der Hautoperation aus dem Staube gemacht und wurde in Deutschland strafrechtlich verfolgt wegen Urkundenfälschung, Körperverletzung und Hochstapelei.

Daniel sah die Dinge anders. Er hatte Denisa Romakova ausgesprochen intensiv kennengelernt und wusste bis zu diesem Moment nicht, ob ihr Interesse an ihm nur rein beruflicher Art war oder ob sie ihn wirklich liebte. Als er mit der ganzen Sache abgeschlossen hatte, kam der überraschende Anruf aus den USA. „Ich möchte dich wiedersehen", hatte sie in ihrem wunderbaren tschechischen Akzent gesagt, „hast du nicht Lust zu mir nach Florida zu kommen?" Kein Wort über all die Geschehnisse. Nun ja. Daniel hatte sein Studium zwar noch nicht abgeschlossen, aber er hatte die Zusage für ein Auslandstipendium. Soeben hatten die Semesterferien begonnen. Er hatte seine Ersparnisse zusammengekratzt, einen günstigen Flug ergattert und wollte sich nach einem geeigneten Studienplatz umsehen. Das Risiko, dass Denisa es sich anders überlegte oder ihm womöglich ihren Lebensgefährten vorstellen wollte, musste er einfach eingehen. Notfalls würde er Disney World, die Everglades und die Florida Keys mit dem Mietwagen alleine bereisen und sein Stipendium woanders wahrnehmen. Denisa wohnte jetzt anscheinend bei

St.Petersburg, Florida. Von Orlando bis dorthin würden es zwei Stunden mit dem Auto sein. Sie wollte ihn abholen und mit in ihre Wohnung nehmen. „Mit Blick auf die Tampa Bay", hatte sie angekündigt. Und dann hatte sie geweint am Telefon und sich entschuldigt, dass sie ihm nicht alles gesagt hatte. Daniel stellte sich vor, wie der Sonnenuntergang über dem Golf von Mexiko durch die halbgeschlossenen Jalousien schien, draußen die Zikaden sangen und ein Deckenventilator für Luftbewegung sorgte. Und wie sie sich ausgiebig lieben würden. Aber dann schob er den Gedanken beiseite. Er wusste nicht so recht was ihn erwartete und dachte darüber nach, wie er Denisa zum ersten Mal begegnet war.

Daniel hatte viele Leberflecken. Weniger erhabene Muttermale, einfach nur Unmengen jener flachen, ungefährlichen Pigmentveränderungen der Haut. Er hatte sogar sehr viele davon. An den Beinen, Armen, am Hals, aber ganz besonders viele am Bauch und auf dem Rücken. Anderen fiel das kaum auf und gewiss störte es auch niemanden, aber Daniel haderte gewaltig mit seinem Aussehen. Dabei stand es um seine Figur gar nicht so übel; er ging zweimal die Woche zum Fußball und eröffnete stets den Tag mit Liegestützen und Bauchmuskelübungen. Aber die vielen schwarzen und braunen Punkte frustrierten ihn und zuweilen zog er sich völlig zurück, damit ihn niemand zu Gesicht bekam. Daniel war nicht dumm. Er hatte vor drei Semestern sein Studium in Bauingenieurwesen begonnen und konnte bereits ganz entscheidende mathematische Fächer erfolgreich hinter sich lassen. Sein Ziel war es, die Ausbildung in der Regelstudienzeit zu bewältigen. Eine ablenkende Beziehung hatte er nicht; er war ohnehin der Meinung, dass jede Frau schreiend davonlaufen würde, sobald er sich auszog. Sex? – Nur bei absoluter Dunkelheit! Sein Erfolg im Studium bescherte ihm immerhin so viel Selbstvertrauen, sich doch zumindest nach einer Möglichkeit umzuschauen, eine Vielzahl seiner Leberflecken kosmetisch oder operativ oder per Laser oder mit welcher Methode auch immer zumindest auf ein erträgliches Maß zu reduzieren. Leberflecken waren doch bevorzugte Angriffspunkte für den schwarzen Hautkrebs; also beschloss er, bei seiner Hautärztin einen Haut-Check machen zu lassen und sie gleichzeitig zu fragen, ob sie ihn nicht gleich operieren könnte. Zwei Fliegen mit einer Klappe!

Der Termin bei der Hautärztin, einer älteren, sehr resoluten Persönlichkeit, verlief aber anders als gewünscht.

„Ich bin Medizinerin – keine Kosmetikerin", sagte sie barsch. „Wenn Sie eine Schönheits-OP wollen, sind Sie hier an der falschen Adresse!"

Sie bot Daniel den Haut-Check als Sichtprüfung an. Oder für 12 Euro etwas gründlicher mit einer eigenartigen, beleuchteten Lupe. Daniel seufze und willigte in den Haut-Check mit Zuzahlung ein. Er zog sich aus bis auf die Unterhose. Die Ärztin suchte seine Haut ab. Jetzt kam die sachverständige Medizinerin durch.

„Alles völlig normale Naevi, keine verdächtigen Stellen. Sie können ganz beruhigt sein. Völlig unbedenkliche Pigmentierungen, nicht irgendwie schwarz oder so."

Sie suchte Beine und Arme ab, bemüht keinen Leberfleck zu übersehen. Dabei murmelt sie immer wieder, dass es absolut nichts Auffälliges gäbe. Am Rücken verharrte sie plötzlich an einer Stelle etwas länger.

„Dieser hier – hm. Also hier habe ich einen, den würde sogar ich wegmachen. Der sieht komisch aus. Ein kleiner schwarzer Punkt mit weiß veränderter Haut drum herum."

Sie suchte weiter den Rücken ab und verharrte wieder auf dieser Stelle.

„Also Herr Blaskow", sagte sie ernst, „den würde ich ambulant entfernen und als Probe untersuchen lassen. Das muss nichts Böses sein. Aber wenn, dann wäre es sinnvoll es so zeitig wie möglich zu eliminieren. Ich schreibe ihnen eine Überweisung für die ambulante Chirurgie. Die ist gleich hier im Ärztehaus. Lassen Sie sich einen zeitnahen Termin geben. Ich informiere Sie über das Ergebnis."

Zwei Tage später ließ Daniel sich am Rücken den verdächtigen Leberfleck entfernen. Großflächige Desinfektion, eine kleine Betäubungsspritze – dann ging es los. Das Skalpell spürte er nur als ein heißes Ziehen, welches er nicht in die Kategorie Schmerz einordnen konnte, aber auch nicht einer sonderlich angenehmen Sache. Mit drei Stichen fest genäht und dick verpflastert wurde er entlassen. Daniel stellte sich vor, sechzig bis hundert seiner Hautmale auf diese Weise wegoperiert zu bekommen und es gruselte ihn dabei.

Nach zwei Wochen wurde er von der Hautärztin zum Fäden ziehen empfangen. Sie empfing ihn sehr freundlich.

„Bitte setzen Sie sich doch hin, Herr Blaskow", sagte sie und schaute ihn schon fast mitleidig an. „Nun, wir haben jetzt die Laborergebnisse und ich muss Ihnen mitteilen, dass Sie einen Hautkrebs hatten. Ein malignes Melanom, zwei Millimeter groß."

„Und nun?" Daniel mühte sich gefasst zu wirken.

„Das muss kein Todesurteil bedeuten", sagte die Ärztin tröstend, „aber wir sollten ihre Krankheit ernst nehmen."

„Sehen Sie", meldete sich Daniel zu Wort, „deshalb will ich ja so viele wie möglich von den Dingern weghaben. Je weniger ich habe, desto eher fällt einem doch der Hautkrebs auf. Bei dieser Menge – unmöglich!"

„Da muss ich Ihnen widersprechen. Von Ihren Leberflecken war nur dieser eine krankhaft. Und der hatte noch keinen Kontakt zur Blutbahn, weil er noch so klein war. Das zeigt doch, dass es sich lohnt die Vorsorgeangebote in Anspruch zu nehmen! Sie kommen bei diesem Befund in eine Untersuchungsreihe, die auch der künftigen Vorsorge dient. Dazu gehört aber auch eine Extension, zu der ich Sie für zwei Tage in die Hautklinik einweise."

Daniel war alles andere als begeistert. „Was ist denn eine Extension?"

„Nun, um die krankhafte Stelle wird weiteres Gewebe entnommen. Auch in der Tiefe. Wir wollen damit verhindern, dass sich dort noch Reste des Krebses verborgen halten. Wenn ein Hautkrebs Metastasen bildet, nistet sich der Krebs im ganzen Körper ein und wir haben kaum eine Chance ihn zu bekämpfen. In der Klinik werden auch Ihre Lymphknoten und die Lunge untersucht. Die sucht sich der Krebs als erstes."

Daniel war dankbar für die offenen Worte und war entschlossen, das Untersuchungsprogramm anzunehmen, wenn er auch alles, was mit Medizin oder Krankenhaus zu tun hatte überhaupt nicht leiden konnte. Zunächst musste er zur prästationären Voruntersuchung. Nach der Aufnahme hockte er auf dem langen Gang auf der Etage, in der sich die Hautklinik befand. Alles blitzeblank sauber, überall huschten eifrige Schwestern und Schwesternhelferinnen herum. Die Stationsschwester sagte ihm, Frau Dr. Romakova würde ihn gleich aufrufen. Im grenznahen Gebiet war das völlig normal, polnische und tschechische Ärzte anzuheuern. Daniel erwartete eine Person vom Typ einer Parteisekretärin, eine ältere Dame wie seine Hautärztin, kalt und distanziert aus beruflicher Routine heraus. Und dazu noch mit dem als hart empfundenen slawischen Akzent. Daniel hatte – neudeutsch formuliert – keinen „Bock" auf diesen ganzen Zirkus. Noch juckte die Wunde, die man ihm zugefügt hatte, weil sie heilte. Und eben an dieser Stelle sollte nun nochmals herumgedoktert werden? Die Tür zum Behandlungszimmer öffnete sich.

„Herr Blaskow?" rief eine junge Stimme.

Als Daniel die junge Ärztin Dr. Romakova erblickte, stand er förmlich stramm. Sie war einen Kopf kleiner als Daniel, hatte dunkelbraune Haare und ebenso dunkle Augen mit langen Wimpern. Mit einer hübschen Ärztin hatte er absolut nicht gerechnet. Sie ging den Stapel Einweisungspapiere und den Befund des Hautarztes durch und stellte ein paar Fragen.

„Ah, Sie studieren?"

„Ja, Bauingenieurswesen."

Die junge Ärztin dachte nach. „Brauchen Sie da auch Chemie?"

Daniel war sehr verwundert über die Frage. Er hatte in seinem Studium gerade die ganzen mathematisch-physikalischen Grundlagen hinter sich gelassen und paukte gerade Statik und tatsächlich auch Chemie – als Grundlagenfach, an das sich Bauchemie anschloss.

„Chemie ist auch dabei. Die Vorlesungen haben gerade erst angefangen, aber ich bin da noch ganz fit von der Schule her."

Frau Doktor nickte interessiert. Nachdem sie sich durch den Papierkram des Krankenhauses hindurchgearbeitet und Daniel einige Fragen gestellt hatte, sagte sie: „Ziehen Sie sich bitte aus." Dabei lächelte sie freundlich. Daniel hatte es als Kind schon gelehrt bekommen, stets gepflegt zu Arztbesuchen zu erscheinen. „Ärzte kriegen viel Mist zu sehen", pflegte sein Vater zu sagen, „mach es ihnen also leichter indem du sauber bist und nicht stinkst." Er war geduscht, rasiert und hatte seine beste Unterhose von Bruno Banani an. Die junge Ärztin verließ kurz den Raum, als sie zurückkam stand Daniel etwas verlegen vor ihrem Schreibtisch. Sie musterte seinen Körper kurz und mit sicherem Blick. War da ein Leuchten in ihren Augen? Aber doch nicht bei diesen vielen Leberflecken!

„Legen Sie sich hin."

Sie deutete auf die Behandlungsliege. Dann nahm sie ebenfalls diese komische Lupe mit Beleuchtung und untersuchte ausgiebig jeden einzelnen Leberfleck.

„Ich werde Sie operieren, Herr Blaskow. Sie sind bereits untersucht worden, ich weiß. Aber es gehört zu meinen Aufgaben, mir mit dem Dermatoskop einen Überblick über die Hautsituation meiner Patienten zu verschaffen."

Sie sprach ein fast akzentfreies Deutsch, es klang ausgesprochen hübsch. Mit ihren kleinen, weichen Händen ertastete sie gründlich jeden Leberfleck und schaute ihn sich mit der Lupe an.

„Sie haben wundervolle Leberflecke."

Daniel glaubte nicht richtig zu hören.

„Sie können sie alle haben. Ich ekle mich davor. Sie sehen ja was man davon hat – Hautkrebs."

Frau Doktor lachte. Ein junges, fast mädchenhaftes Lachen.

„Ich kann alle haben? Sie sind lustig. Niemand würde so viele Leberflecken operieren!"

„Nun vielleicht nicht gleichzeitig. Aber es zahlt ja ohnehin keine Kasse." Daniel ließ Frust ab. „Ich müsste mich mal bei angehenden Gerichtsmedizinern melden oder an der Universität in der... wie heißt das noch, wo sie an den Leichen rumschnippeln?"

„In der Pathologie."

„Genau. Hallo Medizinstudenten lernet und betäubet an mir und ergötzet euch zu schneiden und zu nähen. Am lebenden Objekt! Leiche ist out. Kommt zu Daniel Blaskow! Es sind genug Leberflecke für alle da!"

Frau Dr. Romakova löste ihren Blick von der Wunderlupe und schaute Daniel an.

„Wir jungen Ärzte kriegen in der Tat zu wenig Praxis. Mit jeder OP verfeinern wir unser Handwerk. Bis wir richtig gut sind, vergehen oft Jahrzehnte."

„Na gut", sagte Daniel locker dahin, „dann verfeinern Sie doch Ihre Technik an mir. Und dann machen Sie eine steile Karriere als Schönheitschirurgin. Spezialisiert auf die Verschönerung von Prominenten. Das perfekt geführte Skalpell – fast ohne Narbe. Sie werden reich ohne Ende."

Die Ärztin sagte lange Zeit nichts mehr, sondern untersuchte weiterhin gründlich seinen Körper. Am rechten Bein und an der Flanke fand sie noch kleine, sehr schwarze Hautmale, die sie sicherheitshalber mit entfernen wollte. Sie betrachtete seine soeben verheilte Wunde.

„Ziehen Sie die Unterhose aus."

Daniel gehorchte. Er wusste, dass Mediziner und Patienten frei zu sein hatten von jeglichem sexuellen Gedankengut, welches das Vertrauen beider nachhaltig zerstören konnte. Gewiss bekamen Hautärzte anderes zu sehen als leberfleckige Jünglinge, nämlich Verbrennungen, Schuppenflechten, offene Beine und andere Sachen. Daniel starrte konzentriert an die Decke und wehrte sich gewaltig gegen den hirnrissigen Gedanken, Frau Dr. Romakova könnte sich für ihn als Mann interessieren. Sie untersuchte hingegen die Beine in seinem Schritt, die Leisten und den Po auf Leberflecken und kurz darauf durfte Daniel sich wieder anziehen. Sie lächelt ihn an.

„Eigentlich darf ich das nicht, aber sie können sich zwei störende Leberflecken aussuchen. Die mache ich gleich mit – gratis."

Als Student hörte man das Wort „gratis" gerne, besonders bei ihrem Akzent. Es klang etwas wie „grattis" und sie rollte die Zunge etwas dabei. Daniel wähle einen Leberfleck etwas unterhalb des Hüftknochens aus, den der Hosenbund schon einige Male aufgescheuert hatte. Und einen am linken Arm, damit er endlich mal ohne Scham die Ärmel hochkrempeln konnte.

Eine Woche später begab Daniel sich wieder in die Klinik. Er hatte schlechte Laune. Die Operation sollte stationär erfolgen, wobei auch die ganzen Untersuchungen gemacht werden sollten. Er sollte dazu zwei Nächte in der Klinik verbringen und hatte keine Lust dazu. Zwei ältere Herren lagen mit in seinem Zimmer und erzählten ihm als Erstes ihre Krankengeschichte. Der eine, ein trockener Alkoholiker, schnarchte die ganze Nacht laut und im Zehn-Minuten-Takt halb erstickend, ehe er schmatzend und grunzend wieder einschlief. Er musste in der Nacht mehrmals raus und hielt sich im Dunkeln auf seinem Weg zum Klo an

Daniels Bett fest, welches er dabei fast umher schob. Morgens um halb sieben flötete die Diensthabende Schwester alle wach, um die Betten zu machen. Die alten Herren bekamen Pillen und Spritzen, und dann geschah bis zum Frühstück nichts mehr.

„So eine Verschwendung", dachte Daniel, der früh Aufstehen nicht leiden konnte.

Beim Frühstück saß er so, dass er ständig den dunkelrot-blauen, schuppigen Unterschenkel des Schnarchers ansehen musste. Am Fuß fehlte ein Zeh, die Nägel waren völlig verpilzt. Lecker! Pünktlich zum Mittagessen wurde dann die Verbrennungswunde am Unterschenkel des anderen Patienten ausgeschabt. Er wand sich vor Schmerzen auf dem Bett. Die beiden Ärztinnen, keine davon war Frau Dr. Romakova, gaben auf, verbanden ihn neu und schleppten die blutigen Tücher an Daniels Tablett vorbei. Das Essen war gar nicht schlecht, aber irgendwie hatte Daniel keinen rechten Appetit. Am Nachmittag sollte er dann ein OP-Hemd anziehen und zwei Männer wollten ihn abholen – mit einer fahrbaren Trage.

„Ich bitte Sie, meine Herrschaften!"

Daniel war entrüstet, fast schon beleidigt!

„Ich spiele Fußball und bin aller bestens zu Fuß. Was soll das Ganze? Ich kann laufen!"

„Vorschrift ist Vorschrift", sagte die Schwester kühl.

Also wurde er auf der Trage festgezurrt und ein Haus weiter mit dem Krankenwagen (!) in den OP gefahren – wegen ein paar Leberflecken – und er hoffte niemanden zu erblicken, der ihn womöglich kannte. Seine Stimmung hellte sich auf, als er Frau Dr. Romakova erblickte. Sie trug ein OP-Häubchen und Mundschutz, hinter dem ihre dunklen Augen ihn anlachten.

„Hallo Herr Blaskow! Schön, dass Sie da sind!"

Sie trug die OP-Tracht in grün, die alle hier anhatten, aber es wirkte auf Daniel wie Designermode, die perfekt auf ihren zierlichen Körper zurechtgeschnitten war. Ihre nackten Füße steckten in ebenfalls grünen Gummi-Clogs.

„Hat man Ihnen eine Beruhigungstablette gegeben?"

„Ja, ich bin völlig dicht."

Man rollte ihn auf die gegenüberliegende Seite des Ganges in den OP. Alles sauber, alles ganz neu, hell und freundlich. Daniel lag auf dem Bauch und die junge Doktorin machte sich an seiner soeben verheilten Wunde zu schaffen. Aber es war kein Vergleich zu dem Schlachthaus von OP in der Polyklinik. Selbst die Spritzen kamen eher zärtlich daher. Frau Dr. Romakova strich sanft über die zu öffnende Stelle und schien das Desinfektionsmittel hingebungsvoll aufzutragen. Das Skalpell führte sie so sanft wie es nur ging und Nadel und Faden beherrschte sie wie eine Näherin des Kunstgewerbes, die herrliche Muster auf jede Art von Stoff zaubert. Dagegen hatte er es in der Polyklinik wie Socken stopfen empfunden. Eine Schwester ätzte:

„Sie machen es ja ganz besonders toll."

Daniel wäre am liebsten aufgestanden und hätte ihr eine gescheuert. Nun musste er sich aber umdrehen.

„Bringen Sie mir die Stanze. Einmal drei und einmal fünf Millimeter", ordnete die Künstlerin an.

„Stanze?" Daniel mochte das Wort nicht so recht.

„Ja, schauen sie." Sie zeigte ihm die Stanzmesser, die aussahen wie Schraubenzieher. Ein Griff, ein hohles Rohr in verschiedenen Durchmessern aus Edelstahl, am unteren Ende offen und wahrscheinlich scharf wie ein Skalpell. Frau Dr. Romakova betäubte die zu operierenden Stellen. „Spüren Sie etwas, wenn ich hier steche?"

„Nein."

„Gut, ich habe die Leberflecke auch bereits weggeschnitten. Nur noch mit zwei Stichen zunähen. In zwei Wochen gehen sie zum Fäden ziehen zu Ihrem Hautarzt."

„Schade", dachte Daniel. Und sie waltete ihres Amtes genauso sanft wie zuvor.

Nach einer weiteren geräuschvollen Nacht und dem gleichen ungemütlichen Zeremoniell wie am Vortag kam der Chefarzt Dr. Wunstrich mit einigen anderen Weißkitteln zur Visite und schaute sich bei Daniel insbesondere die große Wunde der Extension an. Frau Dr. Romakova war nicht dabei. Daniel schwärmte, ohne dabei allzu viele

Details seiner Gefühle zu bekennen, von den Operationskünsten der jungen Ärztin. Der Chefarzt, ein souverän dreinblickender Herr mit ergrautem Stoppelbart, brummte.

„Das ist ja auch eine ganz einfache OP gewesen. Kein Kunststück.“

Daniel ärgerte sich über den fehlenden Respekt vor der Arbeit seiner Untergebenen. Er sollte noch zu den Vorsorgeuntersuchungen von Lunge und Lymphknoten und wurde dann entlassen. Zwei Wochen später ließ Daniel sich von seiner Hautärztin die Fäden ziehen.

„Sehr gut gemacht!“ Sie musterte die heilenden Hautstellen. „Sie dürften kaum Narben behalten.“

Daniel war völlig gesund. Der Hautkrebs hatte nicht gestreut. Die Lunge war groß und kräftig, die Lymphknoten unauffällig. Der Fleischbrocken aus der Extension wies keinerlei Spuren eines Krebses auf. Daniel war erleichtert. Am Abend – Daniel paukte für seine Chemieprüfung – klingelte sein Telefon.

„Blaskow.“

„Hallo, hier spricht Denisa. Denisa Romakova.“ Daniel stutzte.

„Was? Wer ist dran? Frau Dr. Romakova?“

„Ja, Daniel, ich habe Sie operiert. Sind die Fäden raus?“

„Ja, alle. Ihre OP wurde gelobt. Es bleiben kaum Narben. Sie waren spitze!“

„Sie...du hast also keine Termine mehr beim Arzt oder in der Klinik?“

„Erst wieder in einem halben Jahr zur Routineuntersuchung.“

„Hör mal – steht das Angebot noch?“

Daniel überlegte. „Welches Angebot?“

„Na, deine ganzen restlichen Leberflecken operieren zu dürfen. Ich würde gern darauf zurückkommen und an dir üben.“

„An mir üben – wie das klingt!“ Daniel wusste nicht, wie er sich entscheiden sollte. Er mochte die Romakova, kein Zweifel. Sie operierte sehr sanft und Daniel hätte gerne noch ein paar Leberflecken gekillt. Aber alles, was mit Krankenhaus zusammenhing, war im zuwider.

„Wo soll das Ganze denn stattfinden?" fragte er.

„Bei mir zu Hause", erwiderte Denisa. „Alles, was ich brauche habe ich oder bringe es mir aus dem Krankenhaus mit."

„Ich fürchte nur, ich kann mir als Student keine private OP leisten."

„Wir machen es ohne Geld. Du hilfst mir bei Chemie. Ich mache meinen... äh, ich meine, ich mache eine Fortbildung. Chemie ist grauenvoll. Aber ohne geht es nicht."

Daniel sah sich in Gedanken über und über mit Pflastern beklebt. „Wir machen aber doch nicht alle Leberflecken auf einmal?"

Denisa lachte ihr junges, sympathisches Lachen. „Aber nein, wir machen maximal acht pro Treffen. Sie heilen innerhalb von zwei Wochen. Wir treffen uns jede Woche einmal. Da kann ich dir ab der zweiten Woche immer achtmal Fäden ziehen und acht neue machen. Du hast also maximal 16 Pflaster am Körper. Ich werde Proben nehmen und einschicken und alles dokumentieren."

Daniel war bereit sich darauf einzulassen. Wo er doch der Meinung war, seine Leberflecken würden Frauen ausschließlich abstoßen, genoss er das Gefühl gemocht zu werden; wenngleich auch nur in medizinischer Hinsicht. Oder war da mehr drin? Vielleicht mochte Frau Dr. Romakova ihn ja gerade wegen der Leberflecke – und verließ ihn später, wenn alle beseitigt waren. Dann stand ihm hingegen als Unbefleckter die Tür zur Welt der Frauen offener denn je! No risk – no fun!

An einem frühlingshaften Donnerstagnachmittag klingelte Daniel an dem Knopf, neben dem ein Pappschildchen mit Aufschrift „D. Romakova" mit viel Klebeband befestigt war. Er stand in einem Altbautreppenhaus, dritte Etage, mit Jugendstilfenstern und einer Holztreppe, die sich rechteckig um einen Freiraum fünf Stockwerke emporwendelte. Ideal zum Einbau eines Fahrstuhls, dachte er. Die Fenster waren immer auf Höhe der massiven und gefliesten Absätze, welche von Doppel-T-Trägern getragen würden, die in den einfassenden Wänden verankert waren. So baute man eben damals. Es gab noch keine Stahlbetontreppen, denen man nahezu jede Form aufzwingen konnte. Oder diese interessanten, neuen, superleichten

Techniken mit Glasfasergewebe. Daniel war geduscht und hatte sich etwas bessere Sachen angezogen, unter dem Arm klemmte eine Mappe mit Chemielehrmaterial. Die Holztür öffnete sich.

„Hallo, komm rein." Denisa trug eine modische Bluse und einen dazu passenden Rock und sie lief barfuß herum. Sie gab ihm die Hand und strahlte ihn an.

Daniel wusste nicht wohin mit sich. Wohin mit den Chemiesachen? Wohin mit seinen Händen? Denisa ließ seine Hand nicht los und zog ihn in die Küche.

„Hier werde ich dich operieren."

Es handelte sich augenscheinlich um einen stabilen Küchentisch, über den ein großes grünes Tuch aus dem OP gelegt war. Zwischen Tuch und Tisch hatte Denisa die Polsterung eines Terrassenstuhls gelegt, damit es nicht so hart war. Als OP-Leuchte dienten zwei Halogenschreibtischlampen. Auf einem viel zu niedrigen Beistelltischchen lag alles bereit: Spritzen, Skalpell, Stanzmesser verschiedener Größe, OP-Handschuhe, sterile Tücher in eingeschweißten Verpackungen. Auf einem Kleiderbügel hing ihre grüne OP-Bekleidung samt Häubchen und Mundschutz am Kühlschrank. Sie hatte das Rollo heruntergelassen, ein beiges Rollo mit Rosenmuster. Es war eine große Küche, ja, man kann sagen eine Wohnküche. Ansonsten bestand die Wohnung nur aus einem kleinen, modern sanierten Bad mit Dusche und einem größeren Raum, der gleichermaßen als Wohn- und Schlafraum, sowie als Arbeitszimmer diente. Man hatte die Wohnungen im Haus offenbar aufgeteilt, um mehr Mieter unterzubringen. Solche Wohnungen waren eigentlich bei Studenten sehr begehrt.

„Na gut", seufzte Daniel, „dann legen wir mal los."

Denisa schob ihn wortlos in das andere Zimmer. Sie drückte ihm eine halbe Tablette und ein Glas Wasser in die Hand. „Hier, das ist zur Beruhigung." Eigentlich meinte Daniel, nichts zur Beruhigung zu brauchen, trotzdem nahm er die Tablette.

„Zieh dich aus." Denisa hauchte die Worte fast. Und sie sah ihm dabei zu. Als er in Unterhose vor ihr stand, kam sie langsam auf ihn zu. Wie in Zeitlupe. Und sie knöpfte ihre Bluse auf, ließ diese an ihren zierlichen Armen hinuntergleiten und entledigte sich mit einem gekonnten Handgriff ihres Rocks. Sie war nun völlig nackt und schmiegte sich mit den kleinen, fast mädchenhaften Brüsten an Daniels gut trainierten Oberkörper. Ihre Beine rieb sie an seinen.

„Aber Frau Doktor Ro..." Daniel stammelte irgendwas.

„Ich heiße Denisa", flüsterte sie ihm ins Ohr und knabberte an seinem Ohrläppchen. Sie musste sich dazu ganz auf die Zehenspitzen stellen. „Jetzt kommt die Narkose", wisperte sie. Mit den Fingern fuhr sie am Saum seiner Unterhose entlang.

„Bruno Banani?"

„Äh, ich glaube ja."

Während sie ihm das Teil auszog, wanderte ihr Mund küssend seinen Hals hinunter über die Schultern auf seine Brust. Sie schaffte es, die Unterhose bis zu seinen Knien hinunterzuschieben, ohne mit ihren Lippen tiefer als bis zu seiner Brust wandern zu müssen. Den Rest bewältigte sie mit ihrem linken Fuß. Alles war an dieser Frau sanft und weich und zärtlich. Ihre Lippen waren voll, samtig und von so einem natürlichen rot. Daniels pralle Erregung drückte aufrecht gegen ihren Bauch und ragte über ihren Bauchnabel hinaus, als sie den Kopf zurücklegte und mit dieser Geste einen ersten Kuss von Daniel einforderte. Er küsste sie, zunächst etwas unbeholfen, dann immer intensiver, und sie rieben sich aneinander. Denisa spürte, dass Daniel unerfahren war. Sie war es auch, aber als Frau begegnete sie der Situation mit einer völlig anderen Souveränität. Sie gebot Daniel sanft, sich auf den großen Sitzsack unter dem Fenster zu legen und sie hockte sich auf ihn, nahm ihn auf und bewegte sich; reitend, kreisend. Sie waren beide völlig feucht und lustvoll bereit einander hinzugeben. Es dauerte nicht lange bis Daniel seinem Höhepunkt völlig ausgeliefert war. Denisa ließ ihn das auskosten sie stöhnte dabei leise. Dann veränderte sie ihren Winkel, sie neigte sich ihm mehr zu, presste sich verstärkt auf ihn mit kleinen, kurzen, äußerst intensiven Stößen. Ihre Brustwarzen, hart wie Perlen, berührten seinen Bauch am unteren Rippenbogen. Als sie kam, rief sie irgendwas in Tschechisch, ein Zittern ging durch ihren Körper und mit einem kehligen Laut sank sie auf Daniel nieder. Er sog den Duft ihrer Haare ein, während sich ihr wilder Atem beruhigte. Sie lagen eine ganze Weile einfach so da; aufeinander, ineinander. Daniel fiel in einen leichten Schlummer; die Tablette wirkte wohl. Als Denisa ihn weckte, hatte sie bereits ihr OP-Zeug an.

„Ich sehe, die Narkose wirkt", sagte sie lächelnd. „Komm, wasch dich und leg dich auf den Küchentisch."

Ohne OP-Hemd lag Daniel völlig nackt auf dem OP-Tisch und Denisa fotografierte ihn mit einer kleinen Digitalkamera von beiden Seiten.

„Ich mache auch Fotos nach jeder OP mit Datum. Da weiß ich, wie ich die Gewebeproben bezeichnen muss. Wir können auch besser planen in welcher Reihenfolge wir die Naevi entfernen, damit du dich im Alltag ohne Einschränkung bewegen kannst."

Sie wollte die meisten Male auf Bauch und Rücken entfernen, immer bis maximal fünf Male und dann noch zwei oder drei an den Beinen und Armen, wo es nicht ganz so viele waren. Daniel hatte eine Erektion, worüber er sehr verwundert war. So erotisch war eine Operation nun auch wieder nicht. Denisa warf ihm ein steriles OP-Tuch über und begann ihn an Bauch und Brust zu operieren. Die große Beule im Lendenbereich entlockte ihr ein amüsiertes, beinahe wissendes Kichern und wie zufällig gelang es ihr immer wieder mal daran entlangzustreichen, als sie das Desinfektionsmittel auftrug. Die Betäubungsspritzen merkte Daniel kaum und Denisa arbeitete genauso routiniert, sicher und zart wie in der Klinik. Die Atmosphäre war nur viel entspannter. Die Wunden bluteten etwas mehr, da sie nicht das Gerät zum elektrischen Veröden der verletzten Gefäße hatte wie in der Klinik, aber Denisa hatte das im Griff. Dann stanzte sie noch am rechten Oberschenkel zwei und am rechten Arm einen Leberfleck aus und vernähte den Schnitt auf das Zarteste. Jeder entnommene Hautfetzen wurde in eine Art durchsichtige Filmdose gegeben, die mit Formaldehyd gefüllt war, und sorgfältig beschriftet. Alle Wunden wurden kreuzweise mit Steristrips stabilisiert und einem Mullpflaster versehen. Sie zog das Op-Tuch weg.

„So, und jetzt noch ein Foto."

Daniel war das peinlich. Er konnte sich seines steifen Gliedes nicht erwehren und wollte so nicht unbedingt fotografiert werden. Denisa erregte diese Szene. Sie hatte während des gesamten Eingriffs immer wieder auf die große Beule schauen müssen, jetzt konnte sie sich nicht mehr beherrschen. Sie riss sich Mundschutz und Häubchen herunter, küsste Daniel stürmisch und erforschte mit ihren zarten Händen seine Männlichkeit. Sie legte in Windeseile auch die restliche Bekleidung ab und war im Nu bei Daniel auf dem OP-Tisch. Ihre Knie hatten gerade so Platz neben Daniels Hüfte als sie auf ihm hockte, genau auf seine frischen Wunden achtgebend. „Am liebsten hätte ich das schon in der Klinik getan", sagte sie heiser als er in sie hineinglitt. „Ich konnte es kaum erwarten, dass du zu mir kommst und mich liebst." Und abermals machte sie den Ritt einer Slawin, der nur ein Ziel kannte: den ultimativen Höhepunkt. Daniel kam abermals zeitig, aber er hielt sich wacker und ihr Orgasmus kam diesmal kurz hinterher. Der Küchentisch ächzte verdächtig. Ihr Atem ging wild, Daniels Herz pochte heftig. Das Nachbeben züngelte noch durch die Lenden der Liebenden und Denisa streichelte mit ihren hübschen, weiblichen Füßen seine Beine. Daniel hatte immer noch eine Erektion.

„Ich freue mich schon auf die OP nächste Woche", sagte er leise. „Besonders auf die Narkose."

Die beiden wuschen sich, zogen sich an und begaben sich in das große Zimmer. Denisa erläuterte ihre Probleme in Chemie und zeigte Daniel die Aufgaben alter Klausuren. Er stellte fest, dass es ihr an Basiswissen mangelte und erarbeitete mit ihr noch einige Grundlagen. Als sie eine erste Übungsaufgabe alleine gelöst hatte, fiel sie ihm um den Hals. Sie klappte Buch und Mappe zu.

„Ich bin jetzt Müde. Du hast mich geschafft heute. Nächste Woche wieder?"

„Ich kann es kaum erwarten." Daniel bekam einen langen Kuss mit auf den Weg.

Am nächsten Donnerstag stand er wieder auf der Matte. Denisa hatte, als sie ihm öffnete, nur einen Bademantel an – sonst nichts. Daniel war schon den ganzen Tag erregt. Er bekam wieder eine Pille mit einem Glas Wasser verabreicht und Denisa machte sich sogleich daran, ihm die Kleider vom Leib zu reißen. Sogleich versanken sie wieder in dem großen Sitzsack in ihrem Zimmer. Diesmal wollte Daniel nicht alles seiner zierlichen Ärztin überlassen. Er liebkoste ihre mädchenhaften Brüste, zuerst mit den Lippen dann mit der Zunge. Sie wand sich, stöhnte leise und durchwühlte seine Haare und rieb ihre Scham an seinem Oberschenkel. Eine kleine Weile kämpften sie sich wälzend und erhitzt auf ihrer Unterlage ab, in der sie verdammt waren stets in der Mitte zusammenzurollen, bis Daniel dank seiner Kraft im Liegestütz über ihr in Position kam. Mit dem Becken hielt er die lustvoll bebende kleine Frau auf der Unterlage, bis sie sein aufgeplustertes Fortpflanzungsorgan vorsichtig ergriff und in ihr tropisch feuchtes Tal hinab führte. Sie packte seinen Hintern und führte die Bewegungen seines Beckens exakt, wie sie es brauchte. Daniel lernte schnell und setzte ihre Führung in kleine, wohldosierte Stöße um. Er senkte seinen Oberkörper ganz auf sie herab und seine Brust rubbelte durch die kleinen Stöße ihre Nippel hin und her. Da ließ Denisa die Bewegungen plötzlich groß und intensiv werden und konnte ihre Lust nicht mehr unterdrücken. Lautstark brach es über sie herein. Es war für Daniel das schönste Tagesgeschenk, dass es ihm gelungen war, Denisa zuerst auf den Gipfel zu bringen. Er musste aber lernen, dass er nicht sofort weitermachen konnte. Denisa presste sein Schambein auf ihres, kostete alles voll aus und forderte keinerlei Bewegung. Erst allmählich erlaubte sie es ihm langsam weiterzumachen, umklammerte ihn mit ihren Beinen, gab sich ihm hin und genoss es mit einem tiefen Seufzer, als es ihm kam.

Nach der „Narkose" ging es an die Arbeit. Zuerst begutachtete Denisa die operierten Stellen der letzten Woche, reinigte alles mit Desinfektionsmittel und brachte neue Pflaster auf. Für den aktuellen Termin nahm sie sich abermals je zwei Leberflecke an Armen und Beinen vor, mit vier weiteren kam diesmal der Rücken dran. Alles wurde genauestens dokumentiert und die Hautproben konserviert. Die kleinen Plastikdosen lagerte sie in einer gesonderten Box in ihrem Kühlschrank. Für die Arbeiten am Rücken musste Daniel die ganze Zeit auf dem Bauch liegen und ihn nervte abermals eine hartnäckige Erektion, die ihm dabei hinderlich war.

„Mein armer kleiner Baumeister", sagte sie mitleidig, als sie den mit 16 am ganzen Körper verteilten Pflastern versehenen Daniel betrachtete. „Hoffentlich behindert uns das nicht."

„Es wird schon gehen", meinte er tapfer. „aber du kannst mich nicht so schön auf dem Küchentisch reiten. Ich kann jetzt praktisch nicht auf dem Rücken liegen. Was machen wir denn da?"

„Ich zeige es dir."

Später, nach unzähligen Küssen und nachdem Daniel sie bewusst langsam, beinahe schon quälerisch langsam, von ihren OP-Klamotten befreit hatte, zog es sie wieder auf den bewährten Sitzsack. Denisa streckte sich auf dem Bauch aus und wünschte sich, von Daniel in voller Länge von hinten genommen zu werden. Es war prickelnd anders, dauerte viel länger und reizte bei beiden praktisch völlig andere erogene Zonen bei gleichzeitig großflächigem Körperkontakt. Mit Beendigung der Lehrstunde in Sachen Liebe wurde fleißig Chemie gepaukt. Denisa begann, die Zusammenhänge besser zu begreifen und konnte bereits verschiedene Aufgaben selbstständig lösen.

In der darauffolgenden Woche hatte Denisa ihre Tage, bestand aber darauf weiter operieren zu dürfen. Sie zog die Fäden der ersten Session und erneuerte die Pflaster bei der zweiten. Sie einigten sich auf weitere Mal-Entfernungen auf dem Rücken, damit Denisa ihn in der kommenden Woche wieder genüsslich reiten konnte. Beide liebten diese Stellung über alles. Die Vorstellung daran machte beide heiß und Daniel überlegte, ob er Denisa fragen sollte, ihn auf andere Weise zu befriedigen. Aber nein, das wäre zu egoistisch. Wenn sie warten musste, dann wollte er auch warten. Also paukten sie gewissenhaft weiter Chemie. Als Daniel mal aufs Klo musste, entdeckte er auf dem Waschtisch eine kleine rechteckige Blechdose mit Deckel, die mit einem handbeschriebenen Klebezettel versehen war. „Narkose" stand darauf. Neugierig schaute er hinein. Den ganzen Raum der Dose ausfüllend lag darin eine Schachtel Viagra. Eine der kleinen blauen Tabletten war in der Mitte durchgebrochen und lag lose obendrauf.

„Das wäre wohl die Dosis von heute gewesen", dachte Daniel. Aber warum meinte Denisa, ihm ein Potenz förderndes Mittel geben zu müssen. Weil sie mehr Liebe brauchte und Angst hatte, ein zweites Mal würde Daniel nicht zuwege bringen? Wenn sie zu Beginn ihrer Treffen miteinander schliefen, konnte sich die Wirkung der Tablette unmöglich eingestellt haben und doch konnte er alles geben. Und diese ständige Latte auf dem OP-Tisch fand er lästig, wo Denisa ihn doch allein durch ihre Anwesenheit ständig erregte und er Verlangen nach ihr hatte. Er wollte es darauf ankommen lassen und in der kommenden Woche auf die „Narkose" verzichten.

Eine Woche später rief Denisa an und erklärte traurig, dass der Dienstplan geändert wurde. Sie hatte einen Schaukeldienst bis spät abends und gleich früh wieder raus. Sie fragte Daniel, ob ihm ein reiner OP-Termin um 24 Uhr auch recht wäre.

„Wir werden alles nachholen", versicherte sie. Fast schien es, als renne ihr die Zeit davon. Aber warum?

„Ich sehne mich danach mit dir zu schlafen."

Daniel nahm den Termin wahr. Er spürte sein Selbstbewusstsein wachsen. Die Leberflecke wurden mehr und mehr eliminiert und seine Furcht vor Frauen schwand. Er meinte, seine Liebeserfahrung würde ihn reifer und glücklicher machen, er empfand seinen Schritt als federnd und leicht und das Leben machte ihm Spaß. Denisa sah müde und abgespannt aus. Neben dem Job schien sie für ihre „Zusatzprüfung", wie sie es nannte, viel lernen zu müssen. Sie umarmte Daniel lange und küsste ihn und vergaß, ihm abermals seine Tablette zu geben. Bauch und Rücken ließ sie diesmal in Ruhe, sie vollendete ihr Werk an den weniger befallenen Beinen. Sie sagte Daniel, dass sie Chemie bei den Tutorien nun gut im Griff hätte und dass am kommenden Mittwoch die Prüfung wäre. Sie würde gerne am kommenden Freitag den ganzen Nachmittag und Abend mit ihm verbringen.

Als jener Tag gekommen war, stand Denisa bereits nackt in der Tür, zerrte ihn in die Wohnung und riss ihm sofort die Kleider vom Leib. Daniel hatte sich insgeheim vorgenommen sie diesmal ganz besonders zu bearbeiten. Sie hatte diesmal ihr Sofa zum Bett ausgeklappt und legte sich mit provozierendem Blick breitbeinig darauf. Aber Daniel nahm sie nicht einfach. Er erforschte ihren ganzen Körper mit den Lippen, feuchte Küsse überall unter dezenter Mithilfe der Zungenspitze. Er arbeitete sich, nachdem er ihr einen schüchternen Kuss auf die Klitoris gesetzt hatte, ihr rechtes Bein hinab zu ihren wunderbaren Füßen, lutschte an den Zehen und kraulte ihr die Fußsohle. Ihr Atem ging wie der einer Lokomotive. Dann ging es das Bein wieder hinauf, mit einem energischeren Kuss im Zentrum ihrer Lust, um das linke Bein samt Fuß auf dieselbe Weise zu verwöhnen.

„Oh Daniel, komm zu mir. Jetzt, bitte...", flehte sie.

Doch Daniel pflegte mit seiner Zunge ihren heiligen Gral bis Denisa hochging wie eine Rakete. Daniel wollte sich, obgleich er geladen war wie nie zuvor, seinen Part aufheben für später. Denisa ließ das aber nicht zu. Sie sprang ihn an wie eine Wildkatze, holte ihn in sich und klammerte sich mit wilden Kontraktionen an ihn, bis er seine Pläne über den Haufen warf, sich einfach nur gehen ließ und sie abermals zu einem Höhepunkt führte – zu einem wunderbaren gemeinsamen.

„Nach einem klitoralen Orgasmus ist immer noch Power für einen vaginalen", keuchte sie. „Oh Daniel. Ich habe dich so vermisst."

„Ich dich auch. Ich habe längst nicht nur die Narkose vermisst, du hast mir überhaupt gefehlt."

Denisa hatte vergessen, ihm das Viagra zu geben. Sie zog Fäden, erneuerte Pflaster und setzte ihr Werk am Bauch weiter fort. Die Masse der Leberflecken lichtete sich so langsam. Sie schien zu merken, dass Daniel keine automatische Erektion zu haben schien, aber sie sagte nichts. Sie wünschte sich nichts weiter, als ihn nach Wochen erstmals wieder zu reiten. Am Ende ihres Operationseinsatzes zog sie das OP-Tuch beiseite und schien sich in Sachen Mundarbeit revanchieren zu wollen. Vorsichtig erforschte sie mit den Lippen sein Glied, welches innerhalb kürzester Zeit aufrecht stand wie zu besten Viagra-Zeiten. Und das Paar pflegte auf dem OP-Tisch ausgiebig, was ihm seit Wochen nicht möglich gewesen war.

Denisa hatte Wein besorgt. Sie zündete Kerzen an.

„Ich will mit dir anstoßen", sagte sie. „Ich habe meine Chemieprüfung bestanden. Bereits heute hingen die Ergebnisse aus. Das habe ich allein dir zu verdanken."

Sie strahle ihn erleichtert an.

„Und du bist dabei, einen neuen Menschen aus mir zu machen", erwiderte Daniel.

„Ich brauch mich nicht mehr zu verstecken wegen meiner Leberflecke. Noch maximal zwei Sessions und wir sind fertig. Das hätte ich nie für möglich gehalten! Und ich fühle mich zum ersten Mal von einer Frau angenommen und geliebt. Das ist unbezahlbar!"

Sie stießen an, schlürften ein großen Schluck Wein und küssten sich. Sie plauderten lange und wurden ein wenig beschwipst. Denisa erzählte erstmals mehr von sich. Nach dem Unfalltod ihrer Eltern beschloss sie Ärztin zu werden. Es war schwierig mit dem Lebensunterhalt mit der ihr zustehenden Waisenrente, die Oma half noch etwas. Sie war als Kind geschickt in Näharbeiten und entdeckte in der Pathologie ihre Liebe zur Dermatologie – alles, was in irgendeiner Form mit Haut zu tun hatte. Deutsch war im grenznahen Gebiet kein Problem für sie, sodass sie wie viele tschechische Ärzte an einer Klinik in Deutschland anfing. Sie sagte, es wäre sehr schwer gewesen anfangs. Sie fühlte sich als Ärztin zweiter Klasse. Man sah ihr Geschick bei den OPs, aber weil sie so jung war, fehlte den Kollegen der Respekt. Daniel nickte. Er hatte noch die Reaktion des Chefarztes vor Augen. Und dann diese Fortbildungen mit Zusatzprüfungen. Daniel hatte noch nie gehört, dass man nach abgeschlossenem Studium als Doktor medicinae noch weitere Prüfungen ablegen musste, aber wer weiß, wie das bei den Medizinern war? Er hatte jedenfalls einige weitere Scheine abhaken können, bei beachtlichen Noten. Ein Professor hatte ihm die Bewerbung um ein Auslandstipendium nahegelegt; er hätte gute Chancen. Daniel bewarb sich ohne zu wissen, wo er mal hingehen sollte. Er wollte zunächst in Deutschland bleiben. Er war nicht reich – seine Eltern unterstützten ihn nach Kräften, etwas BAföG kam hinzu. Die weite Welt war auch eine Frage des Geldes, ob nun mit oder ohne Stipendium. Sie redeten lange miteinander über die Geschichte der Tschechen und Deutschen, über Musik und Politik. Als die Flasche Wein leer war, machte Daniel sich daran aufzubrechen, aber Denisa hielt ihn zurück.

„Bitte bleib heute Nacht bei mir." Ihre Augen leuchteten wie dunkle Augen nur leuchten können. „Lass mich heute Nacht bitte nicht mehr los."

Und sie schliefen abermals miteinander und genossen das unendliche Gefühl der Geborgenheit, nach erfüllter Liebe eng beieinander bleiben zu dürfen.

Sie trafen sich noch zu zwei OP-Sessions, die immer nach dem gleichen Muster abliefen. Denisa war voll bei der Sache, wenn sie Sex hatten und hoch konzentriert bei den Operationen. Dazwischen wirkte sie oft abwesend. „Ich habe dich jetzt mit selbstauflösenden Fäden genäht", sagte sie. „Die müssen nicht gezogen werden. Du lässt einfach die Steristrips länger drauf und gut. Das heilt alles sehr gut bei dir." Daniel meinte, dass weitere Operationen nicht unbedingt nötig wären. Die Aktionen hatten seine kühnsten Erwartungen weit übertroffen. Die kleinen Mini-Hautmale störten ihn nicht weiter. Er machte sich Gedanken, wie es mit ihrer Beziehung weitergehen könnte, wollte gerne mit ihr zusammenziehen.

„Ich brauche noch ein Weilchen", sagte sie. „Aber das wird ganz sicher."

Sie liebten sich abermals. Denisa gab ihm einen langen Abschiedskuss in der Tür. Irgendwie sah sie unglücklich aus. „Nächste Woche wird es nichts, aber dann", hauchte sie. „Ich ruf dich an – versprochen."

„Ich kann es kaum erwarten." Daniel spürte, dass etwas nicht stimmte. Vielleicht stellte sich seine Vermutung ein. Es gab nichts mehr zu operieren und er sank in ihrer Bedeutung. Es schmerzte mehr als jeder Schnitt, den sie ihm zugefügt hatte.

Denisa rief nicht an. Sie war einfach fort. Als sie sich bald zwei Wochen nicht gemeldet hatte, nahm er allen Mut zusammen und suchte ihre Wohnung auf. Das Schild an der Klingel war verschwunden. Es öffnete eine andere junge Dame. Sie musterte ihn.

„Pardon, bis vor Kurzem wohnte hier eine gewisse Frau Doktor Romakova", sagte Daniel unsicher. „Wissen Sie davon?"

„Keine Ahnung. Die Wohnung wurde frei und ich bin rein. Eine Doktorsche hat hier gewohnt? In dieser kleinen Bude?"

Daniel bohrte nicht weiter. Er sah davon ab, sich nach dem Vermieter und dort nach Denisa zu erkundigen. Sie wird ihre Gründe gehabt haben einfach zu verschwinden. Daniel hatte es ja nicht gänzlich unvorbereitet getroffen. Trotzdem nagte an ihm der Schmerz. Seine medizinischen Wunden waren verheilt, die letzten Stellen zeigten nur noch kleine rosige Flecke, die allmählich verschwanden. Narben waren kaum zu erkennen. Aber der Verlust von Denisa legte sich wie eine große Narbe über Daniels Seele.

Das Klinikum meldete sich. Daniel sollte unbedingt zu einem Termin mit dem Chefarzt kommen. Am besten noch auf der Stelle. Daniel ahnte nichts Gutes. Hatte man entdeckt, dass Denisa privat operierte? Waren die Hautproben voll von Hautkrebs? Hatte man bei ihm doch noch einen positiven Befund entdeckt, in den Lungen etwa? Daniel eilte mit einem mulmigen Gefühl in die Hautklinik. Herr Dr. Wunstrich, der ergraute Herr von der Visite, empfing ihn mit todernstem Blick. Er bat Daniel sich zu setzen, er selbst blieb stehen und wanderte vor dem Fenster auf und ab.

„Herr Blaskow, ich bin aufgebracht und weiß nicht, wie ich beginnen soll. Das ist alles ungeheuerlich, was geschehen ist. Erinnern Sie sich an Frau Dr. Romakova?"

Daniel tat, als müsse er überlegen.

„Moment, ach! Das ist doch die junge Dame, die mich operiert hat!"

Dr. Wunstrich brummte.

„Eigentlich sollten Sie sie besser kennen." Er klatschte so eine Mappe mit Bügeln aus einer Hängeregistratur vor Daniel auf den Schreibtisch.

„Was ist das?"

„Ihre Befunde."

„Vom Melanom? Sie haben mir doch gesagt, ich bin gesund."

„Sie sind auch immer noch gesund. Ich meine auch nicht das, was hier in der Klinik gemacht worden ist. Die Sache ist die: Keiner hier kann sich erinnern, jemals innerhalb kürzester Zeit 56 Naevi operiert zu haben."

Der Arzt beugte sich zu Daniel hinunter. „Frau Romakova arbeitet hier nicht mehr. Sie hat aber vorher noch dem Labor die Proben ihrer 56 Leberflecken untergejubelt. Es war ihre letzte Amtshandlung."

Daniel verstand. „Es geht Ihnen also nur ums Geld. Sie wissen nicht wie..."

„Die Kosten sind nur die eine Seite."

„Und die andere?"

„Sie ist alles aber keine Ärztin." Dr. Wunstrich holte tief Luft. „Sie hat uns alle genarrt."

„Sie wollen damit sagen, sie hätte gar nicht operieren dürfen?"

„Genauso ist es. Sie hat sich strafbar gemacht. Im Juristenlatein nennt man das Hochstapelei, Körperverletzung und Urkundenfälschung." Der Arzt zählte an den Fingern mit. „Sie hat uns ein gefälschtes Examen vorgelegt, auf welches hin sie eingestellt wurde. Sie hat hier 119 Operationen durchgeführt, die sie nie hätte machen dürfen. Sie hat sich für etwas ausgegeben, was sie gar nicht war und dafür ein halbes Jahr die Vergütung eines Klinikarztes kassiert."

Daniel bekam eine trockene Kehle. „Werden Sie jetzt dieses Gespräch mit allen 119 Leuten führen, die sie operiert hat?"

„Das nicht. Aber wir müssen vor Gericht ziehen und den Patienten die Gelegenheit geben als Nebenkläger aufzutreten. Ganz besonders bei Ihnen, denn da ist ja anscheinend auch außerhalb der Klinik was gelaufen."

Jetzt wurde Daniel böse. Er sprang auf. „Also so ein Schwachsinn ist mir noch nicht untergekommen. Es ist mir nicht entgangen, wie geringschätzig Sie der Arbeit von Doktor Romakova begegnet sind."

„Sprechen Sie von ihr bitte ohne den Doktor."

„Sie hat aber ihr Handwerk beherrscht. Sie hat das Skalpell und Nadel und Faden beherrscht wie eine Künstlerin. Es bleiben kaum Narben. Sagen Sie mir, hat sich auch nur einer von den 119 Patienten über sie beschwert?"

„Nein. Es hat ja auch keiner gewusst. Jeder, der ins Klinikum kommt, um sich operieren zu lassen, erwartet doch und kann auch erwarten, dass die Ärzte ordentlich ausgebildet sind."

„Eben! Und dann wollen Sie eine Lawine lostreten und alle dazu überreden zu klagen? Vielleicht wollen Sie das ja ganz groß aufziehen mit Presse und Fernsehen, damit alle Welt es erfährt? Ich sehe schon die Überschriften: Junge Tschechin gibt sich als Ärztin aus, 119 Menschen entstellt. Haben Sie das nötig?"

„Wir wollen Rummel vermeiden. Nein, wir werden damit nicht an die Öffentlichkeit gehen." Dr. Wunstrich seufzte. „Zeigen Sie mal ihren Oberkörper."

   Daniel zog sich das T-Shirt aus und der Arzt musterte murmelnd Bauch und Rücken.

„56 Leberflecken – Sie sind wirklich ein bisschen verrückt. Habe ich noch nie erlebt sowas. Hm, aber es ist wirklich sehr gut gemacht."

„Ich bin Student und ich weiß nicht was es kostet", sagte Daniel, „aber ich biete Ihnen an, die Kosten für das Labor zu übernehmen."

„Die histologische Untersuchung hat bei 56 Naevi einen Wert von rund 1700 Euro!"

„Oh."

„Was hat sie nur mit Ihnen angestellt, dass Sie sich so für die Romakova einsetzen."

„Nun, wir sind ein Paar."

Doc runzelte die Stirn. „So ist das also. Verraten Sie mir auch, wie und wo Sie operiert wurden?"

Daniel musste vorsichtig sein, um Denisas Ex-Chef keine weiteren Argumente für ein Strafverfahren zu liefern.

„In ihrer Wohnung. Sie hatte alles da, sterile Tücher und so. Als OP-Leuchte dienten zwei Halogenschreibtischlampen. Ich bin gegen Tetanus geimpft – was sollte schon passieren?"

„Hat sie Geld genommen?"

„Nein."

„Überhaupt keine Gegenleistung?"

Daniel zog sich das T-Shirt wieder an. „Ich habe ihr in Chemie geholfen. Sie musste da so eine Zusatzprüfung machen..."

„Zusatzprüfung?!" Der Doc wurde laut. „Wissen Sie, was das für eine Zusatzprüfung war?! Sie hat ihr Examen nicht machen können, weil ihr der Schein in Chemie fehlte! Wir haben uns mit der Universität in Liberec in Verbindung gesetzt. Die Doktorarbeit hatte sie fertig, aber sie durfte nicht promovieren, weil sie an dem Fach Chemie gescheitert ist. Sie musste es irgendwann nachholen. Erst der Schein – dann promovieren. Beworben hat sie sich mit einem gefälschten Examen der Universität in Prag. Wie auch immer sie daran gekommen ist."

Daniel verstand. „Und da machen Sie so einen Aufstand? Eine fast fertige Medizinerin, eine fähige Nachwuchs-Chirurgin operiert hier gewissenhaft 119 Personen, keiner beschwert sich, und Sie tun so, als hätte eine Putzfrau 119-mal eine Narkose gesetzt? Nur weil ein popeliger Schein fehlt?!"

„Gesetzt ist Gesetz."

„Ich weiß. Vorschrift ist Vorschrift. Deshalb fahren Sie auch gehgesunde Menschen mit der Bahre in den OP. Man könnte meinen, die Klinik besteht aus einem Heer von Beamten."

Daniel baute sich vor dem Arzt auf. „Entschuldigen Sie bitte, Sie sind nicht mein Vorgesetzter, deshalb darf ich so mit Ihnen reden. Etwas Demut und Respekt gegenüber Ihrem Personal würde Ihnen gut zu Gesichte stehen. Ich habe es noch genau im Ohr, wie abfällig Sie sich

27

über die von Denisa durchgeführte Extension auf meinem Rücken geäußert haben. Geben Sie doch endlich zu, dass sie ein ausgesprochenes Talent für die Hautchirurgie hat."

„Ja das kann ich zugeben. Es fällt mir schwer. Als Chefarzt ist es üblich mit Lob zu geizen. Auch wenn Sie es vielleicht nicht beurteilen können – aber da gebe ich Ihnen recht."

„Dann ziehen Sie die Klage zurück."

„Herr Blaskow – dann verliere ich mein Gesicht und möglicherweise den Job."

„Kann es sein, dass es Ihr Fehler war Denisa einzustellen?"

„Ich trage eine Mitschuld."

„Bitte lassen Sie mich aus der Klage raus und verzichten Sie auf Nebenkläger so gut es geht. Und zahlen Sie nach Möglichkeit für mich das Labor. Das Klinikum hatte dazu von mir keinen schriftlichen Auftrag."

„Ich tue mein Bestes. Kein Wunder, dass unser Gesundheitssystem kränkelt."

Dr. Wunstrich sah grauer aus als sonst. „Sie hat ja nun anscheinend ihren Titel in der Tasche. Aber gestatten Sie mir noch einen Gedanken – auch wenn Sie es nicht hören mögen: Sie hat möglicherweise vorgegeben Sie zu lieben, um an Ihnen operieren zu dürfen und damit sie ihr bei Chemie helfen. Vielleicht hatten diese Doktorspielchen Methode. Ich will ihr dahingehend nichts unterstellen, aber ein gestempeltes, signiertes Examen einer Universität bekommt man nicht so ohne Weiteres. Wenn Sie wissen, was ich meine. Vielleicht hat sie dieselbe Masche schon mal durchgezogen."

Daniel begab sich zur Tür. „Den Gedanken hatte ich auch schon. Wenn dem so wäre, würde mich das sehr verletzen. Wie dem auch sei – ich liebe Denisa. Wissen Sie wo sie jetzt steckt?"

„Wissen Sie es denn nicht?"

Daniel schüttelte traurig den Kopf. „Sie hat versprochen sich zu melden."

„Ich vermute, sie ist in Tschechien", sagte der Chefarzt. „Langfristig wird ihr das zu unsicher sein. In Deutschland wird sie sich nicht mehr bewerben können. Ihr bleibt nur das Ausland jenseits der EU."

„Danke", sagte Daniel und der Herzschmerz kam wieder. „Wir sehen uns zur nächsten Vorsorgeuntersuchung. Da wünsche ich von Ihnen behandelt zu werden."

„Gerne – wenn ich dann noch im Amt bin."

„Wenn ich dann noch nicht im Ausland bin", fügte Daniel hinzu und ging.

Daniel stand an der Gepäckausgabe vom Orlando International Airport. Die Halle mit dem mächtigen Gliederband der Gepäckausgabe, auf dem stets die Koffer kreisten, war nun schon fast menschenleer. Das Band stoppte, sodass man nun eine süßliche Musik in der Airport-Beschallung wahrnehmen konnte. Er hockte sich auf den Edelstahlrand des Gepäckbandes, vor sich seine große Reisetasche, die von vielen studentischen Heimreisen und seinem regelmäßigen Sport schon etwas abgewetzt war. Daniel fühlte sich unendlich einsam in diesem großen Land. Ihm ging eine Melodie aus dem „Phantom der Oper" durch den Kopf. Als die Hauptdarstellerin sich auf einem alten Friedhof nach einem geliebten Menschen sehnt, singt sie: „Wishing you were somehow here again."

„Oh Denisa, ich wünschte, du wärest irgendwie da!" Diese Gepäckausgabe war so seelenlos wie ein Friedhof, vielleicht nur etwas freundlicher beleuchtet und dem Tod etwas ferner. Aber dieses sehnsuchtsvolle Lied wurden seine Ohren einfach nicht los. Daniel musste sich noch eine halbe Stunde gedulden, dann erschien Denisa in der Halle. Daniel erhob sich wie in Zeitlupe. Sie winkte ihm schüchtern zu und in ihrem Blick war Sehnsucht und furchtbare Unsicherheit. Sie blieb vor ihm stehen.

„Hi Daniel." Sie sprach seinen Namen mit amerikanischer Färbung. „Däniel."

„Hi baby", erwiderte er. Sie schauten sich eine Weile schweigend an.

„Daniel, ich hatte vor nichts in der Welt so viel Angst als davor, dass du nicht nach Florida kommen würdest. Dass du jetzt nicht hier wärst."

„Ich hatte auch ganz verrückte Gedanken", gestand Daniel. „Ich hatte Angst, du würdest mir deinen neuen amerikanischen Lebensgefährten vorstellen."

Denisa kicherte, wurde dann aber wieder ganz ernst. „Du weißt von meiner Geschichte?"

„Dein Chef hat mir einiges erzählt. Ich habe dich in Schutz genommen. Nett, dass du der Klinik noch alle Hautproben überlassen hast." Er grinste. „Ich bin völlig gesund – kein Leberfleck wies irgendwas Verdächtiges auf." Dann schaute er Denisa fest in die Augen. „Für den Moment habe ich nur drei Fragen, die ich jetzt und hier unbedingt noch wissen muss: Warum hast du mir gegenüber so ein Geheimnis darum gemacht? Ich habe dir so grenzenlos vertraut, dass ich dir meinen Körper überlassen habe."

„Ich habe es als Makel empfunden, im Examen gescheitert zu sein. So wie du deine Leberflecken als Makel empfunden hast. Ich habe mich geschämt. Und mit meiner Oma ging es zu Ende. Ich hatte akute Geldnot. Ein Job war die Rettung – ein Job als Ärztin."

„Wie bist du an ein gefälschtes Prager Examen gekommen?"

„Ich habe es professionell machen lassen. In der Slowakei. Ich habe es in Raten bezahlt."

Daniel fiel ein Stein vom Herzen und unbewusst atmete er tief durch.

„Nachdem ich in Liberec mit deiner Hilfe bestanden hatte, habe ich die letzte Gehaltszahlung abgewartet, die Wohnung aufgelöst und meinem Chef einen Brief geschrieben. In der Klinik habe ich mich nicht mehr blicken lassen und habe mein Konto aufgelöst. Meine Oma ist inzwischen gestorben. In St. Petersburg/Florida gibt es eine Hautklinik, speziell plastische Chirurgie. Die haben ein internationales Team gesucht. Das war übrigens deine Idee! Nachdem nun alles geregelt ist, habe ich mir nichts sehnlicher gewünscht, als dich hier zu haben. Daniel, es gibt keine anderen Männer in meinem Leben."

Daniel war unendlich erleichtert. Er nahm sie in den Arm und sie presste ihren Kopf an seine Schulter.

„Da wäre noch die letzte Frage."

„Ich werde nie wieder Geheimnisse vor dir haben."

„Warum hast du mir jedes Mal eine Viagra verabreicht?"

Denisa sah ihn liebevoll an.

„Nennen wir es ein medizinisches Experiment. Es war ja auch nur eine halbe Tablette. Himmel! Was du wohl mit mir angestellt hättest, wenn ich dir eine ganze gegeben hätte..."

„Zuletzt hast du sie vergessen. Ich fand die Blechdose lustig, auf der *Narkose* draufstand."

„Du hättest sie auch gar nicht gebraucht. Erinnerst du dich an unser letztes Treffen? Da haben wir dreimal... Das war kurz nach meinem Eisprung und ich hatte so viel im Kopf... Daniel, ich wollte es dir erst später sagen, aber – ich bin schwanger."

Daniel schwieg lange. Er hatte einen Kloß im Hals und wollte sich seine Gefühle nicht anmerken lassen. Er griff nach seiner Reisetasche, nahm Denisa in den Arm und schob sie zum Ausgang.

„Ach weißt du", begann er seine Rührung mit großer Geste zu überspielen, „ich habe doch mein Auslandsstipendium. Wenn du nichts dagegen hast, mache ich das in St. Petersburg oder Tampa, wenn sich da was findet. Es gibt doch Bauingenieure in den USA? Und wenn unser Kind kommt, ist es amerikanischer Staatsbürger, dann können sie uns nicht ausweisen. Dann studiere ich hier zu Ende und wir bleiben eben in den USA. Fertig – aus. Wir sind doch jung und flexibel, oder?"

Ihre Stimmen wurden leiser, als sie sich zum Ausgang bewegten. Denisa sagte noch:

„Ich verdiene jetzt gut und will für dich sorgen."

„Du darfst aber nur für mich sorgen, wenn du mich auch heiratest."

„Oh, Däniel!"

„Wo steht dein Wagen?"

Blasmusi Teil 1: „Im Probenlager"

Es geschah in einem dieser Probenlager. Die Landschaft war tief verschneit. Üblicherweise hielten die Musikerinnen und Musiker des Freudenhausener Blasorchesters ihr Probenlager immer in den Winterferien ab, da familiäre Urlaubspläne auf diese Weise nicht so sehr durchkreuzt wurden und man auf eine rege Teilnehmerzahl hoffen konnte. Das Freudenhausener Blasorchester war nicht irgendein Blasorchester. Die Musikalischen Leiter konnten sich einer großen Besetzung von über 40 Musikanten erfreuen und einem überwältigenden Zuspruch von Eltern und der lokalen Musikschule. Nur so war ein vielseitiges Repertoire möglich, was wiederum auch die Jugend begeisterte. Die Freudenhausener waren bekannt für ihre vorzügliche Nachwuchsarbeit. Durch die unteren Orchesterstufen hatten sich über 60 Instrumentalisten aller Altersklassen zusammengefunden, um hier, abgelegen im völlig zugeschneiten Mittelgebirge, neben Musiktheorie und Gruppenarbeit auch die neuen Stücke für die anstehende Blasmusiksaison einzustudieren.

Bodo spielte das zweite Horn. Im nächsten Herbst würde er ans erste Horn aufrücken, wenn sein Mitstreiter Thomas wegen der Bundeswehr das Orchester verlassen musste, zumindest vorläufig. Der Vorteil eines Musikvereins war ja der, dass es keine Altersbeschränkung gab. Wer bodenständig war, wie viele Freudenhausener, der kam nach der Odyssee von Bund, Zivildienst oder Berufsausbildung zurück in die Heimat und suchte auch wieder Anschluss in seinem Verein. Zwangsläufig würde das Orchester langfristig so üppig gedeihen, dass man schon laut über die Einführung von Probespielen nachdachte. Aber das war noch Zukunft.

Alle Musikerinnen und Musiker befanden sich im Speisesaal. Wirklich alle? Bodo musste noch mal zurück in das Gebäude, in dem sich die Wohn- und Schlafräume befanden. Er hatte seine Antibiotika vergessen, wo er doch stets eine Pille vor den Mahlzeiten einnehmen sollte. Eine schwere Angina hätte ihn doch fast um das Probenlager gebracht. Nicht auszudenken!

Neben der Musik gehörten jedes Jahr natürlich auch ausgedehnte, feucht-fröhliche Feten dazu. So manches Pärchen fand bei diesen Feten zusammen, wurde verkuppelt oder fetzte sich. Es war immer spannend und man wusste nie so genau, was aktuell passieren konnte. Immerhin hatte der Musikverein auch schon Ehen hervorgebracht, die dann wiederum die Sache mit dem Nachwuchs sehr wörtlich genommen hatten. In diesen Fällen hatten die Schwangerschaften stets deutlich vor der Eheschließung eingesetzt, ja, sie ließen sich sogar sehr genau auf die Zeit des Probenlagers zurückführen! Bodo ärgerte sich, dass er die Tabletten vergessen hatte. Auf dem weitläufigen Gelände musste er dampfenden Atems rund sieben Minuten durch den Schnee stapfen, ehe er am „Haus Erdstoß" ankam, in dem die „Großen", das heißt alle ab 16 aufwärts, untergebracht waren. Die jüngeren Nachwuchsspieler nächtigten samt der Lehrerschaft nebenan im „Haus Abgang". Die denkwürdigen Namen der Häuser waren bergmännisch umstritten, erinnerten sie doch an ein leichtes Erdbeben vor neun Jahren, bei dem ein Bergrücken in der Nähe absackte, in dessen Folge wiederum ein Stück Hang abrutschte. Ein Naturschauspiel, denn in der Gegend wurde nie Bergbau betrieben. Es kam glücklicherweise niemand zu Schaden. Die Tür zum Eingangsbereich war angelehnt.

Aha, die Zimmerkontrolle war also noch nicht durch! Wer war heute eigentlich dran? Immer zwei Tage in Folge waren zwei Freiwillige beauftragt zu kontrollieren, ob Betten gemacht, Klamotten aufgehängt und aller Unrat beseitigt war. Am Ende des Probenlagers wurde bei der Abschlussfete das schlechteste Zimmer öffentlich getadelt und aus diesem Raum die „Wildsau des Probenlagers" ermittelt. Den Freiwilligen wurden für die Kontrolle alle Schlüssel ausgehändigt. Nach dem Test wurden die Zimmer verschlossen und nach dem Frühstück konnte sich jeder seinen Schlüssel zurückholen. Eine geniale Lösung! Das Dumme war nur, Bodo brauchte seinen Schlüssel von den Kontrolleuren. Er zog seine Schuhe aus und huschte auf Socken durch den Gang. Da glaubte er einen Laut zu hören. Als wenn jemand lachte oder weinte. War nicht so klar zu erkennen. Sein Herz pochte noch vom flotten Schritt. Gerade befand er sich auf Höhe des „verbotenen Zimmers". Hier hatten die Ältesten kistenweise Bier und diverse andere Alkoholika eingelagert, neben Zigaretten, Knabberzeug und Partyzubehör. Das diente natürlich nicht nur für die Abschlussfete, hier wurde eigentlich durchgängig gefeiert. Bodo wunderte sich, dass all die Jahre das „verbotene Zimmer" nie auf der „Wildsau-Liste" erschienen war, denn darin sah es zumeist oberwildsaumäßig aus. Da war wieder der Laut. Es klang fast, als ob eine junge Frau Schmerzen hätte. Leise ging Bodo weiter den Gang entlang. Zwei Türen weiter, bei Zimmer Nummer acht, war die Tür einen kleinen Spalt offen. Der Schlüssel bammelte am Schloss, hier war wohl gerade die Zimmerkontrolle am Werke. Gerade wollte er die

Tür aufschieben und hallo sagen, da blieb er wie angewurzelt stehen. Eben ging noch sein Puls heftig von der Bewegung an der frischen Luft; jetzt raste sein Herz vor Erregung vor dem, was er zu sehen bekam. In den Schlafräumen waren jeweils ein Etagenbett und zwei Einzelbetten zu einem großen L angeordnet. Der Türspalt war gerade groß genug, um schräg durch das Zimmer auf das Bett unter dem Fenster zu blicken. Dort beschäftigten sich Klaus, der erste Posaunist und Marina, eine zweite Flöte, ausgiebig miteinander. Sie waren wohl gerade eben mit dem Vorspiel fertig, welches so hitzig gewesen sein muss, dass sie die Bettdecke beiseite geschoben hatten und sich völlig nackt aneinander rieben. Klaus versuchte gerade noch verzweifelt die linke Socke abzuschütteln, die schlaff wie ein abgerolltes Kondom von seinem Fuß hing. Die beiden schienen sich nicht einig zu sein, wer beim letzten Kampf oben sein sollte. Für den Moment setzte Marina sich durch. Schwer atmend räkelte sie sich so zurecht, dass sich Klaus pralle Männlichkeit direkt unter ihrem Eingang befand. Mit einem lustvollen Laut ließ sie sich langsam auf ihn herabgleiten. Und wieder auf und ab. Und auf und ab. Klaus wand sich unter ihr, hatte einen hochroten Kopf und der Schweiß stand auf seiner Stirn. Die Beine hatte er leicht angezogen und wirkte total angespannt. Er hatte bestimmt schwer zu kämpfen, dass er nicht jeden Augenblick explodierte. Klaus war so ein Teddytyp, den jeder gern mochte. Immer freundlich, er hatte kurze Beine, einen kleinen Bauch und immer guten Ansatz. Seit Jahren schon hatte er eine feste Freundin, aber schmuste im Verein mal mit dieser, mal mit jener. Aber Sex mit Marina? Bodo konnte sich kaum beruhigen. Marina hatte neulich von einem gesprochen, den sie nicht von der Bettkante stoßen würde. Nun ja, jetzt stieß sie ihn *auf* der Bettkante, denn die beiden drohten jeden Moment hinauszufallen. Marina war eine hagere, mittelgroße Blondine, die keine Zigarettenpause ausließ. Sie hatte offenbar eine Vorliebe für klassische Teddytypen, denn auch ihr fester Freund war ein solcher. Er arbeitete weit weg und war nicht so oft da. Manchmal kam er am Wochenende mit in den Verein, riss dort derbe Witze und machte sich über alles und jeden lustig. Besonders anzüglich war er gegenüber Marina und packte sie mitunter vor versammelter Mannschaft von hinten an den Brüsten. Marina musste ja von diesen augenscheinlichen Rammel-Wochenenden völlig wund sein, hatte aber offensichtlich nichts dagegen und probierte auch gern mal die Qualitäten anderer Teddys aus. Klaus war dagegen anscheinend ein sanfter Lover, der sie voll zum Zuge kommen ließ. Auf der Bettkante wurde er unruhig.

„Wenn du so weitermachst, bin ich gleich da!"

Mit einem Teddy-Hüftschwung bugsierte er Marina auf die Seite und war schwups über ihr.

„Komm einfach", hauchte sie, „ich bin auch gleich da, besonders wenn du so schön auf meine Venus drückst... mmmh!" Klaus klemmt seine Füße zwischen Mattratze und Bettgestell, um sich besser abstoßen zu können und bewegte sich deutlich schneller als Marina. Bodo stand in der Tür und atmete schwer. In seiner Hose war es eng und feucht. Er hatte Voyeurismus stets verabscheut, doch nun konnte er seinen Blick nicht davon lassen. Marina bevorzugte offenbar die Klammertechnik, um die Stimulation des G-Punktes besser in den Griff zu kriegen; sie hatte ihre Beine um die von Klaus geklammert und ihr Orgasmus stand unmittelbar bevor.

Jetzt schnauften und stöhnten sie beide im gleichen Rhythmus, bis Klaus gepresst rief: „Oh ja!" Er hielt inne, um seinem Höhepunkt maximale Entfaltungsmöglichkeit zu geben, sein Rücken ins Hohlkreuz gebogen wie ein Stück Bimetall unter Spannung, aber Marina räkelte sich weiter und hauchte: „Beweg dich weiter, noch ein bisschen. Ja, genau so – jetzt... oh Klaus, ich komme...!" Sie quiekte vor Vergnügen, ihre kleinen Füße tanzten in der Luft, sie packte klatschend seinen Hintern, um sein Schambein noch mehr auf ihrs zu pressen. Nach einem tiefen Seufzer schob sie den erschlafften Klaus völlig unromantisch beiseite. „Los, noch mal fix aufs Klo und dann zum Frühstück. Man wird uns schon vermissen. Ich hab jetzt Hunger – den anderen Hunger meine ich." Klar, Marina hatte alles voll im Griff. Klaus murmelte was von Kaffee, und dass er jetzt ganz schön fertig wäre. Bodo huschte mit seinem Steifen zurück zum Eingangsbereich. Dort wollte er die beiden schier Ahnungslos erwarten und um den Schlüssel für sein Zimmer bitten. Wer hatte eigentlich morgen Zimmerkontrolle?

Klaus und Marina erschienen beim Frühstück. Klaus hatte noch immer einen leicht roten Kopf, beide wirkten aber irgendwie seltsam hormonell erfrischt. Angeblich soll ein ausgeprägtes Liebesleben die Haut jung und frisch erscheinen lassen. Niemand merkte etwas. Bodo bemühte sich nicht hinzusehen und war noch immer mit seiner unbändigen Lüsternheit beschäftigt. Die Liebe im Verein war bislang stets an ihm vorbeigezogen. Seine Favoritinnen waren entweder vergeben oder zeigten kein Interesse an ihm. Und wer Interesse zeigte war nicht unbedingt nach seinem Geschmack. Da war zum Beispiel Anna am Fagott. Die hatte schon mal versucht sich Bodo zu nähern. Bodo hatte mit sich gekämpft, zumindest damals, denn er empfand Anna nach seinem Geschmack als grenzwertig. Sollte er oder nicht?

Anna ging auch aufs Gymnasium und stellte ihm dort nach. Aus Verzweiflung hatte er sich über die Pause schon mal auf dem Schulklo versteckt. Die Frau seiner Träume stellte er sich immer geringfügig anders vor. Anna war damals auch furchtbar verpickelt und tendierte zu einem etwas breiteren Becken, war aber sonst ganz nett. Außerdem munkelte man, ihre Unschuld hätte sie beim Tubisten verloren. Vielleicht musste er seine Latte einfach tiefer hängen – die Messlatte. So manches hässliche Entlein war schon zum Schwan mutiert und es gab immer wieder Überraschungspaare im Probenlager.

Zur Probe hatte Bodo sich wieder etwas beruhigt. Florentiner Marsch. Die Hörner hatten fast nur Nachschläge zu spielen. Schräg vor ihm saß Anna mit ihrem Ofenrohr von Fagott. Ihre Stimme, die mindestens in noch zwei anderen tiefen Instrumenten vorkam, war auch nicht viel interessanter. Bodo wechselte zum Spaß von Nachschlägen auf Grundschlag und das bewusst unpräzise. Damit brachte er nicht nur den ganzen Hornsatz aus dem Takt, sondern auch Anna. Sie drehte sich um. „Hey Bodo, was war denn das?" rief sie belustigt und blinzelte kokett nach hinten. Bodo rief zurück: „Ich spiele nicht den Florentiner, sondern den ‚Defloratiner'-Marsch!" Anna lachte sich schlapp. Der musikalische Leiter brach das Stück ab und funkelte böse in Richtung Fagott und zweites Horn.

„Ich würde sagen, Bodo und Anna verlassen mal kurz die Probe, um sich etwas zu beruhigen."

„Aaah...", raunte es erwartungsfroh durch alle Instrumente und Bodo lief rot an. Anna nicht. Sie kicherte bloß. „Defloratiner-Marsch – das finde ich gut!" Großes Gelächter beim Freudenhausener Blasorchester.

Draußen im Flur fragte Anna: „Na Bodo, was machen wir jetzt Schönes?"

Und Bodo dachte bei sich verzweifelt: „Poppen, was sonst." Vernunftbesessen sagte er aber: „Ich kann mich nicht entsinnen, wann ich das letzte Mal irgendwo rausgeflogen bin."

„Macht doch nichts", flötete Anna unbeschwert, „da können wir wenigstens quatschen."

Bodo betrachtete sie. Anna war fraulich aber nicht dick. Etwas Sport könnte ihr gewiss nicht schaden. Sie hatte überhaupt keine Pickel mehr, trug die Haare jetzt wieder etwas länger und hatte das alte Kassengestell durch eine modische Brille ersetzt.

„Hör mal", begann Anna, „kann es sein, dass du zuweilen versucht hast, mir aus dem Weg zu gehen?"

„Na ja". Bodo überlegte. „Ich mag es nicht wenn mir Frauen nachlaufen. Aber vielleicht ändere ich meine Meinung noch."

„Das wäre schön!" Anna war eine echte Frohnatur. „Das Probenlager geht ja noch ein paar Tage. Außerdem habe ich mich unter anderem wegen dir einer Hormonbehandlung unterzogen."

„Moment mal – wegen mir?!"

„Ich sagte, ‚unter anderem wegen dir'. Meine schlimme Akne, weißt du? Die Pickel wollte ich unbedingt loswerden. Da gibt es so ein Hormonpräparat, das etwas nachhilft. Das ist ein ganzes Stück höher dosiert als die Antibabypille. Und wie du siehst – es hilft!"

Die beiden saßen auf einer Bank im Flur vor dem Probenraum. Anna rutschte ein Stückchen näher an Bodo heran. „Und weißt du was? Das Präparat hat ein paar Nebenwirkungen."

„Ach so?" murmelte Bodo unsicher. „Welche denn? Blähungen oder so?"

„Nein". Anna strahle ihn an. „Ich bin irgendwie ständig heiß!"

„Nee!"

„Doch!"

„Noch heißer als sonst?"

„Mächtig gewaltig heißer als jemals zuvor. Und ich suche den Mann meiner Träume, der meine Lust befriedigt und zwar bald. Und mein absoluter Favorit bist nun mal du. Gib mir eine Chance! Du wirst es nicht bereuen. Du kannst praktisch gar nicht zu früh kommen. Ich bin nämlich so wild, dass ich garantiert eher da bin."

Bodo war wie vom Donner gerührt. Er war gefangen von seiner eigenen Lüsternheit und doch war ihm das alles nicht romantisch genug. Wohl wahr – Anna hatte äußerlich wirklich an sich gearbeitet und eine leicht gepolsterte Frau war ihm lieber als ein dürres Klappergestell. Sie hatte gepflegte Zähne mit einem kleinen funkelnden Ziersteinchen am linken Eckzahn, von dem Bodo befürchtete, er könnte ihn beim Küssen versehentlich einsaugen und verschlucken. Offenbar hatte sie auch die Unart aufgegeben an den Nägeln zu kauen. Oder war das auch eine Nebenwirkung von den Hormontabletten? Alles in allem war sie wirklich attraktiver geworden.

„Ich kämpfe noch mit einer Agina", murmelte Bodo, „du könntest dich anstecken".

„Ach was – ich bin gegen alles geimpft. Und schwanger werden kann ich auch nicht."

„Es ist aber nicht romantisch, einfach drauflos zu machen. Ich möchte dich vorher schon besser kennenlernen. Ich meine, wir hatten noch keinerlei Körperkontakt, haben zum Beispiel noch nie geknutscht. Und was denken die bloß im Verein?"

„Der Verein ist mir schnurz", bemerkte Anna. „Da macht es doch jeder mit jedem. Diese Tour ist aber nicht mein Ding. Ich wäre eher an einer stabilen Beziehung interessiert. Klar wird zuerst gegunkt, aber das geht vorbei. Lass dich doch nicht so von den anderen beeinflussen. Und was das Knutschen anbelangt..." Sie hockte sich breitbeinig bei dem verdutzten Bodo auf den Schoß, sodass sie sehr dicht beieinander saßen und er ihr direkt in die Augen sehen konnte: blaue Augen mit leichter Tendenz ins Grünliche. Anna neigte den Kopf auf die Seite und gab Bodo einen langen Kuss. Hey, das war doch gar nicht so unromantisch!

„Na wie ist das?"

„Ich könnte mich damit anfreunden."

Anna legte Küsse nach. Sie hatte einen angenehmen Atem, hatte ihre Hände hinter seinem Nacken zusammengelegt und tastete sich gefühlvoll mit der Zunge zwischen Bodos Lippen vor. Und Bodo ergriff sie zunächst vorsichtig und dann immer fester bei ihren Hüften und ließ alles mit sich geschehen. Sie begannen sich völlig unbewusst rhythmisch zu bewegen. Als Anna den Kuss mit einem lauten Schmatz beendete, sagte Bodo:

„Du, Klaus und Marina haben es heute Morgen im Zimmer Nummer acht getrieben. Ich konnte alles mit ansehen."

Anna kicherte. „Das war vorherzusehen. Nun ist es also geschehen. Wer ist zuerst gekommen?"

„Klaus."

„War mir klar. Hat Marina auch einen Orgasmus gehabt?"

„Ich denke schon."

„Am liebsten würde ich mich gleich zurückziehen mit dir." Anna bebte. „Aber heute Abend ist die Fackelwanderung durch den verschneiten Wald. Da lassen wir uns einfach zurückfallen, gehen zurück ins Quartier und haben mindestens eine Stunde Zeit unseren Hormonhaushalt zu sortieren. Dann wirst du die Wildsau des Probenlagers kennenlernen. Nachdem was du gesehen hast, musst du doch auch total heiß sein."

„Heiß und gut geschmiert", bestätigte Bodo. „Der Eber ist bereit zum Decken. Ortstermin Fackelwanderung. Und jetzt küss mich noch mal, du kleine Wildsau."

Im Freudenhausener Blasorchester feixte man. Das neue Paar war das Thema in Proben, Pausen und in den Zimmern. Bodo brauchte ein wenig Zeit um sich mit der neuen Situation zu arrangieren, Anna machte das hingegen überhaupt nichts aus. Sie zog Bodo freudestrahlend zu sich heran, als wolle sie der ganzen Welt verkünden: „Schaut her, dieser Prachtkerl ist jetzt meiner!"

Es war eine kristallklare Winternacht mit Mondschein, kurz vor Vollmond. Der Wald war mehr als nur vom Schnee gezuckert; schwer hing die weiße Pracht von den Ästen der Tannen. Bizarre Muster zeichnete das kahle Geäst der Laubbäume vor dem Dunkel des Waldes. Die Natur schien Kraft zu schöpfen aus dieser unbeschreiblichen Stille, zusätzlich gedämpft durch die Unmengen von Schnee. Alles lag in einem bläulichen Licht, und so kalt wie das Licht schien, war auch die Außentemperatur. Nach einem langen Probentag hatten sich die meisten Musiker, insbesondere die Blechbläser, die Lippen dick mit Cremes eingeschmiert. Wie leicht konnte solch klirrende Kälte zu spröden, rissigen Lippen führen, die ein Spielen nahezu unmöglich machten. Außerdem hatte so mancher Mund noch zahlreichen Küssen standzuhalten. Was tat man nicht alles, um bis zum Ende durchzuhalten! Der Fackelzug setzte sich in Bewegung. Mit rund 50 Fackeln war fast jeder Musiker mit einer Beleuchtung ausgestattet.

Durchstochene Bierdeckel verhinderten Wachsflecken auf den Handschuhen. Die Fackeln rußten etwas, aber ihr rötlicher Schein und der Duft des Wachses sorgten in der unwirtlichen Kühle des Waldes für eine herzerwärmende Atmosphäre. Anna hatte sich bei Bodo eingehakt und schmiegte sich an ihn. Die beiden hatten keine Fackel und hielten sich möglichst weit hinten. Beim musikalischen Leiter hatten sich links und rechts je eine von den reiferen Damen des Orchesters eingehakt – beide ledig. Anna war empört.

„Schau, schau. Der musikalische Leiter ist doch verheiratet und obendrein Christ! Der darf das doch gar nicht!"

„Ich glaube, das Einhaken fällt noch nicht unter die Rubrik Sünde", meinte Bodo. „Streng genommen hilft er den Damen doch bloß über die Straße. Sündigen tut man höchstens mit den Augen, wenn man eine Frau begehrend anschaut. Und natürlich, wenn man sie für gewisse Anwendungen mit aufs Zimmer nimmt. Aber auch dafür kann einem vergeben werden."

Klaus und Marina gingen hinter Anna und Bodo. Da sie ja beide fremdgingen und vor dem Orchester nicht als Paar erkannt werden wollten, was aber eigentlich jeder wusste, berührten sie sich nicht und liefen nur dicht beieinander. Klaus schaltete sich ein:

„Wenn ich also verheiratet bin und mit einer anderen Frau schlafe, begebe ich mich aber doch bewusst in Sünde. Ich könnte also ein permanentes Lotterleben führen und mir ständig einreden, mir wird doch sowieso vergeben."

„Das ist aber so. Der Sünder wird von Gott genauso geliebt. Er muss nur bereit sein, vor Ihm und vor anderen sein Vergehen zu bekennen, damit die Vergebung wirksam werden kann. Dazu haben viele leider nicht den Arsch in der Hose."

Klaus kam ins Grübeln.

„Ich finde Sünde geil." Marina zuckte mit den Schultern.

„Und was ist", wollte Anna wissen, „wenn man nicht verheiratet ist und Sex miteinander hat?"

„Tja", meinte Bodo. „Eigentlich ist es ja besser vorher zu heiraten, aber wer hält das schon aus? Wenn es denn wirklich dazu kommt, dann ist es … ja, ich will es einfach mal so nennen, dann ist es wie ein Eheversprechen."

Anna seufzte glücklich und sagte lange Zeit gar nichts mehr.

„Na dann mal los", grinste Klaus. „Warum geht ihr eigentlich so weit hinten?"

„Warum habt ihr heute Morgen so lange für die Zimmer gebraucht?", konterte Bodo.

Klaus und Marina schauten sich an und zogen wortlos an Bodo und Anna vorbei. Letztere ließen sich immer weiter zurückfallen, drehten sich schließlich um und gingen eng umschlungen, mit großen Schritten auf Haus „Erdstoß" zu. Anna hatte sich einen der Schlüssel für die Haustür geangelt. Die beiden befreiten ihre Schuhe vom Schnee, huschten hinein und verschlossen die Tür von innen. Anna setzte sich auf den Boden und Bodo war ihr behilflich die Schuhe auszuziehen. Eine Socke kam dabei mit und Bodo betrachtete entzückt ihren nackten Fuß. Sie fielen sich in die Arme, rissen sich die Jacken auf und wälzten sich eng umschlungen vor dem Schuhregal im Hausflur. Bodo half Anna hoch und zog sie zärtlich aber sehr eilig ins liebeserprobte Zimmer Nummer acht.

„Los, ins Etagenbett. Nach oben", bestimmte Anna.

„Wieso denn nach oben?"

„Da sieht man uns nicht gleich von der Tür aus. Wir werden uns auch da oben die Kleider vom Leib reißen. Damit wir uns auch schneller wieder anziehen können. Nur für den Notfall." Anna hatte wirklich an alles gedacht. Bodo wusste aus eigener Erfahrung, wie gut man das Bett am Fenster einsehen konnte. Er machte die Tür zu, schob Anna am Hintern das Etagenbett hoch und kletterte zitternd hinterher. In seiner Hose war es schon vorfreudenhaft eng und er wäre mit der Beule fast an der Leiter hängen geblieben. Gleich würde er mehr Platz haben. Oben bedeckte Anna ihn mit Küssen, hatte mit einem Ruck die Knopfleiste der Jeans aufgezerrt und zog ihm kraftvoll den Pullover samt T-Shirt über den Kopf. Bodo fragte sich woher sie diese Routine haben mochte, während er Anna die Designerbrille abnahm und ihr den Pullover sanft über den Kopf zog. Er freute sich königlich als es ihm gelang, den Häkchenverschluss ihres BH kunstvoll mit einer Hand aufzuschnipsen.

„Wow", hauchte Anna begeistert. Dann fielen sie sich in die Arme, erstmals Haut an Haut, den Duft des anderen einatmend und ihre kleinen harten Nippel jagten Bodo eine Gänsehaut über den Rücken. Anna atmete schwer. Sie wollte nicht warten, bis Bodo sich an ihrer Jeans zu schaffen machte und entledigte sich selbiger kurzerhand selbst, um dann mit den Füßen seine Hose samt Underwear die Beine hinunterzuschieben. Der Rest – Socken und Slip – verschwand fast wie von selbst. Bodo zog eine Decke herbei. Auf der Seite liegend folgte ein nicht enden wollender Kuss dem anderen, nicht nur die Lippen sondern stets den anderen Körper erforschend. Bodo liebkoste, seinen Prallen Freund an ihren Bauch gepresst, Annas wohlgeformten Busen. Es kam so, wie Anna es am Nachmittag geahnt hatte: keiner hielt es lange aus.

„Bitte, Bodo, jetzt! Ich kann nicht mehr warten."

Und sie rollte sich auf den Rücken, öffnete ihre Schenkel und zog ihn zu sich hinauf. Bodo fand sie, sich auf seinen Instinkt verlassend, sogleich und kostete jede seiner langen und langsamen Bewegungen voll aus. Ihm fehlte die Erfahrung, wie er seinen Höhepunkt steuern könnte, aber er meinte kurz davor zu sein. Er war völlig überwältigt von dem, was er fühlte und bis dahin noch nicht gekannt hatte. Aber wollte Anna nicht zuerst kommen? Auch sie genoss in vollen Zügen. Ihr schwerer Atem wurde immer stimmhafter und entwickelte sich zu einem genussvollen Stöhnen. Und dann überraschte sie ihn mit einem lustvollen Schrei vom Gipfel der Lust. Der Höhepunkt kam so plötzlich und so gewaltig, dass sie Bodo nicht mal vorwarnen konnte. Wie eine erhöhte Dosis Reizstrom vom Physiotherapeuten zuckte es durch ihr Becken, fuhr ihr kribbelnd in die Beine zu den Füßen und wieder zurück, es wollte gar nicht wieder aufhören. Sie riss Bodo mit sich in den Strudel der Lust, und als sich dieser mit einer heftigen Eruption entlud, folgte dem ersten ein zweiter Orgasmus eines Ausmaßes, dass sie beinahe völlig betäubt war.

„Oh Bodo." Nur langsam kam Anna wieder zu Atem und die elektrisierende Wirkung des Höhepunktes ebbte ab. Das Bett war vor lauter Liebe ganz nass. Bodo löste sich langsam von ihr, noch völlig fassungslos, glitt auf die Seite und nahm sie in den Arm.

„Ich bereue nichts", stammelte er.

In dem Zimmer war es fast völlig dunkel, nur der entfernte Schein einer Wegbeleuchtung dämmerte durch den zugezogenen Vorhang.

„Oh Bodo", hauchte eine fremde weibliche Stimme aus dem Zimmer im gleichen Tonfall.

„Ich bereue nichts", äffte eine männliche Stimme nach.

Eine kleine LED-Taschenlampe flammte auf. Rasch zog Bodo die Decke hoch und Anna richtete sich erschrocken auf. Im Zimmer standen Klaus und Marina, schon halb entblättert, er eine Hand in ihrem Pullover, sie eine Hand in seiner Hose und lachten.

„Eine eindrucksvolle Vorstellung", lobte Klaus.

„Alle Achtung Bodo", lächelte Marina, „ein Multipler gleich beim ersten Mal – gar nicht übel."

„Moment", überlegte Klaus gekünstelt. „Das erste Mal – war das nicht der Tubist?"

„Nur in eurer Fantasie." Die resolute Anna hatte sich schnell gefasst. „Das sollte nur so aussehen. Ich war bis eben Jungfrau. So, und jetzt zu euch beiden! Ihr habt eine Show erlebt, jetzt wollen wir was sehen, aber dalli. Dieser Logenplatz war nicht ganz billig!"

„Schon dabei", rief Marina und war im Handumdrehen nackt. „Ich liebe die Sünde! Einen Quickie schaffen wir noch bis die anderen kommen!" Klaus entblätterte sich auch und die beiden hüpften ins Bett unterm Fenster. Anna und Bodo betteten sich so, dass sie gut sehen konnten. Die LED-Taschenlampe sorgte für ein interessantes Dämmerlicht. Klaus schien von dem Publikum nicht so begeistert, aber er ließ sich von Marinas lüsternen Ausrufen immer wieder aufbauen. „Los Klaus! Na, wo ist denn wohl der kleine Klaus hin? Oh, der ist aber schon ganz schön erwachsen. Weiß er denn wo er hingehört? Ja, genau hier herein. Uh ja, gut machst du das!"

Anna lag seitlich, den Kopf auf die Hände gestützt, im oberen Stockwerk des Etagenbettes und begann schon wieder schwer zu atmen. Bodo hatte sich, ebenfalls auf der Seite liegend, an ihren Rücken geschmiegt und merkte völlig überrascht, dass der kleine Bodo sich schon wieder eigenmächtig aufgerappelt und Annas heißen, nassen Schoß gefunden hatte.

In der Schummerbeleuchtung war zu erkennen, dass Marina wieder die reitende Stellung eingenommen hatte. So ließ Klaus sich besser steuern. Er durfte nur nicht zuerst kommen, weil er dann

43

herauszurutschen drohte. Aber heute Abend bestand die Gefahr anscheinend nicht und Marina ritt quiekend drauf los, was das Zeug hielt. Anna malte sich bereits aus, diese Stellung mit Bodo zu probieren, aber so von hinten reizte Bodo ganz andere Regionen ihrer Scheide, und das wollte sie voll auskosten. Mit jedem seiner sanften Stöße kam sie ihm entgegen und rieb ihre Füße an seinen. Als Marina lautstark explodierte konnte Bodo sich nicht mehr halten. Dieser wand sich vor Lust und als Anna das pralle Zucken in ihr spürte, war sie an der Reihe, einen weiteren prickelnden, aber völlig anderen Orgasmus zu genießen. Als letzter war dann Teddy Klaus dran, er hatte schwer zu kämpfen und Marina hatte ihre Mühe es mit ihm zu Ende zu bringen.

Die Luft im Zimmer war jetzt schwül und roch nach Schweiß und Liebe. Marina hatte mit ihrem Atem noch das Odeur einer jüngst gerauchten Zigarette mitgebracht. So geballt, so geplant, so heiß hatte sich Liebe im Freudenhausener Blasorchester nur selten abgespielt, wenn überhaupt. Zumeist musste es schnell gehen, mit Türsteher, an unbequemen Orten, plötzlich ertappt und oft endete das Schäferstündchen in einem ungewollten Koitus interruptus. Als die anderen von der Fackelwanderung zurückkamen, waren alle geduscht. Klaus übte Posaune, Marina zog sich ein Bier rein, Bodo lag in seinem Bett und gab vor Angina zu haben. Anna säuberte ihr Fagott und musste ständig überglücklich seufzen unter dem frischen Eindruck des gerade Erlebten. Ihr Unterleib bebte noch wohlig nach. Es lebe die Hormonpille!

Nun soll noch kurz erwähnt sein, was aus diesen vier liebestollen Musikern wurde. Marina zog aus dem Örtchen Freudenhausen weg zu ihrem Teddy in die Ferne. Ob sie dort sexuelle Erfüllung fand, kann nicht mit Sicherheit gesagt werden. Für Klaus blieb Marina ein Intermezzo. Er folgte seiner langjährigen Freundin, die beruflich bedingt fortziehen musste. So verließ auch er das Orchester. Bodo und Anna waren eines jener Paare, die das Abi gemeinsam durchstanden und schon während der Berufsausbildung eine Familie gründeten. Sie blieben der Musikbesetzung lange erhalten und hatten später ein paar nette Kinder. Und möglicherweise erfahren auch sie eines fernen Tages die körperliche Liebe erstmals, heimlich und unvergesslich im Freudenhausener Blasorchester.

Eisprinzessin

Jonathan konnte es nicht fassen. Seine Gefühle fuhren Achterbahn. Vor ihm auf dem Schreibtisch lag der Inhalt eines DIN-A5-Umschlages ausgebreitet. Mit der Schrift eines reiferen Kindes war er adressiert an den „Chefgrafiker Jonathan Beerwald". Als Absender war angegeben E.-M. Müller aus einem Kinderheim in der Nähe von Düsseldorf. Darunter war ein handgeschriebener Brief in der gleichen kindlichen Schrift und der PC-Ausdruck eines Dokumentes mit allerlei Anweisungen. Und ein Foto lag bei. Ein schlechter Ausdruck eines Tintenstrahldruckers von ihm in jüngeren Jahren, am PC sitzend beim Entwurf einer Anzeige. Den gedruckten Brief hatte er zuerst gelesen. Von dem Moment an wusste er, dass er eine Tochter hatte. Und dass ihre Mutter tot war.

An Jana Müller konnte Jonathan sich noch gut erinnern. Obwohl sich Jana und er nie sorecht leiden konnten, waren sie in eine kurze, leidenschaftliche Beziehung geschlittert und wollten sogar eine gemeinsame Agentur gründen. Dann bekam sie wohl ein besseres Angebot und war weg. Ohne Tränen. „Ich geh dann mal", hatte sie im Verlagsbüro zu ihm gesagt. „Vielleicht sehen wir uns ja wieder. Ich kann dich ja anrufen, wo ich gelandet bin."

„Und wo landest du möglicherweise?"

„Irgendwo im Rheinland. Endlich mal richtig Geld verdienen."

Sie muss damals bereits schwanger gewesen sein. Sie wird es gewusst haben. Als Frau weiß man so was. Jonathan meinte, sie wäre vor ihm geflohen und konnte sich aber gleichzeitig nicht erklären warum. Die Agentur hat er dann trotzdem gegründet, wie zum Trotz auch ohne Jana und er war erfolgreicher als je zuvor. Er hatte dann Eliza geheiratet und mit ihr ebenfalls eine Tochter. Nun holte ihn die Vergangenheit ein. Er wusste nicht, wie er es Eliza vermitteln sollte, dass er noch ein fast erwachsenes Kind aus einer früheren Beziehung hatte. Natürlich hatten sie sich erzählt von ihren früheren Liebschaften; in seiner Ehe gab es keine Geheimnisse. Eliza wusste von der Sache mit Jana, wenn auch nicht in allen Details. Es war abgehakt. Schließlich ist Eliza in ihrer Jugend auch nicht gerade eine Nonne gewesen.

Jana hatte ihrer Tochter einige Zeilen geschrieben. Klare Anweisungen, die durchblicken ließen, wie es um sie bestellt war. Und diese hatte sie aus Ratlosigkeit, oder um ihr Anliegen zu bekräftigen, Jonathan in den Umschlag gesteckt.

Liebe Evi

Es geht mir wieder schlechter. Diese Schmerzen – ich halte es nicht mehr aus. Ich begebe mich wieder ins Krankenhaus und ich fühle, dass ich daraus nicht mehr lebend zurückkehre. Ach, ich hatte gewünscht, dich noch groß werden zu sehen. Laut Geburtsurkunde ist dein Vater unbekannt. Damals wollte ich das so. Heute glaube ich, dass es ein Fehler war. Ein Kind sollte einen Vater haben. Achte bitte später einmal darauf. Vieles wäre dann anders gelaufen. Ich hatte Angst zu heiraten, mich ewig zu binden, aber ich wollte ein Kind – immer schon. Jetzt haben wir ein Problem! Wenn ich nicht mehr bin, wirst du ins Heim müssen. Das Jugendamt wird dich an die Hand nehmen. Oder du gehst zu meinem Bruder, zu Onkel Nico, den du ja nicht leiden kannst... Dein Vater weiß nicht, dass es dich gibt. Er wird dich nicht hängen lassen, so wie ich ihn einschätze. Ich glaube, er ist verheiratet und du hast eine jüngere Halbschwester. Er ist so erfolgreich! Ach, dieser Neid hat mir mit dem blöden Krebs letztendlich den Leib zerfressen. Es stimmt einfach, was in der Bibel steht: „Wer habgierig ist, jagt nach Reichtum und weiß nicht, dass Mangel über ihn kommen wird" (Sprüche 28, 22). Ich hätte es so gut gehabt bei Jonathan. Schreibe ihm sobald du kannst und grüß ihn von mir. Und verzeihe mir bitte alles was ich falsch gemacht habe. Ich gehe bald an einen besseren Ort.

In Liebe, deine Jana-Mutti

Jonathan las die Zeilen immer und immer wieder. Jana hatte ihre gemeinsame Tochter Eva-Maria genannt. Woher kannte er nur diesen Namen? War ihm jemals eine Eva-Maria begegnet? Möglicherweise sogar zusammen mit Jana? Er nahm die handgeschriebenen Worte seiner unbekannten Tochter und seine Hand zitterte etwas dabei. Evi hatte sie wie einen kleinen Steckbrief vorangestellt, samt ihrem Geburtstag. Sie war im Februar geboren. Und im Mai des Jahres zuvor hatte er diesen zunächst unfreiwilligen Urlaub mit Jana erlebt. Er war zunächst völlig entsetzt gewesen, sie zur gleichen Zeit im selben Hotel zu erblicken. Ganz klar, dass Evi seine Tochter sein musste. Das Jugendamt würde einen Vaterschaftstest verlangen und er würde sich diesem stellen, ohne zu zögern. Evi schrieb folgende Zeilen:

Lieber Herr Chefgrafiker

Mutter sagte, du würdest diese Anrede lieben...

Ich mag das aber nicht, daher schreibe ich:

Lieber Paps

Vor zwei Wochen ist meine liebe Jana-Mutti gestorben. Sie ist bestattet in einem Urnengrab auf dem Nordfriedhof in Düsseldorf-Unterrath – falls du sie dort mal besuchen möchtest. Sie hat alles nur Mögliche für mich getan, ja sie hat sich aufgezehrt für mich und ich hoffe, du siehst in mir keine verzogene Göre.

Hier war die Schrift etwas wackelig und die Tinte ein wenig verschmiert – Evi hatte offenbar beim Schreiben noch sehr mit ihren Gefühlen zu kämpfen gehabt. Sie schrieb weiter:

Außer einem kauzigen Onkel habe ich niemanden und er will mich auch gar nicht. Ich bin jetzt in einem offenen Heim für Jugendliche und auf dem besten Weg eine Vollwaise zu werden. Bei den Zuständen hier werde ich keinen guten Schulabschluss machen können. Und ich wünsche mir eine richtige Familie. Ich habe dem Jugendamt deine Adresse gegeben. Sie werden sich melden. Ich brenne darauf, dich kennenzulernen, denn ich weiß so gut wie nichts von dir – nur deinen Beruf. Auf dem Foto siehst du gut aus! Bitte schreib mir mal, wie du Mutti kennengelernt hast. Irgendwie muss ich ja vor 15 Jahren mal entstanden sein. Und besuch mich doch mal. Ach, das Jugendamt wird das schon alles einfädeln.

Gruß und bis bald

Evi

Darunter hatte Evi ein Passbild von sich geklebt. Sie war ebenso blond wie Jana und hatte auch eine ganz ähnliche Mundpartie mit den vollen Lippen. Aber die Augen – es war als wurde Jonathan in sein Spiegelbild schauen. Und auf Anhieb liebte er dieses Kind von ganzem Herzen und wollte sie so bald wie möglich treffen. Er nahm noch mal den Ausdruck des Fotos von ihm in die Hand. Es hatte zahlreiche Knicke, die Farbe war blass und verwischt und die Bildränder vom vielen Anfassen zerfranst. Wer hatte das Bild so oft vorgeholt und in den Händen gehalten? War es Jana? Kleine Löcher wiesen darauf hin, dass es auch an einer Pinwand gehangen haben muss. Vielleicht in Evis Zimmer? Hatte Jana ihn bis zuletzt insgeheim geliebt und diese Liebe an Evi weitergegeben?

Jonathan war allein zu Hause. Eliza war samt Tochter zu einem Konzert-Event nach Erfurt gefahren und wollten dort bei einer alten Freundin übernachten. Und er wollte eigentlich die Zeit nutzen, mal wieder richtig in einem Wellness-Bereich abzuhängen und im Anschluss daheim stundenlang klassische Musik zu genießen, bis tief in die Nacht hinein. Vielleicht würde er noch etwas Schreibkram in der Firma erledigen. Zur Arbeit hatte er es nicht weit. Im Geschoss über ihm befand sich seine Agentur für Grafik und Printmedien, mit großzügiger Lounge für Kunden, einem Fotostudio, Büros und einer großen Dachterrasse über den Dächern unweit der Leipziger Innenstadt. Die Räume waren geprägt von viel modernem Glas und Stahl, aber dennoch irgendwie einladend. An den Wänden waren eigene Fotoarbeiten, erfolgreiche Kampagnen und Bilder eines befreundeten Künstlers ausgestellt. Ja, er hatte in den letzten zwölf Jahren ganz schön was zustande gebracht. Seine Wohnung unter der Firma hatte einen ganz anderen Charme. Sie war Teil des sanierten Altbaus, dem man den hochmodernen Dachbereich aufgesetzt hatte. Große, herrschaftliche Räume mit Stuckdecken und einem Kamin im Wohnzimmer. Ansonsten tummelten sich in dem Haus Ärzte und Anwälte. Das Haus gehörte ihm.

Jonathan war einst auch mit Jana in einem Wellness-Bereich zusammen gewesen. Bei dem aktuellen Stand der Dinge verspürte er deshalb keine sonderliche Lust darauf, sich in einer Sauna zu räkeln. Wahrscheinlich war Evi sogar im Saunabereich eines Sporthotels in Österreich entstanden. So beschloss er, Evi einen Brief zu schreiben, indem er auf ihren Wunsch einging und ihr von der Zeit mit Jana erzählte. Er holte sich eine Karaffe Wein und stellte sie auf den großen, alten Eichenschreibtisch im Arbeitszimmer, ein aufgearbeitetes Erbstück mit geschnitzten Verzierungen und schweren Beschlägen. Er füllte sich ein kristallenes Rotweinglas, nahm einen Schluck und atmete genießerisch mit einem tiefen Zug das Bouquet ein. Nun drehte Jonathan das Licht der Lampe beiseite, sodass ihr Lichtschein nur auf einen kleinen Bereich des Parketts fiel, und klappte sein Macbook auf. Außer dem indirekten Schein des Lichtes, welches einen warmen Schimmer vom Parkett reflektierte, war es dunkel in dem Arbeitszimmer und ganz still. Jonathan begann zu schreiben.

Liebe Evi

Zunächst einmal freue ich mich unwahrscheinlich, dass es dich gibt. Bis zuletzt habe ich tatsächlich nichts von dir gewusst. Du kannst dir gar nicht vorstellen, wie sehr mich das Bild von dir, deine Zeilen und die traurige Geschichte von deiner Mutter berührt haben. Ich verspreche dir schon jetzt: Ich werde dich besuchen und nicht zulassen, dass du in den Status einer Vollwaise kommst. Meine Frau ist gerade nicht daheim. Ich werde ihr deinen Brief vorlegen und mit ihr das ganze offen bereden. Was passiert ist, geschah ja lange bevor wir uns kennenlernten, daher glaube ich nicht, dass sie dich ablehnen wird. Als meine Frau steht sie heute genauso in der Verantwortung.

Ich habe tief in meinen Erinnerungen gekramt und je länger ich krame, desto mehr Details fallen mir ein zu jenem denkwürdigen Urlaub in Österreich. Ja, teilweise erinnere ich mich sogar ganz genau an Dinge, über die wir gesprochen haben. Zu Beginn dieser Geschichte muss ich festhalten: Wir konnten uns eigentlich absolut nicht leiden. Wir arbeiteten beide in den Verlagsbüros der Leipziger Volkszeitung im Bereich Werbung und Anzeigenverkauf. Jana war eine der Top-Verkäuferinnen. Sie hatte die Achtung aller Kollegen und brachte den meisten Umsatz. Böse Zungen behaupteten, sie würde doch nur erfolgreich sein durch ihr enormes weibliches Erscheinungsbild. Aber auch bei Kundinnen war sie erfolgreich. Sie konnte eben einfach verkaufen, die Mediadaten und Verkaufsargumente sprudelten nur so aus ihr hervor, aber niemals aufdringlich. Damals waren wir alle noch fest angestellt, die Werbeverkäufer mit einem sogenannten Fixum, ein Grundgehalt, welches um eine erfolgsabhängige Provision ergänzt wurde. Jana muss dadurch ein sehr gutes Auskommen gehabt haben. Sie achtete aber peinlich darauf, dass keiner ihre Kunden anbaggerte oder ihnen auch nur zu nahe kam. Sie blickte oft mürrisch drein und konnte unter den Kollegen ein Riesengezeter veranstalten und scheinbare Widersacher mit eiskalten Blicken abservieren. Deshalb war sie nicht sonderlich beliebt. Ich war als Grafiker fest angestellt. Mein Job war es, die Anzeigen zu gestalten, die Webseite der Zeitung zu Pflegen und den Layoutern (das sind die Typen, die das

Erscheinungsbild der Zeitung Tag für Tag festlegen) grafische Elemente zuzuarbeiten. Besonders meine Anzeigen waren sehr beliebt, deshalb hatte ich das Privileg, die Marketingleute im Büro zu vertreten, wenn sie im Außendienst waren. Dadurch machte ich so manchen Abschluss und konnte gut hinzuverdienen.

Obgleich ich nie mit einem ihrer Kunden zu tun hatte, war Jana diese Tatsache ein Dorn im Auge. Irgendwann wurde ein neuer Chef eingesetzt, der krempelte den Laden völlig um. Der Verkaufsaußendienst wurde in die Selbstständigkeit entlassen. Sie sollten sich gefälligst selbst versichern, ihren Dienstwagen und das Handy selbst finanzieren, auf der Basis einer entsprechend höheren Provision. „Outsourcing" nennt man so was, wenn die Leistung von externen Fachkräften einfach angekauft wird, anstatt einen Haufen Leute zu beschäftigen (was für den Arbeitgeber viel teurer ist). Meine Stelle als Grafiker war anscheinend zu wichtig, oder ich prägte das Gesicht der Zeitung zu sehr mit, als dass man mir kündigte, sogar meine Privilegien beim Verkauf ließ man mir. Dieser Umstand ließ das mitarbeiterliche Verhältnis zu Jana weiter in den Keller rutschen, obwohl ihre Position im Verkauf stärker wurde dennje, weil einige Verkäufer der alten Garde gar nicht mehr antraten und sie viele Kunden übernehmen konnte. Jana hatte wirtschaftlich bestimmt keinen Grund zur Sorge.

Früher, als ich noch rank und schlank war, bin ich regelmäßig in einen Leichtathletikverein gegangen, um mich fit zu halten. Kugelstoßen, Weitsprung, Hürdenlauf, ja ich habe sogar mal einen Triathlon probiert! Da ich zu der Zeit keine Freundin hatte und nicht so recht wusste, was ich mit meinen Urlaubstagen machen sollte, empfahlen mir Kollegen ein Sporthotel in Österreich im Tauerngebiet. Da würde ich gut Anschluss finden. Die wären da alle auf du und jeden Tag sollte es Sportangebote geben, wo man sich einfach reinhängen konnte. Dort checkte ich Anfang des Wonnemonats Mai für eine reichliche Woche ein und war erleichtert, dass der Schnee in österreichischen Alpen zu dieser Jahreszeit schon weggeschmolzen war. Ich wollte nämlich gern ein paar Bergtouren machen. Was ich zu dem Zeitpunkt noch nicht wusste: Jana hatte im selben Zeitraum Urlaub genommen, wahrscheinlich nur zur Sicherheit für sie, weil ich in der Zeit keine Werbung verkaufen konnte. Ich fand in dem Hotel sofort guten Kontakt. Da waren ein paar lustige Australier, die gerne Mountainbike-Touren machten – dort klinkte ich mich ein und holte mir prompt einen ordentlichen Muskelkater. Als ich völlig verschwitzt von der Tour an der Rezeption stand, um mir von der niedlichen Blonden meinen Zimmerschlüssel aushändigen zu lassen, hörte ich hinter mir eine entsetzte Stimme.

„Nein!"

Ich drehte mich um – da stand Jana.

„Na so was", rief ich. Ich konnte zwar ihre Art nicht leiden, fand sie aber attraktiv und hatte eigentlich keine Probleme mit ihr. Ich hatte mich mit ihrer Person gewissermaßen arrangiert.

„Was machst du denn hier?!", fragte sie verärgert. Ihre kalte Stimme ließ mich frösteln.

„Urlaub."

„Warum denn ausgerechnet hier?!" Sie schnaubte vor Wut. „Unser Büro ist schon zu klein für uns beide, der Kundenkreis ist zu klein für uns beide. Wie kann es sein, dass wir auch noch das Hotel teilen müssen?!"

„Nun", erwiderte ich den Angriff ruhig, „das Hotel habe ich empfohlen bekommen. Es gibt nichts wofür ich mich rechtfertigen müsste. Und wie bist du auf dieses Hotel gekommen?"

„Ich hätte auf eine Verschwörung im Büro getippt, wenn ich nicht bei einem guten Reisebürokunden gebucht hätte, ein Vierteljahr im Voraus. Ich war also gewissermaßen zuerst hier!"

„Ein Punkt für dich – ich habe erst vor zwei Wochen gebucht. Aber da ich kein Problem mit dir habe, so wie du anscheinend mit mir, werden wir uns am besten ganz einfach aus dem Weg gehen."

Ich wandte mich an die hübsche Blonde, die entsetzt den Blick zwischen uns hin und her schweifen ließ und bat erneut um meinen Schlüssel.

„Du kannst ja abreisen wenn es dir nicht passt", fügte ich ergänzend hinzu. „Übrigens habe ich mich morgen Vormittag für die Kletterwand eingetragen und morgen Nachmittag für die Inliner-Tour. Danach bin ich wahrscheinlich im Sauna- und Schwimmbadbereich anzutreffen. Falls du mich also nicht sehen willst…"

Ich schnappte mir den Schlüssel und ließ Jana stehen. Es lag mir fern ihr den Urlaub zu vermiesen. An eine Verschwörung glaubte ich nicht. Es war nur ein ganz dummer Zufall, dass wir beide ausgerechnet hier im Hotel Tauernhof in Flachau landen mussten. Oder war es vom Himmel gewollt, dass wir zum selben Zeitpunkt hier waren? Wir begegneten uns zunächst nur im Restaurant, beim abendlichen Vier-Gänge-Menü für Sportler und beim Frühstück. Jana schien demonstrativ den Tisch ausgewählt zu haben, der am weitesten von mir entfernt war. Sie saß allein, während ich mit den Australiern vom Nachbartisch herum scherzte. Ein Mittagessen wurde im Tauernhof nicht serviert. Es gab beim üppigen Frühstückspaket eine Art Packstation, an der man sich Fresspakete für Tagestouren zurechtmachen konnte. Es war eben alles auf sportlich aktive Leute abgestimmt. So war auch das abendliche Menü, bei dem man unter drei Essen auswählen konnte, eine leichte, wohlbekömmliche Mahlzeit, die obendrein sehr hübsch zubereitet war. Im Mai war in dem Hotel nicht allzu viel los, denn es war ja überall Schulzeit. Die Skisaison war vorbei und der Sommer noch nicht da.

Den ganzen nächsten Tag bekam ich Jana nicht zu Gesicht. Ich schaffte mich mit meinem Muskelkater an die Kletterwand und machte am Nachmittag mit einem der sportlichen Leiter (oder Animateure) eine anspruchsvolle Tour auf Inlinern durch das Tal. Das Wetter war zunächst freundlich und mild und trübte sich dann etwas ein. Als ich nach Sauna und ausgiebig Schwimmen an der Rezeption vorbei ins Restaurant ging, kam gerade Jana herein. Sie trug feste Wanderschuhe und einen Rucksack und war völlig abgekämpft.

„Ja wo kommst du denn jetzt noch her?" fragte der blonde Engel von der Rezeption. In dem Sporthotel war alles per du.

„Das ist aber schlecht ausgeschildert hier in den Bergen!", schimpfte Jana. „Ich habe mich fast verlaufen. Heute Vormittag bin ich aufgebrochen von Flachauwinkl aus und bin über den ganzen Kamm auf den Gipfel vom Lackenkogel gelaufen. Eigentlich wollte ich zurück mein Auto holen aber auf dem Lackenkogel wurde es so komisch diesig und ich habe zunächst den Abstieg nicht gefunden. Und jetzt bin ich hier in Flachau rausgekommen."

Der Rezeptionsengel gab einen erschrockenen Laut von sich. „Was, du hast die ganze Kammtour gemacht? Alleine dort oben? So was solltest du nie alleine machen! In den Mulden sind noch große

Schneefelder wo du rüber musst. Wenn dir was passiert, findet dich da oben kein Schwein."

Jana sah selbst ganz erschrocken aus. Die Blonde sprach mich an.

„Hey, Jonathan!" Sie deutete auf Jana. „Ihr seid doch beide aus Leipzig, macht doch die Bergtouren lieber zusammen."

Sie hatte ja am Vortag die Begrüßungsszene mit ansehen müssen. Vielleicht war sie psychologisch gut geschult, um in dem Hotel für ein nettes Klima zu sorgen. Vielleicht sagte sie das auch aus einer naiven Unbefangenheit heraus. Da ich Jana ja kannte, fand ich diesen Vorstoß zumindest sehr gewagt. Jana schaute mich einfach nur müde an und murmelte, sie wolle darüber nachdenken. Ich sagte noch:

„Morgen gehe ich wieder mountainbiken. Wir haben eine tolle Tour vor mit rasanten Abfahrten. Die haben hier erstklassige Räder im Hotel. Komm doch einfach mit. Es wird dir Spaß machen."

Es war mir zu blöd sie zu animieren, mir aus dem Weg zu gehen. Sollte sie doch mitkommen und unter Leuten sein, anstatt ihr eigenes Ding abzuziehen. Jana warf mir einen flüchtigen Blick zu und ging auf ihr Zimmer. Die Blonde strahlte. Dann wurde sie wieder ernst und stellte fest:

„Ihr mögt euch nicht, oder?"

„Nun", erwiderte ich, „wir sind Arbeitskollegen und durch einen dummen Zufall im gleichen Hotel gelandet. Ich habe mit ihr keine Probleme, aber für sie bin ich wie ein rotes Tuch – warum auch immer. Ich versuche ihr die Hand zu reichen und das Beste draus zu machen. Du warst dabei gerade sehr hilfreich, und das meine ich keineswegs ironisch."

In dem Moment nahm ich das kleine Namensschildchen wahr, das sie an der Bluse hängen hatte. Darauf stand: Eva-Maria.

„Wir kämpfen weiter", sagte sie tapfer. „Ihr geht noch als Paar hier raus."

Den letzten Satz mühte ich mich zu überhören.

Bei leicht wolkigem Wetter traten wir am nächsten Tag samt Helm, Bikerhandschuhen und Knieschützern auf den schicken Mountainbikes die Tour an. Erst im Tal entlang, dann an großen Bauernhöfen vorbei auf Geröllstrecken hinauf in die Berge. Ich weiß gar nicht mehr, wie viel Gänge mein Bike hatte, aber man konnte bei entsprechender Übersetzung auch bei steilem Anstieg noch fahren, ohne abzusteigen. Dann ging es ein ganzes Stück an einer Bergkette entlang mit nur wenig Höhenunterschied bei einem grandiosen Panoramablick. Unser Tourleiter hatte offenbar ein Sahnestück von Tour herausgepickt. Er ermutigte uns, ihm langsam auf einen Single-Trail zu folgen, was in der Mountainbikersprache ein steiler Pfad durch den Wald über viele knorrige Baumwurzeln war. Alle kamen heil unten am nächsten befestigten Weg an. Jana hielt sehr gut mit und schien tatsächlich Spaß zu haben. Sie wirkte total locker im Vergleich zu den letzten Tagen und zu ihrem Auftreten im Büro. Sie war nicht geschminkt und ich fand, sie hatte die Farbe im Gesicht nicht nötig und wollte ihr das bei passender Gelegenheit auch sagen. Der Tourleiter versorgte uns überraschend mit einem Snack und es wurden Fotos gemacht. Dann ging es auf rasanter Abfahrt hinunter ins Tal. Es gab glücklicherweise keine Unfälle, so erreichten wir gegen 16 Uhr wieder den Tauernhof. Beim Aufräumen der Räder sprach Jana mich an.

„Ich brauche ja eigentlich keinen Beschützer, aber ich habe mir eine Bergtour ausgeguckt für morgen. Könnten wir uns darauf verständigen, dass du mir in sicherem Abstand folgst?"

„Gerne", sagte ich, ohne zu zögern, „ich habe hier bislang noch keine Bergtour gemacht."

Der Tourleiter bekam das mit und bemerkte: „Morgen ist aber unser Hüttenfrühstück auf der Kropfalm. Das ist traditionell immer donnerstags, da gibt es kein Frühstück im Hotel. Das Wetter soll schön werden. Ihr könnt mit dem Mountainbike zum Frühstück hochfahren und eher wieder abhauen."

Und genauso machten wir es auch. Die kleine Alm gehörte dem Hotelbesitzer und bestand, wenn man einen Schuppen nicht mitrechnet aus zwei Gebäuden, Blockhäuser, die Ritzen mit Werg verschmiert. Im einen war ein größerer Gastraum mit rustikalen Schlafstuben darüber, das andere war eine kleine Gaststube mit Veranda, von der man über das ganze Tal schauen konnte. Die Fenster waren wie aus dem Bilderbuch gesäumt mit rot-weiß karierten Vorhängen. Ich kann im Moment nicht einmal sagen, ob es dort oben Strom gab. Aber Kühe mit Glocken um den Hals, welche die ganze Zeit bimmelten. Ein Bach plätscherte in einen künstlich angelegten, kleinen Bergsee, der die

Tränken speiste und für Trinkwasser sorgte. Für Australier musste es das urwüchsige Alpenländle sein, dass die Klischees immer beschreiben. Die Hotelmannschaft hatte ein fantastisches Essen hochgeschafft und den Grill angeschmissen. Von frisch bis deftig gab es hier einfach alles und von dem steilen Anstieg mit Mountainbikes vor dem Frühstück hatten alle einen großen Appetit. Jana hatte eine frische, natürliche Hautfarbe und es schien ihr gut zu gehen. Das war mir für die allgemeine Urlaubsstimmung und die anstehende Bergtour sehr wichtig.

Wir machten uns ein Fresspaket zurecht und radelten in flotter Abfahrt zurück ins Hotel, um dort in meinen Kombi zu steigen und ans Ende des Tales zu fahren. Jana wollte einen Rundweg um das Hochspitz machen, eine Tour die richtig ins hohe Gebirge hinaufging. Bei der Gasthofalm, unter den riesigen Pfeilern der Tauernautobahn, stellten wir den Wagen ab. Der Einstieg in den Berg war etwas oberhalb des Schlundes vom Tauern-Tunnel durch die Alpen. Wir konnten ihn zunächst nicht finden. Am Ende des Tales gab es eine Art Steinbruch, irgendwas wurde da industriell abgebaut. Große Maschinen, Geröllhaufen, Betriebsgelände – es sah nicht gerade aus wie eine einladende Bergtour. Aber Jana hatte die Tour ausgeguckt. Sie huschte hin und her um den mit einem rot-weißen Symbol markierten Wanderweg zu entdecken. Ich hielt mich hinter ihr, da ich ja in „sicherem Abstand" folgen sollte. Allerdings war ich es, der zufällig an einer Gabelung rechts oberhalb des Tunnels einen gut markierten Weg entdeckte. Ich wollte sie nicht ärgern und einen Triumph daraus machen.

„Jana, komm doch bitte mal mit der Karte her! Kann es sein, dass es hier ist oder sind wir zu weit rechts?"

Jana schaute in die Karte und auf den Weg und meinte völlig relaxt: „Ja, das wird er sein. Na gut, dann können wir ja anfangen zu kraxeln."

Ich war sehr erleichtert.

Wie auf der Karte ersichtlich ging der Weg in Serpentinen steil bergauf und brachte uns gewaltig ins Schwitzen. Janas Kondition war ganz ordentlich. Sie sagte kaum etwas und mühte sich eisern bergan. Eine erste Rast machten wir an einem kleinen Wasserfall aus Schmelzwasser, der als üppig rauschender Bach ins Tal sprudelte. Die Sonne schien, die Gischt schillerte in Regenbogenfarben und sorgte für ein erfrischendes Gefühl auf der Haut. Das Wasser konnte man bedenkenlos trinken und es erfrischte besser als so manches Bier.

Ich hatte meine Kamera mitgenommen. Die Fotografie war schon immer ein Steckenpferd von mir. Ich besaß eine kompakte, digitale Spiegelreflexkamera, mit der ich gerne vor allem unter verschiedenen Beleuchtungsverhältnissen experimentierte. Diese kleine Schlucht mit Bach und Wasserfall barg einige reizvolle Motive. Jana beäugte mich dabei. Weiter ging es im Zickzackkurs den Berg hinauf, anfangs durch dichten Wald mit üppigem Bodenbewuchs, später lichtete sich der Bergwald und die Bäume wurden kleiner. Im Spiel von Licht und Schatten machte ich einige Bilder, auch von Blumen in Großaufnahme, die es mir Wert erschienen festgehalten zu werden. Wir gelangten an eine Schutzhütte, die sich ein Förster oder Wildhüter gebaut hatte, gänzlich auf Stelzen errichtet, sodass man das Waldgebiet am Hang gut einsehen konnte. Nach Süden mit Blick auf das Hochspitz war eine offene Veranda angebaut, alles aus groben Brettern gezimmert, kaum dass die Baumrinde richtig entfernt war. Die Hütte war fensterlos und verschlossen. Was nicht ins Idyll passte war die blaue Plastiktonne zum Sammeln von Regenwasser. Wir ließen uns auf der einfachen Bank nieder und aßen etwas Obst. Auf das Hochspitz selbst kam man offenbar nicht hoch, es war ein mächtiges Felsmassiv. Auf der Karte sah man, dass wir diesen Berg umrunden würden auf einer Art Hochebene. Und eine Alm sollte noch am Wegesrand liegen kurz vor dem Abstieg.

„Fein", sagte ich, „da gibt es sicher frische Buttermilch oder ein Hefeweizen. Was würdest du vorziehen?"

„Buttermilch."

„Findest du meine Anwesenheit wirklich so lästig?"

„Im Moment geht es noch. Wenn du nicht weiter solche Fragen stellst."

„Vielleicht ist die Situation günstig, einfach mal über Dinge zu reden, die uns aneinander stören. Das könnte uns im Alltag helfen besser klarzukommen."

„Jonathan", erwiderte sie kühl, „du willst mich doch nicht ernsthaft anbaggern hier oben?"

Ich war grenzenlos verwundert über Janas absurde Vermutung.

„Es stört dich, dass ich auch verkaufen darf, stimmt's?"

„Richtig."

„Bin ich jemals einen Kunden von dir angegangen?"

„Noch nicht." Sie betonte das „noch".

„Du unterstellst mir also grundsätzlich, ich hätte nichts anderes im Sinn, als deine Kunden abzuwerben?"

„Das vielleicht nicht." Jana blickte starr auf das Hochspitz. „Aber du hast ein Festgehalt. Du weißt nicht um die wirtschaftlichen Unsicherheiten als Selbstständiger. Du hast das Marketing nicht nötig und machst es trotzdem. Das stört mich."

Ich erwiderte: „Die Geschäftsführung ist aber der Meinung, dass ein Grafiker andere Möglichkeiten des Verkaufens hat, weil er seine Ideen gleich visuell vorlegen kann."

„Schön für den Grafiker."

„Ich mache doch auch zahlreiche Anzeigen für deine Kunden. Hattest du schon Beschwerden?"

„Noch nicht." Und sie betonte abermals das „noch".

Ich seufzte verzweifelt. „Habe ich denn überhaupt keine Chance, bei dir mal einen Treffer zu landen?"

Jana schwieg.

„Ich mache dir einen Vorschlag", sagte ich nachdenklich. „Wenn es deinem Erfolg dient entwerfe ich dir Anzeigen vor Vertragsabschluss, damit du was in den Händen hältst wenn du zum Kunden fährst. Ich verlange nichts dafür, außer dass du nicht vor den Kollegen damit prahlst. Es verschafft dir einen klaren Vorteil. Und ich bitte das nicht als Anbaggern zu verstehen."

Sie atmete tief durch und sagte freundlich: „Lass uns nicht so viel von der Arbeit reden. Dein Vorschlag ist nett. Ich werde drüber nachdenken. So, und nun sollten wir weitergehen."

Wir brachen auf und erreichten nach kurzer Zeit endgültig die Baumgrenze. Als wir um eine Felsnase bogen wurde es plötzlich ganz still. Die Tauernautobahn und den Steinbruch oder was immer es auch war hatte man die ganze Zeit immer leise wahrgenommen – jetzt war Ruhe. Vorbei an einer steilen Schlucht linker Hand kamen wir in ein sanftes Tal, in dem teilweise noch Schnee lag. Genau in der Mitte ruhte ein kleiner, glasklarer See, der teilweise mit Eis bedeckt war. Der Wanderweg führte direkt daran vorbei. Bei genauem Hinsehen entpuppte sich der See als reiner Schmelzwassertiegel, der im Sommer wahrscheinlich vollständig verschwand, denn der Seeboden bestand aus Wiese wie das ganze Tal. Das Wasser sah aus, als befände sich eine klare Haut darauf, aber es war eine hauchdünne Eisschicht. Nachts schien es hier oben immer noch Frost zu geben. Erhitzt von der Wanderung warf ich meinen Rucksack auf die Wiese und fing an mich auszuziehen.

„Was wird das denn?" Jana drehte sich zu mir um.

„Ich gehe ein kleines Eisbad nehmen. Ich wette, das traust du dich nicht."

„Soso."

Jana lehnte sich belustigt an einen Felsblock und sah mir gespannt zu, wie ich mich entblätterte und hemmungslos und völlig nackt in den Tümpel stieg. Die dünne Haut aus Eis wich mit leisem Knistern und die Waden schmerzten vor Kälte, kaum dass ich richtig im Wasser war. Das Herz stockte mir und ich japste nach Luft als ich mich hineinwarf. Ich drehte mich im Wasser um und blickte Jana teils triumphierend, teils herausfordernd an.

„Nicht schlecht!" lachte sie, legte ihren Rucksack ab und fing ebenfalls an sich auszuziehen.

Als ich mich schleunigst anschickte aus dem Eisloch zu gelangen, zückte sie plötzlich ihr Handy und fotografierte mich. Jetzt lachte sie laut und beinahe schadenfroh.

„Ha! Das wär' doch mal was für die Pinnwand im Büro, meinst du nicht?"

„Dann bekämen die Kolleginnen endlich mal einen richtigen Mann zu sehen", konterte ich und glaubte tatsächlich, dass Jana es fertigbringen würde, das Bild aufzuhängen oder als MMS zu verschicken. „Aber nur wegen des Eiswassers. Nicht wegen gewisser Körperteile, die bei Kälte bekanntlich schrumpfen!" Ich warf mich auf die Wiese zu meinen Sachen.

Auch Jana war jetzt nackt. „Hier kommt die Eisprinzessin!" Ich fand es lustig, dass sie sich als Eisprinzessin bezeichnete. Einerseits war sie prinzessinnenhaft hübsch, andrerseits kühl und abweisend wie ein Eisblock. Wer in aller Welt vermochte ihr Eis zum Schmelzen zu bringen? Sie ging einige Schritte in den Tümpel.

„Uh, es ist wirklich frisch."

Ich zückte schnell meine Kamera. Der Lichteinfall war optimal, der bläulich glänzende Schnee im Hintergrund, ein kleiner Abschnitt grüner Wiese. Jana drehte sich kurz lachend um und fragte: „Soll ich wirklich?" Da drückte ich auf den Auslöser. Perfekt! Ich hatte sie leicht seitlich im Profil, ihre ganze Weiblichkeit in vollendeten Kurven. Ihre Brüste waren wohlproportioniert, beinahe jungmädchenhaft; man sah ihr an, dass sie noch keine Kinder hatte. Um Bauch, Taille, Schenkel war kein Gramm Fett zu viel. Im Bauchnabel verbarg sich ein Piercing. Ich bebte innerlich als ich sie so sah.

„Das ist gemein!" rief sie. Ich hatte eigentlich erwartet, dass sie jetzt sauer ist.

„Wir sind quitt!", rief ich zurück und machte noch ein paar schöne Aufnahmen von ihr, als sie sich überwand bis zum Kopf ins Eiswasser zu tauchen, um danach schnellstmöglich wieder ins Warme zu gelangen.

Die Eisprinzessin legte sich neben mich ins Gras.

„Ich hätte nicht gedacht, dass man so was Spontanes mit dir machen kann."

„Willst du sehen was ich heute alles fotografiert habe?" Ich zeigte ihr die Bilder vom Almfrühstück und unserem Aufstieg und zuletzt die Fotos von ihr. Letztere wollte sie mehrfach durchgeklickt haben.

„Ungeschminkt kommst du viel besser rüber", ließ ich fallen. Jana ging nicht darauf ein.

„Ich kann mich nicht entsinnen, dass mich je ein Fotograf so nach meinem Geschmack getroffen hätte", sagte sie bewundernd.

„Die Fotografie gehört streng genommen beruflich in meinen Bereich", seufzte ich und packte die Kamera in den Rucksack. „Leider kann ich das bei unserer Firmenstruktur nicht nutzen und schon gar nicht ausleben. Ich spiele mit dem Gedanken eine Agentur zu gründen. Mit Fotoatelier. Dir kann ich es ja verraten: Mich würde nebenbei erotische Fotografie sehr reizen."

„Interessant." Und ihr Interesse wirkte noch nicht einmal gekünstelt. Jana warf den Kopf zurück und blies eine Strähne aus dem Gesicht.

„Warum erzählst du mir das alles?"

„Damit du mich besser kennst und in mir nicht immer den kundenfressenden Löwen siehst."

Eine Weile saßen wir schweigend da. Ich musste mich zwingen, nicht laufend diskret ihre Attraktivität zu bewundern. Dieses stupide Begaffen von Frauenkörpern war mir bei anderen Männern stets zuwider. Aber obgleich ich wusste, dass sie mich verschmähte, wurden meine Blicke wie durch unsichtbare Kräfte auf sie gezogen. Energisch schloss ich die Augen und dachte an ihre kühlen Worte bei der Schutzhütte. Der Vorwurf des Anbaggerns hatte mich verletzt. Das war nicht mein Stil.

Nachdem wir grob getrocknet waren, zogen wir uns an und marschierten weiter, immer entlang der rot-weißen Wanderwegmarkierung. Eine von Bergen eingeschlossene Hochebene führte um den Kogel. Vom Flugzeug aus betrachtet hätte man das zumindest als Ebene wahrgenommen. Sie war immer noch sehr hügelig und von tiefen Furchen durchzogen. Wo die Sonne nicht hinkam breiteten sich noch Schneefelder aus, die sich wie große weiße Zungen in die Senken hinabrollten und einige Male die wichtigen Wandermarkierungen verbargen. Überall lagen große Felsbrocken und Geröll herum. Wenn der Wanderpfad von solchen Schneefeldern zugedeckt war, blieb einem nichts anderes übrig, als sie vorsichtig zu queren. Jana hatte Respekt davor, nachdem was Eva-Maria an der Rezeption gesagt hatte. Wer hier abrutschte, hatte keine Chance sich festzuhalten, purzelte in einer Lawine kopfüber die steilen Hänge hinab und prallte womöglich auf einen der Felsblöcke.

„Du musst die Füße so seitlich in den Schnee einkanten", riet ich ihr. „Am besten gehst du vorweg."

Anfangs meisterte sie die Schneefelder gut und recht sicher. Aber dann war sie einen Moment unkonzentriert weil sie mir etwas sagen wollte, da rutschte ihr rechter, dem Berg zugewandter Fuß ab und sie fiel hin. Sogleich kam sie mit einem Haufen Schnee ins Rutschen. Sie schrie entsetzt auf. Glücklicherweise bekam ich es rechtzeitig mit und packte sie kurzerhand am Rucksack. Dabei kam ich ebenfalls ins Gleiten aber irgendwo unter dem Schnee war fester Fels und ich bekam für uns wieder Halt. Auf der anderen Seite des Schneefeldes ließ Jana sich auf den Boden gleiten.

„Das wäre es jetzt fast gewesen", sagte sie und sah noch immer ganz erschrocken aus. „Du hättest mich jetzt prima los sein können."

Entsetzt schaute ich sie an. „Warum sollte ich so etwas tun? Ich bin mir sicher, du hättest mich auch festgehalten. Das hat doch nichts mit Heldentum zu tun." Ich setzte mich neben sie auf den Boden.

„Sieh mal, manche Firmen geben für das was wir heute gemeinsam erlebt haben einen Haufen Geld aus. Das nennt sich dann Survival Training für Topmanager. Und warum macht man so was? Damit man lernt loszulassen, einander zu vertrauen und ein echtes Gefühl fürs Team zu kriegen. Wir haben uns überwunden diese Tour überhaupt zusammen zu machen. Wir haben gemeinsam den Weg gefunden und sind im Eiswasser an unsere Grenzen gegangen. Und eben war einer für den anderen da im Notfall. Ich würde mich nie anders entscheiden, auch nicht bei dir."

„Es tut mir leid", sagte sie. „Ich habe dich falsch eingeschätzt. Ich bin abgerutscht, weil ich dir etwas sagen wollte. Ich habe überlegt, ob es etwas gibt was ich an dir schätze. Wir hatten doch vorhin an der Hütte darüber gesprochen."

„Und?"

„Ich mag deine Grafiken, deine Anzeigen, deine Layouts. Ich halte dich für genial, weil du alles mit so einer spielerischen Leichtigkeit machst und so kreativ bist. Ich habe immer das Gefühl, dass dir alles gelingt und ich um alles kämpfen muss. Deshalb bin ich auch so."

Sie schaute mich nicht an, als sie sprach und fügte etwas schüchtern hinzu: „Ich konnte dir das ja nie so sagen."

Ich war mehr als erleichtert. Ich nahm sie bei der Hand und zog sie hoch. „Und du bist eine Verkäuferin ersten Ranges. Ich glaube, du könntest alles verkaufen, was dir in die Quere kommt. Ich habe noch nie jemanden erlebt, der Kunden so überzeugen kann. Du bist doch wirtschaftlich enorm erfolgreich. Wo willst du denn noch hin?"

„Keine Ahnung", meinte sie. „Ich weiß nicht, wo ich hinwill. Viel Geld verdienen, ja. Ich lebe halt vor mich hin und klammere mich an Erfolge. Das macht süchtig."

Ich vermied es, sie nach einer Familie zu fragen, damit sie sich nicht angebaggert fühlt. Wir gingen weiter und kamen an die Rückseite vom Hochspitz an eine Wegkreuzung. Das Hochspitz war ein schroffes Felsgebilde.

„Gemsen!" rief Jana. Und tatsächlich, eine ganze Herde mit Jungtieren wanderte hoch oben vor dem Hochspitz herum. Entweder waren sie vor uns ausgerissen oder sie fanden da oben tatsächlich noch Futter. Sie bewegten sich mit einer Sicherheit als gäbe es dort eine asphaltierte Straße.

„Und gleich kommt noch eine Trachtengruppe mit Volkstanz daher", gab ich zum Besten.

"Und ein einsamer Trompeter bläst das Echo vom Königssee. Noch etwas mehr Klischee gefällig?"

Jana lachte. „Natürlich! Eine Vollbusige im Dirndl und ein grinsender Heini in Lederhose jodeln vor einem ausgestopften Murmeltier und einer Milka-Kuh."

„Ja das ist hervorragend!"   Die Einlage von Kitsch lockerte die Stimmung.

In der Hochebene diesseits des Hochspitz hatte die Landschaft sich verändert. Sie war flacher und fast vollständig mit einer Art Heidekraut bewachsen. Es gab weniger Felsen, kaum Schnee und steile Hänge, dafür schien alles weich wie ein Schwamm und durchlöchert von den Bauten irgendwelcher Tiere. Einmal verloren wir den Pfad und suchten ewig nach der rot-weißen Markierung. Aber diesmal fand Jana den Weg und wir erreichten die ausgeschilderte Alm. Da war die Enttäuschung groß. Keine Buttermilch und kein Weizenbier! Die Alm bestand aus zwei in sich zusammengefallenen Gebäuden, eines durch einen Brand. Ein Haufen traurig verkohlter Balken. Der Himmel hatte sich obendrein etwas eingetrübt, was insgesamt ein düsteres Bild abgab.

„Der Berg hat wohl keine Feuerwehr", bemerkte Jana trocken.

Ich hatte in meiner Jugend die Kinderbücher von Enid Blyton regelrecht verschlungen. Die Szene vor uns erinnerte mich an das „Tal der Abenteuer". Bei der Geschichte gelangen Kinder durch dubiose Umstände in ein verlassenes Tal, in dem alle Höfe völlig zerstört und verbrannt sind. Später heben sie einen Schatz aus und bringen wie immer alle Ganoven hinter Gitter. Ich habe diese Bücher früher über alles geliebt und stets mehrfach gelesen. Auch nachts, heimlich unter der Decke, bis mein Vater mich ertappte und mir, begleitet von mahnenden Worten in Sachen nahender Schultag, das aktuelle Buch wegnahm.

„Lass uns Vattenfall zusammen machen", fiel mir ein. Aus heiterem Himmel war ich der Meinung, Jana diese geschäftliche Offerte genau an dieser Stelle machen zu müssen.

„Vattenfall?" rief Jana überrascht. „Wie kommst du denn jetzt darauf?"

„Ich habe da Kontakte. Die wollen eine Kampagne machen, um das Image von Braunkohle zu verbessern. Ganzseitige Anzeigen. Immer in der Wochenendausgabe, zunächst ein halbes Jahr lang. Ich habe schon Unmengen an Vorlagen gesammelt und habe Ideen über Ideen. Ich könnte ganze Präsentationsmappen mit Entwürfen vorlegen. Aber ich scheue mich vor dem Verkaufen. Das Ding ist ziemlich groß. Warum fahren wir nicht zusammen hin und teilen uns den Job?"

Jana schnappte nach Luft. „Moment. Du willst damit sagen, dass du diesen Riesenauftrag eines Energiekonzerns nicht alleine machen willst? Du verdienst da Kohle ohne Ende!"

„Du hast recht. Ich will ihn nicht alleine machen. Du bist der richtige Partner mit dem ich das durchziehen will. Es ist genug für beide da. Wir hätten ein Weilchen ausgesorgt."

„Nachdem ich dich so angefeindet habe?"

„Ich sehe in dir einen wertvolleren Menschen, als sich zunächst vermuten ließ."

„Du überraschst mich immer mehr, Jonathan Beerwald. Das ist ein enormer Vorschuss an Vertrauen. Ich muss damit erst umgehen lernen."

„Nimm dir noch etwas Zeit. Wir haben ja Urlaub."

Die Eisprinzessin legte mir die Hand auf den Arm und lächelte. „Ich ziehe es in Erwägung, okay?"

Dann drehte Jana sich nachdenklich um und sagte: „Komm, ich glaube hier beginnt der Abstieg ins Tal."

Wir stapften sanfte Hänge hinab durch kleine Schluchten über gewundene Pfade. Auf einmal hörten wir ein äußerst unliebsames Geräusch: Es donnerte. Da war das noch ferne Grummeln eines nahenden Gewitters, welches unheimlich im Tal umherechote. Noch auf der Hochebene hinter dem Hochspitz hatte die Sonne geschienen, bei ein paar Quellwolken in der Ferne. Nichts hatte auf ein Gewitter hingedeutet. Wir blieben wie angewurzelt stehen. Bei Jana machte sich Panik im Gesicht breit:

„Oh nein, ein Gewitter!"

Auch mir fuhr der Schreck in die Glieder. „Mit einem Unwetter im Gebirge ist nicht zu scherzen. Man ist völlig ausgeliefert."

„Jonathan, es klingt vielleicht albern, aber ich habe Angst vor Gewittern."

„Du bist ja nicht allein", beruhigte ich. „Man sieht hier überhaupt nichts davon, man hört es nur und es ist noch ein ganzes Stück weg. Wir sollten sehen, dass wir so schnell wie möglich runterkommen."

Wir begannen zu rennen, aber lange hielten wir das nicht durch. Man konnte bei den Unebenheiten auf den steilen Serpentinen zu leicht umknicken. Also gingen wir über in einen eiligen Marschschritt und gelangten auch recht bald unterhalb der Baumgrenze. Begleitet von Donnergrollen ging es durch einen urwüchsigen Bergwald, in dem wir über unzählige umgestürzte Baumstämme klettern mussten.

„Dank dieser nächsten Stufe unseres Manager-Survival-Trainings stimme ich deinem Vattenfall-Angebot zu", rief Jana etwas atemlos. „Wir machen es. Gemeinsam. Wir zeigen dem Verlag, wie man Werbung verkauft!"

„Super!" rief ich zurück. „Gleich nächste Woche mache ich einen Termin!"

„Wenn wir das hier überleben!", kam es kleinlaut beim nächsten Donnergrummeln von hinten.

„Lass mich doch bitte vorne laufen, ja?"

Der Weg war immer noch eng, es wurde langsam dunkler, obgleich es noch am frühen Nachmittag war, und die Wegmarkierungen waren schlecht zu erkennen. Auch der Wald wurde immer dichter. Quer durch den Wald waren riesige Netze aus fingerdickem Stahldraht gespannt, die an gewaltigen Holz- und Stahlkonstruktionen aufgehängt waren. Von unten waren diese unheimlichen Gebilde nicht zu sehen gewesen. Sie sollten wahrscheinlich verhindern, dass Felsstürze auf die Tauernautobahn krachten. Die Autobahn konnte man bereits wieder hören, die Geräusche aus dem Steinbruch waren verstummt. Nur noch eine Biegung, dann kam ein Weg, der mit Fahrzeugen der Forstwirtschaft genutzt werden konnte. Man konnte den Weg von oben bereits erkennen. Da schrie Jana plötzlich auf und sank auf die Seite.

„Oh, Mist! Ich bin umgeknickt. Dabei habe ich so gutes Schuhwerk. Autsch."

Ich beugte mich zu ihr hinunter. In medizinischen Dingen war ich schon immer sehr unbeholfen. „Kannst du den Fuß bewegen?"

Sie machte mit schmerzverzerrtem Gesicht einige kreisende Bewegungen.

„Ja, das geht noch. Vielleicht ist es nicht so schlimm. Ich sollte in Bewegung bleiben."

Ich half ihr auf die Beine und stützte sie auf der linken Seite mit dem lädierten Knöchel. Jana blickte mich an und kicherte.

„Ich sage jetzt nicht, dass du mich hier jetzt einfach liegen lassen könntest. Denn das würdest du niemals tun."

„Schon gar nicht bei einem Gewitter", ergänzte ich. „Survival Training Teil vier bestanden."

Wir gelangten auf den ausgebauten Weg und legten an Tempo wieder zu. Die Panik vor dem Gewitter trieb uns. Es begann bereits zu regnen und der Donner klang immer näher und bedrohlicher. Jana meinte, sie könne ohne Schuh besser laufen. Ich bandelte mir also ihren linken Schuh um den Hals, tränkte mein Stofftaschentuch mit einem Rest Mineralwasser und wickelte es um ihren leicht geschwollenen Knöchel. Dann schob ich ihre Wandersocke darüber um dem „Verband" etwas mehr Halt zu geben. So humpelten wir durch den langsam stärker werdenden Regen weiter.

„Sag mal", begann ich um Jana etwas abzulenken, „wollen wir nicht die Agentur gemeinsam gründen?"

„Oh Jonathan!" Ich mochte es, wenn sie das so sagte. „Was kommt denn heute noch alles?"

Ich meinte es ernst, deshalb erwiderte ich nichts.

„Ich habe begriffen, dass du meine Arbeit würdigst und ich schätze das sehr. Aber glaubst du wirklich, dass wir menschlich zurechtkommen würden?"

„Warum denn nicht? Ich spreche ja auch nicht von einer Ehe, sondern von einer beruflichen Partnerschaft. Ich sehe in uns ein gewaltiges Potenzial."

„Selbstständig bin ich ja schon", überlegte Jana.

„Genau, und die Agenturprovision ist höher." Ich spann den Faden weiter, während wir durch den Regen hetzten. „Zwar wird uns der Verlag nicht alle Kunden kampflos überlassen. Dafür sind wir aber im Verkauf nicht an die Leipziger Volkszeitung gebunden. Wir können die Kunden auch bei der SZ oder beliebigen anderen Printmedien buchen. Und ich mache Grafik und Fotografie. Man könnte Webdesign einflechten, auch eine Sache, die mich sehr interessiert. Wir machen eine GbR und alles geht halbe-halbe. Wir haben es in der Hand wie viel wir verdienen wollen. Ich bin übrigens kurz davor, einen heruntergekommenen Altbau nahe der Innenstadt zu erwerben."

Jana schaute mich bewundernd an und umfasste mich fester.

„Wie du das alles so hinkriegst. Bin ich dir eigentlich nicht zu schwer?"

„Wenn es sein müsste würde ich dich tragen."

Da sie sich ohnehin auf meine Schultern stützte, packte ich kurzerhand ihre Beine bei den Kniekehlen und trug sie auf den Armen.

„Jonathan", lachte sie, „was machst du da? So kommen wir nie zum Auto!"

Ich wirbelte sie zweimal herum und ließ sie wieder herunter. Wir standen uns im Regen atemlos gegenüber und sahen uns in die Augen. Ihre Pupillen waren groß, in ihrem Blick lag eine mir völlig unbekannte Wärme. Regentropfen rannen an ihr hinab, von den durchweichten Haaren über ihre makellose Haut, den Hals hinab in ihren Ausschnitt, wie Ströme von Schmelzwasser – die Eisprinzessin taute auf!

Der erste wahrnehmbare Blitz ließ aber keine weiteren romantischen Gefühle aufkommen. Wir rannten so gut Jana es eben konnte, kamen an der Weggabelung oberhalb des Tauerntunnels vorbei, an der die Tour begonnen hatte und passierten das Steinbruchgelände. Jetzt konnte man in das ganze Tal hineinschauen und man blickte auf eine einzige schwarze Gewitterwand, in der grelle Blitze aufleuchteten. Es goss wie aus Eimern. Patschnass erreichten wir meinen Kombi und warfen uns samt der Rucksäcke hinein. Sofort beschlugen die Scheiben. Draußen schien es jetzt erst richtig loszugehen. Jana brachte ihren Sitz in Liegestellung, zog sich den nassen Strumpf aus und legte einen ausgesprochen hübschen Fuß, wenn auch leicht geschwollen, auf das Armaturenbrett.

„Das war Survival Training Teil fünf", bemerkte ich.

Langsam fuhr ich durch das Tal in Richtung Flachau. Die Blitze schienen fast aus einem einzigen Wetterleuchten zu bestehen und es krachte unaufhörlich. Jana jammerte und hielt sich die Augen zu. Die Scheibenwischer kamen mit Wischen kaum hinterher und es ging durch Pfützen, in denen mein Wagen fast bis zur Radnarbe durchs Wasser pflügte. Wir kamen am Parkplatz in Flachauwinkl vorbei. Dort hatte Jana vor ihrer ersten Bergtour ihr Auto abgestellt und es stand noch immer dort.

„Willst du deinen Wagen jetzt mitnehmen?"

Sie schüttelte den Kopf. „Ich habe keine Schlüssel mit. Das machen wir lieber wenn es draußen nicht so apokalyptisch zugeht. Sieh nur die armen Radfahrer!"

Unter dem spärlichen Vordach eines Kiosk versuchte sich ein Pärchen mit Mountainbikes verzweifelt vor dem Unwetter zu schützen. Sie waren wohl bei einer Radtour vom Wetter überrascht worden und taten mir Leid.

„Die nehmen wir jetzt mit.“

Ohne eine Reaktion von Jana abzuwarten, stoppte ich und fuhr rückwärts an den Kiosk. Da ich sowieso patschnass war, sprang ich aus dem Auto, machte die Heckklappe auf und rief:

„Wo müsst ihr hin, ich nehme euch mit!“

Die leichten, modernen Räder waren bei teilweise umgeklappter Rückbank zwar recht sperrig auf unseren Rucksäcken, aber die Klappe ging noch zu. Die beiden mussten auch nach Flachau, aber in ein anderes Hotel. Sie zwängten sich auf den wenigen verbliebenen Platz und waren unendlich dankbar. Wir erzählten uns kurz von unseren Abenteuern. Jana schaute mich dabei die ganze Zeit so merkwürdig an. Ich lieferte das Pärchen bei ihrem Domizil ab. Der junge Mann übergab mir einen feuchten 20-Euro-Schein, den ich gar nicht haben wollte, aber er bestand darauf.

„Sie werden jetzt duschen und dann Sex haben“, sagte Jana, als die beiden ins Hotel gingen.

„Wie kommst du denn darauf?“

„Das sehe ich denen an. Sie sind so jung; da lässt man keine Gelegenheit aus. Es ist schließlich noch Zeit bis zum Abendessen.“

Manchmal konnte ich nicht nachvollziehen, was in Janas Hirnwindungen so vor sich ging. Was wollte sie erreichen, indem sie begann von Sex zu reden? Wollte sie mich auf Kurs bringen? Noch vor drei Stunden hatte sie mir vorgeworfen, ich würde sie anbaggern.

„Hättest du sie nicht mitgenommen?“, versuchte ich sie abzulenken.

„Ich glaube nicht. Ich bin zu bequem und zu mutlos dafür. Dabei ist es oft so einfach anderen zu helfen. Alles was du machst wirkt so federleicht. Ich hätte glaub ich nie angehalten für die beiden.“

Ich parkte vor dem Tauernhof, möglichst nahe dem Eingang, um nicht soweit durch den Regen zu müssen. Aber wir waren sowieso total durchnässt.

„Für den Zwanziger gönnen wir uns einen richtig guten Rotwein, mit dem wir auf den Tag anstoßen", schlug ich vor.

„Du bist so ein guter Mensch, Jonathan", sagte sie sanft, nahm meinen Kopf in beide Hände und küsste mich. Ein langer, feuchter und ehrlicher Kuss. Sie zitterte dabei.

„Du frierst, Jana. Ich weiß nicht was du nun vorhast. Zumindest werde ich mich in den Saunabereich begeben, werde dort schön heiß duschen und mich im Tepidarium so richtig durchwärmen."

„Das klingt gut. Ich komme mit. Ich möchte bei dem Unwetter nicht alleine sein."

Also bekamen wir bis zum Hotel noch eine Ladung Wasser ab. Jana bestand darauf, dass ich in ihrer offenen Zimmertür auf sie wartete, bis sie sich ausgezogen und den weißen Hotelbademantel übergeworfen hatte. Sie hatte kein Licht angemacht. Durchs Fenster schien nur gespenstisch das Wetterleuchten. Schließlich wartete sie auch in meiner Zimmertür bis ich umgezogen war und wir gingen zusammen eine halbe Treppe tiefer in den Wellness-Bereich. Er befand sich an der Rückseite des Hauses. Aus den Fenstern blickte man auf die schwarzen Wälder die auf den Lackenkogel hinaufragten. Das Gewitter hatte sich im Tal festgesetzt und schien es nicht verlassen zu wollen. Die Blitze tauchten die Wälder in ein unwirklich bläuliches Licht, die dunklen Gewitterwolken gingen in die Nacht über. In meinem Kopf geisterten die bombastischen Motive der Gewitterszene aus der Alpensinfonie von Richard Strauss herum. Es wurde überhaupt nicht mehr hell. Die Beleuchtung flackerte verdächtig als wir duschten. Im Wellnessbereich waren keine anderen Hotelgäste. Das Tepidarium bestand aus einem kleinen Raum mit großen, beheizten Steinplatten aus poliertem Granit, die in zwei Etagen L-förmig angeordnet waren. Es war mit einer schwachen Rotlichtlampe beleuchtet und es herrschten nur etwa 40 Grad, aber der heiße glatte Stein auf der Haut war mehr als nur angenehm. Jana seufzte behaglich. Ich beschloss nichts zu unternehmen, was in irgendeiner Weise anzüglich wirken konnte. Ich hatte jetzt ihr Vertrauen; das wollte ich nicht verspielen.

Gerade war ich dabei ein wenig einzuschlummern, da war plötzlich der Strom weg. Die rote Lampe ging aus, der leise Lüfter verstummte. Auch Jana merkte, dass etwas anders war. Ein Blitz musste wohl in eine Trafostation oder ein Umspannwerk eingeschlagen haben. Nun – der Strom würde wohl wiederkommen. Nach einer Weile kam vom

Hotel jemand in den Wellness-Bereich, anscheinend um nach dem Rechten zu sehen und die Gäste zu informieren. Ich hörte das Klappern, wie das Teegeschirr von der Erfrischungstheke zusammengestellt wurde.

„Ist noch jemand hier?" fragte jemand mit erhobener Stimme. Da packte Jana meinen Arm und wisperte: „Sei still."

Als niemand antwortete, ging die Person wieder und schloss deutlich hörbar den ganzen Wellness-Bereich ab. Jana kicherte. „Jetzt ist Ruhe, endlich."

„Wie geht es deinem Fuß?" fragte ich. Wir lagen L-förmig angeordnet auf der unteren Bank, ihre Füße bei meinem Kopf. Sie kreiste mit dem Fuß und berührte dabei meine Haare.

„Es geht so. Könnte eine Massage gebrauchen."

Ich nahm ihn vorsichtig in die Hände, fuhr sanft über die Schwellung und sagte leise:

„In Jesu Namen, dieser Fuß sei geheilt."

Nach kurzer Zeit des Grübelns fragte Jana: „Glaubst du an so was?"

„Ja."

„An geistliche Dinge und so?"

„Ja."

„Hilft das was?"

„Es hat mich zu allem gebracht, was ich erreicht habe."

„Bist du deshalb so zu Menschen?"

„Ja, das ist mein Leitfaden. Es funktioniert."

Jana schwieg ein Weilchen nachdenklich.

„Es ist schon viel besser", sagte sie dann.

Ich massierte zart ihren ganzen Fuß und beendete die Behandlung mit je einem Kuss auf Zehen und Fußballen, worauf Jana mir auch noch den anderen Fuß hinhielt. Dieser erhielt die gleiche Behandlung. Sie atmete schwer. Hand in Hand schlummerten wir ein im Tepidarium des Tauernhofes.

Bestimmt zwanzig Minuten hatte ich geschlafen, als ich schweißüberströmt aufwachte. Da sage doch einer, bei 40 Grad käme man nicht ins Schwitzen!

Noch immer hielt ich Janas Hand. Sie wurde ebenfalls munter und wir richteten uns langsam auf um den Kreislauf in Gang zu bringen und verließen das Tepidarium. Das Gewitter hatte sich zurückgezogen, es regnete nun sanft und der krachende Donner hatte aufgehört. Nur ein zauberhaftes Wetterleuchten flackerte noch hoch über dem Tal. Die eiskalte Dusche holte mir die Lebensgeister zurück. Ich griff mir eine Flasche Mineralwasser von der Theke.

„Und nun?" wollte Jana wissen, nachdem auch sie sich abgekühlt und erfrischt hatte.

„Die Küche wird ohne Strom das Abendessen erst später machen", zählte ich auf. „Die Sauna hat bestimmt noch 60 Grad. Wir haben Wasser zum Duschen und zum Trinken. Und wenn der Strom wieder da ist, drücken wir den Alarmknopf in der Sauna und man wird uns befreien. Wenn nicht, dann sind da Decken im Ruheraum, die auch für eine Nacht herhalten. Ich habe allerdings Hunger." Ich begab mich an das Fenster vom Ruheraum und schaute hinaus, dicht gefolgt von Jana. Sie drehte mich am Arm herum. Dann ließ sie ihren Bademantel an sich heruntergleiten. Sie öffnete die Schleife von meinem, schob ihn über meine Schultern, sodass er auf den Boden fiel. Nackt standen wir uns gegenüber.

„Vielleicht können wir erst den anderen Hunger stillen", flüsterte sie.

Wir hielten uns an den Händen und begegneten uns in einem unendlichen Kuss. Unsere Körper fanden zusammen, verschmolzen in inniger Umarmung. Sie stand auf meinen Füßen, ihre Haut war vom kalten Duschen kühl wie Seide; ich glaubte nicht, was ich gerade erlebte. Ich wusste so wenig über sie und über ihr Liebesleben, über ihre Person. Wir kannten uns praktisch gar nicht richtig und dennoch rührte sich Begierde in mir. Ich konnte es nicht fassen, dass sie mit mir schlafen wollte, hier in der Saunalandschaft vom Tauernhof. Sie, die unnahbare Eisprinzessin, mit mir, dem verschmähten Rivalen aus der Werbebranche! Wie ein gehorsamer Husky folgte ich ihr in mächtiger

Erregung auf die großzügige Sitzlandschaft im Ruheraum und schenkte ihr Zärtlichkeit nach bestem Wissen. Wir rieben, streichelten uns und versanken wie im Rausch in nicht enden wollenden Küssen, bis unsere körpereigenen Gleitmittel, in höchster Lust verrieben an Bauch und Schenkeln, uns den Weg zur vollständigen Vereinigung bereiteten. Der Höhepunkt übermannte mich und überfraute sie kurz nacheinander. Die Gefühle hatten uns überrannt, sanft wie eine Brise in den Bergen und doch heftig wie eine Lawine, bei der die Erde bebt. Und unser Verlangen war damit noch nicht gestillt. Wir müssen uns eine kleine Ewigkeit auf das Intensivste miteinander beschäftigt haben und wälzten uns gerade liebeskämpferisch in den Kissen, mitten beim zweiten hocherotischen Anlauf, als der Strom wieder da war und in der Saunalandschaft das Licht anging. Damit konnten wir von außen theoretisch bei unserer intimen Beschäftigung beobachtet werden. Jana hatte in Ekstase mit einem ihrer äußerst hübschen Füße ein Bild von der Wand gestoßen, welches glücklicherweise nicht zu Schaden kam. Nur langsam und etwas unwillig schafften wir es uns voneinander zu lösen. Ich betätigte den Alarmknopf in der Sauna und wir standen unter der Dusche, als eine völlig überraschte Eva-Maria den Saunabereich wieder aufschloss. Sie hatte ein Notarztköfferchen in der Hand und Jana konnte sich das Lachen nicht verkneifen.

„Wir sind im Tepidarium eingeschlafen", verkündete sie fröhlich. „Wir haben gar nicht gemerkt, dass jemand abgeschlossen hat."

„Das ist mir echt peinlich", meinte Eva-Maria.

„Nicht schlimm", sagte Jana. „Wann gibt's Essen? Decke bitte für uns zusammen an einem Tisch, ja?"

Eva-Maria nickte und zwinkerte mir zu. Als sie verschwunden war, meinte Jana:

„Eva-Maria. Das ist ein schöner Name, nicht wahr?"

Das Abendessen verlief sehr entspannt. Ich hatte Jana noch nie so locker erlebt. Sie hatte sich dezent geschminkt und ihre Haare nett zurechtgemacht, ohne aufgetakelt zu wirken.

Die ganze Zeit nippte sie selig an ihrem Weinglas und war den ganzen Abend zu frivolen Scherzen aufgelegt. Sie hatte unter dem Tisch ihre Schuhe ausgezogen und schob mit ihren zarten, nackten Füßen meine Hose am Bein hinauf, um an die behaarte Haut meiner

Waden zu kommen und rieb daran. Hätte ich eine enge Jeans getragen, wäre sie nicht weit damit gekommen und das prickelnde Erlebnis hätte wohl nicht stattgefunden. Nur gut, dass die Tischdecke lang genug war, um etwa den Australiern einen Blick auf dieses Schauspiel zu verwehren. Sie meinte beim Nachtisch mit vielsagendem Blick:

„Wie war das mit dem Survival Training heute? Teil fünf war das mit dem Gewitter. Teil Sex Punkt eins war in der Sauna. Und wann findet Teil Sex Punkt zwei statt? Wir haben zwar schon einen Höhe-Punkt gehabt. Aber kurz vor Punkt zwei kam der Strom wieder.“

„Stimmt“, erwiderte ich, „das war nicht sehr elektrisierend.“

„Ich will dich reiten, Jonathan, dass dir hören und sehen vergeht. Jetzt gleich.“

Was blieb mir anderes übrig als auf diese attraktive Einladung einzugehen. Ich suchte in der Weinkarte einen Rotwein aus, der ziemlich genau zwanzig Euro kostete. Meine Weinkenntnisse waren eher dürftig, aber für zwanzig Euro bekam man sicher einen anständigen Tropfen für eine rauschende Liebesnacht. In meinem Zimmer war Jana sofort darauf bedacht mir die Kleider förmlich vom Leib zu reißen, aber ich tat absichtlich alles sehr, sehr langsam und ich machte sie verrückt damit. Ich klatschte ihr sanft auf die Finger, wie bei einem ungezogenen kleinen Mädchen, wenn sie an meine Wäsche wollte, bevor ich ihr nicht selber etwas entwenden durfte. Ich gebe zu, dass es mir sehr schwer fiel, mich zurückzuhalten. Wie gerne wäre ich in ihrem Schoß versunken. Aber war es die Furcht nicht durchzuhalten, die mich davon abhielt mich sofort hinzugeben? Jana versuchte auf mich zu kommen und ich warf sie ab. In unbändiger Lust kämpften wir miteinander, bis ich zuletzt mit dem Kopf zwischen ihren Schenkeln landete und sie mit der Zunge liebkoste, bis sie sich in endlosen Orgasmen erging. Ich küsste und streichelte sie, ach ich weiß nicht wie lange, und als sie wieder soweit war, übergab ich ihr meinen Körper willenlos und sie holte sich ihren Ritt und brachte die Kür für uns beide zu ekstatischer Vollendung. Ich weiß nicht mehr, wie oft wir miteinander schliefen. Wir erwachten und hatten Sex. Mitten in der Nacht taten wir es unter der Dusche. Und mit Tagesbeginn liebten wir uns abermals. Ich war den Tag nach unserem Ausflug jedenfalls völlig erledigt. Die Flasche Wein war leer und Jana war auch irgendwie fertig. Immerhin ging es ihrem Fuß schon viel besser. Es folgten noch sehr schöne Tage mit Mountainbike-Touren und Wanderungen. Wir machten

Janas erste Bergtour auf den Lackenkogel noch einmal in entgegengesetzter Richtung und wir liebten uns bei Sonnenschein auf einer einsamen Almwiese. Auf dem Rückweg holten wir ihr Auto ab und brachten es wieder zum Hotel.

Ja, liebe Evi, so haben wir damals zueinandergefunden und so wirst du ein Geschöpf aus unserer Liebe sein. Die Zeit nach dem Urlaub war für mich sehr schwer. Jana verfiel in ihren alten Trott. Wir haben uns noch einmal getroffen und miteinander geschlafen, aber es war nicht so wie in Österreich. Vattenfall wollte nicht gleich anbeißen und Jana bekam ihr geheimnisvolles Angebot aus dem Rheinland. Als sie ging, wird sie bereits gewusst haben, dass sie mit dir schwanger war. Ich kaufte jedenfalls das Haus und leitete die Sanierung ein. Die Etagen bekam ich schnell vermietet, im Dachgeschoss gründete ich meine Agentur. Vattenfall wurde später, und ist bis heute, mein größter Kunde.

Am schwersten war der Frust für mich kurz nachdem Jana fort war. Hinzu kam der Stress mit dem Bau und Versagensängste. Aber dann lernte ich Eliza kennen, meine jetzige Frau. Sie umfing mich mit ihrer Liebe und Zuversicht und gibt mir bis heute Rückhalt bei allem, was ich tue. Deshalb glaube ich auch, dass sie dich annehmen wird. Ich freue mich auf ein baldiges Treffen!

Bis dahin

Jonathan.

Er klappte sein Macbook zu. Er hatte keine Ahnung, ob Jana in Düsseldorf jemals glücklich war. Ein Kind großzuziehen bedeutete auch Glück, aber ein anderes, als in einer erfüllten Partnerschaft zu leben. Sie war hinter dem Geld her und gönnte anderen keine Erfolge. Das war ihr wichtiger als sich der Liebe eines Mannes zu öffnen, wichtiger als eine lebenslange erfüllte Partnerschaft. Irgendwie wurde Jonathan das Gefühl nicht los, dass ihre gemeinsame kurze Zeit in Österreich möglicherweise die glücklichsten Momente in ihrem Leben gewesen waren. Er öffnete von den schweren Schubfächern seines Schreibtisches das unterste Fach und kramte darin herum. Von ganz tief unten holte er eine Fotografie hervor von einer wunderschönen jungen Frau, die in einem kleinen See badete. Im Hintergrund sah man bläulich glänzenden Schnee und grüne Wiese und auf dem See war noch eine Eisschicht. Die blonde junge Frau war nackt. Sie drehte sich gerade um, weil sie etwas sagte und sie lachte dabei kokett in die

Kamera. Man sah ihr vollendet weibliches Profil, ein dezentes Piercing im Bauchnabel, alles im perfekten Licht. Stunden später nach Entstehen dieser Aufnahme hatten sie sich mit Hingabe geliebt. Und nun war sie von dieser Welt gegangen. Jonathan küsste das Bild und sagte leise:

„Adé, liebe Jana. Machs gut, meine geliebte Eisprinzessin."

Er hoffte innig, dass sie, wie es in ihren Zeilen ansatzweise zu erkennen war, Gott gefunden hatte und nun bei ihm war. Aufgewühlt legte er sich schlafen.

Eliza kam gegen Mittag allein nach Hause. Ihre gemeinsame Tochter hatte beim Konzert eine Freundin getroffen und durfte noch mit zu ihr. Eliza tat sehr geheimnisvoll und zog ihn ins Schlafzimmer zu einem Begrüßungsschäferstündchen, sie vernaschte ihn, als hätten sie sich Wochen nicht gesehen. Als sie sich danach seufzend an ihn schmiegte, sagte Jonathan:

„Du, die Sache damals mit Jana vor fünfzehn Jahren hat mich eingeholt."

„Inwiefern?"

Jonathan holte tief Luft und brachte etwas gequält hervor:

„Jana ist tot und wir haben eine Tochter. Ich habe es gestern erfahren."

„Oh mein Gott", sagte Eliza.

Er wühlte sich aus dem Bett, zeigte Eliza die Briefe und las ihr den langen Antwortbrief vor. Eliza wollte alles genau wissen. Bis zum späten Nachmittag verweilten sie im Bett und redeten.

„Eigentlich könnte ich meine sexuellen Erlebnisse vor unserer Zeit auch mal aufschreiben", kommentierte sie seine detaillierten Ausführungen. Dann machte sie einige Korrekturvorschläge. Jonathan sollte die Liebesszenen vereinfachen; sie könnten ein 15-jähriges Mädchen überfordern. Er sollte allerdings die „heiße" Version für sie aufbewahren. Und er sollte das Bild von Jana im See beilegen, das würde die plastische Erlebnisschilderung noch verstärken. Evi würde sich darüber freuen.

„Du könntest mich auch mal erotisch fotografieren", schlug sie vor. „Oder wir könnten uns filmen beim Sex! Das wäre doch mal Belebung und Anregung, auch wenn ich keinen Grund habe mich zu beklagen. Aber du solltest es bald tun, bevor ich wieder aus dem Leim gehe."

Jonathan Beerwald stutzte. Eliza strich ihm sanft über den Kopf. Dann legte sie sich voll Hingabe auf ihn und gab ihm einen langen Kuss, sodass er wieder ganz erregt und voller Vorfreude auf eine zweite Runde Begrüßungssex war.

„Aber Jonathan! Natürlich werden wir Eva-Maria zu uns holen, wenn der Vaterschaftstest eindeutig ist. Evi wünscht sich eine richtige Familie? Nun, die soll sie haben. Denn dann sind wir, wie es im Augenblick aussieht, irgendwann zu fünft!"

Geschichte mit Bernd: „Von Schafen und Tangas"

Bernd konnte sie nicht leiden, diese Dienstreisen mit Übernachtung in Pensionen. Noch weniger, wenn ihn die Vertreterreisen in Kleinstädte führten, wo meistens nichts los war. Er war Vertreter eines großen Herstellers für Elektrogeräte und klapperte die kleinen Elektrofachgeschäfte in den Regionen ab, warb für seine Marken, die er vertrat, stellte die neuesten Designs und Konstruktionen vor, vergab Boni und Mengenrabatte und schaute genau hin, ob die Geräte seiner Marke auch in den Schaufenstern standen. Eigentlich hätte Bernd zufrieden sein können. Die Händler der recht strukturschwachen Gegend in Brandenburg hatten sich recht gut angestellt, und reichlich Toaster, Kaffeemaschinen, Haartrockner und vieles mehr nachbestellt. Große Standventilatoren waren diesen Sommer besonders gut gegangen. Aber die ländliche Idylle ödete Bernd damals noch an. Er hatte in einer kleinen, familiären Pension auf einem kleinen Dreiseitenhof Quartier bezogen und war der einzige Gast. Das kleine Gästezimmer mit Dusche befand sich im sanierten Teil des Altbaus und war eigentlich ganz gemütlich.

Im Fernsehen kam nur Mist, was ja an sich nichts Neues war, und sein Buch, einen spannenden Roman, hatte er daheim vergessen. Er streckte sich also gelangweilt auf seinem Bett aus und ging gedanklich noch mal den Tag durch. Die Pensionswirte waren sehr freundlich, fast schon elterlich.

„War das Frühstück ausreichend? Nehmen Sie sich doch noch was!"

Am Nachmittag half Bernd mit beim Abnehmen der Äpfel unten am Feldweg. Eigentlich hatte er keine Lust dazu. Aber die Arbeit war erledigt, das Wetter war spätsommerlich schön und die Langeweile war erdrückend. Also half er dem Bauern, der darauf bestand „Horscht" genannt zu werden, beim Abnehmen der Äpfel. Die Sorte hieß „Marten Sämling" oder so ähnlich und sie schmeckte vorzüglich. An dem Stück Feldweg standen zwei Apfelbäume dieser Sorte nebeneinander, es folgten noch ein „Boskop", zwei Birnen und ein Pflaumenbaum, aber Birne und Pflaume waren bereits abgeerntet. Die Äpfel wanderten in große Holzkisten und wurden im Keller des Bauernhauses für den

Winter eingelagert. Dort war der Fußboden aus Lehm und es war konstant feucht und kalt. So blieben die Äpfel lange frisch und wurden nicht schrumpelig.

Bernd war eigentlich ein Stadtmensch. Er konnte dem Leben auf dem Lande nicht allzu viel abgewinnen. Noch nicht. Er brauchte Kino, Kultur und Disco, ab und zu mal ein Mädel und ohne Multimedia ging gar nichts. Dennoch fand er es durchaus achtbar, wie das Leben hier funktionierte. Die Obstbäume, ein großer Garten und ein wenig Viehzeug ermöglichte eine nahezu autarke Versorgung, ohne Supermärkte, ohne haufenweise Chemie im Essen, vitaminreich und vielseitig und absolut krisenfest. Es war nur leider mit viel Arbeit verbunden.

Zu dem besagten Viehzeug gehörten ein paar Kaninchen, die brave Hofhündin Lotta, die von der Rasse eine stattliche Hovawart-Dame war, und drei Schafe, die unter den Obstbäumen mit langen Ketten angepflockt waren, um die Wiese darunter kurz zu halten.

Merke: _Schafe sind laufende Rasenmäher._ Manchmal liegen sie auch. Dann haben sie Inspektion oder sind defekt. Angepflockt mit langer Laufleine fressen sie nette runde Muster an die Stellen, wo der benzingetriebene Kumpel schlecht hinkommt. Wegen der automatischen Düngung beim Weiden, empfiehlt sich die Schafmahd jedoch nicht für Liegewiesen und Fußballplätze.

Die Schafe fesselten Bernds Aufmerksamkeit. Da waren die beiden Mutterschafe Pünktchen und Bertha und der Hammel Rolf. Für alle Städter und anderes landwirtschaftlich ungebildetes Volk sei hier erwähnt, dass ein Hammel ein kastrierter Schafbock ist. Schafe waren Bernd in seiner scheinbar längst vergangenen Jugend nie so richtig aufgefallen. Hin und wieder mal so ein Wollknäuel auf der Wiese – na und? Sie sind irgendwie ganz unscheinbar diese Tiere. Eine Kuh hingegen, ja das ist ein Geschöpf von Statur, groß, auffällig, gruppendynamisch, wohlriechend und die Verkörperung von Bauernhofromantik schlechthin. Aber ein Schaf... Als Städter wusste Bernd weder, dass Schafe zu den Paarhufern gehören, noch dass Schafe wiederkäuen und er dachte allen Ernstes, Schafe würden beißen!

Merke: Schafe sind freundlich. Wirklich, Schafe grinsen ständig! Selbst beim Kauen scheinen sie sich zu amüsieren, wobei man nie so recht weiß, ob da nicht etwas Spott dabei ist. Weil wir Menschen uns laufend so abrackern und rumhetzen, anstatt uns mit einem Stückchen leckerer Wiese zufrieden zu geben. Warum nicht mal fünfe gerade sein lassen?

Bernd erntete gerade den Baum ab, bei dem Hammel Rolf verweilte. Jedes Mal wenn er seinen Eimer in die mit Holzkisten vollgestellte Sackkarre entleeren wollte, schaute Rolf ihn an und pinkelte auf den Rasen. Aber wirklich jedes Mal! Bernd äußerte seine Verwunderung darüber und Horscht meinte: „Alles nur reine Nervosität."

Merke: Schafe sind nervös. Das Fressen geben Schafe nur dann auf, wenn es irgendwo noch größere Leckerbissen gibt, etwa herabgefallene Äpfel. Zuweilen werden die Tiere dann recht aufdringlich und unterbrechen sogar ihre interessante, seitwärts malmende Kieferbewegung beim Aufarbeiten von Vorverdautem. Seitlich wird man angeschielt, weil Schafe offenbar in der Mitte nichts sehen können. Die Augen sind ja an der Seite vom Kopf und weit auseinander, weshalb ein Schaf rein optisch nie so intelligent wirken kann, wie etwa ein Hund. Außerdem pinkeln sie ständig, was sich allerdings nicht nur auf Böcke und Hammel zu beschränken scheint.

Bernd nahm das sehr persönlich, weil Schafe immer nur dann pinkelten, wenn er auftauchte. Er fragte Horscht, ob Rolf bei Pünktchen und Bertha wirklich nichts mehr ausrichten konnte.

„Er versucht es", sagte Horscht mit einem wissenden Grinsen. „Wenn er oben ist, weiß er aber nicht mehr so genau, was er machen soll. Der Instinkt ist da, aber der Rest eben nicht mehr." Horscht gefiel das Thema offenbar. „Wir lassen die beiden Mutterschafe jedes Jahr zu", erzähle er weiter. „Dazu borgen wir uns bei Freunden einen Bock aus, damit wir Lämmer zu Ostern haben. Pünktchen lässt die Böcke aber nicht an sich ran. Einmal wollte sie unbedingt das Gras auf der anderen Seite des Zaunes fressen. Dabei hatte sie ihren Kopf versehentlich im

Zaun eingeklemmt. Der kleine Bock nahm seine Chance wahr und rammelte die Gefesselte. Das war das einzige Mal, dass Pünktchen Lämmer hatte!" Horscht klatschte sich lachend auf die Schenkel.

„Das waren richtige Fesselungsspiele. Wer hätte das gedacht!"

Merke: Auch Schafe haben ein Liebesleben. Also wenn man Kühe so zufällig beim Rindern beobachtet, zwängt sich einem der Gedanke auf: „Die arme Kuh! Das Gewicht, was die aushalten muss, und irgendwie sieht es so gewalttätig aus." Bei Schafen steckt eine ganz andere Erotik dahinter. Geradezu leichtfüßig nimmt der Bock Anlauf und vergnügt sich bei wippend gleichmäßigen, temporeichen und dennoch äußerst kraftvollen Kontraktionen. Allerdings sollte die Größe der Liebenden stimmen, was auf jenem Hof beim Ausborgen diverser Edelzuchtböcke nicht immer klappte.

„Wo wir gerade beim Thema sind", sagte Horscht, nachdem er sich von seinem Lachen etwas erholt hatte, „diese Viecher sind nicht grenzenlos belastbar. Meine Frau und die Tochter wollten mal so einen Turbobock abholen, um unsere weiblichen Schafe glücklich zu machen."

Er deutete auf Pünktchen und Berta.

„Abholen – im Auto?" fragte Bernd und stellte sich schaudernd vor, wie Rolf hinten seinen Golf Variant vollpinkelte und rülpsend Äpfel verspeiste.

„Dazu werden dem Bock die Läufe zusammengebunden und er wird einfach hinten reingelegt. Wir haben dazu einen alten Wartburg. An jenem Tag hatte es sehr viel geregnet und meine Frau, die zuweilen zu nicht nachvollziehbaren Spontanentscheidungen neigt, wollte unbedingt eine Abkürzung über einen Feldweg nehmen. Dort ist sie dann samt Wartburg, Tochter und Edelbock steckengeblieben."

„Wirklich, sehr spontan."

„Ja." Horsch seufzte. „Ein anderes Mal wollte sie den Wartburg in einer Siloanlage waschen, die nach einem Regenguss einen halben Meter unter Wasser stand. Treffer – versenkt! Hat lange gedauert, ehe die Sitze wieder trocken waren und die Kiste wieder lief."

„Dafür macht deine Frau ein gutes Frühstück."

„Weißt du, in solchen Dingen bin ich einer von der alten Garde. Wenn Frauen mit Technik schon nicht zurechtkommen, sollten sie zumindest keine Experimente machen. Du hättest sehen sollen, wie der Wartburg bei der Schafaktion auf dem Feldweg stand. Quer und die Räder völlig im Matsch eingebuddelt."

„Hast du sie rausziehen können?"

„Ich hatte es mir gerade gemütlich gemacht, als die beiden Frauen mich per Handy anklingelten. Als ich mit dem Abschleppseil dort ankam, waren die beiden, anstatt auf mich zu warten, mit dem Bock an der Leine zu Fuß losgezogen. Ich habe das Gespann nicht mehr angetroffen. Aber es muss für alle beteiligten furchtbar gewesen sein. Der arme, freiheitsliebende Bock zog und zerrte und war ganz verzweifelt ohne seine Herde. Völlig fertig kamen sie hier auf dem Hof an. Am nächsten Morgen war der Bock mausetot. Steif lag er da, alle viere von sich gestreckt. Tragischerweise gestorben an einem Gewaltmarsch ohne Herde, dank einer Abkürzung."

Merke: Schafe sind nicht sehr belastbar. Sie haben zwar gerne Sex und sind keine Kostverächter, sind aber für lange Autotransporte und Fußmärsche, an der Leine und ohne Herde, nicht geeignet.

Bernd hätte jetzt auch gerne Sex gehabt. Er lag nur mit seiner etwas knappen Unterhose bekleidet auf seinem Bett. Und er war allein auf dem Hof. Seine Pensionswirte mochten ihn offenbar und hatten großes Vertrauen, denn Sie waren ausgegangen zu einem Treffen der ehemaligen Berufsschulklasse, in der sie sich einst kennenlernten.

„Das wird sehr spät heute", hatte Horscht gesagt. „Schließ innen zu wenn du ins Bett gehst. Und pass auf, dass Lotta drinbleibt. Sie ist läufig. Die Rüden riechen das kilometerweit und streunen abends mal vorbei auf 'ne Runde Hunde-Sex. Lotta ist ein Rassehund. Wir bringen sie übermorgen zu einem Zuchtrüden."

„Na klasse", dachte Bernd. „Hier geht es ja wohl nur ums Poppen. Schafe, Hunde und wer weiß, wer noch alles. Nur ich liege hier lüstern und tatenlos rum."

Bernd nickte etwas ein. Das Fenster stand offen. Es war bereits dunkel geworden. Die hereinwehende Herbstluft roch nach Laub und reifem Obst und war noch spätsommerlich mild. Unten am Feldweg war das Klötern der Schafe an ihren Ketten zu hören. Aber nein, das klang nicht wie eine Kette auf Gras, das rasselte eher wie eine Kette auf Granitpflaster. Und es kam immer näher. Es war kein gleichmäßiges Geräusch. Das Schaf hielt wohl inne, um zu schauen was passieren würde. Jetzt hörte Bernd das Trappeln der kleinen Hufe ganz nah und die Kette, die das Tier hinter sich herzog, klöterte direkt unter seinem Fenster. Bernd stand auf und schaute hinaus. Im Lichte der Hoflaterne stand Bertha und starrte ihn glotzäugig an.

„Möh!"

„Was mach ich denn jetzt?" dachte Bernd. „Einfach so tun als wäre nichts gewesen?"

Als Berta begann, an den Geranien seiner Pensionswirte zu knabbern, entschloss er sich Schaden abzuwenden und Bertha wieder einzufangen. Eile schien geboten, also huschte er so wie er war zur Haustür hinaus. Zu seinem Entsetzen kam ihm Lotta hinterher.

„Hierher, Lotta, mach Platz!" rief Bernd verzweifelt. Aber Lotta dachte gar nicht daran. Die Hormone machten sie umtriebig. Auch Bertha hatte offenbar anderes vor, als sich von Bernd wieder einfangen zu lassen. Gerade als Bernd die Kette zu erhaschen glaubte, machte Bertha wieder einen Satz Rückwärts und begab sich in einen sicheren Abstand. Von dort grinste sie Bernd freundlich an. Lotta hatte sich ebenfalls in gebührendem Abstand hingesetzt, legte den Kopf schief und schaute ihn an, als wolle sie sagen:

„Komisch, die anderen Menschen kleiden sich immer in größere Stofflappen, aber der hier..."

Das rötlich glänzende Stück Unterwäsche, welches Bernd am Leibe trug war ein äußerst sparsames Stückchen Textil, aber keineswegs ein Stringtanga. Solche „Rillenputzer" mochte Bernd nicht. Aber sehr viel fehlte nicht. Es war nicht viel Stoff an den Flanken, der Po war gerade so mit etwas Tuch bedeckt und ein Stoffdreieck mit Elasthan hielt vorne zusammen, was zusammengehalten werden musste. Bernd stellte erneut Bertha nach, die sich aufmachte in Richtung Gemüsegarten hinter dem Hof. Auch hier befürchtete Bernd, dass das Schaf mit ungezügeltem Appetit gewaltigen Schaden anrichten könnte.

Aber immer wenn er glaubte, das Ende der Kette jeden Moment gepackt zu haben, griff er im Dunkeln daneben oder sie schlüpfte ihm durch die Finger. So ging das Spielchen eine ganze Weile, blieb jedoch erfolglos. Bernd änderte die Taktik. Er hielt ganz still und lauerte dem Schaf auf. Hinter einer Hecke. Im Tanga. Lange Zeit Ruhe. Dann machte er einen plötzlichen Ausfall und stürzte sich auf das unwillige Tier, welches rasch zur Seite sprang, wo sich doch kein lüsterner Bock sondern nur dieses wenig bewollte, merkwürdig angezogene Wesen annäherte. Die Treibjagd tobte durch den ganzen eingezäunten und großen Garten. Lotta trabte immer wedelnd hinterher und schien das alles für ein nettes Spielchen zu halten. Bertha war absolut nicht gewillt, sich von dem Herrn in Reizwäsche einfangen zu lassen.

„Möh!", deklamierte sie und entwischte auf den Feldweg. Dieser führte von der Stadt weg zu ein paar anderen Gehöften, bis er sich auf einer Wiese verlor.

„So ein Mist", schimpfte Bernd. Teils auf dem Weg, teils auf dem angrenzenden Feld eilte Bertha davon. Wenn der Abstand zu Bernd, der barfuß hinterhereilte, zu groß wurde, hielt Bertha inne und wartete auf ihn. So ging es am ersten Gehöft vorbei. Glücklicherweise lief das Schaf am Wegesrand, sodass die Kette keinen Lärm machte. In dem Bauernhaus brannte Licht. Man erkannte das Wohnzimmer an einem großen Blumenfenster, in dem eine UV-Lampe für bläuliches Licht sorgte. Dahinter flimmerte irgendwo ein Fernseher. Neonröhren mit UV-Licht waren zu DDR-Zeiten in den Wohnzimmerfenstern sehr verbreitet, ob mit Blumen oder ohne, und sie erinnerten Bernd immer irgendwie an Trabbi-Geräusch und Braunkohlegestank. Die drei Wesen gelangten jedenfalls unentdeckt an diesem Hof vorbei.

Bernd überlegte, ob er nicht einfach umkehren sollte. Er war etwas unruhig, da die Haustüre noch offen stand und er nicht optimal bekleidet war. Das Schaf würde allein zurückkehren und Lotta würde ihm sicher folgen. Für den Ausbruch des Schafes konnte er ja schließlich nichts. Aber Bertha und Lotta schienen nun beide zielstrebig das nächste Gehöft anzusteuern. Es sah nicht so aus, als hätten sie Lust umzukehren. Bernd schimpfte vor sich hin und fragte sich, wie das ganze wohl enden würde.

Das Wohnhaus des nächsten Gehöftes, ein Vierseitenhof, war ganz dunkel. Die beiden Tiere spazierten geradewegs auf die Mitte des Hofes zu. Dort warteten sie auf Bernd. Er schaute sich unsicher um. War hier wirklich niemand zu Hause? Da war das finstere Wohnhaus, ein

Kuhstall, ein flacher Geräteschuppen mit Werkstatt und eine große Scheune, erbaut aus Feldsteinen. Bernd trat zu den Tieren, ohne sie anzuschauen und tat völlig abwesend, um sie im nächsten Augenblick packen zu können. Aber der Trick funktionierte nicht. Schaf und Hund liefen durch eine kleine Holztür zwischen Schuppen und Scheune hindurch. Die Kette klöterte und irgendwo in der Nähe bellte ein Hund. Als Bernd auf der Rückseite der Scheune ankam, sah er gerade noch, wie die beiden Freunde eilig darin verschwanden. Das Scheunentor war einen Spalt breit aufgeschoben – die dicke Bertha passte gerade so hindurch. In der Scheune brannte ein gedämpftes Licht. Vorsichtig schlüpfte Bernd hinein. Sofort umgab ihn eine angenehm warme Luft, denn die Sonne hatte den ganzen Tag geschienen und die Scheune erwärmt. Die Luft war durchsetzt von einem schweren, wunderbaren Duft nach Heu. Bertha stand weiter hinten im Halbdunkel an einer Art Zaun und war ganz ruhig. Lotta war bei einem anderen Hund und schnüffelte an seinem Hintern, was der andere Hund schwanzwedelnd bei ihr tat.

„Das ist ein Rüde!" rief Bernd entsetzt. „Lotta, komm sofort hierher!"

Damit zog er allerdings die Aufmerksamkeit des anderen Hundes auf sich, einer undefinierbaren Mischung aus Labrador, Berner Sennenhund und vielleicht etwas Dogge. Er war eigentlich hübsch und nur ein klein wenig größer als Lotta. Knurrend und bellend kam er auf den Eindringling Bernd zu.

„Aus!" rief dieser verzweifelt und hob ergeben die Hände. Der Rüde schnüffelte gründlich an ihm. Schnauze und Schnurrhaare kitzelten Bernd, der ja praktisch nichts an hatte, und er spürte jeden Atemzug des Tieres. Dann hörte Bernd ein weibliches Kichern.

„Hallo, was haben wir denn da?"

Energisch legte sie nach: „Tasko! Aus! Komm her!"

Der Hund ließ augenblicklich ab von Bernd und wandte seine Aufmerksamkeit erneut Lotta zu. Bernd befürchtete das Schlimmste. Er hätte sich am liebsten verkrochen. Oder zumindest etwas übergeworfen; einen Sack oder die Auflage eines Gartenstuhls, oder ein Palmwedel. Vielleicht ein Feigenblatt? Aber nichts dergleichen war greifbar, und das auch noch in der Gegenwart einer Frau, wie es schien. Sie hatte, verdeckt von einem alten Wagenrad und Unmengen von Heu, den unerwarteten Besuch neugierig beäugt. Nun trat sie hervor in den schwachen Schein der alten Blechlampe, die von einem Balken baumelte und betrachtete Bernd grinsend.

„Das ist aber netter Besuch, der hier auftaucht. Ein Schaf, eine Hündin und ein fast nackter Mann."

Sie sprach mit Akzent, den Bernd nicht ganz deuten konnte. Irgendwas Südländisches. Auch bei schwacher Beleuchtung war zu erkennen, dass ihre Haut auf einen dunklen Typ schließen ließ. Die schwarzen Haare waren am Hinterkopf geschickt zusammengesteckt. Sie war groß und schlank mit leichter Tendenz zu einem breiteren Becken. Betont wurde das ganze durch eine DDR-Kittelschürze, die sie sich für die Arbeit in der Scheune angezogen hatte und die für sie eigentlich eine Nummer zu klein war. Etwas unmodischeres als Kittelschürzen konnte man sich kaum vorstellen. Auf vielen Dokumentationen hatte Bernd Fotos aus DDR-Betrieben gesehen, in denen die Arbeiterinnen nichts weiter als bunt geblümte Kittelschürzen aus Neprolon trugen. Nichts weiter? Kein BH? Das wusste man nie. Es kam natürlich darauf an, welches Kaliber von Frau sich in der Kittelschürze befand und das unmodische Kleidungsstück wirkte unter Umständen absolut sexy. Es beflügelte Bernds Fantasie, denn eine Kittelschürze ließ sich von Männerhand leicht öffnen und der Inhalt auspacken wie ein Geburtstagsgeschenk...

„Also, ich bin der Bernd", gab er zum Besten. „Ich bin nicht von hier...Vertreter für Haushaltsgeräte... wohne zwei Höfe weiter in der Pension... niemand da und da ist das Schaf abgehauen... und der Hund." Stockend erläuterte Bernd die absurde Situation.

„Wie süß", sagte das Wesen vom anderen Stern. „Und du hast keine Zeit gehabt dir was anzuziehen, ich weiß. Nun – macht nichts. Hier ist es warm. Ich bin Adriana, Studentin aus Brasilien. Ich lerne hier europäische Landwirtschaft. Bin schon ein knappes Jahr hier im Praktikum und fliege nächste Woche zurück. Ich habe hier bloß noch den Bock gefüttert und etwas gekehrt."

Bernd meinte sich zu erinnern, die Frau von Horscht hätte von der Praktikantin gesprochen. Adriana stützte Hände und Kinn auf den Stil eines Reisigbesens.

„Wo ist hier ein Bock?" fragte Bernd.

„Da hinten, wo dein Schaf steht." Sie deutete mit dem Kopf in die Richtung. Sie hatte eines ihrer langen Beine etwas angewinkelt und hielt den Besenstiel dicht an ihrem Körper. Es sah fast so aus, als wolle sie sich daran reiben. „Ein Schaf – ein Bock. Eine Hündin – ein Rüde. Und ein Mann und eine Frau", stellte sie fest. „Irgendetwas wird hier heute noch passieren."

„Ich hoffe nicht", entfuhr es Bernd.

„Warum nicht, du junger halbnackter Bernd?"

„Weil, du kittelbeschürzte und damit halbnackte Adriana, meine Hündin läufig ist und nur Rassehunde an sie herandürfen. Ich kriege gewaltigen Ärger."

„Dann fang deine Rassehündin doch ein." Sie sprach ein absolut korrektes Deutsch. Ihr Akzent war nicht so hart wie bei den slawischen Sprachen, alles so weich wie ihre Kurven. Und war Portugiesisch nicht die weichere Sprache im Vergleich zu Spanisch?

Bernd, der sich bis zuletzt dicht bei dem Scheunentor gehalten hatte, verließ seine Deckung und gelangte in den Lichtschein der Lampe. Lotta und der Rüde Tasko waren gerade beim Vorspiel. Sie schwänzelten umeinander herum, knurrten und balgten sich und fügten sich zärtliche Bisse zu. Unmöglich, Lotta da herauszuholen. Adriana atmete schwer und öffnete die unteren zwei Knöpfe ihrer Kittelschürze.

„Du musst wissen – ich studiere das Liebesleben der Tiere. Ich warne dich vor. Es kann sein, dass ich gleich außer Kontrolle gerate, wenn die beiden es tun."

Bernd, der sich noch nie in seinem Leben so wehrlos nackt gefühlt hatte, konnte Adriana nun besser sehen. Sie war wirklich so, wie das Klischee ein knackiges Schokoladen-Girl von der Copacabana beschreibt, mit schwarzen Augen und vollen Lippen. Ihr Blick wanderte erregt hin und her zwischen der sich anbahnenden Szene und Bernd, den sie nun im Lichtschein besser mit ihren Blicken abtasten konnte.

Schließlich schien Tasko Lotta so weit zu haben. Er besprang Lotta von hinten und klammerte sich mit den Vorderpfoten an ihren Flanken fest. Lotta legte den Schwanz auf die rechte Seite und ließ Tasko sie finden, was er mit sicherem Instinkt auch tat. Mit kleinen schnellen Kontraktionen begattete er die läufige Hündin.

„Ohhh!" stöhnte Adriana. Sie kickte die Clogs beiseite und brachte zwei äußerst appetitliche Füße zum Vorschein. Sie legte den Kopf zurück packte eine ihrer Brüste und begann sie zu kneten. Dabei rieb sie sich tatsächlich an dem Besenstiel.

„Das macht mich so geil wenn Tiere es machen. Da brauch ich es auch."

Dann ließ die den Besen fallen, huschte an dem Wagenrad vorbei, entledigte sich ihres Slips und warf sich rücklings ins Heu. Dort führte sie ihre Hand unmittelbar zu ihrer Scham und begann dort intensiv zu reiben. Immer wieder richtete sie sich kurz auf, um einen Blick auf den Hunde-Sex zu werfen. Das Gesehene quittierte sie sofort mit einem tiefen Stöhnen, warf den Kopf zurück ins Heu und rieb kräftiger als zuvor. Inzwischen waren auch die übrigen Knöpfe der zu kleinen Kittelschürze aufgesprungen, sodass sie mit der freien Hand ihre entblößten Brüste kneten konnte.

„Oh Bernd, ist das nicht heiß, wenn Hunde poppen?"

Bernd hatte eine trockene Kehle. Nicht so sehr die beiden Hunde, eher die Hingabe von Adriana machte ihn an. Das einzige Kleidungsstück, das er anhatte, war für sein anschwellendes Glied keine gute Lösung. Das Stoffläppchen hob von seinem Körper ab wie ein geöffnetes Vorzelt.

Kein Zweifel, Adriana stand unmittelbar vor ihrem Höhepunkt. Sie wälzte sich rücklings im Heu und bearbeitete sich. Die Szene war skurril hinter den kopulierenden Hunden, aber barg eine ungeheure Erotik. Tasko hatte einen völlig abwesenden Blick bei seiner Arbeit, die Zunge hing ihm seitlich heraus. Lotta hechelte, aber es ging ihr offenbar nicht schlecht bei der Begattung.

„Ja Tasko, gib's ihr, gib's ihr! – Ja, ja, ja – oh ja, ich bin da!"

Bernd hatte noch nie eine Frau erlebt, die so einen lauten Orgasmus hatte. Sie schrie regelrecht und Bernd hoffte, dass sie nicht das ganze Dorf aufweckte. Ihre Augen waren verdreht, dass man nur noch das Weiße sah. Die Füße schienen sich zu verkrampfen, als sie die Hacken ins Heu drückte und dann plötzlich breitbeinig und schwer atmend liegen blieb. Ihre Hand lag auf der Scham, aber Bernd konnte deutlich ihre roten, heißen Schamlippen sehen. Er fragte sich, wie es nun weiterging. Die Hunde waren noch mittendrin. Jetzt konnte Bernd auch den Bock sehen. Das, was wie ein kleiner Zaun ausgesehen hatte, war ein Gatter in dem sich ein pechschwarzer Bock befand. Ein strammes Prachtexemplar. Er stand schnüffelnd und etwas aufgeregt Nase an Nase mit Bertha, die auf der anderen Seite des Gatters stand.

Adriana richtete sich völlig benebelt auf und erblickte als erstes die bumsenden Hunde.

„Oh Bernd, ist das nicht großartig, wie das aussieht?" Sie stöhnte.

„Wollen wir die Schafe auch noch zusammenlassen?" Bernds Stimme war rau.

Adriana war schweißnass und überall klebte an ihr Heu. „Dort hängt ein Sanikasten", keuchte sie und deutete mit dem Kopf in Richtung Schafgatter, „da sind Kondome drin. Hol dir welche raus und komm zu mir."

Bernd versuchte mit der Hand seine enorme Latte zu verbergen, ging vorsichtig an den Hunden vorbei und fand den Sanikasten an einem Balken.

„Vor der Berufsgenossenschaft ist man aber auch nirgends sicher", dachte er.

„Wann sind die Hunde denn mal fertig?" fragte er die sachkundige Lüsterne im Heu.

„Oh, das Klammern bei Hunden kann schon mal eine halbe Stunde dauern", antwortete diese und fügte rasch hinzu: „Beeil dich Bernd, bei mir geht's gleich schon wieder los. Nimm besser zwei Kondome, dann hältst du länger durch. Und mach vorher das Gatter auf!"

„Was sollen denn die Kondome hier in einem Sanikasten in einer Scheune?" wollte Bernd noch wissen.

„Der Bauer hat manchmal Damenbesuch. Habe ich mehrfach beobachtet. Aber es ist nicht so spannend als wenn Tiere es machen. Pferde zum Beispiel. Hast du es mal bei Pferden gesehen? Dieser mächtige Penis? Wow!"

Sie warf sich zurück ins Heu und rieb Schenkel und Füße aneinander. Bernd löste leise den Riegel vom Gatter. Der Bock kannte wohl das Geräusch und spitzte die Ohren. Die Anwesenheit von Bernd registrierte er mit einem drohenden Aufstampfen mit einem Vorderhuf. Der Bursche hatte bestimmt Feuer!

Bernd gesellte sich unsicher zu Adriana und wusste nicht recht wie er beginnen sollte. Im Bett war das etwas anderes. Seine Freundinnen hatte er jeweils Wochen zuvor gekannt ehe sie intim wurden. Adriana war er vor einer reichlichen Viertelstunde zum ersten Mal begegnet. Sie würden sich wahrscheinlich gleich lieben und danach nie mehr wiedersehen. Das war eigentlich nicht so sein Ding. Andererseits sagte ihm seine prächtige Erektion, dass dieses verbotene Früchtchen vernascht werden durfte, da sie ja offenbar ohnehin darauf bestand. Etwas unbeholfen stand er neben ihr. Adriana griff kurzerhand nach seinem abstehenden und inzwischen feuchten Stofflappen, zog ihn ganz herunter und betrachtete das Innenleben ausgiebig.

„Fast schon wie bei einem Hengst", sagte sie anerkennend. Und sie kannte sich aus. „Los, zieh die Gummis über."

Die Tür vom Schafgatter knarrte leise, als Bernd mit dem ersten Gummi fertig war. Das zweite war eine andere Serie – es hatte eine leichte Riffelung am Schaft. Adriana fuhr, ohne Hunde und Schafe aus den Augen zu lassen, mit einer Hand an Bernds behaarten Beinen auf und ab. Ihn erregte das noch mehr. Er schickte sich an, sich auf Adriana zu legen und sie mit der Missionarsstellung zu nehmen. Aber Adriana schubst ihn beiseite.

„Von hinten, Bernd. Nur von hinten, wie bei den Tieren. Ich will es so haben wie sie!"

„Und was ist mit Vorspiel?" Bernd kniete unschlüssig im Heu.

„Ihr Deutschen macht alles nur nach Plan, wie?" Sie hockte sich auf ihn, packte seinen Kopf hinten an den Haaren, während sie über ihn kam, ihn mit ihren vollen Lippen küsste und ihn hart zu reiten begann.

„Wehe du kommst zu früh", fauchte sie und biss ihm beinahe in die Unterlippe.

„Wie denn - mit zwei Gummis?"

Adrianas Schenkel waren patschnass von erfüllter und neu entfachter Lust. Ihr Körper war straff und kräftig und total verschwitzt. Ihre nicht gerade kleinen Brüste klatschten Bernd entgegen.

„Da die Schafe!" schrie sie schon fast. Sie entwand sich Bernd und nahm dabei beinahe die glitschigen Kondome mit. Wie eine bereite Stute hockte sie auf allen vieren vor Bernd im Heu. Die beiden Schafe schnüffelten aneinander. Lotta und Tasko waren noch immer dabei und völlig abwesend. Bei Bertha und dem schwarzen Bock war nicht viel mit Vorspiel. Sie drehten sich ein paarmal im Kreis bis der Bock einen günstigen Moment abpasste und aufsprang.

„Oh, Bernd schnell komm! Siehst du das?!"

Bernd sprang auch auf, packte Adriana an den Lenden und schob sich tief in sie hinein. Der Bock machte ein paar heftige Stöße und der Lehmboden schien dabei zu beben. Bernd war bemüht, Adriana ein ähnlich tierisches Erlebnis zu vermitteln und ahmte die Stöße des Bocks genau nach.

„Ja, Bernd, du machst das gut. Oh, ja! Schau dir das an – es ist so heiß. Wir alle tun es gleichzeitig!"

Adrianas Schoß war so feucht, dass Bernd sich nicht sicher war, ob sie ihn überhaupt fühlen konnte. Aber das geriffelte Kondom schien hier ein wirkungsvolles Hilfsmittel zu sein. Er war durch die doppelte Gummilage noch gar nicht so weit, da bekam Adriana wieder einen Schrei-Orgasmus. Erst bäumte sie sich auf wie eine Stute die mit den Vorderhufen in die Luft schlägt, dann sank sie hinunter mit dem Kopf ins Heu. Ihre Scheidenmuskulatur zog sich dabei pulsierend zusammen wie Bernd es noch nie erlebt hatte – es schmerzte schon fast. Er hatte seine Bewegungen verlangsamt als sie kam. Nun wollte er aber ebenfalls fertig werden und machte aufs Neue los.

„Sieh nur es sind noch alle Tiere dabei – du willst doch nicht aufgeben?" Jetzt packte Bernd ihre Haare, die nun nicht mehr zusammengesteckt waren und versuchte sie aufs Neue zu motivieren. Pechschwarze, dicke und verschwitzte Haare.

„Nach vorne sollst du schauen – Mann sieht das gut aus!"

Er versuchte jetzt die kleinen, gehechelten Bewegungen von Tasko nachzuahmen. Adriana winselte.

„So was habe ich noch nie erlebt. Mach weiter Bernd!"

Und Bernd machte. Er kreiste mit dem Becken. Er knetete ihre Brüste. Er gab ihr viel Haut in dem er sich mit dem Oberkörper auf ihren Rücken bettete. Und er massierte sie von innen so gut er konnte. Ihre lustvollen Laute, die Bewegungen, die sie ihm entgegenschob und ihre Füße, die sich an seinen Waden festhakten, machten Bernd mit jedem Stoß heißer. Als er es nicht mehr aushielt, kündigte er Adriana seinen Höhepunkt an: „Der Hengst ist gleich da."

„Ja, Bernd noch zweimal stoßen, oh ja, eins… oh zweihei!!"

Jetzt schrien sie beide, Adriana schon etwas matt, Bernd diesmal lauter als sie, und er war überrascht, dass er in der Lage war sich derart gehen zu lassen. Der kribbelnd-pulsierende Höhepunkt fuhr wie ein Gewitter durch seinen ganzen Unterleib und schien nicht enden zu wollen. Die Kondome mussten zum Platzen voll sein! Adriana streckte sich der Länge nach aus und Bernd lag ausgestreckt und eingeführt auf ihrem Rücken. Alles klebte von Schweiß und Liebessäften. Minuten später, als sie sich ein wenig erholt hatten, blickte Adriana auf und musste kichern. Der Schafbock hatte sich brav in sein Gatter zurückgezogen und schaute schnaufend herüber. Bertha stand ganz ruhig und zufrieden mitten in der Scheune. Tasko war nach der Anstrengung wohl schlapp und hatte sich auf etwas loses Heu gelegt, den Kopf auf den Vorderpfoten. Und Lotta saß hechelnd vor den beiden nackten Menschen, als wolle sie sagen:

„Los Junge, jetzt geht's nach Hause. Nachdem wir alle unseren Spaß gehabt haben!"

Bernd erhob sich und zog seinen feuchten, heuverklebten Lappen an. Und er schnappte sich die Kette von Bertha, die jetzt ganz ruhig stehen blieb.

„Na denn", sagte er. „Das war eine interessante Erfahrung. Ich geh dann mal Duschen."

„Interessant wegen der Tiere?" fragte Adriana, „oder interessant wegen mir?"

„Beides", meinte Bernd. „Auch der Ort des Geschehens. Aber dich als feurige Brasilianerin im Bett zu haben, wäre auch ein reizvoller Gedanke."

„Wie langweilig." Adriana verdrehte die Augen. „Da komme ich ja höchstens einmal."

„Es sind aber nun mal nicht immer poppende Tiere zur Stelle, wenn man gerade Lust hat."

Bernd musste grinsen. „Du stehst also allen Ernstes mit dem Mann deiner Träume an einer Pferdekoppel und wartest bis es losgeht. Und wenn nicht, dann gibt es eben kein Wallawalla."

„Wallawalla?"

„Sex."

„Ach so. Nein, ganz so ist es nicht." Adriana warf sich die Kittelschürze über. „Es gibt ja noch Video. Live ist natürlich immer besser. Aber ich habe eine Sammlung mit Tier-Sex. Alles, was du dir vorstellen kannst. Vögel, Elefanten, Kamele, Schildkröten. Wusstest du, dass Schildkröten dabei stöhnen?"

„Nein. Ich weiß nur, dass es Bonobo-Affen ständig treiben. Den ganzen Tag lang. Welch ein Leben!"

„Ja. Bonobos sind klasse. Du warst aber auch gut. Schade, dass ich zurückfliege."

„Danke. Ich muss morgen auch weiter. Elektrogeräte verkaufen. Habe leider nicht die passende Kleidung dabei um Visitenkarten zu transportieren. Brasilien wäre direkt mal ein Urlaubsthema."

„Na denn..."

Bernd verließ mit den nun braven Tieren den Hof. Es war empfindlich kühl geworden. Er kam an dem ersten Gehöft vorbei. An dem violett beleuchteten Blumenfenster stand gerade ein Mann und blickte wie zufällig nach draußen. Lotta war vorausgeeilt. So bot sich dem Mann das Bild eines fast nackten Burschen, der ein Schaf an der Kette Gassi führte. Er blickte verwirrt auf seine Flasche Bier und wieder aus dem Fenster, wo diese sonderbare Szene inzwischen vorbeigehuscht war und schwor sich künftig weniger zu trinken.

Bernd fand an einem der Apfelbäume den herausgerissenen Pflock und das Fäustel und befestigte die Ausreißerin Bertha wieder gründlich an Ort und Stelle. Lotta folgte ihm durch die noch immer offene Haustür und legte sich sofort auf die Hundedecke ihres angestammten Platzes. Bernd streichelte sie.

„Na, Lotta, da haben wir doch was erlebt heute, was?"

Sie würde den Zuchtrüden übermorgen beißen und nicht mehr an sich heranlassen und keiner wüsste warum. Aber hübsche Mischlingswelpen würde sie haben. Und bei Bertha würden alle überrascht auf die Osterlämmer schauen. Ein schwarzes würde dann vielleicht auch dabei sein. Horscht würden Fragen über Fragen quälen. Aber Bernd mochte seine Pensionswirte. Er wollte morgen nichts sagen, aber nächstes Mal trotzdem wieder hier übernachten und abwarten, ob sie irgendwas sagen würden. Er würde einen Spaziergang machen und mal bei Tasko vorbeischauen. Einfach so. Vielleicht würde er auch alles zugeben. Von seinem Erlebnis mit Adriana würde er natürlich nichts erzählen. Im Dorf kannte doch jeder jeden! Dieser ganze.tierische Akt – nein, das würde niemand erfahren.

„Das wäre ja noch schöner", sagte er zu sich unter der heißen Dusche. Und er wusch sein knappes Unterhöschen mit reichlich Seife.

Im Ablauf der Dusche sammelte sich etwas Heu.

Hochzeitstag

Jahrelang sind wir nun schon verheiratet. Eine Zahl nenne ich nicht, denn sonst müsste ich diese Zeilen jedes Jahr aktualisieren. Wir leben und lieben zusammen, jahrein, jahraus, haben ein Haus gebaut, drei Kinder gezeugt und konnten unzählige Liebesnächte, Schäferstündchen, Quickies genießen. Manchmal frage ich mich, wie oft. Nicht etwa, damit wir uns damit brüsten könnten. Einfach nur um unsere Liebe annähernd in einer Zahl zu beschreiben. Aber dann müsste man auch jeden Kuss zählen, jeden flirtenden Blick, jede zärtliche Berührung...

Derzeit machen wir einen Quickie ganz anderer Art. Anlässlich eines unserer Hochzeitstage haben wir uns losgeeist, um im Wonnemonat Mai, lange vor dem eigentlichen Event, ein paar Tage nach Italien zu fahren. Weg von Job und Alltag, ohne Kinder, einfach nur eine knappe Woche uns selbst feiern. Ziel ist eine liebe Tante in Rom. Zwischenstop in der Toskana, schlafen und miteinander schlafen im Auto. Noch als ich dich kennenlerne, hätte die Vorstellung daran ein kontrolliertes Ausmaß an Entsetzen bei mir hervorgerufen. Entblößt und wehrlos im Auto, wie in einem Schaufenster, man weiß nie wer des Weges kommt und sich über diese sittliche Anmaßung aufregen könnte. Schwanz einziehen und wegfahren, wie ein kleiner Junge, der etwas Unanständiges getan hat mit der Ungewissheit, ob nicht eine Anzeige wegen moralischer Verstöße (Das mit den Stößen ist ja korrekt!) oder öffentliches Anprangern droht. Dabei ist die körperliche Liebe, ganz besonders in der Ehe, überhaupt nichts Unanständiges, für das man sich schämen müsste. Unsere erste körperliche Kollision im Auto fand dann in Tschechien mit Blick auf die Karlsburg statt. Der kleine Kombi war leicht nach vorne geneigt geparkt. Bei jeder Kontraktion rutschten wir ein Stück mehr in Richtung Cockpit. Du lehrtest mich mehr Freizügigkeit. Wir machten es auf einem Aussichtturm im Weserbergland, im Zelt in Pensacola (im prüden Florida!), auf einer Waldlichtung im Rheinland. Wir liebten uns ebenso zu einem unbeobachteten Moment im Whirlpool einer Sauna und bekamen es sogar mal unter einem Solarium hin. Die Wahl exotischer Orte hat gerade für dich immer einen ganz besonderen Reiz ausgemacht.

Inzwischen haben wir einen Van, der einem eine großzügigere Spielwiese bietet. Wo sich sonst Sitze, Kinder, Einkäufe und Technik meiner Firma tummeln, befindet sich nun eine große, ebene Fläche, die mit einer richtigen Matratze ausgelegt ist. Man kann bequem neben- und übereinander liegen, sitzen und reiben. Wir sind staufrei durchgekommen und fahren über dämmrige Landstraßen der Toskana, auf der Suche nach einem See, der zwar auf der Karte eingezeichnet, aber nirgendwo ausgeschildert ist. Alles ist südländisch fremd; andere Häuser, unbekannte Pflanzen, auch die Luft riecht anders. Ist dies das Flair, das alle Welt von Amore in Italien schwärmen lässt? Wir beschließen nicht weiter nach dem See zu suchen, ein Wäldchen täte es auch – Hauptsache unbeobachtet! An einem Abzweig steht ein Wohnmobil mit deutschem Kennzeichen. Wir biegen ab. Die Straße wird schmaler. Wir biegen erneut rechts ab in einen von hohem Gestrüpp gesäumten Feldweg und finden ein lauschiges Plätzchen am Rande eines Feldes im Schutz von kleinen Bäumen und hohen Büschen. Hierher kommt allenfalls der Bauer persönlich. Motor aus – Ruhe und Dunkelheit. Nicht weit entfernt plätschert ein Bach. Die Luft ist feucht und kühl, in der Ferne funkelt vereinzeltes Wetterleuchten.

Schon den ganzen Tag habe ich bei dir so eine bebende Vorfreude gespürt. Die Art wie du meine Nähe gesucht und tief geseufzt hast sagt mir, dass deine Hormone schon eine ganze Weile verrücktspielen. Du bist jetzt in deinem Element. Die Situation ist dir fremd und das macht dich heiß. Ich bin unsicher und muss in meiner ganzen Hilflosigkeit an die Hand genommen werden, wie ein kleiner Junge. Sonst bin ich zumeist mit männlicher Brunst die antreibende, lustentfachende Kraft. Glaube ich zumindest. Das hier ist jetzt dein Ding. Deine Stimme bebt.

„Schnell die Reisetasche auf die Vordersitze und noch Zähne putzen".

Das Lager sieht in dieser Fremde einladend aus. Deine Augen funkeln begierig im fernen Wetterleuchten. Du knöpfst hastig mein Hemd auf und machst dich an meiner Jeans zu schaffen. Ich blicke scheu umher, während ich mit einem geübten Ruck die Druckknöpfe vom Body aufreiße und dir diesen samt T-Shirt über den Kopf streife.

„Es kommt niemand", sagst du halb belustigt, halb beschwichtigend.

Du hakst meine Unterhose mit dem großen Zeh ein und schiebst sie mit einer langen Beinbewegung über meine Füße hinaus. Dabei ziehst du meinen erregten Freund stramm nach unten und er klatscht mit Schwung zurück auf meinen Bauch, als er plötzlich wieder freikommt.

Im Schlafzimmer schnipst du meine Unterwäsche oft ganz weit weg, damit ich nicht etwa auf die Idee komme, sie „danach" wieder anzuziehen. Denn einmal in Fahrt treffen wir oft in der Nacht oder am Morgen erneut aufeinander – wozu da erst wieder was anziehen? Du nutzt diese Bewegung, dich an mir zu reiben. Halb auf mir bedeckst du meinen Körper mit wollüstigen Küssen und liebkost meinen kleinen Freund, der in diesem Zustand schon ein richtig großer Kumpel ist. Ich genieße das und schaue, auf die Ellenbogen gestützt, unsicher in das schwarze Nichts außerhalb des Autos. Du hockst dich auf mich und lässt meinen Freund bis zum Anschlag in dir verschwinden.

„Es kommt niemand", sagst du außer Atem, „außer mir – gleich..."

Das mit dem Kommen halte ich für ein Gerücht, denn eigentlich kommst du nie in der reitenden Position. Nur einmal hast du es geschafft: auf unserer Hochzeitsreise im Nachtzug nach Paris. Ich fand das klasse und hatte dich gefragt, was du denn anders gemacht hättest. Ein anderer Winkel? Anspannung anderer Muskeln? Andere Bewegungen? Du weißt es selbst nicht. Dabei wünsche ich mir nichts sehnlicher, als dass du regelmäßig deinen Höhepunkt in dieser Stellung bekommst. Ich mag es, wenn du mich scheinbar beherrschst, wenn du die Aktive bist, wenn du mir dabei so gute Gefühle bescherst. Ich finde, dann hast du auch einen Anspruch darauf, mit dem prickelnden Gipfel der Lust belohnt zu werden, um dich anschließend völlig abgekämpft, außer Atem, auf mich niedersinken zu lassen und an meiner Brust einzuschlafen. Du solltest es mit Kegelübungen probieren. Oder mit Liebeskugeln. Die schützen auch vor späterer Inkontinenz! Vielleicht dringen wir ja irgendwann in dieses ungelöste Rätsel der Menschheit vor. Andere schaffen es ja anscheinend auch, wie man hört.

Wir halten uns sonst viel länger beim Vorspiel auf, aber je exotischer das Umfeld, desto eher kommst du zur Sache. In meiner Position komme ich gut mit den Lippen an deine Brüste, sauge daran und spiele mit den Nippeln, während du dich keuchend und unbeschreiblich gut auf mir bewegst. Ich lasse mich zurücksinken, du packst meine Hände und drückst sie mit dem Handrücken auf die Matratze. Immer wenn ich Geburtstag habe, darf ich mir eine Stellung aussuchen, in der ich kommen darf, wann ich will. Nicht, dass ich sonst kein Mitspracherecht hätte, oder mich stets egoistisch bedienen ließe. Aber sich als Mann mal nicht darauf konzentrieren zu müssen, nicht zu früh zu kommen, sich einfach gehen lassen zu dürfen und geritten zu werden – das hat was! Deshalb suche ich mir jedes Jahr zum Geburtstag genau diese Stellung aus. Ach, wie wehrlos sind wir in unserer Nacktheit, wie wehrlos bin ich deiner unbändigen Lust ergeben. Ich habe aber gerade nicht Geburtstag und halte es in dieser Position nicht mehr aus; ich muss mich dir kurzzeitig entwenden, auch wenn du dich wehrst, damit ich möglichst vor dir komme. Ich kenne das. Mein Orgasmus gibt dir den letzten Kick und es macht dir Spaß mich auf diese Weise lustvoll zu quälen; deshalb hältst du auch meine Hände fest, denn du weißt, dass ich mich um deines Höhepunktes willen stets wehre vor dir da zu sein. Außer an meinem Geburtstag natürlich. Umständlich kämpfen wir einen Kampf voller Erotik, wälzen wir uns im Auto umher. Für eventuelle Betrachter wären die Bewegungen des Fahrzeugs zweifellos verdächtig. Jetzt bin ich oben um dich zu erlösen. Deine Liebeslust duftet anziehend wie eine Blume, deine Brüste sind wie aufgerichtete Knospen, die das Blühen noch nicht kennen. Blütengleich öffnest du deine Schenkel und gibst den wunderbaren Kelch frei. Ich bin ein Schmetterling, der in Erwartung höchsten Genusses mit seinem Rüssel hineinfährt und sich reibt am süßen Nektar. Himmel, bin ich wieder poetisch!

Unsere Bewegungen sind kein langes Gleiten, kein ruheloses Bumsen, kein unvertrautes Techtelmechtel. Ich kenne nach all den Jahren jede deiner inneren Falten und weiß was dir gefällt. Ein Loblied auf die Monogamie! Ich stoße mich ab an der Kofferraumklappe; kurz, knapp und wunderbar aufeinander eingespielt treffen wir aufeinander, Scham auf Scham, das Schwert in der Scheide. Wir küssen uns wild und ohne Ende, damit wir nicht laut schreien wenn wir ankommen am Gipfel der Lust, auch wenn es unterginge, hier draußen an einem Bach irgendwo in der Toskana. Und er kommt, der Gipfel. Zuerst bei dir. Deine Beine halten inne im Krampf der Lust, die Zehen gespreizt und mir ist, als pulsiere deine Scheide unter der Heftigkeit des Höhepunktes. Ich halte inne, presse mich auf dich. Du bewegst dich leicht, um ihn voll auszukosten; das wiederum bringt mich zum Explodieren. Die heftige Reaktion auf mein Kommen lässt deinen Gipfel nicht aufhören; ja, es ist als verschmilzt der erste zu einem zweiten. Mit langsamem Rein und Raus koste ich meinen Gipfel aus bis zum letzten Nachbeben, ein sanftes Pulsieren im Takt meines Herzschlags, ein angenehmes Kribbeln, welches bis ins Becken hineinzieht. Deine Nippel spüre ich wie zwei unreife Erdbeeren auf meiner Brust, wie du dich an mich schmiegst.

„Oh sink hernieder, Nacht der Liebe", heißt es bei Richard Wagner bei entsprechend großartiger Musik. Allerdings bei Tristan und Isolde, und das ist ja eine verbotene Liebe. Aber verboten ist unsere Liebe nicht, denn wir sind ja verheiratet und ist in der Ehe nicht alles erlaubt? Es bleibt doch spannend – dieses Wechselspiel aus allerlei Stellungen, aus den Bildern, die wir von uns bei Sex vor dem Spiegel gewinnen, aus perfekter Mundarbeit oder Kamasutra (mit letzterem würde ich ja gerne mal experimentieren...). Deshalb hast du eigentlich völlig recht, dass auch die Liebe im Auto seine Berechtigung hat. So sinken wir dahin in den glücklichen Schlaf nach dem tollen Sex, den wir schon seit x Jahren haben. Und er wird besser mit jedem Jahr das hinzukommt.

In der Ferne wabert das Wetterleuchten wie das lüsterne Nachbeben im Unterleib. Mit dem ersten Morgenrot werde ich dich zärtlich wecken und dich erneut mit all meiner Liebe übergießen. Ich wünsche mir noch viele solcher Erlebnisse mit dir...

Miriam Poppenhuus

Das Bettgestell war reich an Ornamenten bestand ganz aus Metall und hatte das französische Bettmaß von 1,40 mal zwei Metern. Die vier Pfosten waren nach oben verlängert und trugen einen ebenso verzierten Rahmen für den Himmel aus weißem Tüll, der bis fast auf den Boden herabhing. Tagsüber war alles brav mit Häkchen um die Bettpfosten zusammengebunden, so wie man aufgezogene Vorhänge beiderseits von Fenstern befestigt. Im Moment aber fiel der Stoff an allen Seiten locker herab und umschloss das ganze Himmelbett ähnlich einem Moskitonetz, nur unterbrochen an den vier Ecken. Das Bett stand auf groben, polierten Dielen in einer gleichmäßigen Dachkammer, exakt mittig unter einem halbrunden Giebelfenster, welches gekippt war.

Draußen war die Dämmerung fortgeschritten, eine einsame Möwe kreischte. Auf der einen Seite des Bettes stand eine kleine Ansammlung hübscher Windlichter auf dem Fußboden. Vor dem Hintergrund der Brandgefahr bei dem vielen Stoff war es auch sinnvoll, die Kerzen in Windlichtern zu verbergen. Deren Flammen tauchten die rustikal weiß getünchte Dachkammer in ein gemütliches, gelb-rot schimmerndes Licht.

Vor dem Bett, von der Tür her, hielt ein kleiner Standventilator die Luft in Bewegung, was den üppigen Stoff des Himmelbettes stets in Bewegung hielt, und sogar die Windlichter zu einer ruhigen Bewegung der Kerzenflamme animierte. Auf dem Boden lagen allerlei Kleidungsstücke verstreut, darunter ein offenbar hastig geöffnetes Leinenkleid. Hätte man die Gelegenheit gehabt, das Bett von der anderen Seite zu betrachten, so sähe man das gedämpfte Licht der Windlichter durch zwei Lagen Tüll. Und den dynamischen Schatten eines Paares, völlig vertieft im Liebesspiel. In dieser heißen Laterna magica hatte die weibliche Person, die mit dem Rücken auf dem Bett lag, ihre Beine weit angezogen, sodass sie fast die Schultern berührten. Eine große, schlanke Frau mit einer gut trainierten Beweglichkeit. Ihre Füße waren das höchste Element dieses Schauspiels, sie tanzten in der Luft mit lustvoll gespreizten Zehen. Der Schatten verriet, dass ihr Mund geöffnet war und sie laut demjenigen ihre Empfindungen kundtat, der sich auf ihr bewegte. Er schien tief in das ihm entgegengestreckte Becken eingetaucht und die totale Verzückung der Frau zu erreichen durch kleine, dosierte Bewegungen, unregelmäßig, sodass sie nach dem nächsten lustvollen Stoß zu schreien schien. Unter ihren angezogenen Beinen konnte man gerade noch ihre Brüste erkennen, kleine Brüste mit steil aufgerichteten Nippeln, auf die sich aus dem Schatten ihrer Schenkel zuweilen der Kopf des Liebhabers löste, um sie mit den Lippen zu berühren...

Diese wunderbare Kollision ist eigentlich schon fast das Ende einer Liebesgeschichte und der Beginn einer wunderbaren, in jeder Hinsicht erfüllten Beziehung. Die erste Kollision lag vielleicht ein halbes Jahr zurück und war eher harter Natur. Der Zusammenprall von zwei eigenwilligen Persönlichkeiten, bei denen es nicht immer so aussah, als könnten sie jemals so innig zueinanderfinden. Hören wir, wie sich das ganze entwickelt hat.

Alexander joggte gerne. Er hatte sich der örtlichen Laufgruppe angeschlossen und pflegte, ohne den Ehrgeiz auf Wettkämpfe, jede Woche neben dem Training ein bis zwei weitere Läufe zurückzulegen. Diese Fitness tat ihm bei einem relativ ruhigen Job gut und „pustete ihm das Gehirn frei", wie er zu sagen pflegte. Sein Laufrhythmus bestand immer aus vier Schritten einatmen und vier Schritten ausatmen, bei längeren Steigungen beschleunigte er das auf drei Atemzüge, um die Sauerstoffschuld klein zu halten. Heute genoss er einen milden Herbsttag Ende Oktober, um ganz allein etwas für seine Kondition zu tun. Für seine Single-Läufe kannte er eine ganze Reihe interessanter Routen in der Umgebung, unter denen er stets wechselte, wobei er aber auch neuen Strecken sehr aufgeschlossen war. Vielleicht würde er im nächsten Jahr seinen ersten Marathon probieren. Das Laub an den Bäumen hatte den Höhepunkt herbstlicher Pracht bereits überschritten. Einige Bäume waren schon ganz kahl, andere wiederum trugen noch ein herrlich buntes Blätterkleid. Alexander ging ein Herbstlied durch den Kopf:

„...bunte Blätter fallen – graue Nebel wallen – und es wehet der Wind."

Im Moment stimmte nur der erste Teil, denn es wallten keine Nebel und es stürmte auch nicht. Durch den leicht bewölkten Himmel blickte immer wieder die Sonne hindurch und inszenierte den Herbst in schönsten Farben. Als er über den Friedenshain joggte, raschelte das Laub unter seinen Füßen. Er fürchtete ein wenig umzuknicken, da man nicht sah, ob sich vielleicht Baumwurzeln darunter verbargen.

Alexander pflegte einen leisen, gut abrollenden Laufstil. Der Friedenshain war so ein Mahnmal zu Ehren der Gefallenen des Ersten Weltkriegs. Das einzig Schöne daran war, das man das Monument in einer Art Park angelegt hatte, dessen Bäume inzwischen riesig waren.

Vom Friedenshain eilte Alexander federnden Laufschritts entlang am Stadtzentrum in ein Wohngebiet, welches in den Nachkriegsjahren entstanden sein musste. Hier standen wuchtige Bürgerhäuser, dazwischen die monotonen Eigenheime aus DDR-Zeiten. Der Name der Stadt soll an dieser Stelle keine Rolle spielen, da bestimmte Begebenheiten sich real abgespielt haben, weshalb eine gewisse Diskretion zum Schutze der Personen nötig ist. Von dieser Wohnstraße hatte Alexander nur noch ein kleines Stück entlang eines Feldes zu laufen, bis er in den Stadtteil kam, in dem sich seine Wohnung befand. Er bewohnte eine gemütliche Zweizimmerwohnung mit Balkon in einem neugebauten Mehrfamilienhaus. Das Feld, an dem er nun entlanglief, muss früher viel größer gewesen sein. Man hatte ihm Baugrundstücke verschiedener Größen abgetrotzt, weshalb sein Parcours ein beinahe unübersichtlicher Zickzackkurs war. Und plötzlich stieß er heftig mit jemandem zusammen. Er prallte von der Person ab, fiel hin und streifte mit der rechten Augenbraue die Metallsäule eines Gartenzauns.

Alexander sammelte sich. Ihm war etwas schwindelig – sein Kreislauf rebellierte durch den abrupten Abbruch seines gleichmäßigen Laufes. Er war mit einer anderen Joggerin zusammengestoßen. Diese war auch hingefallen, zeigte sich etwas benommen, aber hatte sich offenbar nichts getan. Nur gut, dass sie nicht mit den Köpfen zusammengestoßen waren!

„Du meine Güte", rief sie, „was war denn das?"

Alexander kannte die Frau irgendwo her. Sie joggte auch, war aber nicht in seiner Laufgruppe. Man traf sie zuweilen entweder laufend oder mit einem Mountainbike bei zäher Ausübung von Sport und so sah sie auch aus. Fast schon wie eine Professionelle. Sie schaute auf ihre Armbanduhr. Nein, es war keine Uhr, sondern eines von diesen digitalen Geräten, die ständig den Puls messen und Alarm geben, wenn er zu sehr rast. In der Laufgruppe hatten auch einige solch ein Ding und taten sehr wichtig damit.

„Haben Sie sich was getan?" fragte Alexander. „Es tut mir leid, ich konnte Sie um die Ecke..."

„Sie bluten ja", rief die Frau plötzlich.

Tatsächlich war Alexanders Berührung mit dem Gartenzaun nicht ganz ohne Folgen geblieben. Blut rann von der Augenbraue über die Wange auf sein helles Sweatshirt.

„Oh, Mist!"

„Warten Sie." Die Hagere zog ein Papiertaschentuch aus der Trainingshose.

„Ach, das ist nur eine kleine Platzwunde. Das muss ganz bestimmt nicht genäht werden. Aber ich würde das sofort desinfizieren und was draufkleben." Sie deutete mit dem Blick in Richtung einiger DDR-Einfamilienhäuser. „Kommen Sie. Ich wohne da drüben und werde Sie behandeln. Und dann sehen wir, wie Sie nach Hause kommen."

Alexander fühle sich behandelt wie ein kleiner Junge. Aber er stand wohl leicht unter Schock und folgte ihr ohne Widerstand. Die Frau bewegte sich federnd wie eine Gazelle. Sie mochte ein paar Zentimeter größer sein als Alex, auf jeden Fall musste sie älter sein. Oder wirkte es nur so? Ihre blonden Haare ergäben gelöst sicherlich Schulterlänge, waren aber wie bei Läuferinnen üblich mit einem Gummi zu einem Pferdeschwanz zusammengebunden. Man sah, dass die Originalfarbe höchstens ein dunkelblond war, denn die dunklen Haaransätze schienen durch. Es war wohl mal wieder Zeit zum Nachfärben. Offenbar benutzte die fürsorgliche Dame auch hin und wieder ein Solarium oder eine Bräunungscreme. Die Gesichtsfarbe hatte etwas Unnatürliches und die Behandlung der Haut rächte sich offenbar mit einigen Falten um ihre Augen.

„Hier ist es."

Das Haus war eines dieser WB58 Grundmodelle, die zu DDR-Zeiten eigentlich jeder baute oder bauen durfte, wenn es ihm denn genehmigt wurde, oder er das Baumaterial dafür zusammenbekam. Es sah aber doch edler aus als die anderen Häuser gleichen Typs. Die Fenster waren teilweise größer und moderner. So gab es dreieckige Fenster am Giebel und neben der Eingangstür befand sich eine großzügige Verglasung, wo andere nur diese plumpen Glassteine eingebaut hatten. Aus der größeren Garage auf Kellerniveau ergab sich eine entsprechend größere Terrasse auf Höhe der ersten Etage. Ein wuchtiger Schornstein erhob sich am Giebel und schien die Heizung und andere Öfen ihrer Gase zu entledigen. Auf einem Balkon lehnte sich ein Außenkamin an die Esse. Statt Pappschindeln war das Haus mit dunklen Lasurziegeln eingedeckt, Fenster und Fassade waren frisch gestrichen. Auch der Vorgarten machte einen sehr gepflegten Eindruck.

Verstohlen blickte Alexander auf das Klingelschild. Auf der Gravur stand ein kurzer Name, aber mit einem Stück Kreppband war dieser überklebt und mit einem längeren überschrieben worden. Er konnte es im Vorbeigehen nicht lesen, zumal seine geschwollene Augenbraue ihm einen Teil der Sicht versperrte.

„Hier lang."

Frau Sowieso führte ihn die Kellertreppe hinunter in einen geräumigen Fitnessraum. „Hinsetzen!" Sie eilte hinaus und kam zurück mit einem nassen Waschlappen und einem steril verpackten Desinfektionstüchlein. In dem Fitnessraum hing, als handle es sich um eine öffentliche Einrichtung, ein deutlich gekennzeichneter Erste-Hilfe-Kasten an der Wand. Dort entnahm sie ein Pflaster, reinigte Alexanders Wunde und klebte das Pflaster geschickt um die Braue, sodass er sein Augenlid noch bewegen konnte.

„So, mit wem habe ich es denn zu tun?" fragte sie wie eine Oberlehrerin.

„Ich glaube, wir sind uns unbekannterweise schon begegnet", sagte Alexander. „Ich sehe Sie öfter in der Gegend laufen. Mein Name ist Alexander von Wolkenstein."

Die Dame blickte ihn streng an.

„Nur damit wir uns einig sind", begann Sie langsam, „dass ich Sie als alleinstehende Frau mit in mein Haus nehme, hat überhaupt nichts zu bedeuten. Angenehm, ich bin Miriam Poppenhuus, geschiedene Krug."

Alexander war sprachlos. Die Frau hatte ihm die Wunde verbunden, sich medizinisch um ihn gekümmert. Nichts lag ihm ferner, als so eine Situation auszunutzen. Womit auch? Und der Name... Schaute Sie ihn so streng an, weil sie jeden Moment schallendes Gelächter von ihm erwartete? Überhaupt, sollte er sie nun Krug oder Poppenhuus nennen? Krug war ganz offensichtlich der überklebte Name auf dem Klingelschild.

„Danke, Frau Poppenhuus, dass Sie mich verarztet haben. Hätten Sie wohl bitte einen Schluck Wasser?"

„Na klar." Sie lächelte ihn jetzt freundlich an. „Ich wollte Sie gerade mal testen. Die meisten Leute machen sich über meinen Namen lustig, prusten los oder fragen dreimal nach, ob sie richtig gehört haben." Sie holte aus dem Flur eine kleine Flasche Mineralwasser und reichte sie Alex. Stolz verkündete sie: „Jawohl, ich bin eine geborene Poppenhuus! Mit zwei ‚u'. Und dazu stehe ich! Um nichts in der Welt will ich noch mal Krug heißen!"

„Ihr Name mit zwei ‚u' hat doch sicher seinen Ursprung im hohen Norden."

„Sehr richtig, Herr von Wolkenstein. Genauer gesagt in Ostfriesland."

Sie blickte Alexander wieder streng an, wenn auch nicht so streng wie bei der Nennung ihres Namens. Sie erwartete wohl jeden Moment eine Lästerattacke oder einen derben Ostfriesenwitz. Ach, was musste diese Frau für Verletzungen in sich bergen!

„Eine wunderschöne Gegend", stellte Alex fest. „Salzwiesen, Wattenmeer, Sieltore und angenehm herbe Biere."

Miriam Poppenhuus lächelte wieder.

„Nun, Sie sind wohl ein Adliger?"

Alex musste lachen. „Alles was geblieben ist, ist der Name. Die Wolkensteins hatten ihre Güter in Polen, eines davon existiert nur noch als Ruine. Sie wurden vertrieben wie alle anderen und hatten zudem das Problem, überwiegend Töchter unter ihrem Nachwuchs zu haben. Ich bin nichts weiter als ein übrig gebliebenes Fossil. Und manchmal habe ich den Eindruck, ich bin zu nichts weiter nütze, als einsam diesen Namen durch die Gegend zu tragen."

Frau Poppenhuus wirkte interessiert.

„Lassen Sie uns noch etwas stretchen und etwas Gymnastik machen", meinte sie. „Wir mussten unseren Lauf ziemlich gemein abbrechen, das ist nicht gut für die Muskeln."

Für den Moment vergaß sie, dass sie in ihrem Fitnessraum nicht alleine war, und zog sich das Sweatshirt aus. Erschrocken hielt sie inne. Alexander tat so, als hätte er nichts bemerkt und wollte gerade aufstehen. Frau Poppenhuus trug unter dem Sweatshirt ein Top aus Stretchmaterial eines bekannten Sportmodeherstellers. Viel Brust hatte sie nicht, dafür muskulöse Oberarme und kräftige Schultern. Alexander musste an die Fernsehbilder von Schwimmerinnen der DDR bei internationalen Wettkämpfen denken. Da war alles wegtrainiert und weggedopt was nur irgendwie weiblich war. Das hatte ihn richtig angeekelt, ebenso wie Bodybuilding für Frauen. Frau Poppenhuus hatte aber eine athletische Figur, die sehr angenehm zu betrachten war.

„Nur dass wir uns einig sind", begann sie erneut in strengem Ton, „ich bin hier zu Hause und wenn ich ein Kleidungsstück ablege, dann heißt das noch lange nicht..."

„Keine Sorge", unterbrach Alexander sie freundlich, „ich kenne auch einige Dehnübungen. Da können wir uns austauschen und unseren Muskeln was Gutes tun."

Frau Poppenhuus nahm ihren offensichtlichen Stammplatz auf einer Gymnastikmatte ein, Alexander versuchte es sich so bequem wie möglich auf dem Nadelfilz neben einem Fahrradergometer und einer Rudermaschine zu machen. Der Platz war eingeschränkt, da auch allerlei Hanteln verschiedener Gewichte herumlagen.

Nachdem sie einige Übungen durchgemacht hatten, nahm Alexander den letzten Schluck Wasser und schickte sich an zu gehen.

„Sorry, dass ich Sie angerempelt habe", sagte er zum Abschied. „Ich habe es gar nicht verdient, von Ihnen so verarztet zu werden."

„Das ist schon in Ordnung, Herr von Wolkenstein." Frau Poppenhuus schien Manieren zu schätzen. Vielleicht war sie es nicht gewohnt. „Was halten sie davon, wenn wir gelegentlich zusammen laufen? Ich wüsste gerne, welche Strecken Sie noch so kennen. Und wie fit Sie sind."

„Ich glaube kaum, dass ich Sie in irgendeiner Disziplin schlagen könnte, aber sehr gerne."

Sie verabredeten sich für den nahenden Donnerstag um 17 Uhr am „Kollisionspunkt".

Am Donnerstag war Frau Poppenhuus pünktlich am vereinbarten Ort und machte ein paar Dehnübungen als Alexander eintraf. Er schlug eine Route vor und sie war einverstanden.

Frau Poppenhuus wollte beim Lauf nicht viel reden. Wahrscheinlich wegen des Pulses, denn sie schaute ständig auf ihren digitalen Pulsmesser. Sie rannte stetig und kraftvoll mit einem leichten, weiblichen Stil. Sie schien manchmal regelrecht zu schweben. Vor Ende der Runde forderte sie Alexander noch zu einem Sprint heraus, der vor ihrem Haus endete. Er hatte Mühe mitzuhalten.

„War doch gar nicht schlecht", sagte sie aufmunternd. „Sie haben Potenzial. Ich glaube, da ist noch einiges rauszuholen." Es war nun schon fast dunkel. „Wie wäre es mit einem elektrolythaltigen Getränk und ein paar Dehnübungen? Ich will auch noch mal Ihre Wunde sehen."

Wenige Augenblicke später befanden Sie sich im Fitnessraum von Miriam Poppenhuus.

„Setzen Sie sich dorthin und ziehen Sie Ihr Sweatshirt aus", bestimmte Sie und deutete auf das Fahrradergometer. Das Gerät hatte einen Getränkehalter, in den Sie einen Fitnessdrink stellte. Sie klebte Alexander eine Elektrode an die Brust und schaute sich fast beiläufig den Grind über seinem rechten Auge an. „Ach, das wird schon wieder. Ich mache jetzt mit Ihnen einen Belastungstest."

„Wie kommt es eigentlich, dass Sie so allein in diesem großen Haus wohnen?" entfuhr Alexander die Frage. Frau Poppenhuus wich zurück.

„Nur dass wir uns einig sind, Herr von Wolkenstein, Sie sind nicht hier, um…"

„Sie haben vollkommen recht. Ich habe auch keinerlei Absichten. Ich schätze aber Ihre Gesellschaft und Ihren sportlichen Ehrgeiz. Ist es da nicht legitim, etwas mehr über mein Gegenüber zu erfahren? Was mich anbelangt – ich habe keine Geheimnisse."

Alexander log. Er hatte sehr wohl ein Geheimnis.

„Na gut." Frau Poppenhuus schnaubte. „Ich höre."

„Ich bin 34 Jahre, arbeite als Angestellter der Talsperrenverwaltung im Bereich Hochwasserschutz und Gewässerschutz, Bereich Umwelt. Ich habe Abitur, war bei der Bundeswehr, war verheiratet und bin seit meinem 30. Lebensjahr geschieden. Meine Hobbys sind Sport, Musik, Kino – kulturelle Dinge allgemein. Ist dieser Überblick okay oder soll ich bei meiner Geburt…"

„Sie sind also auch geschieden."

„Ja, unglücklich geschieden. Und auch ziemlich unfreiwillig. Näher möchte ich mich im Moment nicht dazu äußern."

Frau Poppenhuus nickte. „Fangen Sie an zu treten." Alexander begann zu strampeln.

„Mein Mann war Architekt. Er hat das Basismodell dieses Hauses verändert, wie es bei dem Baustoffmangel mit Beziehungen eben möglich war. Deshalb ist es auch so anders. Wir haben zwei erwachsene Söhne, 24 und 20 Jahre. Beide leben in Beziehungen, von denen ich hoffe, dass sie ehrlicher und liebevoller sind, als was ich erlebt habe. Das beantwortet vielleicht zumindest Ihre Frage nach dem Haus und meiner Situation."

Sie wandte sich dem kleinen Computer am Ergometer zu.

„So, und jetzt startet das Testprogramm. Behalten Sie Ihren Puls im Auge. Wenn er über diesen Wert steigt, verringern Sie die Leistung. Wenn er unter das Minimum geht, geben Sie wieder Gas."

Sie betrachtete Alexander herausfordernd. Er war nicht annähernd so athletisch wie sie, aber schlank und kräftig. Verschwitzt in seinem Muskelshirt wirkte er auf sie männlich, aber nicht wie ein Macho. Dazu war er ihr gegenüber immer viel zu höflich und sie schämte sich, dass sie mitunter so auf Distanz ging.

„Um das Thema für heute abzuschließen", sagte sie, „ich bin 43 und arbeite in einem Dentallabor. Sie haben mich sicher älter eingeschätzt?"

Alexander rang um eine Antwort. Er hätte ihr gerne gesagt, dass sie das ungesunde Solarium doch lassen möge. Sicher wollte sie gerne hören, dass man sie jünger einschätzte. Er sagte:

„Äußerlichkeiten sind doch unbedeutend. Ich hatte mir ehrlich gesagt noch keine Gedanken gemacht, welchem Baujahr Sie angehören könnten. Das Blond steht Ihnen gut, ich würde bloß das Solarium weglassen. Es ist nicht nur ungesund, es entspricht auch nicht dem Teint Ihrer Herkunft."

Frau Poppenhuus lachte. „Danke für den Tipp. Wir Ostfriesen sind tatsächlich eher weißhäutig. Aber ich gehe nicht ins Solarium und

Bräunungscremes sind glücklicherweise nicht so schädlich. Ich habe mich neulich im Farbton vergriffen. Sie finden also, das Alter sei nicht wichtig?"

„Was will man denn dagegen unternehmen? Wir haben doch die ewige Jugend nicht gepachtet. Es ist doch nur wichtig zu wissen, wo wir hingehen werden."

„Glauben Sie an Gott?"

„Ja, ich bin Christ."

Lange sagte keiner was. Bis das Gerät piepte.

„Sie haben wirklich ganz gut Power. Sie liegen von meinen Werten nicht weit entfernt."

„Mich hat unser Lauf heute ganz schön angestrengt und das Fahrrad ist nicht ganz so mein Ding", meinte Alexander und nahm einen großen Schluck von dem Fitnessdrink. „Ich bin wohl nicht für Triathlon geeignet. Bevor wir stretchen, müsste ich mal raus."

Vorsichtshalber fügte er hinzu: „Keine Sorge, ich setz mich hin."

Das kleine WC im Keller war recht eng und hatte gerade mal Platz für das Klo und ein kleines Waschbecken, unter dem ein Unterbauschrank stand. Dieser war etwas verzogen, weshalb das Türchen nicht mehr richtig schloss. Alexander konnte auf dem Klo sitzend in das Schränkchen hineinspähen. Was war denn das? Dort lag in einer Ladestation ein großer Dildo, eines jener motorisierten, künstlichen Penis-Monster, wie sie in vielen Versandhäusern angeboten werden. Alexander fühlte sich ertappt und unangenehm berührt, auch wenn er gar nichts dafür konnte. Wenn Frau Poppenhuus einsam und frustriert war, dann war es sicher auch in Ordnung, wenn Sie sich selbst ein paar gute Gefühle verschafft. Aber so ein Ding war doch fern ab von jeder Zärtlichkeit und noch weiter entfernt von jeder männlichen Realität! Eine natürliche Penisspitze kann nun mal nicht rotieren und der Schaft ist auch nicht geriffelt.

Als Alexander zurück in den Fitnessraum kam, trainierte Frau Poppenhuus mit Hanteln. Sie machten noch einige Dehnübungen, ehe sie sich Trennten. In der kommenden Woche war Frau Poppenhuus auf einer Weiterbildung. Sie trafen sich erst wieder die Woche darauf und die nächste Woche ebenfalls. Frau Poppenhuus wurde immer offener.

Sie liefen zusammen und plauderten dabei. Erhitzt vom Lauf zogen beide wie selbstverständlich Sweatshirt und Trainingshose aus, weil es ihnen im Fitnessraum rasch zu warm wurde. Frau Poppenhuus fragte Alexander, ob sie, wo sie doch die Ältere sei, ihn einfach Alex nennen dürfe und bestand darauf Miriam genannt zu werden. Alex fand, dass dies den Umgang miteinander erleichtern würde. Sie machten gerade eine Partnerdehnübung, bei der man, die Füße aneinander gedrückt, mit durchgedrückten Beinen sein Gegenüber so weit wie möglich zu sich hinziehen musste. Das zog in den Beinen, aber Miriam kicherte plötzlich.

„Das tut ganz schön weh und du kicherst", beschwerte sich Alex.

„Ach es ist nichts weiter, meine Liebeskugeln stimulieren mich bloß gerade ganz angenehm."

„Liebeskugeln?"

„Ja, das sind so zwei miteinander verbundene Bällchen, in denen sich was bewegt. Zum Einführen in die Vagina. Das trainiert die Beckenbodenmuskulatur. Ich will später nicht inkontinent werden. Und dann haben Liebeskugeln noch ein paar andere Vorteile. Soll ich sie rausholen und dir zeigen?"

Alex hatte noch nie was von Liebeskugeln gehört. Und er wollte sie auch nicht sehen. Zumindest im Moment nicht. Miriam schien sehr probierfreudig zu sein mit Dingen, die sie einführen konnte.

„Wie ist es mit duschen?" fragte Sie auf einmal. „Du bist verschwitzt. Ich hätte es dir schon längst anbieten sollen."

„Ich habe aber keine frischen Sachen mit. Das ist doch ekelig wieder in das verschwitzte Zeug zu steigen." Aber Miriam bestand eigenartigerweise darauf, dass er sofort duschte.

„Nur dass wir uns einig sind – das ist kein Vorspiel oder so was. Ich bin eine anständige Frau!"

Sie führte ihn in das große Bad im ersten Obergeschoss, welches an ihr Schlafzimmer grenzte. Alles vom Feinsten – die Fliesen, Badewanne, die Duschabtrennung, die Spanndecke – einfach alles. Der Fußboden war mit großformatigen, marmorierten Platten in schwarz belegt. Womöglich war es sogar echter Marmor. Ebenso die schwarze Platte, in die das Waschbecken eingelassen war. Eine schwarze Borte in

Augenhöhe, rundete den edlen Eindruck ab. Der flauschige Badteppich in Weiß hatte weinrote Wellenlinien, im gleichen Weinrot brachten Handtücher Farbe ins Bad, welche durch die Halogenlampen sehr intensiv wirkte. Flüchtig ging Alex' Blick über die Ablage mit den Toilettenartikeln.

„Shampoo steht in der Dusche", sagte Miriam und huschte aus dem Bad.

Alex zog den Rest aus, stellte sich eine angenehme Wassertemperatur ein und begann sich unter der heißen Dusche zu waschen. Da öffnete sich plötzlich die Duschabtrennung und Miriam drängte sich nackt zu ihm unter den Brausestrahl.

„Los, seif mich ein."

Alex stand ratlos und perplex unter der Dusche.

„Mach schon", rief Miriam ärgerlich. Alex spürte, dass etwas nicht stimmte, aber er hatte keine Ahnung, was in Miriam vorging. Er nahm reichlich von dem Duschbad und begann sie einzuseifen, sichtlich bemüht einen diskreten Abstand zu halten. Es ließ sich nicht vermeiden, dass Ihn diese Situation erregte, was sich als Mann nur schwer verbergen ließ. Er stand hinter Miriam, seifte ihr den Bauch ein und fuhr ihr mit beiden Händen über ihre kleine, trainierte Brust. Das Wasser rauschte und sein steifes Glied berührte ihren straffen Po. Da drehte sie sich herum, küsste ihn und gab ihm fast gleichzeitig eine schallende, nasse Ohrfeige. Eingeseift wie sie war verließ sie verzweifelt die Duschkabine, warf sich einen Bademantel über und verließ schluchzend das Bad. „Ich kann das nicht..."

„Miriam", rief Alex ihr hinterher. „Was ist denn los?! Ich wollte doch gar nicht...!"

„Verlass mein Haus – sofort!" rief sie aufgelöst vom Flur.

Wie ein begossener Pudel, völlig überrumpelt und absolut ahnungslos schlüpfte er halbnass und seifig in seine verschwitzten Sportsachen und verließ so schnell er konnte das Haus. Er hörte Miriam oben im Dunkel des Flures leise weinen, bevor er die Tür zuzog.

Völlig unterkühlt und benommen kam er in seiner Wohnung an, duschte ausgiebig, schlüpfte ins Bett und befriedigte sich selbst. Er dachte dabei an Miriam, er dachte daran, dass sie sich lieben würden.

Nach der Scheidung hatte er keinen Sex mehr gehabt, er hatte sich aufgegeben, fühlte sich als Versager. Höchstens wenn er im Fernsehen oder im Kino mal zufällig auf eine erotische Szene stieß, verschaffte er sich Erleichterung und fühlte sich hinterher grenzenlos einsam. Konnte er nicht mit Miriam darüber reden? Es ging auf Weihnachten zu, auf die für Alex schwerste Zeit des Jahres. Seine Eltern lebten nicht mehr, Geschwister hatte er keine. Er hatte gehofft, sich mit Miriam zu treffen und mit ihr auszugehen. Was war nur los mit ihr? Sie hatte doch angefangen von den Liebeskugeln zu reden und wollte, dass er duschte. Sie war zu ihm unter die Dusche gekommen ohne zu fragen, ob es ihm recht wäre. Und immer diese Belehrungen „...nur dass wir uns einig sind, Herr von Wolkenstein...“! Was sollte das Ganze? Was oder wer hatte die Frau so verletzt? Ihr ganzes Selbstbewusstsein schien Sie aus sportlicher Leistungsfähigkeit und aufgesetzter Strenge zu generieren. Und dann kam erst mal lange, lange nichts – rein gar nichts.

Am kommenden Donnerstag lief Alex wieder allein. Er hoffte sehnlichst, ihr irgendwo auf dem Weg zu begegnen. Er rannte mehr als sonst, kombinierte mehrere Strecken, um sie nach Möglichkeit irgendwo abzufangen, bis er schließlich im Dunkel des späten Herbstes vor ihrem Haus stand. Es brannte kein Licht. Als sein Atem sich beruhigt hatte, sprang er über den Zaun und schlich im Dunkeln um das Haus. Aus dem rechteckigen Kellerfenster, hinter dem sich Miriams privater Fitnessraum befand, kam ein kaum sichtbarer Lichtschimmer. Vorsichtig lugte Alex hinein, ganz darauf bedacht nicht entdeckt zu werden. Auf dem Fußboden waren mehrere Teelichter verteilt und verliehen dem Raum ein festliches Licht. Miriam hatte eine Wolldecke über ihre Gymnastikmatte gelegt. Sie lag darauf, völlig nackt, und streichelte sich. Alex schluckte und zitterte. Sie streichelte sich überall und völlig schamlos, denn sie wähnte sich absolut unbeobachtet. Nach einer Weile ergriff sie einen Gegenstand, der in der Dunkelheit neben ihr lag – den akkubetriebenen Dildo! Sie knipste ihn an – und führte ihn ein. Nicht wie Männer sich das im Allgemeinen vorstellen: mit großen hastigen Bewegungen über die volle Länge rein und raus. Nein, sie befriedigte sich, wie eine Frau es sich wünscht geliebt zu werden. Das Ding versank nur langsam in ihr. Sehr langsam. Immer wieder zog sie es zurück, massierte ihren Eingang und schob weiter vorwärts in kleinen, dosierten Bewegungen. Alex konnte durchs Fenster ihre lustvollen Laute hören. Er wich langsam zurück. Noch im Garten hörte er den Schrei, als sie ihren Höhepunkt hatte. Er rannte was die Beine noch hergaben nach Hause, duschte ausgiebig, schlüpfte ins Bett und fühlte sich erneut genötigt sich selbst zu befriedigen. Oh Miriam! Alex wusste nun, wie sie geliebt werden wollte und würde es ihr so gerne schenken. Seine Frau hatte sich nie beklagt über seine Zuwendung, seine Zärtlichkeit oder über einen zu kleinen Penis. Sie hatte immer ihren Orgasmus, oft sogar vor ihm. Aber sie wollte Kinder, nichts als Kinder und Alex war es verwehrt. Er war potent aber unfruchtbar. Miriam brauchte keine Kinder mehr, sie brauchte nur Liebe, welche sie aber nicht an sich heranließ.

Zu Weihnachten besorgte Alex ein Flakon von einem Parfüm, das er in Miriams Bad hatte stehen sehen – es war fast alle. Er schrieb einen kurzen Weihnachtsgruß, und das er sich freuen würde über weitere Läufe im neuen Jahr. Er nahm dazu keine kitschige Weihnachtskarte, sondern druckte aus dem Internet das Bild eines reetgedeckten Friesenhäuschens auf Hochglanzpapier aus und schrieb darauf: „Eines Tages..."

Am Tag vor Heiligabend machte er einen sehr späten Spaziergang und stellte die kleine Aufmerksamkeit Miriam direkt vor die Haustür.

Heiligabend machte Alex sich auf in die Kirche. Die Krippenspiele langweilten ihn stets mit ihren gestelzten Texten, daher besuchte er die zweite Christvesper. Da gab es immer viel Musik mit Chor und Bläsern und meistens eine Predigt, bei der der Pfarrer den vielen U-Boot-Christen (die nur einmal im Jahr zu Weihnachten auftauchten) feurig zu verstehen gab, wie eine lebendige Beziehung zu Gott aussehen sollte. Das musste jedes Mal eine rhetorische Herausforderung sein. Alex fand es jedenfalls immer sehr unterhaltsam. Er hatte auf einer Empore Platz genommen, weil man von dort die Musiker, den Pfarrer und den sich drehenden Zimbelstern der Orgel gut sehen konnte. Die Kirche hatte auf beiden Seiten Emporen. Auf der gegenüberliegenden Seite erblickte er in der vollen Kirche plötzlich Miriam. Sie trug einen dunklen Wintermantel und hatte sich ein großes Tuch aus festem Stoff umgeworfen, das mit gedeckten Farbverläufen den Mantel farblich aufwertete. Zwei sehr junge Männer saßen, offenbar beide mit Partnerin, rechts und links von ihr – anscheinend ihre Söhne mit Anhang. Dann war sie also Heiligabend wenigstens nicht allein! Ihr Gesicht war nicht mehr so braun und machte einen natürlicheren und gesünderen Eindruck. Sie wirkte ernst und fast etwas traurig. Haderte sie noch mit sich wegen ihres Verhaltens gegenüber Alex? Hatte sie die Bräunungscreme weggelassen, weil Alex es geraten hatte? Sie würde seinen Weihnachtsgruß inzwischen erhalten haben. Wie würde sie reagieren?

Ihn anzusprechen müsste zwangsläufig bedeuten, ihren Stolz zu überwinden. Sie müssten beide intensiv über ihre Vergangenheit, ihre Gefühle und ihre Träume reden. Alex zwang sich, nicht ständig hinüberzusehen. So merkte er auch nicht, wie sie ihn fixierte, genau darauf achtend seinen Blick nicht einzufangen. Alex wollte an diesem Abend allen Problemen „dieser" Welt aus dem Weg gehen und eilte rasch nach Hause.

Er war allein. Er hatte sich einen kleinen Weihnachtsbaum in die Stube gestellt und ihn kunstvoll geschmückt. Er hatte sich, nicht ohne zuvor einen größeren Betrag an „Brot für die Welt" zu spenden, zu Weihnachten eine Konzertkarte fürs Gewandhaus in Leipzig gegönnt und einen Gutschein für den Saunabereich eines großen Freizeitbades. Er freute sich riesig über die Post eines alten Schulfreundes und Grüße von Verwandten dritten Grades, die den Wolkensteins noch verbunden waren. Das kitschige Gesäusel aus Funk und Fernsehen wollte er sich zur Zeit der Bescherung nicht antun und vertiefte sich in einen spannenden Roman, der in der Endzeit spielte.

An einem frostigen Sonntag im Januar machte Alex sich auf zu einem seiner ersten Läufe im neuen Jahr. In der Nähe vom Friedenshain begegnete er Miriam. Er war von sich selbst überrascht, dass er ihr ganz gelassen begegnen konnte; es kam ihm fast so vor, als wären sie verabredet gewesen. Dafür wirkte Miriam überrascht und unsicher – ihre Fassade der Unnahbarkeit schien zu bröckeln.

„Hallo, Herr von... hallo Alex."

„Grüß dich, Miriam."

Nur der dampfende Atem zweier Läufer war zu hören.

„Alex, es tut mir leid. Ich war so...ich weiß nicht, wie ich es erklären soll..."

Alex atmete tief durch.

„Ich denke, wir müssen einander besser verstehen lernen."

„Es gibt ja noch so viel zu erzählen."

„Vielleicht sollten wir das ausnahmsweise mal nicht mit Laufen oder Dehnübungen verbinden."

„Genau, das macht mich immer so... ich meine bei den Partnerübungen beim Stretchen... ich kann mich da nicht so konzentrieren."

Sie schaute ihm eine Weile in die Augen und senkte dann den Blick.

„Du fehlst mir. Aber ich bin so furchtbar unfähig mit meinen Gefühlen umzugehen. Ich habe meinen Söhnen von dir erzählt. Sie meinten, ich solle mich unbedingt wieder mit dir treffen."

Es klang Alex wie Musik in den Ohren.

„Wollen wir nicht mal zusammen Essen gehen? Oder ins Kino oder beides?"

„Oh ja!"

„In zivil, also ohne Sportklamotten."

„So und nicht anders!"

Nach einigem Hin und Her verständigten sie sich auf ihr erstes, richtiges Date.

In der Musikkneipe spielte die Band „Acoustic Concept", die regional sehr beliebt war. Neben eigenen Songs spielten sie auch gecoverte Hits, und das fast ausschließlich unplugged, sprich ohne elektronischen Schnickschnack. Die Stimmung war großartig, ließ den Winter vergessen und manche Lieder wurden vom Publikum lauthals mitgesungen, sogar von Miriam. Alex konnte sich nicht entsinnen sie jemals so ausgelassen gesehen zu haben. Aber in der Kneipe wurde geraucht, sodass sie sich zum Essen auf Anraten von Miriam an einen gemütlichen Zweiertisch in einem Steakhouse verzogen. Da gab es zumindest eine Salatbar und bald schon häufte sich vor jedem ein großer, bunt gemischter Salat und ein Schoppen trockener Weißwein.

„Optimale Vitamine im Winter", sagte sie überzeugt.

„Und keine schwere Mahlzeit vor der Nacht", stimmte Alex zu.

„Und im Rahmen der Trennkost."

„Trennkost?"

„Ja – das ist ‚schlank im Schlaf‘.“ Miriam kannte sich aus. „Man darf tagsüber ganz normal essen, aber am Abend kein Fett und keine Kohlenhydrate. Also kein Brot, keine Nudeln und so. Dann setzt man nicht an und kann sogar abnehmen.“

„Ich wollte eigentlich noch ein Steak essen, wo ich schon mal hier bin.“

„Kein Problem. Ein Rumpsteak hat ja kaum Fett und jede Menge Eiweiß. Aber bitte keine Pommes dazu!“

Miriam sah blendend aus. Sie hatte sich die Haare nachgefärbt. Ihre langen, schlanken Hände trugen diese neumodischen, aufgeklebten Nägel mit einem ausgefallenen Design. Sie waren aber nicht übermäßig lang, sondern hatten ein Maß, das zu ihren Fingern passte. Bei den letzten olympischen Spielen war das in Mode gekommen, als einige Leichtathletinnen damit die Aufmerksamkeit auf sich zogen. Man fand die Bilder in jedem Magazin und auf den Titelbildern. Sie hatten alle mindestens die Figur von Miriam. Nur die Kugelstoßerinnen, Ringkämpferinnen und Hammerwerferinnen hatten aufgrund ihrer sportlichen Disziplin keinerlei gefährlichen Zierrat an den Fingern. Die waren auch mehr das körperliche Kaliber der DDR-Schwimmerinnen.

Alex griff gerade nach seinem Weinglas, da ergriff Miriam seine Hand und sah ihn ganz erschrocken an.

„Ich habe ganz vergessen mich zu bedanken.“

„Wofür?“

„Laura Biagiotti – das Eau de Toilette für mich zu Weihnachten. Ich hatte kaum noch was und du hast aufgepasst. Dabei warst du ja nur einmal in meinem Bad... Und ich habe nichts für dich – das ist mir etwas peinlich.“

„Ach was!“ Alex ergriff sein Weinglas mit der anderen Hand, damit sie ihn nicht losließ.

„Ich war ja so durcheinander und war mir so unsicher, ob es richtig ist dir was zu schenken. Womöglich hättest du alles in die nächste Mülltonne geworfen und wolltest mich gar nicht mehr sehen. Bis heute weiß ich eigentlich gar nicht so richtig, was überhaupt los war.“

„Sag mir ehrlich, Alex, findest du nicht, dass ich zu alt für dich bin?“

„Zu alt für was? Es gibt nur eine Antwort: Nein."

Miriam ließ seine Hand los und nahm sich ein großes Salatblatt.

„Ich glaube, dass ich für niemanden gut sein und es niemandem recht machen kann. Um es auf den Punkt zu bringen: meine Ehe wurde geschieden, weil mein Mann fremdgegangen ist. Ja, er war ein Schürzenjäger. Zuerst hat er mich mit einer jungen Bauzeichnerin aus seinem Büro betrogen. Irgendwann kam sie heulend bei mir an, weil er auch sie betrog. Sie ließ die Bombe platzen. Er war regelmäßig über die Grenze nach Tschechien gefahren, um sich dort mit den Miezen vom Straßenstrich zu vergnügen. Da habe ich erst mal einen Aidstest machen lassen."

„Und du glaubtest, es wäre deine Schuld, weil du ihn nicht halten konntest?"

„Weil ich ihn offenbar nicht befriedigen konnte. Ja, bis zum heutigen Tag habe ich das Gefühl Schuld zu sein am Scheitern meiner Ehe und am Verhalten meines Ex. Ich bin anscheinend unfähig mit Männern."

„Aber ihr habt doch irgendwann mal geheiratet, ihr habt zwei Söhne, habt das Haus gebaut. Es muss doch irgendwann auch mal geklappt haben."

Miriam seufzte. „Anfangs ging es ja noch. Eine Frau glaubt immer, ihren Mann eines Tages formen zu können. Man sagt: Paare gleichen sich in der Ehe an. Das setzt voraus, dass jeder einen Schritt auf den anderen zugeht. Bei ihm Fehlanzeige. Er war ein Egoist. Er machte Karriere. Es fehlte uns in der DDR an nichts. Wir hatten das schönste Haus, aber es fehlte an Liebe darin."

„Du sagtest, du wärst Christ", bemerkte Alex. „Hat dir das nicht geholfen?"

„Er hatte damit nichts am Hut und machte seine Witze. ‚Wenn du Christ bist, bin ich der Antichrist' hat er verkündet und ist beim Fasching als Teufelchen gegangen. Ich habe mich also um unsere Jungs gekümmert und habe versucht, ihnen die besseren Werte zu vermitteln."

„Dann hast du es aber lange ausgehalten." Alex schluckte ein Stück Tomate hinunter. „Kann es sein, dass es dich hart gemacht hat? Du hast mir gegenüber manchmal so eine Strenge aufgelegt, die, wie ich meine, nicht gerechtfertigt war. Es sah so aus, als wärst du ständig in einer Verteidigungshaltung, als ob ich dich jeden Augenblick angreifen könnte."

Miriam seufzte abermals. „Ich weiß. Dabei bist du so höflich. Ein echter Adliger. Du siehst – da versage ich eben auch. Selbst vor einem Laufpartner ziehe ich mich zurück, weil ich Angst habe zu versagen. Als Frau... ich meine... als Mensch."

Ihre Stimme kippte, ihre Augen wurden feucht, als sie hinzufügte: „Als Liebhaberin... Ich bin nicht weggelaufen vor dir, ich habe dich nicht rausgeschmissen, weil du mich berührt hast. Das war wunderbar. Ich hatte Angst zu versagen wie bei meinem Mann, nicht gut zu sein. Ich hatte Angst, dass du auch wegläufst. Ich bin vor mir selbst geflohen."

Alex blickte sich unsicher im Lokal um. Niemand kümmerte sich um sie. Da nahm er beide Hände von Miriam und sagte frei heraus:

„Meine Frau hat mich verlassen, weil ich keine Kinder zeugen kann. Wir haben alles versucht. Sie ist bei mir wirklich nicht zu kurz gekommen in Sachen Sex. Ich weiß, es klingt merkwürdig, wenn man so was als Mann erzählt. Es kann ja keiner nachprüfen, ob sie nicht vielleicht simuliert hat. Wenn man aber nicht ganz gefühlsblind ist, kriegt man als Mann schon mit, wann der Höhepunkt echt ist. Daran hat es nicht gelegen. Wir hatten sehr guten Sex. Sie stand als Frau mit ihren Wünschen für mich immer im Vordergrund."

„Und dann hat sie dich verlassen?" Miriam starrte ihn ungläubig an. „Mein Mann hat nur den schnellen Spaß gesucht. Im Bett war er genauso ein Egoist wie sonst auch. Fast ein Wunder, dass wir überhaupt zwei Kinder haben. Du weißt schon: rein-rauf-runter-raus."

„Mich hat der Kinderarzt verpfuscht. ‚Kryptorchismus' nennt man das, wenn sich im Kindesalter die Hoden nicht absenken von der Bauchhöhle in den Hodensack. Der Arzt hat es nicht rechtzeitig erkannt. Entweder kriegt man beizeiten Hodenkrebs, was mir glücklicherweise erspart geblieben ist, oder man wird steril. Die Manneskraft ist da, man hat seinen Spaß, zeugt aber keine Kinder. Meine Frau hatte nichts anderes im Kopf, als schwanger zu werden. Irgendwann wollte sie wissen, ob es nicht vielleicht auch an ihr läge. Sie hat sich in einen anderen verliebt, ging mit ihm ins Bett und war augenblicklich schwanger. Mit dem Ultraschallbild in der Hand hat sie mich unter Tränen angefleht, in die Scheidung einzuwilligen, ihrem

Kinderglück nicht im Wege zu stehen und dass sie mich ja noch lieben würde und so. Bla, bla! Heute schreibt sie nicht mal eine Weihnachtskarte."

„Und du hast gleich eingewilligt?"

„Sofort. Das Vertrauen war hin. Lieber ein Ende ohne Schrecken als Schrecken ohne Ende."

„Dann sind wir ja Leidensgenossen." Miriam begann wieder energisch an ihrem Salat zu knurpseln. Sie rief den Ober herbei und bestellte zwei Rumpsteak ohne Beilagen und noch zwei Schoppen Wein.

„Und siehe, keiner unserer Partner hatte Verständnis für uns und nur die eigenen Ziele vor Augen."

„Wir wurden beide betrogen."

„Man hat uns nicht geliebt."

„Wir hätten jetzt aber die Chance uns zu lieben", Alex erschrak. „Ach, was rede ich da..."

„Nur dass wir uns einig sind, Herr von Wolkenstein!" rief Miriam mit gespielter Strenge.

„Dieses Angebot fände ich sehr attraktiv. Vorausgesetzt ich bin Ihnen nicht zu alt."

„Ihre Reife ist mir lieber als jene jungen Geschöpfe, die nur die Erhaltung ihrer Art im Kopf haben. Was sind schon neun Jahre in einem Menschenleben? Deine Reife hat was."

„Ich verspreche auch, Sie nie mehr rauszuwerfen. Denn ich glaube, bei jemand wie Ihnen kann man als Frau gar nicht versagen."

„Als Adeliger habe ich das Recht Ihnen zu befehlen, die Duschkabine nicht vorzeitig zu verlassen. Könnten Sie das bitte akzeptieren?"

Sie lächelte, beugte sich über den Tisch und küsste ihn.

„Akzeptiert. Ich kann dich doch nicht mehr mit Alexander dem Großen alleine unter der Dusche lassen."

Alex und Miriam planten ihre Beziehung. Sie nahmen sich vor, mit Sex noch eine Weile zu warten, nichts zu überstürzen. Anstatt mit der Laufgruppe, lief Alex die dreimal in der Woche nur mit ihr und seine Kondition profitierte davon. Er deponierte stets frische Unterwäsche in ihrem Haus und konnte nach dem Sport bei ihr duschen. Sie duschten keusch nacheinander und es gab keine Zwischenfälle. Miriam wurde nie mehr herrisch oder streng gegenüber Alex und begleitete ihn wann immer möglich zu Konzerten oder ins Kino. Hand in Hand waren sie unterwegs wie junge Verliebte. Die größte Herausforderung war der gemeinsame Besuch einer Saunalandschaft. Da sahen sie sich, abgesehen von dem Drama unter der Dusche, erstmals nackt. Aber schon bald genossen sie die Bäder und Güsse mit der Selbstverständlichkeit aller anderen Saunabesucher. „Unsere Haut ist so weich", bemerkte Miriam. In der Umkleidekabine cremten sie sich gegenseitig ein und verharrten eine Weile eng umschlungen und schwer Atmend in einem intensiven Kuss. Jeder spürte: lange aushalten würden sie es nicht mehr.

Miriam hatte für Alex als nachträgliches Weihnachtsgeschenk ebenfalls eine Gymnastikmatte angeschafft. Sie schlug vor, zu jedem Stretchen in ihrem Fitnessraum ein Kleidungsstück mehr abzulegen. Bei völliger Nacktheit blieb ihnen dann keine Wahl mehr. Alex versuchte auszurechnen, wann sie dann erstmals übereinander herfallen würden. War an jedem Termin nur eine Socke erlaubt? Oder wurden Socken paarweise gerechnet? An einem späten Nachmittag Ende März, Alex hatte schon gar nicht mehr daran gedacht, weil er in seinem Job gerade etwas mehr beansprucht wurde, da musste zur Gymnastik das letzte Kleidungsstück abgelegt werden – seine Unterhose und ihr Slip. Bebend saßen sie sich gegenüber und Miriams Füße begannen ihn zu streicheln. Er küsste ihre Füße und verpasste ihnen eine sanfte Massage. Als er sich zu ihr hinüberbegab fragte er: „Sind wir denn mit dem Dehnen schon fertig oder wollen wir uns anderen sportlichen Disziplinen zuwenden?" Während er ihre Antwort abwartete, liebkoste er ihren Hals, die Achselhöhlen mit Lippen und Zunge, sich langsam zu ihren kompakten Brüsten vortastend.

„Die anstehende Dehnübung wird für Muskeln und Seele ideal sein", brachte sie hervor und war schon ganz abwesend. „Ja, bitte schlafen Sie mit mir, Herr von Wolkenstein. Lieben Sie mich und kommen Sie einfach wenn Sie soweit sind. Nehmen Sie auf mich keine Rücksicht."

Dann verfielen sie einander endgültig. Sie wälzten sich auf den Gymnastikmatten hin und her, Miriam rieb sich an seinen

Oberschenkeln, bis sie völlig nass waren. Es glich einem Kampf zweier Ringkämpfer, die sich auch noch streichelten und küssten, um den Sieg davonzutragen. Als Alex auf ihr zu liegen kam und sie fand, entsann er sich des Augenblickes, als er Miriam allein auf der Matte beobachtet hatte. So kreiste er, den vorderen Teil ihrer Scheide massierend, arbeitete sich nur langsam vor. Miriam wand sich unter ihm, schob ihm ihre Weiblichkeit entgegen und führte seine Hüften in ihren Bewegungen. Sie hechelte fast wie bei einer Entbindung, lustvoll, den rechten Zeitpunkt ersehnend, herbeiführend. Alex konnte sich nicht mehr beherrschen. Er kam gewaltig wenige Sekunden vor ihr und gab ihr den letzten Kick. Er hatte den Höhepunkt seiner Frau gekannt, aber Miriams Orgasmus ließ die Erde beben, die Fitnessgeräte schienen zu klirren, die Hanteln über den Boden zu rollen. Jeder ihrer Muskeln zog sich zusammen, lauthals tat sie ihre Erlösung kund wie ein Karatekämpfer, der gerade mit der Handkante einen Ziegel durchschlägt. In langsamen Bewegungen kosteten die Liebenden das Nachbeben aus, das nicht enden wollte.

„Nur dass wir uns einig sind, Frau Poppenhuus...", nuschelte Alex benommen.

„Wir sind uns doch einig", unterbrach sie heiser. „Wir sind körperlich vereint, was wollen wir mehr an Einigung?"

Alex fiel in ein kleines Nickerchen. Er wurde zärtlich von Miriam geweckt.

„Komm, ich habe Badewasser eingelassen."

Er trottete ihr hinterher ins Bad und stellte entzückt fest, dass die Wanne eine Whirlpoolfunktion hatte. Dort brachten sie die folgende reichliche Stunde zu, redeten und scherzten miteinander, wuschen sich gegenseitig und spielten mit sich wie neugierige Kinder. Die Sprudeldüsen erquickten die Muskeln, brachten Erfrischung und neue Lust. Sie cremten einander ein bei Kerzenschein, was einem erneuten Vorspiel gleichkam. Miriam zog Alex an der Hand in ihr Schlafzimmer, nichts weiter als kleine Teelichter leuchteten ihnen den Weg. Einladend schimmerte ihr großes Bett, das wenige Licht wurde von einem Kleiderschrank mit großen Spiegeltüren sanft vermehrt. Dort sollte Alex sich einfach nur mit dem Rücken auf ihr Bett legen. Und sie machte sich über ihn her, liebkoste ihn von oben bis unten, sie ritt ihn und gab ihm wonach er sich sehnte und sie holte sich, was sie brauchte. Sie beobachteten sich dabei in dem riesigen Spiegel und kamen in

Verzückung über diesen großartigen Anblick ihrer selbst beim Liebesakt. Das war ihre erste gemeinsame Nacht, nach langer Einsamkeit und viel gemeinsamem Training.

Irgendwann Anfang Mai tat Miriam sehr geheimnisvoll. „Ich muss eine Woche Weg", sagte sie. Und tröstete: „Ich hab sowieso meine Tage."

Alex hinterfragte nicht, denn sie hatte sein volles Vertrauen. Als sie am Sonntag zurückkam, überraschte sie Alex mit hingebungsvollem Begrüßungssex in seiner Wohnung.

„Kannst du Urlaub nehmen?", fragte sie auf ihm liegend, „kurzfristig?"

„Mein Chef meckert immer, dass ich den Resturlaub nicht wegkriege." Alex machte ihr Hoffnung. „Bis vor Kurzem war ich ja alleine. Wo sollte ich auch Urlaub machen? Bumsen in Thailand? Nicht mein Niveau!"

Innerhalb einer knappen Woche konnten sich Miriam und Alex auf einen sehr kurzfristigen Urlaubstermin verständigen, sogar auf zwei Wochen.

„Wohin willst du mich denn eigentlich entführen?" wollte Alex wissen. „ Zwar würde ich dir willenlos überallhin folgen, aber ich wüsste doch gerne, ob ich mein Hawaiihemd oder den Wintermantel einpacken soll."

„Erinnerst du dich an die Karte, die du mir zu Weihnachten geschrieben hast?"

Miriam strahlte ihn an.

„Das kleine Friesenhaus? Klar."

„Weißt du auch noch, wo du das Foto herhast?"

„Unter Google-Bilder."

„Genau. Und hast du auch mal darauf geachtet, wer das Bild eingestellt hat?"

„Nein."

Miriam holte tief Luft. „Das war ein Immobilienmakler. Das Haus stand zum Verkauf! Es steht direkt in Ostfriesland in der Nähe von Bensersiel, dem Fährhafen nach Langeoog. Zehn Minuten entfernt vom Deich. Alex! Endlose Wattwanderungen!"

„Sagtest du nicht gerade es ‚stand' zum Verkauf?"

„Richtig, ich habe es gerade gekauft. Es ist nicht sehr groß, aber es war ein Schnäppchen. Dort bin ich letzte Woche gewesen, habe den Papierkram gemacht und es ein wenig hergerichtet."

„Und da fahren wir hin? Ins Land deiner Herkunft? Großartig!"

„Du freust dich?" Miriam konnte es kaum fassen. „Ich hatte schon überlegt dich zu fesseln und mit verbundenen Augen im Kofferraum dorthin zu entführen."

Alex schauderte. Sieben Stunden Fahrt im dunklen Kofferraum eines engen Cabrios.

„Und was hättest du den Polizisten bei einer Verkehrskontrolle gesagt?"

„Handgepäck."

Miriam war nicht mittellos. Ihr Mann hatte ihr das Haus überlassen mitsamt den Kindern und brav seine Alimente bezahlt. Miriam hatte stets gearbeitet. So konnte sie das Haus in Schuss halten und nach ihren Wünschen ausstatten. Das kleine Friesenhaus überstieg ihre kühnsten Träume, aber nicht ihre finanziellen Möglichkeiten. Eine nette Anzahlung kam von ihrem Gesparten, die kleinen Raten waren für sie kein Problem. Ihr Cabrio hielt vor einem schlichten Lattenzaun, der nur von zwei gemauerten Säulen unterbrochen war. Sie hielten die kleine Pforte zum Grundstück und bildeten das Fundament für eine Pergola, die dicht mit Kletterrosen bewachsen war.

„Wir werden sicher noch einen Stellplatz für das Auto bauen", meinte sie.

Sie hatte ein flottes japanisches Cabrio, für das sie im Winter ein Hardtop hatte und im Sommer ein Stoffverdeck. Es war Mai geworden und Deutschland hatte gerade seine erste Hitzewelle. In der Nähe von Oldenburg hatte sie, genervt von der Wärme, das Verdeck geöffnet.

„Komm." Sie nahm Alex bei der Hand. Die Pforte quietschte leise.

„Braucht etwas Gleitcreme."

Bei Miriam im Herzen war noch immer Frühling. Sie trug ein naturfarbenes Leinenkleid. Darin sah sie weniger wie eine Sportlerin, sondern eher wie ein Mädel vom Lande aus. Eine junge Bäuerin, deren Muskeln schwere Arbeit im Heu vermuten ließen. Während der Fahrt hatte sie das Kleid oft hochgeschoben und ihre perfekten Beine zum Vorschein gebracht. Alex hatte diesen appetitlichen Anblick voller Vorfreude genossen.

Die beiden Steinsäulen waren ebenso wie das Haus ganz aus Klinkern gebaut, die weiß übertüncht waren. Nur die gemauerten Tür- und Fensterstürze hatte man nicht gestrichen, sie rahmten die Öffnungen im tiefen Rot der Backsteine ein. Haustür und Fensterrahmen strahlten in einem maritimen Blau. Die Wände waren dick und die Fenster klein. Das Dach war eingepackt in sauber geschnittenes Reet. Es sah aus wie in einem norddeutschen Heimatfilm. Der Garten war nicht bewirtschaftet, der Rasen aber kurz gemäht. Ein paar Obstbäume blühten. Miriam schloss auf und trat ein. Als erstes schnipste sie ihre Flipflops von den Füßen. „Diesen Fußboden muss man einfach spüren!" Große, grobgeformte Platten aus lasierter Keramik mit breiten Fugen bedeckten den Boden. Sie fühlten sich warm an. Der kleine Windfang mündete in einen großen Raum, der gleichzeitig Diele, Küche und Wohnzimmer darstellte und auch die Treppe beherbergte. Mittendrin stand ein großer Heizkamin mit offenbar sehr alten Kacheln. Hinter der Küche befand sich noch ein kleines Bad mit Elektroboiler. Das Obergeschoss wurde getragen von schweren, geschwärzten Holzbalken, die an einigen Stellen von einfacher Fachwerkkonstruktion gestützt wurden, welche wiederum als Raumteiler fungierte.

„Komm, ich zeig dir das Schlafzimmer."

Die Treppe mündete in einen kleinen Flur, von dem zu den beiden Giebelseiten jeweils ein Zimmer abging. Eines war völlig leer, bei dem anderen stand – fast in Raummitte – ein wunderschönes Himmelbett aus Metall, mit zahlreichen Ornamenten. Durch das halbrunde Giebelfenster schimmerte das frühlingshafte Licht eines blühenden Kirschbaumes. Alex nahm Miriam in den Arm und küsste sie.

„Das ist wundervoll. Hier möchte ich mit dir alt werden."

Miriam warf sich rücklings auf das Bett und sah ihn mit einem Blick voll Begierde an. Sie schob ihr Kleid hoch. Und höher. Und noch höher, bis Alex sah, dass sie nichts drunter hatte.

Alex kniete sich vor das Bett und liebkoste ihre Beine, ihre Füße und setzte einen vorsichtigen Kuss in die Nähe ihrer Klitoris, der sie erbeben ließ. Dann erforschte er mit der Zunge sorgfältig jede kleine Falte, bis alles gut durchfeuchtet war. Miriam wand sich auf dem Bett und kämpfte mit ihrer Lust. Alex Zunge fand den Punkt, der bei ihr höchste Verzückung hervorrief und bearbeitete diesen auf das Genauste, bis Miriam regelrecht explodierte. Dann legte er den Kopf auf ihren Bauch und wartete bis sie sich beruhigt hatte.

„Oh Alex, wirst du das heute noch einmal machen?"

„Sooft du willst"

„Und was kann ich für dich tun?"

„Ich hebe es mir für heute Abend auf. Aber dann bitte zweimal."

„Mindestens!"

Barfuss machten sie sich auf den Weg, die Umgebung des Hauses zu erkunden. Es stand in einem parzellenartigen Gebiet, in dem noch ähnliche Häuser in vergleichbarer Größe standen, aber kaum ein Neubau. Die Gebäude wurden als Wochenend- oder Ferienhäuser genutzt. Auf dem Deich stellten sie fest, dass das Wasser abgelaufen war. Die Ebbe breitete vor ihnen das norddeutsche Wattenmeer aus. Dort machten sie eine ausgedehnte Wanderung. Die Luft war mild und trug den unnachahmlichen Duft von Moder, Meerwasser und Fisch. Die sich zurückziehende Nordsee hatte das Watt in leicht gekräuseltem Wellenmuster zurückgelassen. Hie und da lag eine Qualle im Schlick, die es nicht mehr rechtzeitig ins Wasser geschafft hatte. Die Wattwürmer verrieten sich durch kleine Häufchen, die sie hochbrachten. Möwen kreischten. Aber diese Luft! Alex und Miriam turtelten ausgelassen und verliebt herum, spritzen sich nass aus kleinen Seen die sich in Vertiefungen bildeten und Alex trug Miriam auf Händen über ein paar Priele, was gar nicht nötig gewesen wäre, denn sie waren ja beide barfuß.

„Da werden unsere Füße aber schön abgeschmirgelt. Fußpilz ade!" Miriam war begeistert.

„Ich muss dir was beichten", sagte Alex.

„Na dann los."

„Ich bin ein Fußfetischist. Ich liebe Frauenfüße. Ganz besonders deine."

Miriam lachte.

„Finde ich schön! Du kannst meine Füße haben. Du hast sie auch schon sehr zuvorkommend behandelt."

„Ein wenig Nagellack fände ich hübsch", meinte Alex.

„Kannst du gerne machen."

„Ich?"

„Wer denn sonst? Es gibt da im Kamasutra so eine gedrehte Stellung, bei der du in mir bist während du dich bäuchlings mit dem Kopf bei meinen Füßen befindest. Dabei kannst du mir die Fußnägel lackieren." Miriam setzte einen vielsagenden Blick auf.

„Auweia, da werde ich ja völlig überdehnt", stellte Alex fest und merkte, wie sich in seiner Hose was regte. „Wenn du kommst und dabei wieder so begeistert mit deinen schönen Füßen wippst, gibt das eine Riesensauerei im Bett."

Sie schaute ihn entzückt an.

„Oh, mein süßer Adeliger!"

„Wollen wir das mit dem Adel nicht langsam vergessen?"

„Nein, ich überlege schon die ganze Zeit, ob ich mir vorstellen könnte, Miriam von Wolkenstein zu heißen. Ich finde das klingt großartig."

„Aber du bist eine original-friesische Poppenhuus", rief Alex entrüstet, „vergiss das nicht. Du hast deinen Stolz. Wenn es dich glücklich macht, würde ich mich auch Alexander Poppenhuus nennen, egal was die Kollegen sagen."

„Das würdest du für mich tun?"

„Aber hallo."

„Alex, wir haben doch jetzt ein Haus, hier wo ich herkomme. Wir haben doch jetzt ein Poppenhuus, im wahrsten Sinne des Wortes! Wir haben sogar zwei Poppenhäuser. Ich möchte das alles mit dir teilen. Was soll ich alleine damit? Lass uns die Klingelschilder ändern. Ich möchte lieber eine Miriam von Wolkenstein werden. Ich könnte damit so vieles hinter mir lassen."

„Dann müsste ich dir ja wohl bald mal einen Antrag machen."

„Ja, das müsstest du wohl."

„Wenn ich den Ring nachreichen dürfte – ganz davon abgesehen würdest du ihn dir wahrscheinlich ohnehin lieber selbst aussuchen – könnte der Antrag unter Umständen auch hier erfolgen? Ich meine, hier, mitten im Wattenmeer deiner friesischen Heimat?"

„Wenn sich das mit den Sitten bei Hofe vereinbaren lässt..."

Alex gab ihr einen Klaps auf den Hintern.

„Willst du mich heiraten?"

„Nichts lieber als das."

Es folgte ein unendlich langer Kuss, der nach Salz schmeckte. Die Abendsonne tauchte das friesische Wattenmeer in ein unwirkliches Licht.

„Lass und zurückgehen", sagte Miriam. „Ich habe Lust auf dich."

„Ich bin so geladen, dass ich nach drei Stößen vermutlich da bin", seufzte Alex. „Aber ich mach dann sofort weiter, versprochen!"

„Ja und reißt mich mit in den Strudel himmlischer Orgasmen..."

Es war fast dunkel, als sie ins Haus zurückkehrten. Alex richtete das Schlafzimmer her, indem der die Bettvorhänge löste und die Windlichter anmachte. Die Vorfreude brachte ihn bald zum Platzen. Den Sekt im Kühlschrank hatte Miriam eigentlich zur Hauseinweihung kalt gestellt. Ein kleiner Imbiss, zwei Gläser Sekt, dann verfielen sie einander. Es dauerte eine kleine Ewigkeit, bis sie überhaupt die Treppe hochkamen. Sie schleppten sich Stufe für Stufe, umschlungen die Haare durchwühlend, die Kleider vom Leib reißend, begleitet von wilden Küssen. Ihre Kleidungsstücke ließen sie fallen, wo sie gerade waren und gaben sich einander hin, frei und laut, nur das Himmelbett quittierte ihre stoßenden und reibenden Bewegungen mit einem leisen Quietschen.

Somit wären wir an der Stelle angekommen, wo diese Geschichte begann. Die Geschichte von der Zähmung und der Eroberung des Herzens einer gewissen Miriam Poppenhuus, geschiedene Krug, und baldiger Miriam von Wolkenstein. Ein Neuanfang auf Wolke sieben…

Blasmusi Teil2: „Vier Blondinen"

Der mächtige Bus setzte sich in Bewegung. Ein großer, doppelstöckiger Neoplan mit hinten aufgesetztem Koffer. Der Bus war voll mit Musikerinnen und Musikern des Freudenhausener Blasorchesters, die alle ausgesprochen gut gelaunt waren. Jeder hatte seinen zumeist optimalen Platz gefunden. Die Jüngeren nahmen begeistert im Obergeschoss Platz, vor allem vorne, wo ein richtiges Busfahrerfeeling aufkam. Die reiferen Teens und trinkfreudigeren Twens hatten sich im hinteren Teil des oberen Stockwerks eingenistet, die Liebespaare hinten auf der langen Bank. Eine Reihe davor waren zwei Sitze nur mit einer Bierkiste und Paletten von Flachmännern und Naschzeug belegt (der Rest befand sich in Reisetaschen). Diese Sitzordnung war strategisch wichtig, denn die musikalische Leitung und der Vorstand und alle anderen, die was zu sagen hatten, nahmen bei solchen Fahrten stets in der Nähe des Busfahrers Platz. Die untere Etage des Busses hatte aufgrund der dringend benötigten Bordtoilette, des Motors und eines Gepäckraumes etwas weniger Sitze, dafür aber eine Sitzgruppe mit Tisch und jeweils zwei gegenüberliegenden Sitzen. Hier hatten sich vier blonde Damen des Musikvereins häuslich niedergelassen. Der Bus wankte etwas als er den Lidl-Parkplatz mit winkenden Eltern und Freunden verließ. Es sollte zum traditionellen Orchestertreffen beim Partnerorchester „Feuerwehrkapelle Waibeling am Tittenberg" in der Fränkischen Schweiz gehen.

„Nun, dann kann es ja wieder losgehen!" deklamierte Katharina und schien vor Energie zu strotzen. Sie war die einzige Oboistin im Orchester und mit 29 obendrein das älteste Mädel.

„War es denn nicht anstrengend bei dir im Hotel die letzten Wochen?" erkundigte sich Diana. „Da hattest doch so viel zu tun."

Sie holte aus ihrem Rucksack vier gut gekühlte Dosen polnisches Bier der Marke Tatra. Dieses Bier in grünen Dosen wurde traditionell bei den Probenlagern oder auf Exkursionen getrunken, was die Entsorgung des Leerguts erleichterte, da man den Verkauf von Getränken in Dosen in Deutschland mittlerweile eingeschränkt hatte. Tatra schmeckte etwas bitter und war eigentlich nur kühl zu genießen, aber man bekam auch nach mehreren Dosen keine Kopfschmerzen davon. Auch nicht in

Verbindung mit Wodka. Die Polen hatten die Produkte offenbar in ihrer Wirkung gut aufeinander abgestimmt.

Katharina hatte immer die Angewohnheit, ihre Lippen irgendwie zu einem Kussmund zu formen. Vielleicht lag das am Oboe spielen oder es diente zur Entspannung. Oboisten haben ja sowieso meistens so zerknautschte Münder vom ständigen Herumdrücken auf dem Rohrblatt. Diana mochte diese Angewohnheit an ihr. Katharina konnte bestimmt gut küssen.

„Im Hotel? Ach, erst sah es schlimm aus aber die letzten Reisegruppen waren ganz unproblematisch." Sie zuckte mit den Schultern. „Keine Besäufnisse und keine Flecken in den Betten. Nicht so, wie wenn das Freudenhausener Blasorchester auf Reisen geht."

Katharina war Chefin eines der beiden kleinen Hotels in Freudenhausen mit Restaurant und Biergarten. Ihr Vater hatte sie erst kürzlich zur Nachfolgerin bestimmt.

Diana hatte das Bier verteilt, öffnete ihre Dose und schob einen polnischen Grünling etwas dichter an die Blondine heran, die ihr gegenübersaß.

„Hier Sally, nimm auch eins. Endlich wieder europäisches Bier! Das muss dich doch hochgradig erfreuen."

Sally seufzte und öffnete die Dose. Sie war gerade erst von einem einjährigen Aufenthalt in den USA zurückgekehrt, aber mental offenbar noch mit ihren dortigen Erlebnissen beschäftigt.

„Ihr habt ja recht", meinte sie, „cheers!"

Sie leerte die halbe Dose in einem Zug und rülpste derart laut, dass die Musiker der vorderen Sitzreihen im Bus sich umdrehten. Dann starrte sie wieder aus dem Fenster. Sally war die kleinste unter den vier Blondinen. Sie spielte die erste Klarinette und alle waren froh, dass sie wieder dabei war, denn diese Stimme wurde besonders gebraucht. Seit ihrem Aufenthalt in den USA hatte sie sich eine Föhnfrisur zugelegt, die zwar zu ihr passte, aber irgendwie ungewöhnlich an ihr aussah.

Diana war neugierig. Sie selbst war mit mindestens einem Meter achtzig das größte Mädel in der Runde, trug eine kantige blaue Brille und hatte figürlich eine leichte Tendenz zu Röllchen, wogegen sie mit ausgedehnten Fahrradtouren erfolgreich anzukämpfen versuchte. Mit ihrem Instrument, dem Bariton, war sie im Orchester mitten unter Jungs, was sich bisher, zu ihrem großen Missfallen, nie als Vorteil erwiesen hatte.

„Wie war es denn in den USA?" drängelte sie, „wir wollen noch einen Reisebericht hören."

„Ja, komm! Erzähl mal", schaltete sich nun auch Lena, die vierte der Blondinen ein. Sie trug einen Pferdeschwanz und war von allen vieren am meisten, fast schon etwas aufdringlich geschminkt. Sie spielte Flöte im Orchester und war eigentlich nicht sonderlich gesprächig. Aber stille Wasser sind bekanntlich tief.

„Hast du nicht auf so einer Plantage gewohnt?"

„Ja", sagte Sally zögerlich. „Auf einer Plantage für Zitrusfrüchte in Kalifornien. Und genau dorthin werde ich wahrscheinlich auch bald zurückkehren."

Verdutztes Schweigen in der Runde.

„Wie jetzt – du willst zurückgehen. Wohin? In die USA? Zurück auf die Plantage?"

Lena schaute sie, wie auch alle anderen, ungläubig an.

„Also das ist so", begann Sally zögernd, als wüsste sie nicht, welchen Teil der Geschichte sie zuerst erzählen sollte, „ich bin dort rein in diese Gastfamilie und… Na ja, in der Kurzfassung erzählt – ich habe ein Verhältnis mit meinem Gastvater. Und jetzt schickt er ständig Geld, damit ich zurückkomme. Er will seine Frau verlassen und so."

Ein Weilchen war es ganz still, dann lachte Lena ihr schrilles, beinahe vulgäres Lachen.

„Im Ernst? Du machst da ein Au-pair-Jahr und spannst der Farmerin den Alten aus?"

„Das wollen wir jetzt doch etwas genauer wissen", forderte Diana, die eine ausgesprochene Vorliebe für erotische Angelegenheiten hatte.

„Erst lief alles ganz normal", erzählte Sally die mit richtigem Namen Selina hieß. „Nach meiner kaufmännischen Lehre in Deutschland habe ich dort etwas im Büro mitgearbeitet und einige Kurse im dortigen College belegt. Ich bin schnell mit der Sprache klargekommen und habe mitgemacht auf der Plantage, wo ich konnte. Die haben Zitrusfrüchte angebaut, Apfelsinen, Zitronen und Pampelmusen. Total industriell mit einem Haufen Chemie und so. Burt, also mein Gastvater, hatte so eine väterliche Art, etwas was ich gar nicht kannte. Meine Mutter war ja alleinerziehend."

„Und wie war er so?" Katharina machte ihren Knutschmund, auch wenn ihre Frage vermutlich gar nicht auf das Knutschen angelegt war.

„Amerikanische Männer sind doch durch den Hamburger-Fraß ziemlich dick, nicht wahr?"

„Ach ja, Katharina und ihre Vorliebe für Männer mit Bauch!", rief Diana.

„Dagegen ist nichts einzuwenden", verteidigte sich selbige. „Wie ihr wisst ist mein Mann auch ganz schön kräftig. Ich mag das eben."

„Aber da ist doch beim Sex ständig die Wampe im Weg", meinte Lena.

„Kann ich nicht bestätigen", sagte Katharina, „nur so viel: der Bauchansatz reizt beim Eindringen gewisse Zonen ganz besonders. Also das hat was, ehrlich. Oder, Sally?"

„Ja, da ist schon was dran", meinte sie, „aber ich habe da keinen Vergleich. Burt ist okay. Er ist nicht fett, einfach nur kräftig. Hat sich mit Fleiß was aufgebaut und durch die viele körperliche Arbeit hat er halt auch ordentlich Muskeln. Ach ja, und er ist unglaublich behaart. Irgendwann hat er angefangen mich zu umarmen, immer wenn wir uns begegnet sind. Ich fand das okay, da wir das ja hier unter Freunden auch machen. Auf dem Rückweg von einer Einkaufstour in den Bergen hat er mir dann das Wochenendhaus gezeigt. Ich sage euch, wie im wilden Westen. Eine kleine Farm, wie man sie aus Fernsehserien kennt. Die Zeit schien dort stehen geblieben zu sein. Da hat er mich erstmals geküsst. Und hat mich auch gleich ausgezogen. Ich war so unglaublich neugierig und habe alles mit mir machen lassen. Er war immer sehr sanft und zuvorkommend."

„Aber er ist verheiratet!" bemerkte Lena mit erhobenem Zeigefinger.

„Als wenn dich das je gestört hätte!", ging Katharina dazwischen. „Du hast schließlich auch schon Männer mit Ehering in den Federn gehabt. Hat die Familie denn nichts mitbekommen?"

„Überhaupt nicht. Das ganze Jahr nicht. Die Kinder waren alle auf irgendwelche Jobs und Colleges verstreut. Meine Gastmutter war mit mir zusammen in der Buchhaltung und ging eigenen Hobbys nach."

„Anderen Männern?"

„Was weiß ich? Ich hatte schon das Gefühl, die Luft war raus zwischen Burt und ihr. Jedenfalls wollte sie plötzlich nochmal studieren. Das hat uns natürlich Freiräume verschafft. Die Mitarbeiter und Saisonkräfte hatten keine Ahnung. Das Haus war praktisch den ganzen Tag leer. Nachdem ich mich um Verhütung gekümmert hatte, haben wir praktisch jede freie Minute miteinander geschlafen. Oder wir sind raufgefahren zur Cowboyhütte zu romantischen Lagerfeuerabenden. Das ging ungefähr in der Hälfte meines USA-Aufenthalts so richtig los. Habe viel gelernt in der Zeit! Nicht nur Stellungen, natürlich auch englisch."

„Hm, echt spannend." Diana rutschte unruhig auf ihrem Sitz hin und her. „Und du denkst wirklich darüber nach wieder dorthin zu fliegen? Ich meine, er wird ja doppelt so alt sein wie du. Irgendwann kriegt er Gebissgeruch und so was. Und wenn du dann am Höhepunkt deiner sexuellen Leistungsfähigkeit angekommen bist, geht bei ihm die Kurve rapide nach unten."

„Genau", warf Katharina ein. „Und was ist mit seiner Ehe? Du platzt da von außen in eine intakte Familie und lässt dich vom Familienoberhaupt bumsen. In Amerika lauern doch immer gleich die Anwälte mit ihren Klagen und Musterprozessen. Eine Scheidung ruiniert ihn möglicherweise. Und dann hängst du mit drin."

„Ich weiß", jammerte Sally. „Aber er schickt mir schon Geld für den Flug. Wenn ich doch nur hier jemanden für mich fände... Dann hätte ich einen Grund hierzubleiben."

„Runde und behaarte Männer gibt es hier doch auch", legte Katharina nach. „Und es gibt auch interessante Orte, an denen man es tun kann."

„Zum Beispiel?", wollte Diana wissen.

„Auf einem Traktor!"

„Nicht alle Männer sind Landwirte wie deiner", seufzte Diana.

Katharina bekam einen verklärten Blick. „Ein Traktor hat ja keine Federung, dafür ist der Fahrersitz hydraulisch federnd ausgelegt. Der macht jede Bewegung mit. Wenn man dann in der Dämmerung rittlings auf dem Fahrer über den Acker rumpelt – uh, ich sage euch, da jagt ein Orgasmus den anderen...‟

„Ihr mit euren lüsternen Geschichten‟, sagte Diana traurig und zerknüllte ihre inzwischen geleerte Tatra-Dose.

„Ich würde es ja gerne mal auf einem Mähdrescher tun‟, legte Katharina nach. „Aber wir haben keinen. Der ist zu teuer. Das macht immer ein Lohnunternehmen und da ist kein kräftiger Fahrer dabei, alles nur so dürre Kerle.‟

„Du würdest um des Mähdreschers willen auch mal einen Seitensprung wagen?‟

„Schau doch nicht so traurig drein, Diana! Ja warum denn nicht? Mein Mann ist da nicht so... Gibt es denn überhaupt nichts aus dem Liebesleben von Diana zu erzählen?‟

„Ach, das kennt ihr doch schon alles.‟ Diana machte eine abwinkende Bewegung. „Dieser komische Student, der nicht mal richtig küssen konnte und der sich nicht für mich interessiert hat, sondern nur für meine Muschi. Der Typ hat mir einen Dildo zu Weihnachten geschenkt! Er hat wirklich überhaupt nichts kapiert! Bitte haltet mich nicht für daneben, aber das erotischste, was ich kürzlich erlebt habe....‟ Sie blickte sich um, ob im Bus nicht jemand mithörte und fuhr etwas leiser fort: „ Das war mit einer Frau.‟

Die vier Mädels steckten über dem Tisch die Köpfe zusammen.

„Mensch Diana‟, sagte Lena begeistert, „davon träumen wir doch insgeheim alle irgendwo – und du hast es getan! Erzähl!‟

„Sie ist Friseurin und hat grüne Augen. Ich war ihr letzter Kunde nach Feierabend und wir hatten uns ganz angeregt unterhalten. Sie fragte, ob ich noch Lust auf einen Kaffee bei ihr hätte. Bei einem Mann hätten mir sofort die Alarmglocken geschrillt. Und bei Ihr haben erst ganz normal weitergequatscht. Ich musste immer wieder in ihre grünen Augen schauen. Ich liebe grüne Augen. Mein Zukünftiger muss unbedingt grüne Augen haben!‟

„Is ja gut‟, wisperte Lena, „jetzt komm mal zur Sache!‟

„Dann hat sie angefangen mich zu streicheln. Ich war völlig baff. Aber es war gut. Sie hatte es einfach drauf. Sie hat mich geküsst und nach und nach ausgezogen. Mit ihren feingliedrigen Friseurinnenhänden hat sie mich zart bearbeitet, am ganzen Körper, und hat mich schließlich zum Höhepunkt gebracht. Da waren wir beide bereits völlig nackt. Danach hat sie mir gezeigt, wie sie es wollte, und ich habe sie stimuliert, bis es ihr kam. War eine interessante Lehrstunde in Sachen G-Punkt. Ich war danach völlig verwirrt, aber es war in meiner Liebeswüste ein erquicklicher Gipfel."

„Wow!" Lena staunte. „Das ist echt die Story, ey. Alle von euch haben voll die geilen Sachen erlebt."

„Genau, jetzt bist du an der Reihe", sagte Katharina und nickte dabei.

Gerade gingen Bodo und Anna lächelnd am Tisch vorbei (siehe erste Geschichte) zur Orchesterleitung vorne im Bus. Lena machte eine Kopfbewegung zu ihnen hin.

„Die beiden haben es gut. Sie haben sich gefunden. Sie wohnen jetzt zusammen. Sie müssen sich nicht irgendwelche dunklen Ecken und Gelegenheiten suchen, um Sex zu haben. Sie gehen zusammen ins Bett und wachen zusammen auf und ich wette mit euch – an freien Tagen haben sie Schäferstündchen auf dem Wohnzimmerteppich."

„Na und?" Katharina schüttelte den Kopf. „Sie sind verlobt und sind zusammengezogen. Und sie sind beide ziemlich monogam, glaube ich. Da ist doch alles in Ordnung! Ich jedenfalls freue mich für die beiden. Achtung!"

   Bodo und Anna kamen ebenso lächelnd zurück und verschwanden gemeinsam auf der Bordtoilette.

„Allerdings kann man sich auf dem Wohnzimmerteppich beim Poppen leicht die Knie aufscheuern, je nachdem wer gerade oben ist. Besonders auf Persern...", Katharina kicherte, als spräche sie aus Erfahrung.

„Was ist denn nun mit dir, Lena? Was läuft im Jurastudium?"

„Ich hatte schon wirklich guten Sex", seufzte Lena. „bloß nicht mit meinem Freund. Das hält ohnehin nicht mehr lange. Ich war für ihn die Erste. Juristen sind im Bett zum Gähnen! Nein, es gibt bei mir wirklich nichts Neues. Aber wisst ihr noch im letzten Jahr in Waibeling am

Tittenberg? Da hatte ich doch den Fredl abgekriegt. Der hatte sich vorher eine Cialis eingeworfen, damit er durchhält. Das war wirklich außergewöhnlich!"

„Genau – außergewöhnlich laut", sagte Diana gelangweilt und verdrehte die Augen. „Man sagt, du sollst gestöhnt haben, dass die Feuerwehrschläuche einen hoch gekriegt haben. Und diesmal wird es voraussichtlich genauso sein. Nur dass ich dieses Jahr keine Gastfamilie habe und auch im Gästehaus schlafen muss. Wir haben zusammen ein Zimmer und ich darf die Nacht wahrscheinlich feucht im Gerätehaus zwischen erigierten Feuerwehrschläuchen verbringen."

„Warum bist du nicht bei der netten Familie vom letzten Jahr", fragte Katharina. „Bei diesem, wie hieß er doch, Christfried...?"

„Christoph. Der ist doch verheiratet. Und inzwischen haben die ein Kleinkind, da wollten die keinen Gast aufnehmen. Ach, der hatte auch grüne Augen. Ein Traum!"

„Vielleicht lässt er sich auf einen Seitensprung ein?" Katharina machte einen Kussmund.

„Wäre zu schön, um wahr zu sein, aber ich glaube, er hängt sehr an seiner Frau."

„Ist da letztes Jahr nichts gewesen zwischen euch?"

„Er hat mich zum Abschied kurz geküsst und hat sich auch sonst sehr lieb um mich gekümmert – nicht im sexuellen Sinne. Kann ich schwer einschätzen. Würde eher sagen, wir sind gute Freunde."

„Na dann", sagte Lena und holte tief Luft, „ich fasse zusammen: wir brauchen dringend einen Mann für Sally und müssen Diana irgendwie mit dem Grünäugigen verkuppeln, sofern sich keine bessere Lösung findet. Für Katharina brauchen wir einen Bauern mit Mähdrescher. Ich glaube der Tubist von denen ist Bauer, mal sehen. Und ich werde mir von Fredl wieder die Hormone auf ein erträgliches Maß zurückbumsen lassen. Darauf erst noch mal ein Tatra für alle. Diana, wo ist dein Rucksack?"

Die Fete war mau. Wenn man sich an vergangene Erlebnisse klammert und versucht, diese durch immer wiederkehrende Rituale zu toppen, so funktioniert das meistens nicht. Das gemeinsame Konzert am Nachmittag war okay. Es war nur furchtbar heiß gewesen. Die Orchester waren zwar schattig aufgestellt, aber am späten Nachmittag kam die Sonne überallhin und eine Flötistin neben Lena klappte einfach um. Sie hatte sich allerdings zuvor Cola-Wodka eingefüllt und vertrug Alkohol nicht so besonders. Nun lag sie bei Ihrer Gastfamilie mit etwas Kräutertee und einem Tuch auf der Stirn auf dem Sofa, neben sich ein leerer Eimer für den Notfall. Musikalisch ging alles glatt bis auf das Beatles-Medley, bei dem die beiden Orchester jeweils eine andere Körpersprache ihrer Dirigenten gewohnt waren. Dadurch klapperte es gewaltig bei den Fermaten und Tempoübergängen. Jetzt war der öffentliche Teil beendet und es war Fete angesagt im Gerätehaus der Freiwilligen Feuerwehr von Waibeling am Tittenberg. Die drei Feuerwehrautos standen draußen, in der Halle war ein Bierwagen von „Schwengelbräu" aufgebaut samt zahlreichen Biertischgarnituren und einem sehr attraktiven Buffet. An das Feuerwehrhaus grenzte ein Gästehaus der Stadt mit Saal, der der Feuerwehrkapelle auch als Probenraum diente. Im Gästehaus kam bei dieser Orchesterpartnerschaft nur unter, wer keine Gastfamilie abbekommen hatte. Dieses Jahr war das bei den besagten vier Damen der Fall. Man saß heiter beschwipst in kleinen Gruppen zusammen. Lena war nicht zu sehen, dafür war Sally mit großen Augen ins Gespräch vertieft.

„Wer ist denn der Typ, mit dem Sally da so intensiv plaudert?" wollte Diana wissen. Sie war etwas neidisch.

„Das ist doch unser neuer Kapellmeister", sagte Frunz, einer der Schlagzeuger von der Feuerwehrkapelle. Er hieß eigentlich Franz, aber durch seine unleserliche Handschrift bei Eintritt in sein Musikerleben hatte wohl jemand Frunz gelesen und in die Datenbank eingepflegt. Er war schon neun Jahre in der Kapelle und wurde immer noch Frunz genannt.

„Der Alte gibt doch den Taktstock ab", sagte er.

Diana schielte etwas um die Ecke zu Sally und dem jungen Mann hinüber.

„Und was ist das für einer?"

„Der hat mal beruflich was mit Musik gemacht, musste dann aber die Spedition seines Vaters übernehmen. Da ging Musik nur noch als Hobby."

Da lachte Sally plötzlich laut und paar Wortfetzen drangen herüber.

„Sie sprechen Englisch miteinander", rief Diana erstaunt.

„Ach ja", ergänzte Frunz, „der war irgendwie ein Jahr im Ausland."

Diana war schon leicht angetütert und nahm noch einen heftigen Schluck Schwengelbräu. Das Bier schmeckte so leicht wie die meisten Biere aus Bayern und wohlgekühlt war es wunderbar weich im Abgang. Sie freute sich für Sally, aber die Situation führte ihr das eigene Singledasein wieder brutal vor Augen. Es war doch klar: Sally würde mit dem Jüngling anbändeln und hätte somit einen Grund sich von dem Ami loszusagen. Sie wäre schön blöd, wenn sie sich diese Chance entgehen lassen würde. Wenn nun auch noch beide im Ausland waren, na, da war erst mal viel Gesprächsstoff vorhanden, der die Nächte füllen konnte. Mit gleitendem Übergang zu weiteren Aktivitäten."

„Ach ja, und er ist noch solo!" setzte Frunz hinzu und grinste Diana herausfordernd an.

Frunz war nett. Er konnte nichts dafür, aber er hatte eine Hasenscharte und war offenbar operativ verpfuscht worden. Er tat Diana leid, aber ihr Mitleid ging nicht so weit, als dass sie bei aller Liebesarmut mit Frunz etwas angefangen hätte. Sie schämte sich, dass ihr Äußerlichkeiten so viel bedeuteten.

„Wo ist denn eigentlich Lena?" versuchte sie abzulenken.

Frunz zuckte mit den Schultern. Diana ließ ihn stehen und begab sich in den Anbau mit den Gästezimmern. Und da konnte sie Lena schon von Weitem hören. Sie stöhnte, was das Zeug hielt. Die Zimmertür war verschlossen, das Bettgestell quietschte und es klang, als würden in höchster Lust irgendwelche Dinge in dem Raum umgestoßen werden. Irgendwas flog gegen die Tür, Lena kreischte und beruhigte sich. Nach kurzem, wohligem Stöhnen begannen die Geräusche von Neuem. Nur Fredl schien ein ruhiger Lover zu sein, von ihm war kaum etwas zu hören.

„Fredl, du bist ein Held", grunzte Lena. „Los, gleich noch mal. Wirkt die Pille noch? Hm, du bewegst dich ja so was von super! Oh ja, lass dein Becken kreisen, das macht mich verrückt..."

Diana zog sich zurück. Wie lange das wohl schon so ging? Wie lange konnte so eine Cialis den Piepmatz stehen lassen? Herrje, dabei war der Abend noch jung! Letztes Jahr ging es bei den beiden jedenfalls auch ziemlich lange.

Jetzt kamen mit großem Hallo weitere Musiker aus Waibeling auf den Hof gefahren. Einer kam mit einem Motorrad, einem Chopper von Suzuki, angebrettert ein weiterer mit einem völlig verdreckten Lada Niva. Dieses Allradfahrzeug war mit Schlamm bespritzt, von Staub bedeckt und unter den Wischerblättern und an den Rückspiegeln hing Stroh.

„Bestimmt ein Landwirt", dachte Diana.

Der mit dem Motorrad trug keinen Integralhelm, sondern einen Jethelm mit Pilotenvisier. Als er das Visier hochklappte, erkannte Diana ihn. Ihr Herz schlug höher. Es war Christoph, der Grünäugige vom letzten Jahr! Aus dem schmutzigen Russenauto stiegen ein paar Leute in Feierlaune, darunter der Fahrer, ein stämmiger, junger Bursche, den Diana sogleich als Rudi, den Tubisten der Feuerwehrkapelle, erkannte. Es gab ein großes Hallo und die ganze Truppe versammelte sich am Bierwagen. Katharina tauchte auch am Bierwagen auf und musterte neugierig Rudi. Man sah ihm an, dass er körperlich arbeitete und gerne Bier trank. Er hatte kräftige Oberarme, lief leicht vorgebeugt und hatte ein Bäuchlein. Auf dem starken Nacken thronte ein runder Kopf mit Bürstenhaarschnitt und sein Gesicht hatte den verschmitzten, fröhlichen Ausdruck, den rundliche Typen oft haben. Rudi war in Tracht gekleidet, mit Kniebundhosen aus weichem, dunkelbraunem Leder, Kiestrümpfen und einem frischen, karierten Hemd, darüber Hosenträger. Sein gepflegtes Äußeres passte irgendwie gar nicht zu dem schmutzigen Auto.

„Wer bist denn du?" fragte Rudi, als er neben sich bemerkte wie Katharina ihn anschaute.

„Ach, ich weiß, du bist die kleine Oboistin mit dem Knutschmund."

Darauf war Katharina nicht gefasst. „So klein bin ich doch gar nicht."

Rudi musterte sie. „Aber du hast einen Knutschmund."

„Das kommt vom Oboe spielen. Knutschen tu ich übrigens nicht mit jedem. Hast du eigentlich niemanden, der mal dein Auto putzt?"

Rudi drehte seinen Stiernacken kurz in Richtung Lada und meinte: „Keine Zeit, ich bin in der Ernte. Der Matsch ist noch vom Hof pflastern letzte Woche, als es so geregnet hat. Jetzt ist es trocken und der Weizen muss rein. Ich hatte ihn da geparkt, wo die Mähdrescher immer wenden. Da hat er reichlich Staub und gehäckseltes Stroh abgekriegt. So ein Mähdrescher macht das heute ja alles in einer Maschine."

„Ach so?" Katharina stellte sich dumm.

Diana hatte sich einem Grüppchen angeschlossen, in dem sich auch Christoph aufhielt, und wartete auf einen passenden Moment, um mit ihm ins Gespräch zu kommen. Da rief plötzlich jemand: „Na hallo Fredl, da bist du ja endlich!"

Jetzt erkannte sie Fredl vom letzten Jahr. Fredl, ein schlanker, kräftiger Mittzwanziger, wirkte seltsam frisch und heiter, in keiner Weise erschöpft von mehrfacher sexueller Betätigung.

„Jetzt wo ich endlich einen Job und ein Mädel habe, kann ich halt nicht pünktlich zu jeder Fete da sein", bekannte Fredl und grinste.

„Du bist jetzt gerade erst gekommen?", fragte Diana, „ich meine natürlich – angekommen?"

„Ja", sagte Fredl verdutzt und die anderen amüsierten sich. „Der Motor ist noch warm." Er deutete auf den sportlichen Kleinwagen, den er neben Christophs Motorrad abgestellt hatte.

„Und was ist mit Lena?" entfuhr es Diana.

Fredl schaute sie nachdenklich an, mit zusammengekniffenen Augen. Als versuche er sich mit größter Anstrengung an etwas längst Vergangenes zu erinnern.

„Lena?" fragte er. „Wer ist Lena?"

„Na die Lena vom letzten Jahr. Ich meine, ihr habt doch ausgiebig… Erinnerst du dich denn gar nicht daran?"

„Klar!", rief einer. „Die, mit der du im Zimmer verschwunden bist." Ein paar Leute lachten.

„Ach die."

„Warst du nicht gerade bei ihr?" Diana war unsicher.

„Hör mal, Zarte", sagte Fredl, „da war mal was, mag sein. Aber lass mich bitte in Ruhe damit. Das ist Geschichte. Ich hatte ein paar wilde Jahre. Aber ich bin jetzt so gut wie verlobt und will von den alten Liebeleien nichts mehr wissen, okay? Wo ist denn diese Lena überhaupt?"

„Ich glaube, sie poppt gerade mit dir." Diana hatte schon ein paar Bier drin und es war ihr einigermaßen egal, was sie gerade erzählte. „In Zimmer Nummer vier."

„Das wollen wir sehen!" riefen einige und einer meinte: „Lasst uns hinten rum gehen und leise durchs Fenster schauen."

Das Feuerwehrhaus und der Gästebereich waren in einen sanften Hügel, einen Ausläufer des Tittenberges, hineingebaut worden. Dadurch hatten die Gästezimmer nur Fenster auf Brusthöhe. Die Zimmer waren etwas dunkel und wenn man hinausschaute, war man auf Augenhöhe mit der Grasnarbe einer Rasenfläche, die in einen Wald mündete. Die kleine Gruppe an Leuten, die an den Geschehnissen interessiert war, schlich im Dunkeln um das Gebäude herum, bis sie am Fenster von Zimmer Nummer vier ankamen. Ein sanfter Lichtschein fiel auf die Wiese. Die Vorhänge waren zugezogen, was bei dieser Fensterlage auch von Vorteil war, aber Lena war dabei nicht sehr gründlich gewesen. Man konnte durch einen Spalt das ganze Zimmer überblicken. Was dort zu sehen war, bewog so manchen, sich zurückzuziehen. Die Lüsternen waren enttäuscht, andere peinlich berührt. Und Diana hatte ein solches Mitleid, das sie schlagartig nüchtern war.

Lena war allein in dem Zimmer. Sie hockte im Slip aber ansonsten bekleidet, weinend auf einem der Betten. Das Bettlaken hatte einen Blutfleck. Auf dem Bett lag eine zerfetzte Packung Binden. Eine halbvolle Packung Tampons lag aufgerissen vor der Zimmertür, einige Tampons lagen auf dem Fußboden verstreut. Sie hatte offenbar die ganze Packung gegen die Tür geschmissen. Plötzlich sprang sie auf und rannte stöhnend im Zimmer umher. „Ja, ja, so ist gut, mach mich fertig!" Sie begann auf dem Bett herumzuhüpfen, um das rhythmische Quietschen eines Bettgestells beim Liebesspiel nachzuahmen. Zu allem Unglück rief sie auch noch laut den Namen ihres virtuellen Liebhabers.

„Fredl, lass dich von mir reiten! Oder willst du lieber von hinten? Ach so, Bettkante, ich verstehe. Oh, das ist gut, ja Fredl, Fredl, mach mich fertig!"

Dann sank sie wieder schluchzend in sich zusammen. Fredl glaubte nicht, was er sah, er verstand absolut nicht, was in dem Zimmer abging. Vielleicht hatte er auch nur zum ersten Mal in seinem Leben eine Damenbinde zu Gesicht bekommen. Wie versteinert beobachtete er die Szene mit großen Augen. Dann schluckte er einmal, ging wortlos weg, setzte sich in seinen Kleinwagen und fuhr davon. Man sah ihn den ganzen Abend und beim Orchestertreffen überhaupt nicht mehr. Diana scheuchte die anderen zurück zur Fete. Dann ging sie zu Zimmer Nummer vier und horchte an der Tür. Nichts war zu hören. Sie klopfte leise. Sofort ging drinnen wieder das Gepolter los.

„Ach Fredl, du kleines Schwein, du wirst doch nicht aufgeben…?"

„Lena!", rief Diana. „Bitte hör auf damit. Lass mich reinkommen."

Lena öffnete die Tür. Sie war völlig verheult.

„Warum spielst du uns denn so was vor?" Diana zog die Vorhänge vollständig zu und kippte das Fenster, denn die Luft war denkbar schlecht. „Hier, ich hab dir ein Bier mitgebracht. Fredl war bis eben auf der Fete."

„Ich habe meine Tage gekriegt. Ausgerechnet jetzt", heulte Lena. „Ich dachte, ich komme noch übers Wochenende. Mein Freund hat angerufen und Schluss gemacht, ich bin total heiß und Fredl ist vergeben! Ich wollte es mir nicht eingestehen. Ich wollte, dass ihr denkt, ich hätte Erfolg gehabt. Es ist irgendwie alles scheiße!"

Diana nahm sie in den Arm. „Es geht mir doch ganz ähnlich wie dir. Du hattest wenigstens einen Freund, auch wenn er nicht ganz perfekt war. Mein grünäugiger Jüngling ist doch ebenfalls vergeben. Ich bleibe heute Nacht voraussichtlich auch allein."

„Und die anderen?" Lena nahm einen großen Schluck Bier. „Kommen die weiter?"

„Sally bändelt gerade mit dem neuen Dirigenten an. Und Katharina ist mit dem dicken Bauern und Tubisten Rudi ins Gespräch gekommen. Man wird sehen."

Lena trank gierig ihr Bier aus, dann fühlte sie sich besser. Nach einer Weile fragte sie:

„War ich peinlich?"

„Ja. Aber das sind wir alle mal. Das ist schnell vergessen."

„Du bist also Landwirt, Rudi", stellte Katharina fest. „Wie viel Hektar?"

„348. Plus 60 Hektar Pachtland."

„Nur Ackerbau?"

„Ackerbau und Viehzucht. Energiepflanzen sind im Kommen. Überlege gerade, ob sich eine Biogasanlage für den Betrieb lohnt."

„Alles eigene Maschinen oder Lohnunternehmen?"

„Hör mal, meine liebe Katharina", meinte Rudi, „du stellst ja ganz schöne Fachfragen. Ich denk, du bist aus dem Hotelfach?"

„Ach, in der Familie gibt es Landwirte", sagte Katharina locker dahin. „Was hast du denn für Traktoren?"

„New Holland."

„Und was für Mähdrescher?"

Rudi runzelte die Stirn. Stolz schwoll seine Brust, als er tief Luft holte, den Blick in die Ferne schweifen ließ und dann pathetisch verkündete:

„Er ist ganz neu. Wir haben ihn die erste Saison. Ich habe ihn gekauft, weil die Lohnunternehmen der Region nicht zum Dreschen kamen, wenn ich sie brauchte. Meine neue Unabhängigkeit heißt Claas 580."

Katharina reagierte wie ein entzücktes, kleines Mädchen.

„Wow, ein Claas 580! Mit einem 500 PS V8 Motor von Mercedes Benz und einem hydrostatischen Antrieb, stufenlos bis 40 Stundenkilometer, das ist ein voll potentes Geschoss!"

Rudi verging Hören und Sehen. „Du kennst den Claas 580?"

„Er ist unglaublich!"

„Willst du ihn sehen?"

„Ich würde ja so gerne mal drauf mitfahren."

„Das ließe sich einrichten. Ich habe allerdings nichts mehr zu ernten auf dem Schlag, wo er gerade steht. Ich muss die Maschine morgen umsetzen. Aber wir könnten eine Runde über das Stoppelfeld drehen."

„Ich will seine Kraft spüren…"

„Er wird dich nicht enttäuschen."

Katharina fragte noch: „Gibt es eigentlich ein Duett für Tuba und Oboe?"

Aber Rudi wusste darauf keine Antwort, wohl weil er die Frage gar nicht erst verstand. Und so stiegen die beiden in den dreckigen Lada Niva und verschwanden in der Dunkelheit dieser milden Spätsommernacht.

Als Diana von Lena zurückkehrte ins Gerätehaus, waren nur noch wenige Gäste da. Zuerst fiel ihr Blick auf Sally, die sich mit ihrem Dirigenten eng umschlungen und in leidenschaftlichen Küssen versunken in die letzte Ecke zurückgezogen hatte. Niemand von den wenigen verbliebenen Gästen nahm Notiz von den beiden. Sie hatten sich halt gefunden und gut. An der Theke des Bierwagens stand Christoph und er schien auf irgendwas zu warten. Plötzlich begegnete sein Blick dem von Diana und die beiden gingen aufeinander zu.

„Hallo Diana!"

„Hallo, mein lieber Christoph!"

„Wo hast du dich denn gerade herumgetrieben?"

„Bei Lena. Sie hat Liebeskummer."

„Und du?"

„Auch. Aber das ist eine andere Geschichte."

„Hast du schon mein Motorrad gesehen?"

„Nur kurz. Ich wusste gar nicht, dass du jetzt auch ein Biker bist."

„Nun ja." Christoph lachte. „Die Interessen verändern sich eben."

Sie standen nun vor der Suzuki. Einer Intruder C800.

„Ist nicht gerade das Topmodell, aber für mich ausreichend motorisiert. Ich habe keinen Bock auf Rennmaschinen. So ein gemütlicher Cruiser ist genau das Richtige."

Diana war bislang nur auf wenigen Motorrädern mitgefahren. Aber die positiven Erinnerungen, die sie damit verband, rührten von den angenehmen Vibrationen an den Schenkeln her und vom Anschmiegen an den Fahrer.

Christoph zwinkerte. „Wie wär's mit einer Spritztour?" Dianas Herz schlug höher...

„Eine Probefahrt? Na klar! Aber wohin um diese Zeit?"

„Einmal auf den Tittenberg und zurück."

„Na los!"

Sie richtete sich auf dem hinteren, leicht erhöhten Teil der Sitzbank ein, Christoph nahm vorne Platz, setzte seinen Helm auf und schob die Maschine vom Ständer. Dann ließ er sie an und Diana war augenblicklich entzückt von dem kraftvollen Beben unter ihr, ganz gleich ob es nun stärkere Versionen dieses Modells gab. Sie klammerte sich an Christoph fest und los ging die Fahrt. Vom Vorplatz der Feuerwehr hinunter entlang der Hauptstraße von Waibeling, weiter über den Marktplatz und hinaus aus der Stadt. Sie nahm kaum etwas wahr um sich herum, denn sie war alleine mit Christoph. Er fuhr souverän und sicher und wagte keinerlei Experimente vor seiner Mitfahrerin; jede Kurve auf diesem Vibrator war eine Wonne und Dianas Lust gewann immer mehr an Fahrt. Dann ging es hinauf auf den Berg. Die Serpentinen befanden sich genau auf der anderen Seite des Berges, wo man das Feuerwehrdepot hingebaut hatte, deshalb musste man immer zunächst durch die Stadt. Jetzt ging es durch dichten Wald, eine Kurve nach der anderen. Es wäre alles perfekt gewesen, hätte Christoph nicht die kleine Baustelle vergessen, die sich direkt in einer unübersichtlichen Kehre befand. Auf dem Tittenberg gab es einige wenige Wochenendhäuser mitten im Wald, aber natürlich ökologisch korrekt. Nachdem bei Unwettern mehrfach die Stromleitung heruntergerissen wurde, hatte man begonnen, diese unter die Erde zu legen. In dieser Kurve hatte man die Straße gekreuzt, eine frisch geteerte Narbe war mit Rollsplitt bestreut. Gerade hatte Christoph heruntergeschaltet und gab Gas, um die Kehre zu meistern, da brach an besagter Stelle das Heck der Maschine aus und sie stürzten. Sie waren nicht sehr schnell gewesen und sie rutschten nicht sehr weit, aber der Motor ging aus und Christoph fluchte. Auspuff, Fußrasten und Lenker verhinderten, dass das volle Gewicht der Maschine auf ihnen zu liegen kam. Diana wurde jäh aus dem Träumen gerissen. An Knie und Hüfte war ihre Jeans lädiert und sie hatte eine leichte Hautabschürfung am rechten Handgelenk.

„Diese bescheuerte Baustelle", schimpfte Christoph, „wie konnte ich das nur vergessen!"

Ganz Gentleman beklagte er sich nicht über den abgeknickten Blinker und die Kratzer an Tank, Lenker und Auspuffchrom, vielmehr sorgte er sich um Diana.

„Bist du okay?"

„Es geht schon."

„Das ist mir sehr unangenehm."

„Mach dir keine Sorgen. Ich hoffe, die schöne Maschine ist nicht kaputt."

„Das ist völlig egal was mit der Maschine ist, Hauptsache dir ist nichts passiert. Du hast ja keinen Helm. Ich trage die volle Verantwortung."

„Nur meine Jeans ist hin."

„Ich kauf dir eine neue. Himmel, Diana, du bist ja verletzt!"

„Ach das bisschen hier am Handgelenk…"

„Komm, hilf mir die Maschine aufzurichten. Wir haben hier oben ein Wochenendhaus, da habe ich Verbandszeug."

Mit Christoph allein in einem Haus, mitten im dunklen Wald. Wie betäubt richtete sie mit Christoph zusammen die schwere Suzuki auf. Er nahm den Gang raus, betätigte den Anlasser und der Cruiser sprang sofort wieder an. Sie fuhren noch einige Serpentinen hoch und bogen dann in einen Waldweg ein. Das Haus stand neben einigen anderen auf einer schmalen Lichtung am Hang mit freiem Blick auf das Tal und die

Lichter von Waibeling. Wäre der Ausrutscher nicht passiert; vielleicht wäre Diana niemals mit ihm hierhergekommen und Christoph hätte sie nur zu der langweiligen Aussichtsplattform geführt, auf der sie ohnehin schon die Jahre zuvor gewesen ist. Der Motor verstummte. Die beiden gingen über die Veranda und blickten ins Tal. Nichts war zu hören. Außer einem Mähdrescher, der hell erleuchtet über ein Feld fuhr, auf dem es nichts mehr zu ernten gab.

Katharina stand ehrfürchtig vor dem gewaltigen Claas Mähdrescher. So ein Ding kostet so viel wie ein Einfamilienhaus. Sie wusste, dass es durchaus noch größere Geräte gab, sogar mit Raupen anstelle des Vorderrades, für extrem weiche Böden, um nicht einzusinken. Es war nämlich nicht ganz leicht einen festgefahrenen Mähdrescher wieder freizukriegen, wusste sie. Rudi schwang sich für seine Statur erstaunlich leicht die Leiter empor und schloss den Führerstand auf. Dann kam er wieder herunter und half Katharina hinauf in die vollverglaste Kabine, vorbei an dem Vorderrad, welches fast so groß war wie sie selbst.

„Was sagt denn die Bäuerin von Rudi, wenn er nachts mit Musikerinnen Mähdrescher fährt?" wollte Katharina wissen. Rudi überlegte kurz.

„Sagen wir mal so. Sie ist zuständig für alles was mit den Tieren zu tun hat. Und ich mache Ackerbau und Technik. Wir haben eine klare Arbeitsteilung."

Er machte erneut eine kurze Denkpause.

„Außerdem fehlt der Bäuerin ein gewisses Maß an Romantik. Sie ist eben streng katholisch. Sie fährt selten mit und damit entgehen ihr natürlich auch interessante und nicht eben alltägliche Erlebnisse. Zum Beispiel junge Rehe, die vor einem übers Feld huschen."

Er nahm hinter der Lenksäule auf dem Fahrersitz Platz, welcher von seinem Gewicht heftig einfederte.

„Wie auf dem Traktor", dachte Katharina, „der macht auch jede Bewegung mit."

Sie nahm Platz auf einem bequemen, kleineren Sitz links neben ihm. Zur Rechten hatte Rudi ein Steuerpult mit großem Display und allerlei Schaltern sowie einen Joystick, welcher hier anscheinend das wichtigste Bedienelement war. Er ließ das Monstrum an. Nicht das Geräusch eines banalen Anlassers ertönte, nein, ein sanftes Heulen, dann erwachte der mächtige V8 zum Leben mit einem in der Kabine angenehm leise zu vernehmenden Grollen, begleitet von einem kraftvollen Beben. In dem Maße, wie die Maschine nun ihr Hydrauliköl durch unzählige Stränge pumpte, begann das Blut in Katharinas Adern zu wallen. Sie ergriff Rudis Hand. Rudi schaltete die Außenbeleuchtung ein, eine wahre Lichtorgie flammte auf und ermöglichte einen faszinierenden Blick aus zwei Metern Höhe auf das neun Meter breite Schneidwerk mit Haspel und Förderschnecke. Katharina zog ihre Schuhe aus und löste ihr Haar.

„Ist dir warm?" fragte Rudi unsicher. „Ich mach die Klimaanlage an. Ist mit Kohlefilter, da kommt hier drin kein Staubkorn an. Und hier ist mein Kühlschrank."

Rechts über der mächtigen Frontscheibe öffnete er ein Fach und holte zwei wunderbar kühle Flaschen Schwengelbräu hervor, die er im Nu geöffnet hatte.

„Du denkst ja wirklich an alles", schmeichelte Katharina. „Ist dir denn gar nicht warm?"

„Das wird noch. Achtung, jetzt geht's los."

Die Haspel begann sich zu drehen und im Bauch des Mähdreschers begann es zu rütteln und zu rumoren.

„Jetzt laufen auch die Dreschtrommeln. Die Körner werden dann durch so was wie Lochbleche gerüttelt, wo sonst kein Dreck durchpasst. Selbst Körner, die heile durch die Dreschtrommeln gekommen sind, werden beim Transport des Strohs noch herausgerüttelt. So geht wirklich nichts verloren! Die Spelzen und Strohreste werden durch ein Gebläse weggepustet. Das Stroh wird gehäckselt und kommt hinten aus dem Popo raus. Alles in einem Arbeitsgang. Weißt du, was Getreideernte früher für eine Plackerei war?"

„Und wo sammelt er das Korn?"

„Im Bunker, gleich hier hinter uns. Acht Tonnen Korn passen da rein!"

Katharina schaute durch das kleine Fenster hinter ihr in den beleuchteten Bunker. Einige Körnchen, die noch vom letzten

Erntevorgang in der Maschine waren, purzelten hinein, ansonsten war der Bunker leer.

„Und wenn der Bunker voll ist?" fragte Katharina weiter.

„Bei der letzten Tonne geht auf dem Dach automatisch die Rundumleuchte an. Das ist das Signal für den Traktoristen, mit seinem Hängergespann neben mir herzufahren. Ich fahre dann mein mächtiges Abbunkerrohr aus und gebe eine ordentliche Ladung ab – alles während der Fahrt. Da geht keine Zeit verloren."

„Alles während der Fahrt?"

Als Katharina ihren Blick vom Bunker abwendete, stellte sie fest, dass Rudi provokant den Latz seiner Kniebundhose aufgeklappt hatte. Dank zweier Knopfreihen konnte er die wichtigste Stelle des Mannes freilegen wie eine Dose mit Fisch in Tomatensoße.

„Wir fahren doch noch gar nicht", hauchte Katharina.

„Aber jetzt", sagte Rudi und setzte das Gefährt in Gang. Katharina ertastete vorsichtig den Inhalt der Lederhose. Rudi war sehr gepflegt, auch seine klassische Feinrippunterhose mit Schlitz vom Typ Staubbeutel war absolut sauber und geruchsneutral. Einen für Pykniker erstaunlich großen und prallen Gaudizapfen brachte sie durch die grobe Wäsche zum Vorschein. Rudi gab ein geiles Grunzen von sich und erklärte abwesend:

„Die Mahd erfolgt bei fünf Stundenkilometern. Hier auf dem Display zeigt es mir die Hektar pro Stunde und die Gesamtleistung an. Und die Feuchtigkeit."

„Um die brauchst du dir jetzt keine Gedanken zu machen." Katharina hatte ihren Slip abgelegt, zog ihren Rock hoch und hockte sich ihm zugewandt mit geöffneten Schenkeln auf seinen Schoß.

„Hat das Ding einen Autopilot?"

„Er fährt lasergesteuert voll automatisch immer an der Schnittkante entlang. Aber wir haben keine Schnittkante. Es ist schon alles abrasiert."

„Ich bin auch rasiert, mein lieber Rudi, spürst du das?"

„Ist mir lieber als jedes Stoppelfeld."

Er drang in sie ein. Aber nur leicht. Mehr ging nicht wegen Rudis Bauch und der Kleidungsstücke, die die beiden noch anhatten. Der Mähdrescher schaukelte über das Feld und der luftgefederte Sitz nahm die Unebenheiten auf mit langsamen Gegenbewegungen, die die beiden sanft kollidieren ließ. So rieb Rudi nur sanft ihren Scheideneingang. Es machte Katharina fast wahnsinnig. Sie vermied ihn zu küssen. Sie klammerte sich an seine starken Schultern, lauschte seinem schweren Atem und den Geräuschen des Mähdreschers und erwartete, dass Rudi bald kommen und ihr damit den letzten Kick geben würde. Dann machte Rudi plötzlich eine abrupte Bewegung. Sie waren nicht am Höhepunkt sondern am Ende des Feldes angekommen. Er griff an die Lenksäule und kurbelte die Maschine in eine 180-Grad-Wendung. Instinktiv hob er dabei mit dem Joystick das Schneidwerk an, obgleich dies nun wirklich nicht notwendig gewesen wäre, um es sogleich wieder abzusenken.

„Ich will dich nackt." Katharina brauchte für den Akt einfach mehr Haut und hoffte, auf diese Weise könne Rudi tiefer in sie eindringen. Rudi begann zu schwitzen, trotz der Klimaanlage, und legte die Hosenträger ab und schob sich die Hosen runter bis auf Schuhe und Socken, welche er anbehielt. Katharina half ihm, nachdem sie ausgezogen war, beim Ausziehen des Hemdes.

„Darf ich auch mal fahren?" fragte sie.

Rudi überließ ihr die Lenksäule und sie hockte sich wieder auf ihn, diesmal andersherum. Er grunzte wieder, als er, diesmal wesentlich tiefer, von hinten in sie hineinschlüpfte. Katharina konnte sich nun nicht mehr beherrschen. Sie stieß sich mit aller Kraft vom Lenkrad ab und drückte den beleibten Rudi in seinen Pilotensitz und seinen persönlichen Joystick tief in ihren Schoß. Sie nahm die sanften Bodenwellen auf und verstärkte sie mit ihren Stößen. Nicht schnell. Quälend langsam.

„Du bist so groß. Das ist fantastisch", rief Katharina, außerordentlich erregt. Sein Penis war wie der Besitzer entsprechend dick und füllte sie auf das Angenehmste aus. Die Maschine bebte. Katharina bebte. Rudi packte sie am Becken und zwang ihr seinen Rhythmus auf. Bei der nächsten Bodenwelle kam er auf Fränkisch, seinem Dialekt, den man ihm bisher gar nicht so angemerkt hatte.

„Jo mei. I bin doa. Etzetle, etzetle, jaaaa..!!"

In seiner Ekstase trat er heftig auf die Bremse, sodass nicht nur der Mähdrescher plötzlich stand, sondern beide aufrecht in der Kabine standen, Katharina vorgebeugt über die Lenksäule gelehnt, die Stirn an die Scheibe gepresst. Noch während Rudi laut Fränkisch stöhnend in wilden Stößen seinen Höhepunkt auskostete, erlebte Katharina einen Orgasmus, den sie schon seit dem letzten Sex auf dem Traktor nicht mehr gehabt hatte. Gut, damals war sie mehrfach gekommen, dafür war die momentane Stellung einfach zu unbequem und sie kam ohnehin besser rittlings. Aber die ganze Situation des heimlichen, verbotenen Stelldicheins auf einer solchen Maschine bescherte ihr wirklich außergewöhnliche Gefühle, die sie nicht so schnell vergessen würde. Die zwei Bierflaschen waren beim Bremsen umgekippt und die Reste hatten sich über den PVC-Boden der Kabine ergossen. Rudi plumpste zurück in seinen Sitz und zog sich als erstes wieder artig die Hosen hoch, wie ein Junge der soeben eine Trachtprügel bekommen hat. Katharina kniff ihre Schenkel zusammen und schlüpfte zurück auf den Beifahrersitz. Sie war noch nicht recht wieder bei Sinnen, da war Rudi bereits vollständig angezogen, samt Hosenträger. Jetzt sprach er wieder Hochdeutsch.

„Da will ich mal hoffen, dass meine Frau heute nichts mehr von mir will. Bist du eigentlich verheiratet?"

„Ja, mit einem Bauern."

„Mit einem…was?!" Rudi war völlig außer sich. „Daher also all die Fachfragen und schlauen Kommentare!"

„Genau."

„Und warum, ich meine, warum wolltest du gerade mit mir und überhaupt?"

„Ich mag kräftige Männer", sagte Katharina und tätschelte seinen Bauch. „Außerdem haben wir keinen Mähdrescher und auf den anderen Maschinen haben wir es schon getrieben. Jetzt weiß ich jedenfalls, dass wir bestimmt mal einen Claas anschaffen. Wir sind dann bestimmt die ersten Bauern, die einen Claas nach dem Kriterium ‚Guter Sex im Führerstand' kaufen."

Diana hatte ihre Jeans ausgezogen um zu schauen, ob sie auch Abschürfungen an den kaputten Stellen hatte. Christoph hatte schnell ein Feuer im Kaminofen angemacht, um auf der Heizplatte Wasser warm zu machen. Er wollte die Wunde richtig säubern und fließend warmes Wasser gab es nicht, weil der große Elektroboiler ausgeschaltet war. Es hätte einfach zu lange gedauert. Sie tat so, als wäre ihr ein wenig schwindelig von der unglaublich schwerwiegenden Verletzung und legte sich auf das Sofa der kleinen Sitzgruppe. Christoph kam ins Schwitzen, zum einen von dem Kaminofen, andererseits vor Sorge um die Verletzte. Nach einer Weile kam er mit einer Schüssel heißem Wasser und einem Pott Tee zu ihr und kniete sich vor das Sofa. Der Tee duftete alkoholisch.

„Was ist das?"

„Roibusch mit etwas Klosterfrau Melissengeist. Das macht dich wieder fit."

„Du willst mich wohl breitmachen."

„Bist du das nicht bereits?"

Diana nahm einen Schluck. „Aber nur ein klein wenig."

Christoph behandelte fachmännisch die Hautabschürfung und klebte ein passendes Pflaster drüber. Dann betrachtete er das Wesen vor ihm auf dem Sofa.

„Du bist schön", sagte er.

Diana wusste nicht, was sie sagen sollte. Sie haderte manchmal mit sich. Sie fand ihre Hände und ihre Füße selbst nicht schön. Sie hatte leichte Röllchen und etwas Cellulitis. Und dieser hübsche Mann mit grünen Augen sagte ihr, sie wäre schön. Das war doch eine verkehrte Welt! Und ehe sie sich versah, küsste er sie. Ein leichter, unsicher verhuschter Kuss auf die Lippen. Und als Gegenwehr ausblieb, küsste er sie länger, sich langsam und unaufdringlich mit der Zunge vortastend. Dann setzte er leichte Federküsse auf ihren Hals, hinabwandernd zu ihren Brüsten. Er liebkoste ihre Nippel durch das T-Shirt hindurch, sodass an dieser Stelle feuchtes Textil zurückblieb. Mit seiner rechten Hand fuhr er ihre Schenkel entlang, hinauf über den Venushügel. Seine Finger tasteten sich innen vorbei am Bündchen und kraulten sanft ihre Scham. Diana entwich ein lustvoller Laut. Da Christoph seine Aufmerksamkeit gerade den tieferen Regionen ihrer

Weiblichkeit schenkte, zog sie sich rasch das T-Shirt aus. Das nahm Christoph zum Anlass, sich ebenfalls auszuziehen. So feucht wie Diana war, ebenso prall war Christoph. Er entwendete ihr den Slip und setzte seine mündlichen Zärtlichkeiten auf ihrem diesmal völlig nackten Körper fort. Diana hatte schon so was wie Vorstadien an Orgasmen. Da auf dem Sofa kein Platz war nebeneinander zu liegen, begab Christoph sich direkt auf sie, als er den Zeitpunkt für gekommen hielt. Er rieb sich an ihr, zögerlich. Diana öffnete ihre Schenkel, um ihn hineinzulassen und mühte sich seine Beine zu umklammern. Sie stöhnte, als wäre sie bereits mitten im Akt und es bedurfte gewiss nur geringster Reibung, um sie an den Gipfel der Lust zu führen.

„Christoph komm", brachte sie noch hervor.

Doch plötzlich stieg Christoph von ihr herunter. Sein Glied war augenblicklich erschlafft.

„Ich kann das nicht", sagte er.

„Oh nein, bitte", flehte Diana, „du hast mich so heiß gemacht. Bitte komm zurück und bring es zu Ende."

„Ich habe mich letztes Jahr schon beherrscht, nichts mit dir anzufangen. Es ist mir total schwer gefallen, weil ich etwas für dich empfinde. Ich werde mich aber auch jetzt beherrschen. Ich bin schon viel zu weit gegangen. Tut mir Leid, wenn ich dich damit verletze."

„Christoph..."

„Diana, ich bin verheiratet. Ich habe ein Kind. Ich kann meine Frau nicht betrügen!"

Diana überlegte einen Augenblick, ob sie sich vor ihm selbst befriedigen sollte.

„Dann besorg es mir doch bitte anders. Nimm deine Finger, deine Zunge. Lösch das Feuer, das du angezündet hast."

„Ich soll das Feuer löschen?"

Er nahm die Schüssel mit warmem Wasser, öffnete die Tür vom Kaminofen und kippte sie hinein. Es zischte und dampfte und stank nach halb verkohltem Holz. Dann knallte er die Ofentür zu und sagte.

„Bitte. Ich erkläre das Feuer für gelöscht. Zieh dich an, wir fahren sofort los."

„Und meine Verletzung?" Diana fühlte sich jetzt doppelt verletzt.

Christoph zog sich hastig an.

„Du kannst die Nacht bei uns verbringen – auf der Couch."

Alles ging jetzt schnell. Der Aufbruch, die Fahrt, nur an der Stelle mit dem Rollsplitt fuhr Christoph extrem langsam. Ehe Diana sich versah standen sie vor einem hübschen Einfamilienhaus, nicht groß, aber Typ Fertighaus und damit irgendwie auswechselbar. Seine Frau Irmela, die Diana schon im Jahr zuvor kurz kennengelernt hatte, war an die Haustür gekommen, als sie die Suzuki gehört hatte.

„Ich habe mir schon Sorgen gemacht", rief sie, legte Christoph grazil die Arme um den Hals und küsste ihn.

„Du riechst irgendwie nach Rauch. Hast du mit Diana die Spritztour zum Gipfel gemacht?"

Aha! Christoph war also ehrlich gewesen und hatte sich offenbar vorher die Probefahrt mit einer fremden Frau genehmigen lassen. Diana war gespannt, wie Christoph sich nun herausreden würde.

„Ja, aber wir sind gestürzt an dieser blöden Stelle, wo die das Stromkabel verlegt haben. Diana hat sich leicht verletzt, da bin ich mit ihr zum Haus gefahren wegen eines Pflasters. Dummerweise war der Boiler aus – ich musste Feuer machen für heißes Wasser, um die Wunde zu waschen. Wir haben uns nicht lange aufgehalten, da habe ich das Feuer mit Wasser gelöscht, damit uns nicht die Bude abbrennt. Soll man ja eigentlich nicht machen mit einem Kaminofen. Jedenfalls deshalb stinke ich so."

„Das hast du gut gemacht", sagte Irmela und küsste ihn erneut.

„Alles richtig und ehrlich", dachte Diana bei sich. „Da fehlt nur die Hälfte. Ich bin immer noch ganz feucht. Dass Irmela ihn ständig abknutscht ist auch klar. Sie markiert ihr Revier."

„Hallo Diana", sagte Irmela freundlich und anscheinend völlig ahnungslos. Oder total naiv. „Bist du wirklich in Ordnung?"

„Es würde mir besser gehen, wenn dein Mann mir einen ordentlichen Orgasmus verschafft hätte", dachte Diana, sagte aber brav: „Es ist ja alles noch mal gut gegangen."

„Zeig mal her." Irmela betastete das Pflaster mit ihren langgliedrigen Fingern. Mit schönen, natürlichen Nägeln, Finger mit denen sie auch Christoph streichelte oder es ihm besorgte. Wirkliches Interesse konnte sie nicht haben, denn man konnte ja wegen des Pflasters nichts sehen. Sie standen immer noch vor der Haustür.

„Ich dachte, ich bring Diana lieber mit", sagte Christoph. „Im Gästehaus ist bei diesen Treffen doch immer nix mit Schlafen und Diana hat vorhin etwas gezittert."

„Ja, wegen deiner Küsse und sinnlichen Berührungen", dachte Diana.

„Ach herrje! Kommt erst mal rein."

Im Haus gab es zunächst wieder Roibuschtee mit Klosterfrau, zubereitet von Irmela, aber viel stärker als oben im Wochenendhaus. Das schien hier das Hausmittel gegen alles zu sein. Es konnte ja nur in Irmelas Interesse liegen, Diana möglichst schnell außer Gefecht zu setzen. Aber Diana war tatsächlich hundemüde und sie sehnte sich danach einfach abzuschalten und das alles so schnell wie möglich zu vergessen.

„Kann ich bitte noch etwas Klosterfrau in meinen Tee haben?"

„Aber natürlich, hier." Irmela schleppte sogleich ein paar Decken herbei und richtete Diana das Lager. Diese verschwand noch kurz auf dem Klo und machte sich etwas frisch, ehe sie sich auf der Couch einrollte. Das Haus hatte eine sehr offene Bauweise, Wohnraum, Treppe, Küche – alles ging sehr großzügig ineinander über. Das Schlafzimmer der beiden befand sich im Obergeschoss. Diana hörte die beiden zunächst in der Küche tuscheln. Man knutschte dabei vor der Spüle. Sie gab vor zu schlafen, verstand aber jedes Wort.

„Hatten wir nicht eine Verabredung heute Nacht?" fragte Irmela lüstern.

„Ich wollte schon viel eher wieder hier sein", entgegnete Christoph.

„Böse, böse Baustelle! Lass uns doch gleich hier..." Eine Gürtelschnalle klapperte.

154

„Schläft der Kleine?"

„Tief und fest, auch ohne Klosterfrau."

„Den ganzen Tag denke ich nur an das Eine, meine süße Irmela."

„Holla, du hast ja schon einen stehen!"

„Pst, Irmela, nicht so laut. Ich finde es nicht so günstig heute hier auf der Küchenplatte..."

„Warum denn nicht? Sie schläft doch. Soll sie doch hören, dass du vergeben bist."

„Schon, aber..."

„Du hattest doch nichts mit ihr, oder?"

„Ach was, wir sind Kumpels durch die Musik, mehr nicht."

„Na, dann lass uns hochgehen. Aber die Schlafzimmertür bleibt offen. Der Gedanke, dass sie vielleicht alles hört, macht mich noch heißer."

Die Treppe knarrte leise, auch alles Weitere bekam Diana akustisch mit. Alle Welt um sie herum machte Liebe, lebte in Lust und Leidenschaft, Paare fanden sich und fielen förmlich übereinander her. Nicht genug damit, dass es so war und man sich an einen stillen Ort zurückzog. Nein Diana war in ihrer Einsamkeit dazu verdammt, alles Glück mit anzusehen wie bei Sally, oder es sich live anzuhören, wie letztes Jahr bei Lena und jetzt mit Irmela und Christoph. Womit hatte sie das verdient?

„Ich habe nur mich selbst", dachte Diana. Sie seufzte tief. „Irgendwann wird auch für mich mal einer abspringen. Ich werde noch etwas Geduld haben müssen wie's scheint."

Vom Obergeschoss her hörte man Kleidungsstücke rascheln und fallen, Körper reiben, das Schmatzen von Küssen und stoßendem Atem. Zwei Leiber wühlten im Bett herum.

„Ich könnte mich jetzt in die Tür stellen und alles mit ansehen", dachte Diana.

„Dann frage ich dreist, ob ich mitmachen kann. Vielleicht törnt Irmela das ja auch an. Oder ich könnte das Kind wecken und für einen zweiten

Coitus interruptus sorgen. Aber was soll das? Es würde sie nicht davon abhalten später weiter zu machen. Ich bin halt das letzte Rad am Wagen."

Sie zog sich den feuchten Slip aus und legte ihn zum Trockenen auf die Wolldecke mit der sie zugedeckt war. Sie spreizte leicht die Beine und berührte sich. Schon lange hatte sie das nicht mehr getan. Irmela begann zu stöhnen und zu quietschen, auch Christoph gab nun genussvolle Laute von sich. Offenbar hatten sie sich nun vereinigt und stimmten den Rhythmus der optimalen Bewegung aufeinander ab. Auch Diana fand ihren Rhythmus. Nicht mal eine Stunde war es her, seit Christoph sie beinahe zum ultimativen Höhepunkt gebracht hätte. Jung war noch das Erlebnis seine Hände, seine Lippen, seinen Körper zu spüren. Es war, als wäre er noch bei ihr und würde jeden Moment in sie eindringen. Und genau das tat er jetzt dort oben mit einer anderen, eigentlich völlig legitim mit seiner Frau.

„Ach Christoph, nur einmal, bring es doch nur einmal zu Ende für mich!" flehte sie leise.

Die Liebeslaute oben wurden immer lauter.

„Ich bin gleich da", stöhnte Irmela, „bitte lass uns gleichzeitig…!"

„Einen Moment noch… oh ja, jetzt, bitte jetzt…"

Und als die beiden schrien, kam auch Diana. Was man mit zwei Fingern doch alles anstellen konnte! Ihr ganzer Leib krampfte sich zusammen, als das Beben unbeschreiblicher Wollust zweimal durch ihren Körper bis zu den Fußspitzen und zurück rollte. Ein tiefer, lustvoller Laut entwich ihrer Kehle, als dieser nasse, intensive Orgasmus sie durchschüttelte. Aber niemand hörte sie, niemand nahm Notiz. Man war eine Etage höher viel zu sehr mit dem eigenen Stöhnen beschäftigt. Christoph hatte streng genommen und möglicherweise, ohne sich dessen bewusst zu sein, zwei Frauen gleichzeitig befriedigt. Die eine physisch mit all seiner Manneskraft, die andere mental in lebhafter Erinnerung an einen beinahe stattgefundenen, gerade noch rechtzeitig beendeten Seitensprung.

„Na immerhin", seufzte Diana etwas atemlos.

Als alles vorbei war, begann das Kind zu schreien.

Der große Neoplan stand auf dem kleinen Platz vor dem Feuerwehrdepot zur Abfahrt bereit. Instrumente und Taschen waren bereits an Bord, ebenso die jüngeren Mitglieder des Freudenhausener Blasorchesters. Einer von der Waibelinger Blaskapelle rief nach Katharina. Er richtete schöne Grüße aus von Rudi. Er könne sich nicht verabschieden kommen, da er Stress habe mit der Bäuerin. Außerdem müsse er den Mähdrescher umsetzen und schnell weiterernten, da man Regen angesagt hatte. Katharina war nicht böse – im Gegenteil. Eigentlich war es ihr peinlich, dass sie sich so hatte gehen lassen, wenngleich sie auf ihre Kosten gekommen war. Eine Abschiedszeremonie wollte sie auf gar keinen Fall. Also stieg sie in den zweistöckigen Bus und nahm Platz an dem Tisch mit vier Plätzen, dem „Stammtisch" der vier Damen. Lena saß schon dort. Schon als der Bus noch fast leer war, hatte sie dort Platz genommen. Sie wollte niemanden sehen und nicht gesehen werden. Ihre Aktion hatte sich natürlich herumgesprochen. Sally stand mit ihrem Dirigenten eng umschlungen vor dem Bus. Sie konnten sich anscheinend nicht so richtig voneinander trennen. Beide wirkten etwas müde, aber auch sehr gelöst und dabei absolut verliebt.

„Bis nächste Woche", hauchte Sally. „Ich kann es kaum erwarten dich wieder zu spüren."

Mit einem letzten innigen Kuss schaffte sie dann doch den Absprung und bestieg den Bus. Diana hörte ihre Worte und wollte gerade einsteigen, da kam Christoph mit seiner Suzuki angefahren. Jetzt bei Tageslicht sah man das ganze Ausmaß des Schadens, den traurig herabhängenden Blinker, eine verbogene Fußraste, vor allem aber die Dellen und Kratzer am Tank. Ohne Umschweife ging Christoph auf Diana zu.

„Ich wollte noch Tschüss sagen." Er streckte ihr die Hand hin.

„Und ich wollte mich entschuldigen. Für den Unfall. Und dass ich eindeutig zu weit gegangen bin: Ich mag dich wirklich, aber es war nicht sauber von mir."

Diana wusste nicht, was sie von all dem halten sollte. Dann sagte sie:

„Was soll's? Ich bin ja doch noch gekommen, zusammen mit euch."

Sie hob die rechte Hand und zeigte Christoph ihre zwei Rubbelfinger, mit denen sie sich gestern hormonelle Erleichterung verschafft hatte. Dann gab sie ihm selbige und zwang Christoph, der seine Hand immer noch hinhielt, somit nur ihre zwei Finger zu umfassen und zu schütteln. Sie vermied es, in seine grünen Augen zu schauen.

„Diana, ich muss dir noch was sagen."

„Was denn noch?"

„Ich habe beim Sex gestern an dich gedacht. Irmela weiß nichts von alldem. Ich muss die Notbremse ziehen. Wir werden uns nicht mehr sehen."

Er machte eine bedeutungsvolle Pause.

„Ich höre mit der Musik auf. Ich will vermeiden, dass wir uns noch mal begegnen und mich voll auf die Familie konzentrieren. Wir wollen noch ein Kind und ich möchte nicht noch so einen Fehltritt. Also mach's gut."

Ein letztes Mal wagte Diana es, ihm in die Augen zu sehen. Sie wirkten müde, verzweifelt, fast verweint.

„Ist okay." Sie wandte sich um und bestieg den Bus als letzte. Damit musste er jetzt selbst klarkommen. Er war ein guter Schauspieler. Sie hatte mit der Sache bereits abgeschlossen.

Der Bus wankte los.

„Nun Mädels – Auswertung!" Sally, die auf der Hinfahrt so geknickt war und die größten Sorgen hatte, wirkte aufgedreht, glücklich und hormonell ausgeglichen. „Katharina?"

„Operation Mähdrescher geglückt", sagte Katharina. „Auf der Maschine, Bankstellung in Fahrtrichtung bei vollem Betrieb."

„Und?"

„Rudi hat einen guten Job gemacht. Aber ich glaube, es war mein letzter Seitensprung."

„Wieso?"

„Weil Sex mit dem eigenen Mann einfach besser ist. Der kennt einen. Und ich gebe zu, ich habe ein wenig schlechtes Gewissen. Es war toll, aber nicht notwendig. Ich habe es auch vermieden ihn zu küssen. Wobei sich die Frage stellt, was wohl intimer gewesen ist."

„Finde ich gut", sagte Sally. „Ich finde, wir sollten alle ganz brave Ehefrauen werden. Und du, Lena? Ich habe die Leute tuscheln hören."

„Vergiss es!" Lena winkte ab. „Ich werde mir einen neuen Freund suchen, jemand Solides, vielleicht sogar einen älteren Typen. Als ich meine Show abzog, fand ich mich zunächst total cool und abgebrüht. Aber die Einsamkeit war ein Jammer. Du hast recht. Wir werden alle älter und vernünftiger. Sogar Fredl, dieser leichte Bursche, hat inzwischen Ambitionen auf eine feste Beziehung."

„Und du, Diana?", moderierte Sally.

„Auch ich werde weitersuchen." Diana seufzte. „Erwartungen an Waibeling nicht erfüllt."

„Wieder nicht?"

„Wieder nicht. Waibeling, so scheint mir, ist nicht der richtige Ort für Paarungswillige."

„Und was ist mit dem Grünäugigen, der gerade da war?"

„Bei dem habe ich auf der Couch geschlafen, während er seine Frau gepoppt hat. Zuvor hat er mich noch richtig heiß gemacht. Aber seine Frau war ihm wichtiger."

„Findest du das denn nicht okay?" Sally wirkte etwas erziehend.

„Ist eine Frage des Standpunktes."

„Auch wenn es extrem blöd für dich ist", meldete sich Katharina zu Wort, „hat er doch wirklich Format bewiesen und ist treu geblieben! Im Gegensatz zu mir."

„Tja", machte Diana resigniert. „Das ist dann wohl so."

„Und nun zu dir, Sally", rief Lena. „Mir scheint, du hast das große Los gezogen."

„So ist es!"

„Was ist er denn für einer?"

„Zuerst einmal ist Heiner absolut süß. Er hatte Musik studiert. Als sein Vater, der Inhaber einer Spedition, chronisch krank wurde, hat er auf BWL umgeschwenkt. Inzwischen hat er die Firma übernommen und macht die Musik als Hobby. Und stellt euch vor, er sucht gerade jemand mit einer kaufmännischen Ausbildung wie mich!"

„Und was ist mit deinem Ami?" fragte Diana. „Du hast ja jetzt zwei Männer in der Pipeline."

„Noch in der Nacht haben wir einen Brief an ihn formuliert. Stellt euch vor, Heiner war auch in den USA!"

„Hat er dort Kontakt mit dicken, behaarten Frauen gehabt?"

„Nur so viel", entgegnete Sally, „sein erstes Mal hatte er auch drüben. Im Nachhinein hätte er genauso gut warten können wie ich. Schade, dass wir uns nicht füreinander aufgespart haben. Aber wer weiß so was schon vorher? Burt kriegt jetzt seinen blauen Brief und sein ganzes Geld zurück. Ich werde nach Waibeling ziehen und wir sind so gut wie verlobt! Nächste Woche kommt Heiner mich besuchen."

„Na, da wird ja die Post abgehen", meinte Lena.

„Und wie ist es so mit glatten, schlanken Männern?", fragte Katharina fast beiläufig.

„Haare stören nur das Hautgefühl und binden den Schweiß. Und Männer mit der Statur von Heiner sind deutlich beweglicher. Es war schön mit ihm zu schlafen. Eigentlich war es wie das richtige erste Mal. Ich freue mich auf alles, was noch vor uns liegt."

Sallys Blick schweifte sehnsüchtig aus dem Fenster.

„Es klingt vielleicht altklug", fügte sie nachdenklich hinzu, „aber speziell für Lena und Diana habe ich den Rat: wartet ab. Verschleudert euer Herz nicht an Fata Morganas für ein bisschen Sex. Ich weiß sehr wohl, wie schwer es ist zu warten. Den Männern geht es übrigens genauso. Wir sind alle bloß hormongesteuert. Ich bin auch ständig heiß, aber ich lass das nicht so raushängen. Wenn der eine dann endlich da ist, hadert ihr mit dem Vergangenen, sage ich euch. Mir geht das jedenfalls so. Habt Geduld, er kommt so oder so."

Lena und Diana schauten nicht sehr überzeugt drein.

„Gibt es hier denn nichts zu trinken?", wollte Lena wissen.

„Tatra ist alle", sagte Diana, „aber ich habe noch ein paar Flaschen Schwengelbräu mitgebracht. Die sind jetzt noch schön kühl. Damit wir nicht aus der Übung kommen, zumindest nicht beim Trinken!"

Ihre danach gemurmelten Worte gingen in dem Jubel über das frische Bier völlig unter.

„Hauptsache kein Klosterfrau mehr...

Die Bunga-Bunga-Höhle

Wir wollen uns nicht als Moralapostel aufspielen. Und wir wollen nicht darüber diskutieren, was nun eine moralische Verwerfung ist und was nicht. Viele dergleichen bleiben vermutlich unerkannt und plagen früher oder später das Gewissen – wenn überhaupt. Manchmal hält das Schicksal, von dem ich eigentlich der Meinung bin, dass es selbiges gar nicht gibt, wo doch ein übernatürlicher Lenker all unser Tun und Denken in den Händen hält, jedoch einige unerwartete Überraschungen bereit. Daher überlege man sich wohl, ob es das wert ist, sich einer Versuchung willenlos oder ahnungslos hinzugeben. So wie bei der folgenden, kurzen Geschichte, die sich bei einem scheinbar harmlosen Italien-Urlaub ereignete.

Hans und Sabine waren nun schon viele Jahre verheiratet. Er war ein rüstiger, schlanker Mann Anfang fünfzig. Er hatte sein „Midlife" mit Bravour umrundet und war von der Existenz jener gleichnamigen Krise im Leben eines Mannes verschont geblieben, ja, er war sogar fest davon überzeugt, dass es dergleichen überhaupt nicht gibt. Er liebte das Leben, hielt sich fit und war von Kunst bis zu den Wissenschaften äußerst vielseitig interessiert. Bei Sabine, seiner Frau, war das zu seinem großen Bedauern nicht so. Hatte er sie, seine Jugendliebe, als grazile Hobby-Balletttänzerin kennengelernt und mit ihr einige wunderbare Liebesjahre durchlebt, so war sie mit jedem ihrer drei Kinder immer ein Stückchen wuchtiger an Leibesumfang geworden. Dann erkrankte sie an starkem Rheuma, welches mit Cortison behandelt wurde und sie immer weiter aufschwemmte. Sie gab sich diesem traurigen Umstand hin, machte aufgrund ihrer schmerzhaften Unbeweglichkeit keinen Sport mehr, wurde launisch und träge und lebte mit ihrer Medizin in einer Welt von bunten Illustrierten. Hans war darüber sehr unglücklich. Er hatte noch immer die kleine, schnuckelige Ballerina vor Augen. Es betrübte ihn auch, dass mit seiner Frau nur noch sehr unregelmäßig, unter schmerzhaftem Ächzen ihrerseits, ein ehelicher Beischlaf zustande kam. Es konnte ihr auch gar keinen Spaß machen, bei ihrer eingeschränkten Beweglichkeit. Sabine ertrug auch dies mit Geduld und ließ ihren Mann, wenn er Bock hatte, eben einfach mal an sie ran um „Druck abzubauen", wie sie es nannte. Es war kein Liebesdienst, aber stets ein selbstloser Dienst aus Liebe und Respekt zugunsten ihres Gatten. Für Hans war diese Situation sehr unbefriedigend, denn auch in dieser Frage erinnerte er sich stets gerne an die beim Sex vor Wonne quietschende Sabine von vor fast dreißig Jahren. Was hatten sie doch für einen Spaß gehabt! Um ihre Leiden etwas zu lindern, verbrachten sie ihren Urlaub an der berühmten Amalfiküste, südlich von Neapel, direkt am Mittelmeer.

Hans ging regelmäßig schwimmen, hinaus aufs Meer zur Boje, die den Badebereich abgrenzte, hinüber zur benachbarten Boje und wieder zurück. Das war eine schöne tägliche Tour, die ihn jedes Mal straff und muskulös aus den Fluten steigen ließen. Sogar Sabine seufzte lächelnd, wenn er so ankam und sich zu ihr unter den Sonnenschirm legte. Nach einigen Tagen des Schwimmens wurde ihm diese Tour aber zu langweilig. An den Strand angrenzend zog sich eine schmale Landzunge aus erkalteter Lava ins Meer. Sie war der letzte Ausläufer einer Hügelkette vulkanischen Ursprungs mit messerscharfem, bizarr aussehendem Gestein. Das Mittelmeer hatte den Felsen regelrecht abgenagt, das Ende der Hügelkette fiel schroff zum Wasser hin ab, nur die Landzunge aus Lavagestein hatte die Erosion noch nicht geschafft zu vertilgen. Auf dem Hügel stand die Ruine eines alten Wachturmes. Hans schwamm um die Landzunge herum und hatte mit den Fluten zu kämpfen. Es wehte ein frischer Wind und die See war unruhig. Er fürchtete von den Wellen auf das scharfe Gestein geworfen zu werden, das Wasser verfügte zweifellos über sehr große Kräfte. Auf der anderen Seite der Landzunge kam eine große, schattige Bucht zum Vorschein. Hans war enttäuscht, er hatte gehofft einen kleinen, verborgenen Traumstrand zu finden, der von den anderen Touristen über Land nicht zu erreichen, und damit völlig einsam war. Das Wasser war in dieser Bucht zwar viel ruhiger, sodass man bequem hätte auf einen Felsen klettern können, aber Hans fand diese Bucht nicht sonderlich einladend. Sie lag zum großen Teil im Schatten, das reflektierte Sonnenlicht von den Wellen projizierte bewegte Bilder auf das Gestein. Da stellte er fest, dass der Fels von zahlreichen Höhlen und Grotten durchlöchert war. Na klar, in der ganzen Gegend gab es doch Höhlen und Grotten, da war Capri kein Einzelfall, sondern nur ein touristisch vermarkteter Höhepunkt. Die ganze Küste muss ein ideales Gebiet für Piraten gewesen sein! Überall konnten sie sich verstecken, ihre Schiffe verbergen und von Türmen aus die See nach Beute absuchen. In seiner Fantasie lebten all die Abenteuerbücher auf, die Hans in seiner Jugend gelesen hatte und die noch immer im Regal seines Büros standen, gehütet wie ein Schatz. Für heute hatte Hans allerdings genug gesehen. Er war etwas unruhig wegen des Seegangs und beschloss sich hier umzusehen, wenn weniger Wind blies und das Meer glatt war. Ziemlich abgekämpft legte er sich zu Sabine unter den Sonnenschirm und berichtete ihr von seinem Ausflug.

„Übernimm dich nicht", sagte sie nur.

Am nächsten Tag war das Meer ruhig. Es wehte kaum ein Lüftchen, dafür brannte die Sonne über Italien gnadenlos vom Himmel. Sabine wurde es zu heiß.

„Ich gehe über die Mittagszeit aufs Zimmer", sagte sie. „Wenn du schwimmen willst, mach das. Wir können dann zusammen Kaffee trinken."

Hans dachte bei sich, dass es nun in der neu entdeckten, schattigen Bucht ganz angenehm sein könnte, wo es hier am Strand doch so unerträglich heiß war. Als am Strand bereits mit den Füßen im Wasser war, näherte sich ihm eine junge Frau.

„Bunga-Bunga?", fragte sie ihn und lächelte dabei.

Die Italienischkenntnisse von Hans und Sabine waren eher dürftig. Hans war Lehrer für Mathematik und Physik, Sprachen und Grammatik waren ihm seit jeher ein Gräuel. Er wusste nicht, was die junge Dame von ihm wollte. Überall am Strand liefen fliegende Händler herum, meist Afrikaner, die billigen Schmuck oder Strandzubehör anboten. Wer weiß, was ihm dieses Wesen andrehen wollte.

„Bunga-Bunga." Das Mädchen beharrte auf dem, was sie Hans kund tat und deutete aufs Meer hinaus. Dabei machte sie mit den Armen Schwimmbewegungen. Hans betrachtete sie.

Es handelte sich bei ihr ganz offensichtlich um eine Einheimische. Die jungen Italienerinnen waren zumeist urban angehaucht, wussten, was in Europa angesagt ist, waren mit den neuesten Handys ausgestattet und offenbar sehr firm im Umgang mit den elektronischen Medien. Diese hier wirkte weniger selbstbewusst. Eher naiv-kindlich. Fragend schaute sie Hans aus ihren dunklen Kulleraugen an und Hans hatte Angst, sie könnte weinen, wenn er sich desinteressiert abwandte. Pechschwarzes, leicht gelocktes Haar fiel ihr üppig über Schulter und Rücken. Sie war einen Kopf kleiner als Hans, von kräftiger und doch schlanker Figur. Po und Brüste waren ausgesprochen gut proportioniert und ihr neonfarbener Bikini reichlich knapp bemessen. Hans fand sie attraktiv. Als sie mit den Armen die Schwimmbewegungen machte, hellte sein Gesicht sich auf.

„Ach natürlich! Bunga-Bunga heißt schwimmen! Natürlich darfst du mit mir schwimmen gehen. Ich pass schon auf, dass du nicht untergehst."

Wie zur Bestätigung sagte sie noch einmal „Bunga-Bunga", nickte eifrig und ging mit ihm ins Wasser. Hans schickte sich an um die Landzunge herumzuschwimmen. Das Mädchen, Hans schätzte sie auf etwa einundzwanzig, schwamm wie Hans im Stil des klassischen Brustschwimmens, und war konditionell und stilistisch sehr sicher im Wasser unterwegs. Hans würde mit ihr keinerlei Mühe haben in Sachen Rettung. Sie versuchte ihn in keiner Weise von seiner Route abzubringen. In der Bucht angekommen, steuerte Hans auf einen großen, mit weichen Algen bewachsenen Felsvorsprung zu, den er zu erklimmen gedachte, da meldete sich seine Begleitung mit „No, no!" zu Wort und deutete auf einen Vorsprung weiter hinten in der Bucht.

„Na gut", dachte sich Hans, „das ist mir völlig egal. Wenn sie den Felsen schöner findet – bitte."

Hans kletterte heraus und half der jungen Dame, die lässig seine Tochter hätte sein können, auf den Felsen.

„Bunga-Bunga", sagte sie wieder lächelnd und deutete in Richtung Felswand. Flink kletterte sie ein Stück den Felsen hinauf und winkte Hans herbei, ihr doch bitte zu folgen. Hans hatte eigentlich keine Lust, die Umgebung weiter zu erkunden, aber weil ihr Po vor ihm so ansehnlich wackelte, folgte er ihr schließlich doch. Da lag vor ihnen plötzlich eine Höhle.

Hans hatte sie am Tag zuvor sicher vom Wasser aus gesehen. Es war eine von den vielen Löchern im Fels, die in Jahrtausenden vom Meerwasser traktiert und ausgewaschen wurden. Das Mädchen schaute sich nach Hans um und hielt direkt auf die Höhle zu. Er folgte ihr mit leichtem Unbehagen. Nicht unweit vom Höhleneingang standen sie nun, einem kleinen, trockenen Raum, nur beleuchtet von dem bisschen Licht, welches durch die Öffnung zum Meer hereindrang. Nachdem sich seine Augen etwas an das Dunkel gewöhnt hatten, erkannte Hans, dass vor ihm auf dem Boden aus groben Brettern ein Art Bett aufgebaut war. Es sah aus wie ein Bettkasten, dem man die Füße abgesägt hatte, es lag eine Matratze drin, Kopfkissen und eine schlichte Bettdecke. Das Mädel machte eine Kerze an. Im Hintergrund schien die Höhle noch ein

Stückchen weiterzugehen. Hans hatte keine Zeit großartig darüber nachzudenken.

„Bunga-Bunga", seufzte sie leidenschaftlich und hatte sich inzwischen komplett ihres Bikinis entledigt. Hans nahm das alles nur sehr verzögert wahr, registrierte aber augenblicklich, dass sie ihm die Badehose runterzog und ihn mit Lippen und Zunge zu bearbeiten begann. Hans zuckte zusammen. Zwei Dinge geschahen parallel. Erstens: Er wurde augenblicklich steif und zweitens: Es hämmerte ihm durch den Kopf, dass er das hier nicht durfte, er war verheiratet, er wurde gerade hoffnungslos verführt von einer jungen Frau, die er nicht kannte und mit der er sich nicht einmal verständigen konnte. Auch wenn sein Sexualleben trist war, eigentlich wollte er mit der Dame nur schwimmen gehen – nichts weiter. Allerdings waren ihr Dienste sehr angenehm und Sabine machte einen Mittagsschlaf und er tat etwas für seine Kondition...

Das wilde Girl erfreute ich zunehmend an seinem harten Ding. Sie ließ von ihm ab und zog ihn auf das Bett. Anscheinend hatte sie klare Vorstellungen, denn sie ließ Hans nicht auf sie hinauf. Sie hockte sich auf ihn, nahm ihn auf – und bewegte sich wie Hans es noch nie erlebt hatte. Unberechenbar veränderte sie ständig den Rhythmus und hatte ein ungeahntes Talent, was den Einsatz Ihrer Scheidenmuskulatur anbelangte. Dabei gab sie entzückte Laute von sich, die als Echo von der Höhle zurückgeworfen wurden. Hans machte das an. Er hielt ihre perfekten Brüste fest, als wolle er verhindern, dass sie ausleiern bei ihren heftigen Bewegungen. Und er kam augenblicklich, er wurde regelrecht überfallen davon. Schließlich war ihm derartige Leidenschaft von einer solch üppigen Schönheit lange versagt geblieben, entsprechend war er aufgeladen. Bevor seine Schwellkörper nachließen, machte sie noch ein paar heftige Bewegungen mit zunehmendem Stöhnen und warf sich dann schlagartig, zuckend auf seinen Oberkörper. Nicht nur ihr Körper zuckte, auch ihre Vagina. Hans konnte nicht einschätzen ob sie wirklich einen Höhepunkt gehabt hatte. Seine Sexerfahrungen waren einfacher, normaler, anders.

„Bunga-Bunga", seuftze die junge Frau, „si si, Bunga-Bunga!"

Wenige Minuten später hatten die beiden ihre dürftige, nasse Badebekleidung wieder an und schwammen im Mittelmeer. Sie lächelte die ganze Zeit. Hans war innerlich aufgewühlt, war hin- und hergerissen zwischen den starken Gefühlen des Erlebten und dem schlechten Gewissen seiner kranken Frau gegenüber, mit der solche

Erlebnisse nie mehr möglich waren. Ihn störte, dass er von der jungen Frau, die sich ihn so energisch zur Befriedigung ihrer Lust genommen hatte, nichts wusste. Er schwamm auf der Stelle, zeigte auf sich und rief:

„Hans, ich bin Hans!"

Und das Mädel zeigte auf sich und rief zurück:

„Gina!"

„Das hätten wir ja auch schon klären können, bevor wir miteinander geschlafen haben", dachte Hans bei sich. Gina beschleunigte ihren Schwimmstil und erreichte den Strand zeitiger als Hans. Sie lief eilig den Strand hinauf, winkte Hans nochmal lächelnd zu und verschwand in der Menge der Touristen. Hans warf sich erschöpft in den heißen Sand. Als er wieder zu Atem gekommen war, duschte er sich kalt ab an der Stranddusche und legte sich auf eine der beiden gepachteten Liegen unterm Sonnenschirm und schlief ein.

Am nächsten Tag blieb das Wetter so klar, so heiß und so windstill und Sabine hatte es gut bekommen, sich in der Mittagszeit in das kühle Hotelzimmer zurückzuziehen. Hans war neugierig, ob sein Kurschatten ihm heute wieder begegnen würde, ansonsten wollte er nur noch zu den Bojen schwimmen und den Ort des gestrigen Stelldicheins in der Bucht nicht mehr heimsuchen. Er weidete den Strand mit den Augen ab, konnte Gina aber nirgendwo erblicken. Nach einer Weile wurde ihm die Liege selbst im Schatten zu warm und er begab sich zum Wasser für sein tägliches Schwimmtraining. Kaum umspülten die kleinen Wellen seine Füße, sagte jemand hinter ihm:

„Bunga-Bunga?"

„Gina!", rief er.

„Hans!", rief sie.

Sie trug wieder den neonfarbenen Bikini, der sich so schnell aus- und wieder anziehen ließ. Ihre Haare hatte sie heute mit einem Haargummi zum Pferdeschwanz gebändigt.

„Bunga-Bunga", sagte Hans ernst und nickte.

Sie schwammen beide aufs Meer hinaus und Hans wollte sie prüfen, indem er auf die Bojen zuhielt, aber Gina schwamm unbeirrt in Richtung Landzunge und wartete sogar auf ihn, als habe sie Verständnis dafür, dass er sich verirrt hatte. Ansonsten begann das gleiche Spielchen wie am Vortag. Hans half ihr aus dem Wasser, klettern zu Höhle, Kerze an und ausziehen.

Diesmal ließ Hans sie nicht nur machen, sondern wollte zeigen, dass er auch was drauf hatte in Sachen Sex. Gewiss waren die Südländer und Südländerinnen etwas feuriger in ihrer Mentalität, was das Schlafzimmer sicher nicht ausnahm, Hans wollte jedoch dem biederen Teutonenimage nicht Folge leisten. Erstmals küsste er sie. Er wollte sie nicht mit den Lippen liebkosen oder sie gar lecken, ohne sie vorher geküsst zu haben. Er drehte sie auf dem Bett herum, streichelte und knetete ihre wunderbaren Brüste, küsste ihren Rücken und drang von hinten sanft in sie ein. Gina nahm jede seiner Bewegungen auf, ließ es sich aber nicht nehmen die kleinen Kunststückchen mit gewissen Muskeln zu verbringen, welche Hans bald schier um den Verstand brachten. Beide knieten auf dem improvisierten Bett, sie mit geöffneten Schenkeln, Hans dazwischen. Ihre entzückten Laute der Lust echoten wieder durch die Höhle. Gina veränderte ständig den Winkel, mit dem Hans in sie stieß. Mal bog sie den Rücken ins Hohlkreuz, indem sie den Kopf auf dem Bett ablegte. Dann wieder schnellte sie in die Höhe und kniete aufrecht vor ihm, sodass er sie umfassen musste, um das Gleichgewicht zu halten. Dieses beständige Ändern der Position schien sie innerlich auf das angenehmste zu massieren. Plötzlich hatte sie ihren Orgasmus, nur wenige Sekunden vor Hans und abermals zuckte ihr gesamter Körper samt der muskulös trainierten Scheide äußerst lustvoll. Es dauerte eine kleine Weile, bis Hans und Gina sich von diesem Liebesspielchen erholt hatten. Noch zischte das abklingende Stöhnen der beiden leise durch die Höhle. Das Licht der Kerze flackerte unruhig, bis Gina die Kerze ausblies.

Auf dem Rückweg quälten Hans ähnliche Gedanken wie am Vortag. Wie konnte es nur passieren, dass er sich so gehen ließ? Mit einer Frau, die altersmäßig seine Tochter sein könnte und die er praktisch überhaupt nicht kannte. Wie mies war er geworden, dass er seine kranke Frau ahnungslos im Hotelzimmer ließ, um es mit einer jüngeren in einer Höhle zu treiben? Was machte überhaupt das Bett in der Höhle? Warum suchte sich Gina ausgerechnet ihn aus? Machte sie das vielleicht ständig mit Touristen? Vielleicht hätte er lieber ein Kondom benutzen sollen! Hans beschloss trotz der angenehmen Gefühle, die sie ihm beschert hatte, am morgigen Tag, sollte Gina wieder auftauchen, ihr nicht mehr in die Bucht und in die Höhle zu folgen, auch wenn es ihn morgen sicher wieder reizen würde. Er hatte sich gehen lassen, hatte seinen Mann gestanden, seinen Drachen steigen lassen, aber nun war Schluss damit. Er würde das in seiner Erinnerung hüten und eines Tages vielleicht gegenüber Sabine seine Schuld eingestehen. Gina war abermals eher am Strand und winkte ihm lächelnd zu, bevor sie in der Menge verschwand. Hans schlief wieder augenblicklich auf der Liege ein.

Am kommenden Tag ergab sich wieder die identische Situation. Sabine im Hotelzimmer. Gina tauchte auf und sagte: „Bunga-Bunga."

Der einzige Unterschied: Hans erwiderte: „No."

„Bunga-Bunga?" Gina blickte ihn an, als habe sie sich verhört.

„No, no. Basta."

Hans wendete sich ab und ging den Strand hinauf. Er konnte den prallen Anblick von Ginas Weiblichkeit nicht mehr ertragen. Er hatte sich längst in das Mädchen verliebt, er musste jetzt die Notbremse ziehen, um nicht ins offene Verderben zu rennen. Vielleicht hatte man ihn längst mit ihr beobachtet. Er sehnte sich danach den Urlaub zu beenden und nach Deutschland zurückzukehren. Finito mit Gina! Aber Gina kam hinter ihm her und Hans stutzte. Er sah ein solches Entsetzen in ihren Augen, dass er überrascht stehen blieb. Was hatte sie nur? War sie süchtig nach ihm oder fühlte sie sich verstoßen? Würde sie sich etwas antun, wenn er nicht mehr mit ihr schlafen wollte? Das hätte Hans gerade noch gefehlt! Das würde das Chaos komplett machen! Sie kam nah an ihn heran und flehte:

„Bunga-Bunga, per favore." Ein Schluchzer entglitt ihr.

Hans war erschüttert – und knickte ein. Wortlos und bestürzt eilte er ins Wasser und schwamm drauf los. Gina hinter ihm her. Sie konnte ja wie gesagt ausgezeichnet schwimmen. Fast automatisch begab sich Hans in Richtung Landzunge und Bucht, in Richtung Kletterfelsen. Er half ihr aus dem Wasser, umfasste stürmisch ihre Hüften und küsste sie noch auf dem Felsen. Gina stöhnte. Sie eilten in die Höhle, Gina machte die Kerze an, sie entledigten sich der kleinen Stofflappen und landeten augenblicklich im Bett. Gina ließ sich von ihm bumsen in der

Art, wie sie es am ersten Tag nicht zuließ. Hans gab den Missionar und sie umschloss ihn, klammerte sich an ihm fest, rieb ihre Füße an seinen Beinen, schob sich ihm lustvoll entgegen und massierte sein Glied in gewohnter, aber später nie wieder erlebter Art und Weise. Ihr Sex war hart, kurz und leidenschaftlich. Als Hans kurze Zeit später wieder zur Besinnung kam, war die Höhle hell erleuchtet von Taschenlampen, die vier Männer in der Hand hielten. Hans befand sich noch auf und teilweise in Gina. Hastig suchte er nach einer Bettdecke, fand sie aber nicht. Er rollte in Richtung Höhlenausgang von Gina herunter und zog sich hastig die klamme Badehose an. Dabei bemerkte er, dass sich auch jemand an dem Höhleneingang postiert hatte. Gina schlüpfte in langsamen, bedachten Bewegungen völlig unaufgeregt in ihre Bikiniteile und schaute Hans nicht mehr an.

„Tolle Vorstellung, Bravissimo!", rief einer der Männer, augenscheinlich ein Einheimischer, lachend. „Ich hoffe meine Nichte Rafaela hat Ihnen gefallen."

„Rafaela?" Hans schaute zu Gina hinüber. Sie würdigte ihn keines Blickes.

„Hat sie Ihnen gefallen, will ich wissen!", brüllte der Mann auf einmal los.

Soweit Hans das im Schein der Taschenlampen erkennen konnte, war er älter, vielleicht sein Alter, aber mit Bauch und grauen Schläfen. Er hatte ein Notebook in der Hand, ein Gerät wie Hans es auch besaß.

„Ja", sagte Hans leise.

„Das will ich meinen. Ah, scusi, ich habe mich noch nicht vorgestellt. Mein Name ist Bendito."

„Bandito?"

„Nein Bendito. Ein bisschen Bandito bin ich natürlich auch. Das gehört zum Leben dazu, nicht wahr meine lieben Freunde?"

Er lachte. Und die Kollegen, die er mitgebracht hatte, lachten auch. Dreckig, wie in einem Räuberfilm.

„Deutschland ist so ein schönes Land", sagte Bendito und schaute verträumt an den dunklen Höhlenhimmel. „Ich hatte eine Pizzeria in

Gelsenkirchen. Jetzt brauche ich keine Pizzeria mehr. Jetzt mache ich hier gute Geschäfte."

Bendito wandte sich dem Notebook in seinen Händen zu, drückte einige Tasten und plötzlich hörte man das lustvolle Stöhnen von Gina quäkend über die kleinen Lautsprecher. Der Mann zeigte ihm den Bildschirm. Dort lief eine qualitativ anspruchsvolle Videoaufnahme ab von Hans, wie er mit Gina Sex hatte. Es war das Geschehen des ersten Tages zu sehen, an dem Gina ihn geritten hatte. An einem Aufkleber erkannte Hans plötzlich, dass es sein Notebook war. Offenbar war es gelungen sein Passwort zu knacken.

„Woher...?" begann Hans, aber der Mann legte den Zeigefinger an seine Lippen, um ihn zum Schweigen zu bringen. Er leuchtete mit seiner Lampe nach oben und deutete in einer Nische auf eine Webcam, die auf das provisorische Bett gerichtet war. Er sagte etwas auf Italienisch zu den anderen Männern, die im Hintergrund waren, zwei von ihnen traten jetzt vor und hatten zu seinem großen Entsetzen Sabine dabei. Sie hatte einen Knebel im Mund und die Hände auf dem Rücken zusammengebunden. Man löste ihr den Knebel und hielt ihr das Notebook vor die Nase. Sabine schluchzte und senkte den Blick. Der Anführer zog ihr den Kopf an den Haaren zurück.

„Du sollst dir das anschauen!" rief er. Die anderen Männer lachten.

„Lassen Sie meine Frau in Ruhe. Sie ist krank. Sie tun ihr weh."

„Oh", sagte Bendito und tat überrascht. „Glauben sie, dass Sie einen Grund haben hier irgendwelche Forderungen zu stellen? Na gut. Weil heut so schönes Wetter ist... macht sie los."

Bendito klappte das Notebook zu. Sabine rieb sich die schmerzenden Gelenke und weinte still vor sich hin.

„Sie haben meine Nichte gebumst", sagte er ruhig. „Sie nimmt normalerweise 500 Euro dafür."

Hans zuckte zusammen. „Sie hat mich verführt."

„Dann haben Sie sich dreimal verführen lassen, denn Sie haben meine Nichte dreimal gebumst. Macht schon mal 1500 Euro. Wahrscheinlich haben Sie gerade kein Geld dabei."

Spöttisch sah er an Hans herunter. Gina stand noch immer mit wilden Haaren an der gleichen Stelle. Wortlos blickte sie zu Boden.

„Na ja, glücklicherweise haben wir Ihre Brieftasche gefunden mit Geldkarten, Kreditkarte...“

„Sie haben mich im Zimmer überfallen!“ rief Sabine plötzlich dazwischen.

„So ein Pech aber auch“, rief Bendito zynisch zu ihr hinüber. „Eine Digitalkamera war auch noch dabei, ein nettes Smartphone und dieses Gerät hier. Ich muss das Bunga-Bunga-Video von heute noch aufspielen. Hier sind jede Menge E-Mail-Adressen drauf, die das interessieren könnte.“

Hans stürzte auf ihn los, aber die zwei Männer, die Sabine festgehalten hatten waren schneller und packten ihn.

„Wir wollen doch nicht handgreiflich werden? Eben noch Liebe und jetzt Hiebe, oder was?“

Der Mann holte eine Visitenkarte hervor.

„Wir werden Sie jetzt allein lassen. Ihre Frau kann doch schwimmen?“

„Nur unter Schmerzen. Sie hat Rheuma, bitte bringen Sie sie zum Hotel zurück.“

Der Boss steckte Hans seine Visitenkarte in den Bund seiner Badehose. Die Karte war in Folie einlaminiert.

„Natürlich kann Ihre Frau schwimmen. Fett schwimmt oben“, meinte er. „Wir brauchen jetzt ein wenig Zeit, um uns zu verpissen. Daher schwimmen Sie besser das Stückchen zurück. Ich denke, Ihre Kreditkarte wird ausreichen, um das Bumsen meiner Nichte zu bezahlen. Aber Sie können Rafaela durchaus helfen in diesem schwach strukturierten Land zu überleben oder zur Schule zu gehen. Nicht wahr, Rafaela, du willst doch mal studieren?“

Gina schwieg.

„Auf der Visitenkarte ist ein Bankkonto angegeben. Sagen wir dreihundert im Monat und ich verschicke keine Bunga-Bunga-Videos.

Wenn nicht – dann werden ein paar Leute in Deutschland richtig Spaß haben."

Die Männer lachten. Sie schienen alles zu verstehen, was auf Deutsch gesprochen wurde. Wahrscheinlich auch alle Pizzabäcker aus Gelsenkirchen.

„Rafaela!" rief der Anführer nun streng. „Komm her, wir gehen! Avanti!"

Mit gesenktem Kopf ging Gina an Hans vorbei und folgte den Männern. Die gesamte Mannschaft verschwand im Hintergrund der Höhle, wo sie hergekommen waren.

„Und mach das Licht aus!", höhnte der Boss noch ehe eine Stahltür ins Schloss fiel.

Die einkehrende Ruhe war beängstigend. Wortlos ging Sabine zum Ausgang der Bunga-Bunga-Höhle. Sie hatte keine andere Wahl und musste ins kalte Wasser. Hans folgte ihr, zutiefst bedrückt. Er blickte sich noch kurz um, warf einen Blick auf das Bett, auf dem er mit Gina geschlafen hatte, und blies die Kerze aus.

Sabine schwamm gut. Gelegentliches Ächzen vor Schmerz und Schluchzer wechselten sich ab. Sie würdigte Hans keines Blickes.

„Sabine, es sah so aus, als wolle sie nur mit mir schwimmen gehen!" Hans suchte verzweifelt nach einer Erklärung. „Dann wollte sie mir die Höhle zeigen und ist mir an die Wäsche gegangen!"

Aber Sabine blieb stur. Und konsequent. Sie hatte noch eine Geldkarte in einer Strandtasche versteckt, die Bendito und seine Jungs nicht gefunden hatten. Sie nahm sich ein anderes Zimmer im Hotel und reiste am kommenden Tag wortlos ab. Hans ließ die Kreditkarte sperren und sein Handy. Die Kreditkarte hatte einen Verfügungsrahmen von fünftausend Euro, die für den Verlustfall versichert waren. Hier hielt sich der Schaden in Grenzen. Das Handy war sicher auch nicht das Problem, auch nicht die Digitalkamera. Aber sein Notebook mit zahlreichen, teilweise noch ungesicherten Fotos und privaten Dokumenten, mit fertig entworfenen Klassenarbeiten, vor allem aber mit reich gefüllten Adressverzeichnissen. Er hatte dort auch zahlreiche Adressen von Schülern der oberen Klassen, die er durch Rundmails mit schulischen Übungsaufgaben versorgte. Hier konnte Bendito gewaltigen Schaden anrichten.

Hans versuchte herauszukriegen, wie die Männer am helllichten Tag ein Hotelzimmer überfallen und eine Geisel nehmen konnten. Man sprach in dem Hotel gut Deutsch, aber niemand wusste etwas. Ein paar Leute versuchten krampfhaft das Grinsen zu unterdrücken. Bei der Polizei war es nicht anders. Sie nahmen die Anzeige auf, wollten aber Sabine als Zeugin und Überfallene vor Ort haben, die war aber längst wieder in Deutschland und hatte auch keinerlei Interesse an einer Aufarbeitung. Einer vom Hotel war mit bei der Polizei und übersetzte. Irgendwann fiel das Wort „Bunga-Bunga". Da wurde die Stimmung auf dem Revier sehr fröhlich und ausgelassen. Hans wurde überhaupt nicht ernst genommen. Erst viel später, als die Affäre des einstigen italienischen Ministerpräsidenten mit einer noch nicht volljährigen Prostituierten öffentlich wurde, war in den Zeitungen von „Bunga-Bunga" die Rede. Da wurde auch Hans klar, dass „Bunga-Bunga" alles andere hieß, nur nicht „Schwimmen".

Die Sachlage wurde Hans immer klarer. Gina war offenbar eine angeheuerte, junge Prostituierte. Nur so konnte Hans sich die vaginalen Kunststückchen erklären. Sie suchte sich passende Opfer aus und versuchte ihr Vertrauen zu gewinnen, was dank sexueller Hingabe bei Männern offenbar ganz gut funktionierte. Bendito, in welchem Verhältnis er auch immer zu ihr stand, spionierte mit seinen Leuten das Umfeld aus. Wahrscheinlich steckte er mit Leuten aus dem Hotel und sogar mit den örtlichen Carabinieri unter einer Decke. Nur so konnten sie Sabine unbehelligt aus dem Hotel schaffen und in aller Ruhe das Zimmer nach Wertsachen durchwühlen. Die Aktion war präzise für jenen Tag geplant, deshalb war Gina auch so entsetzt, dass Hans zunächst nicht mehr mitmachen wollte. Oberhalb der Höhlen stand die Ruine eines Turmes oder einer Festung, welche man mit dem Auto erreichen konnte. Offenbar führten Gänge hinunter in den Fels, welche über die Höhlen ans offene Meer führten. Was früher die Piraten machten, lief heute nur in einer etwas moderneren Art der Piraterie ab. Heute waren nicht Handelsschiffe die Opfer, sondern Touristen. Was für ein hinterhältiges Spiel! Am meisten verabscheute Hans, dass er nun erpressbar war. Auf der Visitenkarte von Bendito stand weder Name noch Adresse, sondern ausschließlich eine internationale Bankverbindung mit IBAN. Er stand vor einem Scherbenhaufen. Seine Ehe schwer angeschlagen, nur ein einziges Mal, welches das Video versandt würde, bedeutete definitiv das vorzeitige Ende seiner Karriere. Den Posten des Schulleiters, den er in den kommenden Jahren in Aussicht gestellt bekommen hatte, konnte er nun vergessen.

Als Hans nach Deutschland zurückkam, war Sabine bereits ausgezogen, hatte den halben Hausstand mitgenommen und die Scheidung eingereicht. Sie zog zu ihrer Schwester und suchte sich später einen Platz in einer Wohnanlage, in der sie auch im Hinblick auf das zunehmende Alter medizinisch optimal versorgt war und keines Mannes mehr bedurfte. Hans zahlte anfangs brav monatlich die dreihundert Euro auf das von Bendito angegebene Konto. Er konnte es sich leisten, musste aber zusätzlich für Sabines Unterhalt sorgen. Nach kurzer Zeit beschloss er ein neues Leben zu beginnen. Er schied aus dem Schuldienst aus, nahm einen neuen Namen an und wurde Leuchtturmwärter in der Nähe von Husum. Erst dort, wo ihn niemand mehr kannte, wagte er es die erpressten Zahlungen einzustellen. Nie wieder hörte er was von Gina, nie wieder wandte er sich der italienischen Küche zu, nie wieder bereiste er Italien. Aber soweit es überliefert ist, wurde auch nie ein Video verschickt an eine der Adressen auf seinem Notebook. Ein Film über eine verbotene, lebenszerstörende, heiße Affäre in der Bunga-Bunga-Höhle an der Amalfiküste.

Geschichte mit Bernd: „Melken und gemolken werden"

Bernd war wieder auf Dienstreise. Sein Golf Variant war gerammelt voll mit einer neuartigen Form von Kaffeemaschine, die mit so komischen Aroma-Pads funktionierte. Bernd mochte diese Art von Kaffee nicht, aber es gab offensichtlich genügend Liebhaber dergleichen, denn die Händler kauften die Dinger wie verrückt und machten damit offenbar hervorragenden Umsatz. Bernd war noch immer Vertreter einer großen deutschen Firma für Elektrohaushaltsgeräte und war bestrebt den Einzelhandel zum Kauf diverser Geräte für den Endverbraucher zu bewegen. Dazu gehörten nicht nur die Geräte selbst, sondern auch Deko fürs Schaufenster wie Schilder, Poster und kleine Podeste mit Markenlogo. Sein Terrain war weniger die City, sondern eher das ländliche Gebiet mit Kleinstädten und Dörfern. Aber auch „Kleinvieh macht Mist", wie man so schon sagt, es war zwar wesentlich mehr Fahrerei, aber Bernd hatte sein Auskommen. Anfangs war ihm ländliches Leben zuwider. Bei seinen Reisen quartierte er sich stets in kleinen Pensionen oder Zimmern auf Bauernhöfen ein, hatte zahlreiche Tiere kennengelernt, erfuhr Wissenswertes über Bauerngärten und Selbstversorgung und war zunehmend begeistert, wie große Landwirtschaft, aber auch das bescheidene ländliche Leben funktionierte. Da sein Verkaufsgebiet zwischen Berlin und Mecklenburg-Vorpommern sicher war und er aufgrund seiner Erfolge dieses Gebiet quasi auf Dauer gepachtet hatte, entschloss Bernd sich eines Tages einen kleinen, alten Dreiseitenhof zu kaufen. Nach der Wende und der Arbeitslosigkeit mit nachfolgender Abwanderung in den Westen waren solche Gehöfte jetzt vermehrt zu haben, teils sehr heruntergekommen, aber dafür auch sehr günstig. Bernd wollte mit viel Eigenleistung die Gebäude sanieren, einen schönen Garten und eine Streuobstwiese anlegen, und sich neben Hund und Katze ein paar Schafe, Ziegen und Hühner halten. Auf seinen Reisen, bei denen er stets in den gleichen Pensionen Einkehr hielt, konnte er sich viel Anregungen, handwerkliches Know-how und fachlichen Rat einholen. Bei seinem Job kam er mit vielen Leuten zusammen, auf seinem Hof würde er einsam sein. Noch wohnte er in einer Kleinstadt, aber sobald er das Haupthaus weitgehend saniert hatte und Telefon samt Internet anlag, wollte er umziehen. Bei aller Vorfreude – ein bisschen Angst hatte Bernd schon davor, als einsamer

Junggeselle dahinzuvegetieren. Er war Anfang dreißig und leider noch unbeweibt, dabei aber durchaus paarungswillig und so schlecht sah er auch gar nicht aus.

„Wenn es nicht klappt, bis ich meinen Hof fertig habe, gehe ich über eine Partnervermittlung", sagte er sich. Die Hoffnung stirbt bekanntlich zuletzt.

Letzte Woche sind die Dächer fertig geworden von Haupthaus, Schuppen und der kleinen Scheune, zeitgleich kamen die neuen Fenster. Jetzt hatte er das Haus zumindest erst mal dicht. Es war Spätherbst, Ende November. In den Läden, die er besuchte, hatte man schon längst den Weihnachtsschmuck aufgehängt; Bernd hatte den Eindruck, dies würde jedes Jahr eher geschehen. Bald würden einem sicher schon im August warm eingepackte Weihnachtsmänner entgegengrinsen. Er hatte bei allen Baumaßnahmen kräftig mit zugepackt. Sein Ziel war es, bis Weihnachten das Dach zu dämmen und den Kaminofen in Gang zu bringen, damit er das Haus für den Innenausbau provisorisch heizen konnte. Als die alten Fenster rauskamen, hatte es gezogen wie Hechtsuppe. Er hatte sich dabei offenbar was eingefangen. Seine Nase kribbelte und lief schon den ganzen Tag, er hatte ein Kratzen im Hals und Bernd fühlte sich irgendwie furchtbar schlapp.

Jetzt bog er ein auf den Hof der Rochmanns, ein großer Vierseitenhof, ehemaliger Gutshof und Erbgericht. Der Hof war der größte, den Bernd regelmäßig als Übernachtungsgast besuchte. Es gab hier wirklich fast alles: Hühner verschiedener Rassen, Schweine, Schafe, Ziegen, die Bauerntöchter hielten sich Pferde und zu guter Letzt gab es natürlich jede Menge Kühe. Die Milchwirtschaft war die Haupteinnahmequelle. 150 Milchkühe im Laufstall mit Kuhwaschanlage. Bernd hatte mal gelesen, dass Kühe diese merkwürdigen Bürstenkonstruktionen zum Durchlaufen, die entfernt an eine Autowaschstraße erinnerten, außerordentlich gern hatten und damit besser Milch gaben. Mozart hören mögen Kühe ja angeblich auch. Die Rochmanns hatten den Hof voll auf Bio umgestellt. Die Bäuerin träumte von einer eigenen Käserei und der Bauer von einer Biogasanlage. Jetzt waren hier einige Wohnungen vermietet, es gab Gästezimmer und Ferienwohnungen und jede Menge leckeres Essen. Der Bauer kam gerade aus dem Stall gefahren mit seinem „Weidemann", ein kleiner und schmaler Traktor mit Gelenksteuerung, mit dem man in Ställen zum Füttern und Misten um jede Ecke kam.

„Hallo Bernd!", rief er. „Schön dich mal wieder hier zu haben!"

„Ich freue mich auch. Besonders auf das Essen deiner Frau!"

Der Bauer lachte. „Wir wollen sehen, was sich machen lässt."

Bernd betrachtete die gewaltige Scheune. Sie hatte ihn schon immer schwer beeindruckt. Das Gebäude nahm einen kompletten Flügel des Hofes ein. Am linken Ende befand sich eine Durchfahrt, in der auch sehr große Landmaschinen Platz hatten. Im Parterre sozusagen befand sich der große Stall, in dem sich die Kühe frei bewegen konnten. Über eine aufgeschüttete Rampe am linken Giebel kam man auf den riesigen Heuboden, der von schweren, jahrhundertealten Balken getragen wurde. In der Mitte der Scheune war in den Hof hinein der Melkstand in Fischgrätanordnung gebaut mit dem großen Milchtank, dessen Inhalt zweimal täglich von der Molkerei abgeholt wurde. Die Kühe wurden, immer acht gleichzeitig, in den Stand getrieben und mit Kraftfutter bei Laune gehalten, während unten in der Mulde jemand die Melkbecher an die Euter hing. Zweimal am Tag rund 150 Kühe, abgesehen von einigen Trockenstehern, ein paar Fersen sowie trächtigen Tieren! Bernd hatte den Bauer schon seufzen hören.

„Ja, mit Urlaub machen ist das bei uns nicht so einfach. Wir kommen hier kaum mal weg."

Aber irgendwie sah der Anbau mit dem Melkstand anders aus, als bei Bernds letztem Besuch. Genau, man hatte das Dach heruntergerissen und das Gebäude um eine Etage erhöht. Bernd schaute hinein. Der Milchtank aus Edelstahl stand noch an seinem Platz und war in Betrieb, das heißt, es wurde darin immer noch Milch gekühlt. Aber der Melkstand war komplett herausgerissen. Alles war frisch verputzt, neue Fenster waren eingesetzt und eine Treppe führte nach oben. Es roch aber noch immer nach Kuh und saurer Milch, dieser Geruch würde wohl nie mehr rausgehen. Der Bauer trat hinzu.

„Na, Bernd, hat sich verändert hier, was?"

„In der Tat. Was habt ihr denn vor?" Bernd staunte. Und es kribbelte ihm verdächtig in der Nase.

„Wir wollen unser Büro nicht mehr im Wohnhaus haben. Das macht zu viel Unruhe und man hat immer nur die Arbeit vor Augen. Fördermittelanträge und so was – Tag und Nacht."

Bernd tränten schon die Augen, so sehr kribbelte es, bis er sich in einem lauten Nieser entlud. Er schnäuzte in sein Stofftaschentuch, welches schon ganz feucht war. Und er fröstelte etwas. Eine heiße Badewanne wäre nicht schlecht.

„Gesundheit!", rief der Bauer und klopfte ihm freundschaftlich auf den Rücken.

„Na, jedenfalls wollen wir hier oben unser landwirtschaftliches Büro machen. Gut, dass du gerade heute vorbeikommst. Wir wollen heute Abend so eine Art kleines Richtfest feiern."

„Ich bin etwas angeschlagen", meinte Bernd.

„Wir kriegen dich schon wieder hin", sagte der Bauer.

„Aber was ist denn mit eurem Melkstand", wollte Bernd wissen, „wo habt ihr den jetzt stehen?"

„Melkstand?" Der Bauer grinste süffisant. „Wir haben jetzt was viel Besseres. Komm mit."

Die beiden gingen in den Bereich, der bereits erwähnten großen Scheunendurchfahrt. Dort stand längs zur Durchfahrt zum offenen Laufstall hin ein merkwürdiges, großes Gerät, rot und mit allerlei Schläuchen, die in verschiedene Behälter mündeten. Ein wenig sah das aus wie eine Autowaschanlage. Da gab es eine Art Schwenkarm und einen Bildschirm und blinkende Lämpchen. Bernd staunte.

„Was ist das? Hat das was mit melken zu tun?"

Bauer Rochmann frohlockte. „Und ob. Pass auf, da kommt gerade eine Kuh, die anscheinend etwas Milch loswerden will!"

Die Kuh tapste herbei und glotzte durch das trapezförmige Rahmengestell der geheimnisvollen Anlage. Sie war ein Tier, welchem man gewiss gerne den Namen „Anneliese" gab. Oder vielleicht auch nur „Liese". Bernd war aufgefallen, dass Kühe meistens völlig verstaubte, altdeutsche Namen bekamen. Wohin er auch kam, die Kühe, waren sie auch noch so prächtig von Statur und Euter, hießen meistens „Sieglinde", „Heidrun" oder „Lisbeth". Wie auch immer. Es war schwer vorstellbar, dass Bauer Rochmann 150 Kühen persönlich Namen vergab und die Tiere dann auch noch erkannte. Bernd wollte ihn testen. Er kannte noch einen Kuhnamen von früheren Besuchen.

„Ach, ist das nicht die Hertha?"

„Nein, das ist Hildegard", sagte der Bauer sofort mit einem verblüffenden Selbstverständnis, als habe er einen höchst sachverständigen, ebenbürtigen Gesprächspartner neben sich. Bernd schmeichelte das. „Hertha schlummert bereits in den ewigen Jagdgründen."

Hildegard tapste mit gemächlicher Zielstrebigkeit in die gepriesene Vorrichtung. Da rieselten plötzlich einige Getreidepellets in einen kleinen Trog, ein paar fielen daneben, und das Maschinchen begann sich liebevoll um die Kuh zu kümmern. Lämpchen blinkten und ein großer Roboterarm setzte sich in Bewegung, ganz sanft, um das Tier nicht zu erschrecken. An dessen Ende rotierten feine Bürsten, die aussahen wie etwas zu groß geratene elektrische Zahnbürsten. Oder wie eine Waschanlage für Spielzeugautos. Hauchfeine rote Lichtstrahlen erfassten das Euter.

„Wow, ist das ein Laser?"

„Genau, ein 3-D-Laser. Er scannt das Euter, sonst wüsste die Maschine nicht, wo sie hin soll mit den Zitzenbürsten."

Mit einer Flüssigkeit wurde das Euter besprüht und die offenbar sehr weichen Bürsten sorgten mit verblüffender Genauigkeit für ein blitzblankes Organ. Hildegard schien diese Behandlung ausgesprochen gut zu tun. Sie stand ganz ruhig und knurpselte ihr Kraftfutter. Nun folgte ein kurzer Selbstreinigungsprozess, worauf der Roboterarm sein „Werkzeug" wechselte. Er griff sich die vier transparenten Melkbecher, scannte abermals das Euter und schaffte es auf Anhieb allen vier Zitzen die Melkbecher überzustülpen. Sofort setzte der Melkvorgang ein und die weiße Flüssigkeit wurde über die Milchleitung in den Kühltank gepumpt.

„Na? Ist das nicht genial?" Bauer Rochmann triumphierte.

„Ein Melkroboter!" rief Bernd. „Und läuft das zuverlässig?"

„Wir können sonntags in die Kirche gehen, brauchen morgens erst später raus und können auch mal wieder wegfahren, obwohl die Arbeit nicht weniger geworden ist."

Bernd überlegte. Er hatte beruflich bedingt ein großes Interesse daran, wie solche technischen Dinge funktionierten. Und einige Dinge waren ihm noch nicht so ganz klar.

„Ich könnte mir vorstellen, dass sich jedes Euter irgendwie unterscheidet. Ist ja bei Frauen auch so. Wie kriegt der Roboter das mit? Woher weiß er, wie viel Futter die Kuh zu kriegen hat? Was ist, wenn sich hier wegen des Genussfaktors die Kühe mehrfach hineinstellen? Oder woher weiß er, etwa bei kranken Tieren, welche Milch nicht verwendet werden darf?"

„Viele Fragen – eine Antwort", sprach der Bauer und drückte Bernd ein kleines Kästchen in die Hand, etwa so groß wie eine Streichholzschachtel.

„Das ist ein Transponder", sagte er. „Jede Kuh hat so ein Ding um den Hals hängen. Es wird die Herzfrequenz, die Temperatur, die Wiederkäuaktivität und die Anzahl der Schritte gemessen, wodurch wir die Aktivität der Kuh kennen und wissen, wann sie etwa brünstig ist."

Bauer Rochmann sah den staunenden Bernd grinsend an.

„Dein Bezug weiblicher Brüste auf Euter von Kühen war gar nicht so schlecht. Es gibt da wahrhaftig gewisse Parallelen."

„Zum Beispiel?"

„Wenn die Kuh brünstig ist, wird sie aktiver."

„Ach so? Und du meinst…"

Der Bauer gab Bernd einen freundschaftlichen Klaps auf den Rücken.

„Ja, ich meine nicht nur, ich weiß es. Du bist ja noch unbeweibt. Aber du wirst schon sehen."

„Ich werde darauf achten. Und was kann der Transponder noch?"

„Wir wissen, wie viel Kraftfutter sie zu kriegen hat und wie es mit dem Milchfluss aussieht. Sobald das Tier in die Nähe der Maschine kommt, weiß der Computer, welche Kuh er vor sich hat und überträgt die gesammelten Daten. Beim Einrichten der Kuh werden die Koordinaten des Euters einmal ausführlich erfasst, danach gleicht die Maschine das nur noch ab. Wenn ein Melkbecher mal nicht trifft, etwa weil die Kuh sich bewegt, probiert die Maschine es so lange, bis an allen Zitzen gemolken werden kann. Der Transponder weiß auch, welche Milch nicht in den Tank darf, etwa von kranken Tieren oder Kühen die gerade gekalbt haben. Das geht dann hier in diese Separationseimer. Und war die Kuh einmal drin, wird ihr der erneute Zutritt für einige Stunden verwehrt."

„Genial", schnüffelte Bernd. „Und dieser Transponder ist wohl frei?"

„Im Moment schon. Er ist von der Hertha. Wir mussten sie schlachten."

Bernd musste wieder niesen. Es war etwas zugig hier in der Durchfahrt. Die geniale Ingenieurleistung des Melkroboters fesselte ihn. Um besser an sein Taschentuch zu kommen, steckte er den Transponder von Hertha gedankenverloren in die linke Hosentasche, zerrte mit beiden Händen das feuchte Taschentuch aus der rechten und leerte geräuschvoll seine Nase.

„Erst war sie die lüsterne Hertha", erzählte der Bauer. „Sie wollte unbedingt auf die Koppel zu den Bullen und schickte sich an den Zaun zu überspringen. Auf der alten Koppel haben wir aber keinen Elektrozaun, da ist teilweise noch Stacheldraht. Dabei hat sie sich das Euter verletzt."

„Aua."

„Drei von vier Zitzen entweder aufgerissen oder entzündet. Eine dumme Sache, denn das Tier produziert ja trotzdem Milch und die muss irgendwie raus. Wir haben versucht die Anlage umzuprogrammieren, erst auf zweistrichiges, dann auf einstrichiges Euter. So nennt man das. Das funktionierte sogar, aber Herta hatte Schmerzen, sie wollte nicht mehr in den Roboter. Sie wollte sich auch nicht mehr per Hand melken lassen. So wurde aus der lüsternen Hertha die einstrichige Hertha und es blieb nur noch der Schlachthof. Immerhin ist nicht nur unsere Milch Bio, sondern damit auch automatisch das Fleisch. Meine Frau hat unter anderem feine Würste aus der Hertha gemacht."

„Einstrichige Hertha", murmelte Bernd nachdenklich.

Die Kuh Hildegard war fertig gemolken und hatte brav ihre Pellets aufgefressen. Die Melkbecher hatten sich einer nach dem anderen in Parkstellung begeben, die Milchleistung hatte der Computer für die Kuhstatistik gespeichert und die Anlage führte eine Selbstreinigung durch. Eine Schranke öffnete sich und Hildegard trottete zufrieden in den Laufstall. Eine andere Anwärterin wartete bereits auf die angenehme Prozedur.

„Ich könnte hier stundenlang zuschauen", meinte Bernd, „aber ich bin wie gesagt etwas am Schwächeln. Wenn wir heute Abend noch feiern wollen, sollte ich jetzt schleunigst mein Zimmer beziehen und etwas Heißes trinken."

Bernd hatte das gleiche Zimmer wie immer, wenn er hier bei den Rochmanns war. Daher wusste er gleich, dass er ein heißes Wannenbad erst mal vergessen konnte. Und zum heißen Duschen war keine Zeit mehr, denn die Bäuerin hatte aufgetischt. Die Gäste wurden traditionell mit der Familie verpflegt; alle saßen um einen großen runden Tisch herum, zusammen mit Kindern und Angestellten des Hofes – es war eine lebhafte Runde. Irina, die momentane Praktikantin des Hofes, hatte es Bernd angetan. Sie war etwas kleiner als er und figürlich als vollschlank zu bezeichnen. Neben ihrer attraktiven Oberweite, was für Bernd eigentlich nebensächlich war, hatte sie ein ausgesprochen hübsches Gesicht. Das kastanienbraun ihrer Harre war sicherlich nicht die Originalfarbe, aber sie passte zu ihrem frischen Teint vom Arbeiten an frischer Luft. Und sie schaute immer wieder interessiert zu Bernd herüber. Die Bäuerin hatte einen deftigen Gemüseeintopf aufgetischt, dazu gab es frisch gebackenes Brot, natürlich selbst gemacht und eine Fleischplatte thronte in der Mitte des Tisches auf einer Drehscheibe.

„Da liegt jetzt Hertha", dachte Bernd bei sich, wollte aber insbesondere die Würste noch probieren, denn Frau Rochmann verstand ihr Handwerk!

Die ersten Nachbarn trafen bereits ein, um die kleine Feier aus Anlass der Eindeckung des neuen Bürogebäudes an der Scheune. Einige hatten Schnapsflaschen dabei, auch ein Kasten Bier tauchte auf.

„Geht schon mal rüber", sagte Frau Rochmann, „ich habe schon ein wenig vorbereitet. Die Radiatoren sind an und die Fettschnitten und Fischsemmeln sind auch schon drüben."

„Au weia", dachte Bernd, „das kann ja was werden. Und das bei meinem Zustand. Ich werde mich beizeiten abseilen. Habe eigentlich keine Lust mir einen anzusaufen. Lieber käme ich mit der süßen Praktikantin ins Gespräch."

Als Bernd sich an den Ort der kleinen Feier begab, stellte er fest, dass er einen Anflug von Kopfschmerzen hatte. Und der Geruch der sauren Milch, den der ehemalige Melkstand von sich gab, ekelte ihn irgendwie an. Normalerweise machte ihm das überhaupt nichts aus. Vielleicht war ein Schnaps in diesem Zustand ja gar nicht schlecht. Zunächst wurden die Fischsemmeln, die Fettschnitten und Bier herumgereicht. Die Bierflaschen wurden bäuerlich rustikal an der Tischkante eingehakt und von oben mit der flachen Hand aufgeschlagen. Der Tisch hatte wohl schon mehrere Feten hinter sich, denn die Kante wies kaum eine Stelle auf, an der das Holz nicht schon faserweise herausgebrochen war. Bernd schaffte es doch tatsächlich einige Worte mit Irina, der Praktikantin, zu wechseln. Sie arbeitete eigentlich im Amt für Landwirtschaft und machte im Rahmen einer Weiterbildung ein Praktikum „an der Basis", wie sie sagte. Sie liebte das Landleben, fand aber ihren Job im Hintergrund allen bäuerlichen Schaffens ebenfalls äußerst interessant. Zwei Schnäpse später fand Bernd den Mut ihr von seinem Hof und von seiner Arbeit zu erzählen und wie er mit dem Ausbau der Gebäude angefangen hatte und von Schafen und Hühnern…. Ob er ihr etwas von den sehr vagen Plänen erzählte, eventuell eine Partnervermittlung zu konsultieren, wusste er später selbst nicht mehr so genau. Bauer Rochmann erhob die Stimme, begrüßte die Gäste und bat alle an den Tisch.

Zwei Ölradiatoren hatten den Raum dürftig beheizt, zum Scheunenboden war noch keine Tür eingesetzt, nur eine Plane verschloss sparsam die Öffnung. Der frische spätherbstliche Wind drückte sie jedoch immer wieder zur Seite und es entstand ein unangenehmer Zug. Bernd fröstelte. Seine Nase lief ununterbrochen. Bauer Rochmann hatte irgendwo ein Trinkspiel kennengelernt, welches er nun unbedingt mit den versammelten Gästen spielen wollte. Auf den Tisch wurde eine Flasche klarer Weizenkorn gestellt. Oben auf den Flaschenhals wurde ein Stapel Spielkarten gelegt. Das Spiel hieß „Blasen". Reihum musste nun jeder versuchen mindestens eine Karte von dem wackeligen Stapel herunterzupusten. Je dünner der Stapel wurde, desto wackeliger wurde die ganze Angelegenheit. Wem der ganze Stapel herunterfiel, dem wurde auf der Stelle ein doppelter Korn aus der Flasche zur sofortigen Einnahme ausgeschenkt. Anfangs schlug Bernd sich ganz gut, weil er die Technik des geschickten Anblasens der Karten schnell raushatte. Und jedes Mal, wenn Irina dran war, schwitzte er schon beinahe fiebrig und war ganz erleichtert, wenn sie nur ein oder zwei Karten herunterblies. Er mochte es nicht, was zweifellos auch ein Anliegen des Spiels war, junge Frauen sturzbetrunken zu machen. Er selbst hatte immerhin noch so viel Bewusstsein und Anstand, dass er bei seinem Geblase niemanden mit seiner anrückenden Grippe anstecken wollte. Dadurch ließ sich allerdings seine Technik nicht gut anwenden und immer häufiger war er es, der sich einen Doppelten einflößen musste.

Und die versammelte Mannschaft jubelte.

„Bernd! Bernd! Bernd! Hoch soll er leben, hoch soll er leben...!"

Nur Irina jubelte nicht mit. Anscheinend war ihr sein Zustand klarer als den anderen. Sie mochte Bernd, genauer gesagt hatte sie sich etwas in ihn verliebt.

Irgendwann musste Bernd schließlich raus. Er war noch nicht soweit sich übergeben zu müssen, aber die Blase drückte. Er ging nicht die Treppe hinunter, sondern trat hinter die Plane auf den Heuboden, um bis zur Auffahrt zu laufen. Dort konnte er von oben auf den Misthaufen pinkeln. Die Mannschaft war ins Spiel vertieft. Der Heuboden war stockdunkel. Bernd war hier zuvor bei Tageslicht gewesen. Zentnerschwere gepresste Heuballen lagen hier sauber gestapelt und wurden im Winter durch Falltüren hinuntergelassen, aufgeschnitten und mit dem Weidemann-Traktor in langen Schwaden zum Füttern aufgeschichtet. Bernd tastete sich an den Ballen vorbei, fand das Scheunentor und die Rampe, über die die Traktoren das Heu auf den Scheunenboden beförderten, erleichterte sich fröstelnd über dem Misthaufen und schaffte es kaum sich die Hose richtig zu schließen. Zurück war der Weg schwieriger. Man konnte die Hand nicht vor Augen sehen, geschweige denn den schwachen Lichtschimmer des zukünftigen Büros. Er versuchte trotz des Singens in den Ohren die Geräusche der Feier irgendwo zu orten und schlich um die Heuballen herum, ohne wirklich vorwärts zu kommen. Ob es eine nicht verschlossene Falltür oder nur morsche Dielung war – Bernd wusste es später nicht mehr. Es war ihm bei seinem Zustand eigentlich auch egal. Nur das unwahrscheinliche Glück, das er hatte, diese Bewahrung, diese Mannschaft von Schutzengeln, dafür dankte er Gott noch Jahre später. Bernd brach durch die Dielung, ruderte mit den Armen und fand, teils durch seine Trunkenheit, teils durch die totale Finsternis keinerlei Halt. Eine Heugabel, die vom Bauern vergessen unter einem Heuballen eingeklemmt war, verhakte sich in den Gürtelschlaufen seiner Jeans und bremste zunächst seinen Fall. Da er die Hose nicht ganz hatte verschließen können, hing er nun kopfüber in dem Loch an zwei Zinken der Heugabel und sackte durch die wunderbare Welt der Schwerkraft immer tiefer, während ihm das Beinkleid samt Unterhose heruntergezogen wurde bis auf die Füße. Nun gaben die Zinken der

Heugabel nach und ließen ihn knapp vier Meter hinunterpurzeln in den Laufstall. Bauer Rochmann hatte am Nachmittag neues Stroh eingestreut und einen großen Haufen mitten im Stall liegen lassen. Auf diese Weise landete Bernd unsanft aber gut gedämpft im Stroh und nicht etwa auf einer herumstehenden Kuh. Nicht auszumalen, was hier alles hätte passieren können! Er hätte auf ein Gatter oder auf ein Tier treffen können, er hätte sich sämtliche Knochen brechen können bis hin zur Querschnittslähmung!

Alkohol, Grippe, Kälte, Dunkelheit. Bernd fühle sich so schlecht und so einsam, wie noch nie in seinem Leben. Er stöhnte und wand sich in dem Strohhaufen, suchte krabbelnd und kriechend einen Weg heraus. Nur heraus, unter die Dusche und ins Bett und morgen würde er sich krankmelden. Er kroch aus dem Stroh direkt in den Kuhmist des Laufstalls, seine Hose noch immer um die Knöchel und dadurch stark eingeschränkt in aller Beweglichkeit. Er hörte Kühe furzen und rülpsend wiederkäuen, manchmal spürte er ein Tier in seiner Nähe, hörte es schnaufen oder einen Fladen absetzen während er ängstlich durch den stinkenden Mist kroch. Kotverschmiert, nackt und kalt um die Lenden und völlig fertig kam er endlich an einem Stück Gatter an. Hier war immerhin kein Mist mehr sondern glitschiger, gerillter Betonboden. In der Ferne hörte er es von der Fete rufen:

„Bernd! Bernd! Bernd! Hoch soll er leben, hoch soll er leben…!"

Oder riefen sie nach ihm, weil er ewig nicht vom Pinkeln zurückkam? Wann würde man ihn endlich aus dieser Situation befreien?

Bernd kroch weiter auf allen vieren. Plötzlich setzte ein Surren ein. Dieses Geräusch hatte er heute schon mal gehört. Ihm war als würden vereinzelt Lämpchen aufblinken und sich große mechanische Teile in Bewegung setzen. Neben seinem Kopf rieselten Kraftfutterpellets in einen Trog, einige fielen vor ihm auf den verschmierten Boden. Bernd meinte sich später zu erinnern, sie schmeckten etwas nach Müsli und verbrannten Sägespänen. Jetzt zuckten ein paar scharfe, rote Lichtstrahlen umher und dann machte sich von der Seite etwas zwischen seinen Beinen zu schaffen. Er wurde mit lauwarmem Wasser, welches desinfizierend roch, eingesprüht, dann wurde sein Glied zielsicher von rotierenden Bürsten in die Mangel genommen. Das Reaktionsvermögen von Bernd war offenbar extrem zurückgestellt. Oder er hatte Angst von der Maschine verletzt zu werden, wenn er versuchte auszubrechen. Oder war die Prozedur vielleicht sogar angenehm? Die Bürsten waren es jedenfalls nicht ganz. Für das Euter

186

einer Kuh vielleicht gerade richtig, aber für die feine Haut vom besten Stück des Mannes eindeutig zu kratzig, wenngleich die Behandlung zumindest für eine leichte Erektion sorgte. Gerade als er es nicht mehr aushielt und um den Erhalt seiner Vorhaut bangte, ließen die Bürsten von ihm ab und die Maschine wechselte das Werkzeug. Der Laser flammte wieder auf und ein Melkbecher versuchte ihn zu stoßen, anders kann man das wohl nicht bezeichnen. Er brauchte einige Versuche – es gab wohl Unstimmigkeiten bei den Koordinaten – aber nach vier Versuchen hatte die Maschine es geschafft den Melkbecher auf den Penis zu stülpen. Weiche Gummilippen umschlossen ihn und die Anlage begann rhythmisch an ihm zu saugen.

„Ich bin Hertha", lallte Bernd. Im Stall ging das Licht an. Kalte Leuchtstofflampen zwischen Spinnweben und Schwalbennestern.

„Der Transponder", röchelte Bernd, „in meiner Hose! Ich bin die einstrichige Hertha!"

Der Melkroboter saugte ihn erbarmungslos und einen Augenblick dachte Bernd, er macht das gar nicht übel!

„Ich bin die einstrichige Hertha", winselte er ein letztes Mal, ehe er sich übergab, auf allen vieren kniend mit einer Latte in Rochmanns Melkroboter. Ein erbärmlicher Anblick.

Die ganze Fetenmannschaft war herbeigeeilt und schaute teils belustigt, teils entsetzt auf das halbnackte, dungverschmierte, kotzende Elend. Einer hob sein Handy für ein Foto, aber sofort schoss Irina herbei und schlug es der Person wütend aus der Hand. Das teure Smartphone schlitterte über den Boden in eine Rinne zum Sammeln von Jauche und versank in einem Auslauf für selbige. Bauer Rochmann schwang sich hinüber zu Bernd und stellte die Maschine aus, damit hier nicht noch Schlimmeres passierte. Augenblicklich ließ das Gerät von Bernd ab und reinigte seine Melkbecher, die natürlich leer waren, denn sie hatte es nicht geschafft Bernd zum Äußersten zu bringen. Es wäre ohnehin nur eine Ladung für den Separationseimer gewesen.

„Ich glaube kaum, dass hier noch was kommt", bemerkte der Bauer trocken. Er schaute ernst in die Runde und dann auf Bernd.

„Leute, die Fete ist für heute beendet", sagte er mit fester Stimme und mit Nachdruck: „Kein Wort darüber, was hier passiert ist!"

Irina und Frau Rochmann versuchten sich gegenseitig zu überbieten, was die Pflege von Bernd anbelangte. Sie steckten ihn in die ersehnte heiße Badewanne in Rochmanns privatem Bad und schrubbten ihn, wie er zuletzt als Kind von seiner Mutter geschrubbt worden war. Zwischendrin wechselten sie das Wasser, so sehr roch es nach Kuhmist. Gleichzeitig bekam Bernd einen warmen Magentee und drei Kohletabletten verabreicht. So langsam kehrten sein Sinne zurück und er freute sich über diese liebevolle Fürsorge. Dann wurde er in warme Unterwäsche vom Bauern eingepackt und zu Bett gebracht in seinem Gästezimmer. Als er am frühen Morgen erstmals wieder erwachte, hämmerte ihm der Schädel wie verrückt und die Unterwäsche samt Bett waren völlig von Schweiß durchnässt. Die Bäuerin, die von Berufs wegen ohnehin schon auf den Beinen war und sogleich nach ihm schauen wollte, brachte sofort frische Wäsche und ein neues Bett und machte ihm mit feuchten Tüchern einen kalten Wadenwickel. Zugleich bekam Bernd einen „Butterwickel", ein trockenes Handtuch reichlich mit Butter bestrichen auf die Brust gepappt. Bei Rochmanns hantierte man nicht mit chemischer Keule, sondern mit alten Hausmitteln. Später bekam Bernd einen Haferbrei und einen dünnen Kaffee zum Frühstück. Den ganzen Tag stand eine Kanne mit frischem Tee neben seinem Bett. Gegen Mittag ging er sich vorsichtig duschen, er konnte trotz des Schnupfens den aufsteigenden säuerlichen Geruch der selbstgemachten Butter nicht mehr riechen. Den Rest des Tages verbrachte er mit Schwitzen und Schlafen.

Am nächsten Morgen zog Bernd sich an und ging hinunter in die Küche frühstücken. Seine Wäsche lag frisch gewaschen und duftend auf einem Stuhl in seinem Zimmer. Der Transponder von Hertha steckte noch in seiner Jeans und war offenbar mit gewaschen worden. Er wunderte sich, dass Frau Rochmann ihn nicht herausgenommen hatte, denn sein Portemonnaie war samt der Ausweise nicht mit in der Waschmaschine. Aber sicher war das Ding wasserdicht, denn Kühe stehen ja auch manchmal im Regen. Bernds Magen war wieder in Ordnung, die Kopfschmerzen waren weg, er fühlte sich nur noch ziemlich schlapp und die Nase wollte nicht aufhören zu laufen. Er hatte sich krank gemeldet und es war ihm sehr recht, dass er nicht allein war und hier wieder richtig gesund werden konnte. Die Rochmanns hatten ein schlechtes Gewissen, welches er nicht ausnutzen wollte, aber er nahm ihre Hilfe dankbar an. Hauptsache nicht allein sein. Der Heilungsprozess von Bernd sei hier nur deshalb erwähnt, weil sich noch eine unerhörte Sache ereignete, die unbedingt erwähnt sein will. Am

Tage drauf, als Bernd in der Küche gemeinsam mit Irina frühstückte, kündigte sich Besuch an.

Bauer Rochmann kam herein und rief, erfreut über den erkennbar besseren Zustand seines Gastets: „Bernd, hier möchte dich jemand sprechen."

Er grinste dabei so ein komisches Grinsen als führe er was im Schilde oder als wüsste er, was Bernd nun erwarten könnte. Er führte einen untersetzten Mann herein, Mittfünfziger vom Typ Manager, mit einer schlauen Aktentasche und einer Designerbrille auf der Nase. Der Typ kam Bernd irgendwie bekannt vor. Bei Irina verfinsterte sich zumindest unheilvoll das Gesicht.

„Hallo Bernd." Bernd war überrascht über das „Du".

„Kennen wir uns?"

„Hm ja, wir sind uns auf der Feier begegnet, vorgestern."

„Dann möchte ich mich entschuldigen für den Eindruck, den ich hinterlassen habe."

„Kein Problem, es passiert uns allen mal so was."

„Ach so?" rief Irina. „Stecken Sie Ihren Schwanz auch manchmal in den Melkroboter?"

Für einen kurzen Moment wirkte der Manager unsicher, er versuchte Irina gar nicht zu beachten, dann wandte er sich wieder mit aufgesetzter Freundlichkeit Bernd zu.

„Du bist beruflich im Vertrieb technischer Geräte tätig?"

„Ja", bestätigte Bernd. „Elektrische Haushaltgeräte. Ich bin ein ganz einfacher Vertreter."

„Nun, da haben wir etwas gemeinsam", sagte der Herr. „Auch ich vertrete gewisse Geräte und deshalb wollte ich mit Ihnen sprechen." Er kratzte sich nachdenklich am Kopf und ein paar Hautschuppen rieselten auf sein Jackett.

„Sie bringen sehr viel Fachwissen mit und haben sogar noch ein gewisses Maß an Erfahrung darüber hinaus. Sie haben Kenntnis über Dinge, die wir nicht wissen können – optimale Bedingungen bei uns anzufangen. Ja genau, um es auf den Punkt zu bringen: ich werbe um Sie als neuen Mitarbeiter."

„Was vertreiben Sie denn?" Bernd nahm einen Schluck Kaffee.

„Melkroboter."

Fast hätte Bernd die volle Ladung Kaffee über den Tisch geprustet.

„Was Sie nicht sagen!"

„Und zwar das Modell mit welchem Sie vorgestern so intensiven Kontakt hatten. Niemand von uns wäre je auf die Idee gekommen das Gerät am eigenen Leibe auszuprobieren."

Der Vertreter mied Irinas Blick so gut er konnte.

„Von bewusstem Ausprobieren konnte ja wohl nicht die Rede sein", meinte Bernd.

„Auch wenn es ein Unfall war", sprach der Herr weiter, „es ist ja nichts weiter passiert. Aber wir können Kühe nicht befragen, wie sie die Behandlung durch unsere Geräte empfinden. Du hast diese wunderbare Erfahrung gemacht, die Bürsten und den Melkbecher zu spüren an deiner empfindlichsten Stelle. Du könntest an der Entwicklung mitarbeiten und unsere Roboter vor Ort installieren und einrichten, alles mit diesem Wissen!"

„Ich soll als einstrichige Hertha von Hof zu Hof fahren?" Bernd lachte spöttisch. „Und schon bei der Ankunft feixen die Leute sich einen ab! „Das ist der, der seinen Pimmel in der Melkmaschine hatte." Oh nein, ich bleibe bei meinen Elektrogeräten! Danke für die Nachfrage. Ich bleibe dabei. Es war ein Unfall. Es war nicht gewollt. Die Maschine hat mich nicht verletzt – das spricht für ihre Qualität. Aber ich würde das nicht freiwillig ein zweites Mal machen."

„Na gut", sagte der Vertreter, „ganz wie du willst." Er nahm seine Aktentasche und holte eine Visitenkarte heraus. „Hier, falls du es dir anders überlegen solltest." Dann rückte er etwas an Bernd heran und fragte lüstern: „Trotzdem wüsste ich zu gern, wie sie ist – die Maschine…"

Bernd schob ihn angewidert beiseite und legte den Transponder der einstrichigen Hertha auf den Tisch. „Da, probier es selbst, wenn du willst."

Auch Irina legte etwas auf den Tisch. Ein Smartphone. Jenes, welches sie am besagten Abend einem Besucher der Fete aus der Hand geschlagen hatte. Es war von Jauche befreit und geputzt. Offenbar war es nicht bis hinunter in die Grube gerutscht und sie hatte es bergen können.

„Es wird sich gewiss ganz ähnlich anfühlen wie bei dem, was Sie und all die Leute auf den Fotos Ihres Handys machen."

Der Vertreter zuckte förmlich zusammen und bekam einen hochroten Kopf. Er packte hastig sein Handy und den Transponder und verschwand eilig aus der Küche.

Bernd und Irina saßen allein am Tisch. Es duftete nach Semmeln und nach Kaffee.

„Was waren das denn für Bilder auf dem Handy?" wollte Bernd beiläufig wissen.

„Sodomie", sagte Irina. „Bilder von ihm und ein paar Kumpels, wie sie von hinten Kühe poppen. Ungebildete, primitive Stallburschen haben das zu DDR-Zeiten manchmal gemacht. Billige Befriedigung für den Abschaum der Gesellschaft auf Kosten der Tiere."

„Is ja widerlich. Und ausgerechnet so einer verkauft Melkroboter? Das ist ja wie ein Pädophiler als Erzieher im Knabenchor."

„Stell dir vor, er hat versucht dich mit dem Handy in deiner misslichen Lage zu fotografieren! Du hast ja nichts mehr mitgekriegt. Ich habe es ihm aus der Hand gehauen. Ich dachte, es rutscht bis in die Jauchegrube, aber ich konnte es herausangeln. Es war noch eingeschaltet und funktionierte noch. So kam ich an die obszönen Bilder."

Irina rückte an Bernd heran und nahm ihn in den Arm.

„Und – mal ehrlich – erzählst du mir, was du gefühlt hast in der Maschine?"

„Die Bürsten waren okay, aber etwas zu rauh", meinte Bernd. „Die Pellets schmecken etwas nach Sägespänen aber der Melkbecher – nun ja das kann man echt aushalten. Noch etwas länger und ...muh!"

„Muh!" machte auch Irina und küsste ihn. Es war ihr egal, ob sie sich ansteckte und auch die Grippe bekam. Sie wusste, sie würde sich für ihn besser anfühlen als jeder Melkbecher und sehnte sich danach, eines Tages von ihm geliebt zu werden.

Die beiden waren längst ein Paar, als sie vom Hof der Rochmanns Kunde erhielten, dass man den besagten Vertreter für Melkroboter eines Morgens halbtot in selbigem vorfand. Er hielt den Transponder der einstrichigen Hertha in der Hand. Er war völlig unterkühlt, sein bestes Stück samt Gehänge von Hämatomen grün und blau, der Penis an der Wurzel halb abgerissen. Heimlich war er, der normalerweise routinemäßig die Roboterkunden besuchte und hin und wieder ein Softwareupdate einspielte, nachts in den Stall eingedrungen, hatte sich ausgezogen und sich mit Herthas Transponder in den Roboter begeben. Für den technischen Defekt konnte er nichts, aber so kam wenigstens kein Tier zu Schaden. Der Fall wurde sogar kriminaltechnisch verfolgt. Im Bericht hieß es lapidar: Programmierfehler. Dass Bauer Rochmann im Programm für Hertha ein Paar kleine Änderungen vorgenommen hatte, nachdem er wusste in wessen Besitz der Transponder gelangt war, bekam jedenfalls niemand mit. Da ein ausrastender Roboter nicht gerade gute Werbung und dieser Versuch der Selbstbefriedigung nicht gerade öffentlichkeitswirksam war, wurde der Vertreter natürlich seinen Job los. Angeblich wurde er nach physischen Heilungserfolgen therapiert. Ob seine Potenz vollständig wiederhergestellt werden konnte, stand bei Drucklegung dieser Geschichte jedenfalls noch nicht fest.

Automobile Versuchung

Günther Watz will es noch mal wissen. Tagelang hat er sich vorbereitet, Prospekte gewälzt, Vergleiche im Internet angestellt und heute ist nun der große Tag: Er hat sich zur Probefahrt in einem Autohaus angemeldet mit Verkaufsgespräch. Günthi ist nun Ende sechzig und möchte sich noch mal ein neues Auto kaufen, und das soll rein elektrisch fahren – inzwischen der internationale Standard. Die Batterien taugen inzwischen für Reichweiten um die achthundert Kilometer, die Antriebe sind ausgereift und inzwischen brennen diese Autos auch nicht mehr, wenn es mal einen Unfall gibt. Damals, als er mit dem Autofahren begann, mit Benzin oder Dieselmotoren, ach, das war eine andere Welt der Mobilität! Heute liegt der Liter Benzin bei vier Euro, da hatte sich das Land längst anderer Technologien bedient. Nicht mal ein Hybridantrieb lohnt sich noch! Und das alles nur, weil ein schlauer Kopf mal dahintergekommen ist, statt nach Öl zu bohren ein wenig tiefer zu gehen und die schier unerschöpfliche Hitze des Erdmantels anzuzapfen. Wasser runter, Dampf hoch. Die Turbinen laufen Tag und Nacht, elektrische Energie ist verfügbar im Überfluss. Das hatte letztendlich den Weg für die elektrische Mobilität freigemacht. Günthi hatte mindestens zwanzig Jahre nicht mehr am Steuer gesessen. Wegen ständiger Streitereien beim Autofahren mit seiner Frau, hatte er schweren Herzens den Wagen verkauft, von einem Tag auf den anderen.

„Jetzt ist Schluss", hatte er damals gesagt. „Ich fahre erst wieder Auto wenn du unter der Erde bist!"

Heidi, seine Frau, war schockiert gewesen über diese Äußerung.

„Was macht dich so sicher, dass du nicht als Erster gehst?", hatte sie als Gegenfrage gestellt.

Aber Günthi hatte darauf nicht geantwortet. Das Risiko musste er eben eingehen. Man muss hier klarstellen, dass Günthi keineswegs das vorzeitige Ableben der Gattin herbeiwünschte. Nein, sie hatten eine gute Ehe geführt, Kinder großgezogen. Nur beim Autofahren war ständig Zank und Streit, jeder meinte der bessere Fahrer zu sein und dem anderen Ratschläge geben zu müssen. Jedenfalls fuhren die beiden seither Bus und Bahn oder Fahrrad und irgendwie war es zur Normalität geworden, auch ohne Auto klar zu kommen. Dann wurde seine Heidi irgendwann plötzlich krank und verschied innerhalb weniger Wochen. Günthi war entsetzt und völlig ratlos. Sie hatten Enkel, ein Haus und noch große Reisepläne. Sie hatten sich arrangiert mit der Situation, und während Günthi anfangs noch trotzig Autoprospekte studierte und keinen Artikel automobiler Neuentwicklungen verpassen mochte, hatte sich das im Laufe der Zeit gelegt. Jetzt, einige Wochen nach der Beerdigung, besann er sich auf seine frühere Begeisterung für Kraftfahrzeuge und meinte, es wäre sicher eine gute Ablenkung sich nun endlich wieder ein Auto zu kaufen, und zwar eines der neuesten Generation.

„Sie sind doch aktiver Verkehrsteilnehmer, Herr Watz?", fragt ihn der Verkäufer routinemäßig.

„Natürlich." Günthi ist sich seiner Sache sicher. „Ich habe etwas pausiert mit dem Autofahren wegen meiner Frau. Ein Gelübde gewissermaßen. Aber nun weilt sie nicht mehr unter uns und ich habe noch viel vor."

„Nun gut", sagt der Verkäufer freundlich und öffnet ihm höflich die Fahrertür. Er hatte zuvor den elektrischen Kleinwagen aus einer Parklücke herausgefahren. Es ist ein recht großer Parkplatz vor dem Autohaus, wo viele Neu- und Gebrauchtwagen herumstehen.

„Sie haben hier nur Gas- und Bremspedal wie früher beim Automatik."

„Sehr gut."

"Ihre Card für das Keyless-entry-system stecken Sie hier in den Slot, damit sind alle Funktionen freigeschaltet. Das ist nur zur Sicherheit. Damit sich etwa bei einem Gewitter das Auto nicht selbstständig macht."

„Und damit es nicht geklaut wird!" Günthi gibt sich als ganz der Insider.

„Sehr richtig. Sehen Sie, jetzt leuchten diese Lämpchen. Noch ein Tipp für die erste Fahrt: Wenn Sie vom Gas gehen, arbeiten die Motoren als Generator. Dadurch haben Sie sofort eine Art Bremswirkung. Oft genügt das schon. Je weniger Sie die Bremse betätigen, umso mehr lädt der Akku sich wieder auf."

„Ich bin begeistert"

„Und hier ist Licht, und da der Scheibenwischer. Navi und Rückfahrkamera sind ja Standard heute, werden Sie aber nicht brauchen für die kleine Probefahrt." Der Verkäufer zögerte einen Moment. „Soll ich Ihnen das Auto vielleicht vom Hof fahren? Da ist diese Bordsteinkante, die Ausfahrt ist etwas schmal und unübersichtlich."

Günthi schnallt sich an. „Das kriege ich schon hin", sagt er und löst die Bremse.

„Ich wünsche Ihnen viel Vergnügen, Herr Watz, und erwarte Sie gleich zu einer Tasse Kaffee im Autohaus. Sie können..."

Eigentlich will er Günthi noch eine Route zur Probefahrt vorschlagen, da setzt sich der Wagen plötzlich ruckartig in Bewegung. Die noch offene Fahrertür prallt gegen den netten Verkäufer, den sie fast umwirft, bevor sie ins Schloss fällt. Günthi erwischt in der Beschleunigungsphase noch einen Papierkorb aus feuerverzinktem Metall, der an einer Ecke der Parknische herumsteht. Der Schubs lässt ihn zunächst herumeiern wie ein Brummkreisel und dann mitten auf dem Parkplatz samt Inhalt umfallen. Der Papierkorb lenkt Günthi nur kurzzeitig ab, aber es reicht, um einen alten Golf zu streifen, bevor er, inzwischen viel zu schnell auf die Ausfahrt des Areals zusteuert. Er spürt den Anzug des Wagens, die leise surrenden Elektromotoren – herrlich! Längst vergessene Glücksgefühle machen sich breit. Halt, jetzt wäre er doch fast daran vorbeigefahren! Günthi tritt auf die Bremse, allerdings viel zu stark, denn das ABS beginnt umgehend zu stottern. Das kleine Elektroauto touchiert noch etwas die Kunststoffverkleidung eines Opels, welche man früher sicher als Stoßstange bezeichnet hätte. Günthi bekommt aber nicht mit, dass sich die beiden Fahrzeuge ineinander verhakt haben, weil ihn der wild umherfuchtelnde Verkäufer im Rückspiegel irritiert. Beim Zurücksetzen rupft er dem Opel die Verkleidung von der Karosse. Wäre der Opel eine Frau gewesen, der man soeben das Kleid vom Leibe riss, hätte sie wohl entsetzt aufgeschrien. Und siehe: bei dem halbnackten Opel geht die Alarmanlage los! Das lenkt Günthi abermals ab. Den fließenden Verkehr außerhalb des Autohausgeländes hat er nicht wirklich in seiner Planung. Bremsen kreischen, als zwei Fahrzeuge versuchen, dem auf die Straße strebenden Günthi auszuweichen, und dabei, wenn auch nicht mehr sehr schnell, frontal zusammenstoßen. Diese Tatsache wiederum versetzt Günthi einen solchen Schock, dass er nur noch eines hinbekommt: Gas geben. Allerdings nicht geradeaus auf der Straße, sondern mit einem gehörigen Bums die Bordsteinkante hinauf, quer durch die nette Buchsbaumhecke zurück auf den Parkplatz. Das kleine Elektroauto beschleunigt wacker weiter, schießt auf das Autohaus zu und donnert mit unglaublichem Getöse durch die große Panoramascheibe hinein in den Verkaufsraum. Durch den glücklichen Umstand, dass gerade erst eine Neuwagenübergabe stattgefunden hatte und die Ausstellung bis auf zwei Fahrzeuge fast leer ist, durchbricht Günthi lediglich den Empfangstresen. Telefone und Computer werden samt DSL-Dose aus der Wand gerissen und ein Flachbildschirm fliegt durch die Gegend wie eine Frisbeescheibe. Nachdem er es auf die Haube genommen hat, poltert lediglich noch ein Demo-Türmchen für digitale Autoradios über das Fahrzeugdach. Außer einer Yuccapalme und dem Schreibtisch eines Kundenberaters wird in dem Autohaus nichts weiter gefällt, bevor das hervorragende Team, bestehend aus Günthi und dem Elektromobil, die große Scheibe auf der anderen Seite des Autohauses durchbricht. Dort bleibt das Gespann über die Kante des Fundamentes steil nach vorne geneigt an einem abgestellten Ford hängen, das Heck des Fahrzeuges noch im Verkaufsraum. Es riecht nach verschmorter Elektrik. Der plötzliche Ruck hat die Airbags ausgelöst. Die eintretende Ruhe ist fast schon gespenstisch.

Günthi sitzt schockiert und wie benebelt zwischen dem erschlaffenden Airbag auf dem Fahrersitz, hineingepresst in selbigen durch den automatischen Gurtstraffer. Das Auto hat die Situation klar als Unfall erkannt und die Sicherheitssysteme aktiviert. Aus den vorderen Radkästen entweichen zarte Rauchkringel von den durchgebrannten Radnabenmotoren, ein Summton im Cockpit scheint anzeigen zu wollen, dass das Auto nun völlig im Eimer und möglichst bald zu verlassen ist. Noch bevor helfende Hände herbeieilen, wird Günthi klar, dass er nun wohl nie mehr in seinem Leben selbst Auto fahren wird. Man zerrt ihn aus dem Elektromobil, erkundigt sich nach seinem Wohlbefinden und setzt ihn in irgendein Büro, bis die Polizei und ein Krankenwagen kommen. Das Entsetzen über das zerstörte Autohaus ist so groß, dass man Günthi allein lässt. Viele Menschen laufen aufgeregt umher und keiner kümmert sich um ihn. Ach, diese vom Materialismus beherrschte Welt! Er hat Zeit, seinen Gedanken zu folgen. Zeit nachzudenken, wie das alles so kommen konnte. Sein eigener Stolz hat ihn dazu gebracht, ja das sieht er nun ein, obwohl Günthi noch immer der Meinung ist, dass seine Heidi durch ihre Unfähigkeit zu Demut in der Autofrage ihn in dieses Dilemma gebracht hat. Sie war mindestens genauso stolz wie er, doch keiner wollte nachgeben. Bitterkeit zehrte an ihm, denn im Normalfall hätten ihm keine zwanzig Jahre Fahrpraxis gefehlt. Und dann war da noch die Affäre mit dieser autoaffinen Frau durch diese Seite für Partnersuche im Internet. Das hatte alles noch schlimmer gemacht. Aber es war spannend, so anders mit einer Frau zusammen zu sein, mit der im Auto Eintracht herrschte, eine, die einem nicht ständig hereinredete. Das war der Beweis: es gab Frauen, die mit Autos perfekt umgehen und mit ihm in völligem Einvernehmen unterwegs sein konnten. Leider hat er nie wieder etwas von ihr gehört. Günthi schließt die Augen und die ganze Geschichte spielt sich in Gedanken noch mal ab, als wäre es eben erst geschehen.

Es war wieder eine klassische Situation. Günthi und Heidi traten gemeinsam eine Autofahrt an, es sollte in ein Konzert gehen. Heidi wollte unbedingt fahren. Sie fuhr stets etwas forsch und Günthi drückte auf der Beifahrerseite seinen Fuß schon mal auf die virtuelle Bremse, welche aber nur aus dem Bodenblech bestand. Der Gurtwarner piepte, denn Heidi hatte sich noch nicht angeschnallt. Sie fuhr immer erst los, ohne den Gurt anzulegen und gäbe es diese Pieper nicht, würde sie diese Sicherheitseinrichtung wohl überhaupt nicht benutzen. Günthi regte das auf.

„Sie macht das absichtlich", dachte er, „um mich zu quälen!" Langsam schnallte Heidi sich an und verriss dabei etwas die Lenkung. Der Wagen bewegte sich auf die Mitte der Straße zu.

„Würdest du bitte mal aufpassen, wo du hin fährst?", rief Günthi.

„Du bist jetzt mal ganz still", erwiderte Heidi, „wir hatten vereinbart zu schweigen, wenn der jeweils andere am Lenkrad sitzt."

„Ja, aber nur wenn das Leben des anderen nicht unmittelbar gefährdet ist!"

Heidi schwieg und machte sich umgehend an der Lüftung zu schaffen. Günthi schwante Schlimmes und er spürte Groll in sich aufsteigen. Wahrscheinlich war Heidi biologisch völlig anders geartet als er. Im Winter, wenn es im Auto hätte gemütlich warm sein können, bekam sie angeblich sofort eine verstopfte Nase und stellte es so kalt ein, dass die Kinder sich beschwerten. Im Sommer hasste sie die

Klimaanlage und mischte die Heizung in einem Maße zu, dass man die Klimaanlage auch hatte abgeschaltet lassen können. Meistens war es dann im Auto wärmer als draußen. Erstaunlicherweise brachte sie es fertig, dass die Scheiben augenblicklich beschlugen, wenn sie Hand anlegte – auch im Sommer! Dem Einstellen der ihr genehmen klimatischen Bedingungen widmete sie sich mit einer solchen Inbrunst, als säße sie nur auf dem Beifahrersitz, was Günthi zweifellos auch am liebsten gewesen wäre. Aber in der Funktion des Fahrers brachte sie es fertig, minutenlang am klimatischen Desaster zu arbeiten, ohne dabei auf die Straße zu schauen. Vielleicht verließ sie sich auf Günthi, der auf dem Beifahrersitz „mitfuhr" und sich absolut nicht entspannen konnte. Natürlich vergaß sie dabei auch zu schalten und merkte es weder, wenn es untertourig an der Kurbelwelle rüttelte, noch dass der Motor röhrte, weil er nach oben noch mindestens zwei Gänge zur Verfügung hatte. Heidis Unaufmerksamkeit im Straßenverkehr gipfelte in Urlaubsfahrten, besonders wenn es ins Gebirge ging. Sie bestand ja stets darauf, dass beim Autofahren jeder mal drankam, obgleich die Kinder schon riefen: „Papa soll fahren!" Kinder merken sofort, wann es weniger Stress gibt. Da war auch eine schlecht gesicherte Serpentinenstraße in den italienischen Alpen kein Grund, sich auf die Straße zu konzentrieren. Die Berge, Bäche, Himmel, Wolken und das Kälbchen auf der Alm; das war alles viel interessanter. Günthi starb tausend Tode. Den Motor hörte Heidi nur, wenn Günthi fuhr und auf Gebirgsstrecken die Motorbremse nutzte, um die Bremsen zu schonen. Sie verstand nicht, dass der Motor dann keinen Sprit verbraucht. Sie selbst brachte lieber die Bremsen zum Glühen.

Auf dem Weg ins Konzert war die Stimmung wieder mal knisternd angespannt. Heidi fuhr ihren forschen Stil und nahm nicht sonderlich viel Rücksicht auf die anderen Verkehrsteilnehmer. Sie war ein ausgesprochener Blinkmuffel. Wenn sie jemanden nach dem Weg fragen wollte, ging sie einfach in den Anker, um fremde Leute am Straßenrand auszuhorchen. Blinken bei Spurwechsel oder Autobahnausfahrt? Fehlanzeige. Allerhöchstens im letzten Augenblick einmal kurz so tun als ob. Oft wurde sie von anderen angehupt und Günthi hätte sich am liebsten vor Scham im Fußraum verkrochen. Ebenso, wenn Heidi zum Überholen ansetzte, hinter ihr auf der Überholspur aber deutlich erkennbar ein schnelleres Fahrzeug heranbrauste, welcher nun zu scharfer Bremsung gezwungen wurde.

„Ach, der kann warten", bestimmte sie. „Der braucht ja auch nicht so zu rasen."

Diese leicht bevormundende Art konnte Günthi nicht leiden. Er selbst hasste Raserei, ärgerte sich aber über jeden, nicht nur Lastwagenfahrer, der ähnlich fuhren wie Heidi. Günthi fühlte immer mit den anderen, er wollte stets, dass die anderen Verkehrsteilnehmer wissen, was er vorhatte, blinkte brav und hatte immer den Rückspiegel im Auge. Er fuhr konzentriert und hörte auf die Technik des Autos, um Mängel zeitig genug zu erkennen und sein Fahrzeug respektvoll gut und werterhaltend zu behandeln. Was waren das doch für glückliche Momente, wenn sein Chef ihn hin und wieder nach Rostock schickte, wo die Firma eine Dependance unterhielt. Er bekam die Fahrtkosten erstattet und war mit seinem Auto allein. Diese entspannte Ruhe. Diese perfekt eingestellte Lüftung, das wohlige Schnurren des Fahrzeugs im richtigen Gang, die vollkommene Eintracht zwischen Günthi und allen, die im Straßenverkehr um ihn herum waren. Hier ein nettes Zwinkern zu der hübschen Lady im Kleinwagen auf der rechten Spur, dort ein freundlicher Wink, um den älteren Herrn in der Kolonne vor sich auf die Überholspur zu lassen. Alles ganz friedlich, dabei eine feine Musik im CD-Player…

Erstaunlicherweise war die Missstimmung augenblicklich vorbei, sobald Günthi und Heidi das Auto verließen. Dann waren sie ein glückliches Paar. So war es auch bei dem Konzert, zu dem sie fuhren. Günthi vertrug nicht viel Alkohol und der Sekt in der Pause hatte ihm nicht sonderlich gut getan. Also musste Heidi auch auf dem Rückweg wieder fahren. Im Parkhaus würgte sie den Motor ab, weil sie im dritten Gang anfahren wollte. Dann fuhr sie im zweiten Gang durch die Stadt, bei bis zu 4000 Umdrehungen. Jetzt wurde Günthi laut.

„Das kann doch nicht wahr sein! Jetzt schalte doch endlich!"

„Ich fahre und du bist ruhig."

„Nein, ich kann nicht ruhig sein, wenn du derart reudig mit unserem Auto umgehst!"

„Ich trage die Kosten dafür genauso wie du!"

„Ach ja? Und da muss man extra alles kaputtmachen? Du hast überhaupt kein Gefühl für Technik. Auf dem Lande lernt man eben nur Treckerfahren."

Heidi war auf einem Bauernhof groß geworden und hatte schon als Kind gelernt mit einem Trecker umzugehen. Entweder war die Technik anders oder sie hatte die Funktionsweise eines Fahrzeuges damals schon nicht begriffen und bis heute nicht gelernt.

„Du bist nur neidisch, dass du als Teenager kein Moped fahren durftest."

„Immerhin habe ich das Fahren als gereifte Persönlichkeit erlernt und den kindischen Leichtsinn samt technischem Unverstand nicht mitgenommen ins Erwachsensein."

„Pah!"

„Das nächste Auto wird einer mit Automatik. Einmal Stress weniger. Am besten wäre noch eine Lüftung mit einer Art Kindersicherung. Passwortgeschützt, damit du nicht dauernd daran rumfummelst. Sieh nur, die Scheiben beschlagen schon wieder!"

„Ach, such dir doch eine, die es besser macht."

Günthi stutzte. Was sollte denn diese Äußerung? Gab Heidi etwa auf? Sie hatte sich stets seinen Versuchen, ihr sachlich-technische Zusammenhänge zu erläutern, widersetzt. Sie hatte ihm immer Paroli geboten, war uneinsichtig und verbiestert und belastete damit die Beziehung. Und Günthi hatte fast schon Angst bei ihr mitzufahren. War denn das normal? Was wäre denn, wenn er Heidis Vorschlag ernst nehmen würde? Günthi war überzeugt, dass es Frauen geben musste, die ganz hervorragend Auto fahren konnten, ja, es gab gewiss sogar viele, die weit besser fahren konnten als Männer. Aber Heidi deswegen verlassen? Obwohl... Er musste Heidi ja nicht gleich aufgeben! Er brauchte doch nur mal zu schauen, ob es wirklich gute Fahrerinnen gab, Frauen mit denen er geistig und technisch seelenverwandt war – mehr nicht. Vielleicht konnte er ganz geheimnisvoll tun und Heidi ein ganz klein wenig eifersüchtig machen. Vielleicht würde sie sich dann mehr Mühe geben, mal ein Fahrtraining machen, sich mal technischen Zusammenhängen stellen. Einen Versuch war es wert...

Lange dachte Günthi nach über sein Vorhaben. Schließlich begab er sich zu später Stunde – Heidi hatte ihre Tage und war bereits schlafen gegangen – auf die Internetplattform einer Partnervermittlung und meldete sich dort an. Es war ein Anbieter, der damit warb, dass die dortigen Bewerber überdurchschnittlich gebildet und stilvoll waren. Triviales Dating und One-Night-Stands waren hier nicht gefragt, das Eingehen einer Ehe aber auch nicht unbedingt. Daher war der Begriff

„Partnervermittlung" anscheinend ganz passend; die Sache blieb in alle Richtungen offen. Günthi wollte die Plattform radikal ausreizen und die Partnersuche ganz bewusst extrem auf eine starke Affinität zum Automobil hin ausrichten. Vielleicht kam er so zu einem netten Date, welches sogar vernünftig Auto fahren konnte.

Er rief also die Seite auf, meldete sich an und klickte auf das Feld: „Mann sucht Frau."

Mit dem nächsten Feld begann ein Persönlichkeitstest. Musste das denn sein? So eine Psychologenkacke? Das ist ja fast so was wie die sogenannten Eheabende, wie sie oft von Kirchgemeinden angeboten werden. Heidi hatte ihn mal zu so was mitgeschleppt.

„Wozu brauchen wir denn so was?", hatte Günthi gefragt.

„Ach, nur so", meinte Heidi. „Das ist vielleicht gut für uns."

Es wurden ein paar laue Liedchen zur Gitarre geträllert, Kerzchen standen auf den Tischchen, noch etwas Weinchen dazu und die beiden Akteure, ein liebes und ökologisch korrektes Ehepaar, berichtete über ihre Problemchen, die sie ja nun bewältigt hätten. Schließlich stellten alle Pärchen fest, dass sie Problemchen hatten. Jetzt fehlten nur noch die Räucherstäbchen, denn nun sollten sich die Pärchen sagen, was sie aneinander gut fänden, um einander ausschließlich mit positiven Gefühlen zu begegnen. Klar, wenn man nur lange genug im Alltag herumstochert, findet man sicher krampfhaft kleinere Ungereimtheiten. Günthi konnte aber keine Problemchen finden und er fand eigentlich, dass er Heidi oft genug nette Dinge sagte, vielleicht nicht gerade, wenn sie am Lenkrad saß. Na ja, und dann hatten sich alle ganz lieb, hielten Händchen, hier und da floss ein Tränchen und anschließend ging es sicher nackedei ins Bettchen, um zu versöhnen, wo es nichts zu versöhnen gab. Selten hatte Günthi solch eine weichgespülte, willkürliche Veranstaltung besucht.

Aber nicht gleich aufgeben! Die Frage nach dem Familienstand stürzte Günthi in einen Gewissenskonflikt. Er konnte wählen zwischen ledig, verheiratet, geschieden, getrennt lebend – wie bei der Steuererklärung. Er entschied sich für „verheiratet". Warum sollte er nicht ehrlich sein? Vielleicht traf er ja auf eine frustrierte, ebenfalls verheiratete Frau, deren Mann nicht in der Lage war, ein Kraftfahrzeug richtig zu bedienen. Günthi wollte schließlich die ganze „Bewerbung" auf sein automobiles Problem ausrichten. Bis dahin waren aber noch viele, viele Angaben nötig, um ein halbwegs brauchbares Profil zu erstellen. Neben Augenfarbe, Haarfarbe und Figur musste Günthi sich nun einordnen, ob er sich sympathisch, sehr sympathisch, attraktiv oder sehr attraktiv fände. Günthi wollte nicht übertreiben und schätze sich einfach nur attraktiv ein. Dann gab er Haarfarbe, Augenfarbe an und ein Statement zu seiner Figur ab. Nun kam eine Folie, bei der man angeben sollte, welche Dinge einem in der Beziehung wichtig wären. Vor dem Hintergrund seiner automobilen Ambitionen ließ Günthi die Kästchen mit „Verantwortung für Kinder übernehmen" und „Gegenseitige Treue" bewusst aus und machte sein Häkchen bei „Gemeinsame Wellenlänge durch ähnliche Ansichten" und „Den anderen attraktiv finden, wobei auch Zärtlichkeit und Sex wichtig sind". An dieser Stelle schwitzte Günthi etwas.

Nächste Seite! Bei der Frage nach der liebsten Freizeitbeschäftigung fehlte das Thema „Auto". Es gab aber eine Spalte für individuelle Einträge, in welche Günthi schrieb: „Auto fahren und selbiges pfleglich behandeln". Bei der Frage nach den Hobbys gab es das Kästchen Auto. Darüber hinaus wollte Günthi sich aber noch etwas interessant erscheinen lassen, indem er vorsichtshalber noch ein paar andere ungelogene Interessen angab wie „Musik/Theater", „Reisen", „Camping" und „Literatur". Nun wurde nach favorisierten Sportarten und Musik gefragt, ehe wieder haufenweise Fragen à la „Psychokacke" kamen. Aber hier nannte man das ja „Persönlichkeitstest", der Günthi keinerlei Vorlagen zur Erfüllung seines Zieles lieferten. Er wollte ja niemanden heiraten, sondern eine Bestätigung, dass es auch Frauen gab, die hervorragend Auto fahren können. Da war es unerheblich, was einem die liebste Jahreszeit war oder, ob das Traumhaus nun ein Landhaus oder ein avantgardistischer Neubau sein sollte.

Manche Fragen überforderten ihn fast oder kratzten an seinem Gewissen. Etwa: „Wenn ich kritisiert werde, reagiere ich ungehalten und genervt". War er wirklich so oder bildete Günthi sich das bei diesen Psychofragen bloß ein? Oder: „Es kam schon vor, das andere von mir behauptet haben, ich sei ein Besserwisser". Heidi war ständig dieser Meinung, wenn sie zusammen im Auto saßen, wobei Günthi es doch tatsächlich besser wusste, wie all die Fahrzeugtechnik funktionierte und bedient werden wollte! Er hatte gar keine Lust ein Besserwisser zu sein und wurde immer wieder dazu gezwungen! Sonst hatte er das doch gar nicht nötig!

Zu guter Letzt kam eine Seite, die es individuell auszufüllen galt, bei der Günthi voll aufdrehen konnte.

Mein Lieblingsbuch ist...: die Gebrauchsanleitung meines BMW.

Ich kann es nicht leiden...: wenn man (frau) mir beim Fahren reinquatscht.

Es macht mich glücklich...: wenn eine Frau gut fahren kann.

Wenn ich mir einen Traum erfüllen könnte...: auf dem Beifahrersitz schlafen während du fährst. Ohne Angst, ganz entspannt.

Es bringt mich zum Lachen...: wenn ich Filme mit lustigen Verfolgungsjagden sehe.

Es bringt mich zum Weinen...: wenn Menschen im Straßenverkehr nicht klarkommen.

Wenn ich ein Kunstwerk wäre...: wäre ich eine erotisierende Plastik.

Das besondere an mir ist...: dass ich ansonsten ziemlich furchtlos bin und darauf warte dich zu retten und zu bewundern.

„Was schreibe ich da nur für einen Quatsch zusammen?" Günthi kicherte leise vor sich hin. „Darauf meldet sich eh keine!"

Er war jetzt durch mit allem und nur noch einen Klick entfernt von ersten Partnervorschlägen online. Nachdem die Eieruhr auf dem Bildschirm verschwunden war, verging Günthi augenblicklich das Kichern. Das Internet war gnadenlos. Er hatte auf einen Schlag 6804 Vorschläge an Damen, die angeblich auf sein Profil passten. Günthi loggte sich sofort aus, ohne auch nur eine Auswahl anzusehen, machte den Rechner aus und ging ins Bad, um sich die Zähne zu putzen. Und um anschließend eine schlaflose Nacht zu verbringen.

Nach zwei Tagen hatte Günthi die ersten drei Anfragen von Damen im Postfach, die ihn offenbar interessant fanden und nicht nur statistische Vorschläge waren. Oder ihn auch nur attraktiv fanden aufgrund des Fotos, das er hochgeladen hatte. Zwei der Damen sagten Günthi optisch nicht so zu. Eine von denen fuhr Autorennen und wirkte recht burschikos. Wahrscheinlich konnte sie mit der Vagina Nüsse knacken. Das war eben die andere Seite der Medaille. Man konnte anscheinend nicht alles haben. Die Dritte fragte ihn, ob er nicht ein wenig übertriebe mit der ganzen Autofrage. Das hätte von Heidi kommen können – also auch ein Fehltritt. Günthi erhielt die ganzen Wochen immer wieder mehr oder weniger seriöse Anfragen, ohne selbst eine Person der vielen Vorschläge anzusprechen. Dann – es war an einem Dienstagabend – erhielt er eine Mail von einer Frau seines Alters, die sich sehr einfühlsam und ehrlich interessiert an seiner Begeisterung für die automobile Welt zeigte und nicht zu weit entfernt lebte. Sie sah obendrein ganz nett aus und hatte einen sehr schönen, weiblichen Namen, der Günthi regelrecht verzückte: Juliette. Sie schrieb, dass sie beruflich selbst mit Autos zu tun hätte und sich in der Männerwelt um ihre Fachkenntnisse nie ernst genommen fühlt. Sie war ebenfalls verheiratet. Günthi und Juliette mailten sich ein Weilchen, ihre Dialoge plätscherten so ein wenig oberflächlich dahin, keiner wagte es so richtig aus sich herauszugehen. Schließlich schlug Juliette ein Treffen vor. Das wollte sehr gut organisiert sein. Günthi fragte sich, ob er, wo nun konkrete Ergebnisse seiner Bemühungen anstanden, nicht doch ein wenig zu weit gegangen war. Wenn sie gut fahren konnte, wollte er Heidi davon erzählen, um sie neidisch zu machen und dann würde er das Ganze beenden.

Juliette wollte ihn auf dem Lande treffen. Sie nannte ihm eine Landstraße, die er am genannten Termin zu einem bestimmten Zeitpunkt befahren sollte, er würde sie dort wartend in einem silberfarbenen Ford Focus antreffen. Der vorgeschlagene Weg war eine gute Autostunde vom Wohnort Günthis entfernt, in einer Gegend, die er nicht sonderlich gut kannte, aber einsam genug, um nicht erkannt zu werden. Er machte einige Überstunden geltend, um an jenem sonnigen, herbstlichen Tag den Trip auf sich zu nehmen. Er wollte so normal sein wie möglich, trug Jeans und ein frisches Hemd und die Rasur war noch einigermaßen frisch vom Morgen. Er hatte Mühe, die Straße zu finden, eine kleine Landstraße in einer gottverlassenen Gegend, welche eine holperige Verbindungsstraße zwischen kleinsten Ortschaften war. In zahlreichen Kurven wand sich die Straße durch dichten Mischwald hindurch. Das Herbstlaub schimmerte in allen Farben, viel Laub lag auf der Straße, die sich neigende Sonne erzeugt aberwitzige Schatten an Bäumen und auf der Piste. Gerade dachte er noch daran vorsichtig zu sein, um Wildunfälle zu vermeiden und nicht auf dem feuchten Laub ins Schleudern zu geraten. Umsicht war besser als jedes Assistenzsystem! Da plötzlich stockte ihm das Herz vor dem Anblick, der sich ihm nun bot. Er machte eine Vollbremsung und kam durch das stotternde Antiblockiersystem gerade auf der Straße zum Stehen.

Günthi starrte entsetzt auf ein verunglücktes Fahrzeug. Autoteile lagen auf der Straße verstreut. Es musste sich um einen Opel Astra handeln, der völlig verbeult auf der Seite lag. Ein Rücklicht leuchtete noch, aus dem Motorraum kringelte weißer Rauch oder Wasserdampf aus dem Kühlkreislauf, das war nicht klar zu erkennen. Die Windschutzscheibe war geborsten, das Verbundglas hielt nur noch notdürftig zusammen. Was Günthi aber am meisten schockierte: Unter dem Auto schaute eine blasse Hand hervor, eine offenbar weibliche, zarte Hand, eingeklemmt zwischen Wrack und Boden. Günthis Herz raste. Das hier war genau das, woran er gerade noch gedacht hatte. Entweder ein Wildunfall oder der Wagen kam ins Schleudern prallte an einige Bäume und überschlug sich. Was sollte er machen? Er könnte einfach abhauen. Schließlich hatte er ein Date. Aber er würde sich strafbar machen wegen unterlassener Hilfeleistung. Sein Leben lang würde er sich Vorwürfe machen, ein Weichei zu sein. Wenn die Person in dem Auto aber nun tot und entsetzlich zugerichtet war? Günthi hatte Angst. Zum ersten Mal in seinem Leben erlebte er, was Angst ist. Er machte den Warnblinker an – ein erster Schritt. Er zückte sein Handy und wählte die 110 und meldete einen Unfall mit Verletzten, konnte aber kaum den Unfallort richtig beschreiben. Schließlich packte er das Warndreieck aus, stellte es auf und näherte sich zögernd dem Unfallfahrzeug.

Das Geschehen spielte sich an einer Art kleinen Lichtung ab. Holzfäller waren hier wohl zu Werke gewesen, sie hatten einen kleinen Bauwagen für ihre Pausen abgestellt. Große Stapel Baumstämme verschiedener Größen und mit Markierungen versehen verbreiteten einen wunderbaren Geruch von Harz und Wald. Es war still. Der Unfallwagen zischte aus dem undichten Kühlsystem. Günthi lugte ängstlich durch die gerissene Scheibe und sah, was er nie sehen wollte. Eine Frau hing, mit einer großen Platzwunde am Kopf, blutverschmiert, völlig hilflos und ohne Bewusstsein in ihrem Gurt. Vielleicht war Sie tot. Günthi hatte aber mal gelesen, dass Verletzungen manchmal schlimmer aussahen, als sie es in Wirklichkeit waren. Das machte ihm wieder etwas Mut. Wie kam er nun an dieses arme Geschöpf heran? Er betrachtete schaudernd den eingeklemmten Arm mit der Hand unter dem Fahrzeug. Er sah zumindest nicht so verdreht aus, wie gebrochene Knochen oft aussehen, vielleicht hatte die Frau Glück gehabt. Sie war wohl bei offenem Fenster gefahren und just hier, wo ihr Wagen zu liegen kam, war von forstwirtschaftlichem Gerät eine tiefe Reifenspur in den Boden gedrückt. Günthi packte das Auto am oberen Teil der Tür und versuchte es aufzurichten. Panik und Adrenalin hatte ja so manchem schon zu wunderlichen Kräften verholfen. Der Opel bewegte sich wohl leicht, war aber zu schwer. Günthi begann zu schwitzen. Er hatte zwar immer noch Angst mit einer Toten allein im Wald zu sein, andererseits packte ihn der Ehrgeiz hier etwas zu unternehmen, wenn es vielleicht auch alles zu spät war. Sein Blick fiel auf die Baumstämme. Er schleppte einen ziemlich langen Stamm herbei und wollte ihn als Hebel nehmen. Die Furche im Boden bot aber keinen guten Ansatz hierfür. Also holte er noch einen kurzen, dicken Klotz von einem anderen Stapel. Er kam sich vor wie ein Schimpanse bei einem Experiment, in dem er austüfteln sollte, wie er am besten an den Leckerbissen käme. Eigenartigerweise fühlte er sich dabei genauso beobachtet. Günthi fügte seinen Hebel zusammen, kurzes Ende unter den Wagen geklemmt und stets bemüht den Arm der Frau nicht zu verletzen. Dann hängte er sich mit aller Kraft an das andere Ende und – tatsächlich! Der Opel bewegte sich! Noch etwas nachwippen, und – Günthi hätte jubeln mögen – mit einem dumpf scheppernden Geräusch kippte der Wagen wie in Zeitlupe auf die Räder. Günthi sprang sofort zur Fahrertür. Sie klemmte. Also andere Seite. Die Frau war vom Aufrichten des Wagens auf die andere Seite geworfen worden. Sie lag mit dem Oberkörper und Gesicht nach unten auf dem Beifahrersitz. Ihre langen, brünetten Haare wallten über Schalthebel und Handbremse, es sah skurril-schön aus. Jetzt, als kein Blut zu sehen war, erweckte die Situation bei Günthi regelrechte Beschützerinstinkte, die Hilflosigkeit dieses Geschöpfes rührte ihn. Behutsam griff er unter sie, löste den Gurt und versuchte sie so zu packen, dass er sie am besten aus dem Wrack ziehen konnte. Verdammt, wie ging den noch dieser Rettungsgriff, den man im Sanikurs lernt? Er brachte den Beifahrersitz in Liegestellung und kletterte in den Wagen, um sie besser greifen zu können. Dabei stellte er fest, dass die Frau ganz warm war – und sie atmete! Er fing an zu reden, nicht um das Unfallopfer zu beruhigen, sondern sich selbst.

„Na also, gute Frau, jetzt haben wir es doch geschafft. Mein Gott, wie konnte denn so was passieren? Jetzt ist alles in Ordnung. Gleich wird jemand kommen und uns helfen. Günthi holt jetzt erst mal eine Decke.“

Als er sie aus dem Wagen zog, stutzte Günthi zum ersten Mal. Noch immer zischte Dampf aus dem Motorraum. Das konnte nun eigentlich gar nicht mehr sein. So viel Dampf ist gar nicht in einem Kühlsystem, dass es während der ganzen Rettungsaktion immer noch austritt, dazu noch mit diesem Geräusch. Es fehlte auch der typische Geruch von Glykol, der Dampf roch eher nach Disconebel – Erdbeere oder so. Egal. Günthi bettete die Frau in stabiler Seitenlage auf einem Haufen einigermaßen trockenen Herbstlaubes, eilte zu seinem Wagen, bei dem noch immer der Motor lief, und holte die Picknickdecke und das Verbandszeug aus dem Kofferraum. Dann nahm er sie halb in den Arm, als er merkte, dass sie zu sich kam und wischte ihr fürsorglich mit seinem persönlichen Taschentuch das Blut aus dem Gesicht. Jetzt stutzte Günthi zum zweiten Mal. Als er das Blut weggewischt hatte, fand er keine Wunde. Die Frau bemerkte benebelt: „Das riecht gut, was ist das?"

„Boss", sagte Günthi. Er konnte müffelnde Stofftaschentücher nicht leiden, daher besprühte er frische Tücher immer mit seinem Eau de Toilette. Wenn der Duft nachließ, kam das Taschentuch in die Wäsche.

„Genau, das ist mein Eau de toilette von Hugo Boss. Und ich bin Günther Watz, genannt Günthi."

Er betrachtete die Dame in dem Dämmerlicht, die wohl sein Alter haben mochte. Hier stutzte Günthi abermals, denn sie kam ihm irgendwie bekannt vor. Noch war er von der Rettungsaktion zu aufgebracht, um einen klaren Gedanken zu fassen. Er wollte sie gerade nach ihrem Namen fragen, da kam ein Polizeiwagen herangebraust. Heraus kamen zwei lachende Polizisten.

„Glückwunsch Herr Watz", rief der eine, „endlich mal einer, der Arsch in der Hose hat."

„Woher weiß der meinen Namen?" fragte sich Günthi.

„Ja", freute sich der andere, „die anderen sind heute alle vorbeigefahren. Regelrecht geflüchtet sind sie! Jungs, ihr könnt rauskommen!"

Die Tür von dem Bauwagen sprang auf und fünf Leute mit Overalls vom ADAC sprangen begeistert heraus. Die Frau lag noch immer still in Günthis Arm. Jetzt sagte sie langsam:

„Das besondere an mir ist, dass ich ansonsten ziemlich furchtlos bin und darauf warte dich zu retten und zu bewundern. – Kennst du diesen Spruch noch? Er ist von dir. Ich heiße übrigens Juliette."

„Du bist tatsächlich Juliette?", entfuhr es Günthi.

„Ja, und du hast es tatsächlich geschafft mich zu retten."

Da Günthi sie noch ganz praktisch in den Armen hielt, heftete er ihr zögernd seine Lippen auf die ihren. Juliette leistete keinen Widerstand – im Gegenteil. Sie erwiderte den Kuss, indem sie ihre Arme um seinen Hals schlang. Fotoapparate klickten und Blitzlicht flammte auf.

„Na, das ist doch mal ein toller Tagesabschluss. Du kannst jetzt aufhören, Juliette." Einer von den ADAC-Leuten schlenderte herbei.

Anscheinend ungern entfernte Juliette sich aus Günthis Art von Umarmung, in der er sie noch immer hielt, um die nicht vorhandene Wunde zu reinigen.

„Ich arbeite für den ADAC", sagte sie.

„Was ist hier eigentlich los?" wollte Günthi, immer noch völlig benommen, nun endlich wissen.

„Sie sind in einen gestellten Unfall geraten", erklärte der Mann. „Wir, also der ADAC, holen uns manchmal Unfallwagen vom Schrott, schminken einen Kollegen mit Theaterblut und bauen daraus einen scheinbaren Unfall auf. Es macht Spaß, sich jedes Mal was Neues einfallen zu lassen. Heute bin ich besonders stolz auf die Hand unter dem Wagen. Das hatten wir so noch nicht."

Er grinste, und machte eine Pause, als wolle er Lob für dieses Detail.

„Tja, und dann noch etwas Nebelmaschine im Motorraum, das wirkt immer sehr spektakulär. Hier unter dem Laub verläuft das Kabel. Ja, und wir hocken in einem Versteck, meist ein unscheinbarer Baustellenwagen, und filmen das Ganze. Der Polizei geben wir das Kennzeichen des helfenden oder vorbeifahrenden Kandidaten durch, damit sie die Leute gleich ansprechen kann. Und auf die Angsthasen, die vorbeifahren, wartet am Ende der Straße die Polizei mit einem Kollegen von uns mit ein paar Fragen für die Statistik. Wir wollen ganz genau wissen, warum sie kneifen und was in ihnen vorgeht. Wir wollen erreichen, dass einfach mehr Menschen Erste Hilfe leisten."

„Genau", ergänzte Juliette. „Die meisten fahren aber vorbei. Und wenn nicht, was nur sehr selten vorkommt, versuchen sie einen durch die Frontscheibe rauszuholen. Aber der Steinzeithebel war absolut der Hit. Spektakulär! Das hat noch keiner fertiggebracht, den Wagen wieder auf die Räder zu stellen, um eine Frau zu retten. Ich hätte vor Begeisterung fast vergessen zu schauspielern!"

Die ADAC-Leute bauten ihre Ausrüstung ab, ein Abschleppwagen kam, um das Wrack abzuholen und ein ADAC-Mensch sicherte die Disco-Nebelmaschine. Günthi wurden nun noch einige Fragen über seine Beweggründe gestellt, einem Unfallopfer zu helfen, und was in seinem Kopf dabei vorging. Kritisiert wurde lediglich die stabile Seitenlage. Der Kopf von Juliette hatte zu sehr im Laub gelegen, sie hätte an einem Blatt ersticken können. Nach der Fragestunde, als alle noch beschäftigt waren, nahm Juliette Günthi bei der Hand und zog ihn aus dem Gewühl.

„Prüfung bestanden", sagte sie und lächelte. „Hast du dich gar nicht gefragt, warum ich dich auf diese einsame Landstraße locke?"

„Eigentlich nicht." Günthi zuckte mit den Schultern. „Du bist ja verheiratet, genau wie ich, da ist ein abgelegener Ort doch ideal für ein erstes, unverbindliches Treffen."

„Aber ich wollte dich prüfen", setzte Juliette noch einmal nach. „Findest du das in Ordnung? Ich komme mir etwas hinterhältig vor, was ich eigentlich gar nicht bin. Ich habe es auf diese Weise schon zweimal versucht, aber immer sind die Typen vorbeigefahren. Und auf einmal klappt es und ich weiß nicht mehr, was ich sagen soll."

„Ich habe schon mal vor langer Zeit von gestellten Unfällen gelesen", sagte Günthi. „Aber alles war so täuschend echt – ich wäre nie darauf gekommen, dass dies einer gewesen sein könnte. Auch wenn es vielleicht souverän aussah, ich gebe zu, ich hatte Angst."

„Sah ich so schlimm aus?"

„Mit dem Theaterblut – ja."

„Und jetzt?"

„Das Bild aus der Partnerbörse ist eine Untertreibung."

„Deine Frau nervt dich beim Fahren, nicht wahr?"

„Habe ich es wirklich so eindeutig rübergebracht? Ich sagte davon doch kein Wort! Hm, da hast du mich wohl durchschaut. Warum bist du bei einer Partnerbörse, obwohl du verheiratet bist? Wir sollten beide ein schlechtes Gewissen haben."

„Stimmt." Juliette seufzte. „Aber mein Mann hat in Sachen Technik zwei linke Hände. Er ist Professor für Geschichte und brütet nur über Büchern. Er kann nicht mal mit einer Bohrmaschine umgehen, geschweige denn mit unserem Auto. Und ein Weichei ist er außerdem. Wenn eine Spinne an der Wand sitzt, muss ich sie wegmachen. Ich wollte mal nebenbei einen richtigen Mann kennenlernen. Wirklich, dieser Steinzeithebel..."

„Schon gut." Günthi winkte ab. „Wie soll es nun weitergehen? Ich brauche ein Alibi."

„Bist du gelegentlich auf Dienstreisen?"

„Ja, hin und wieder schicken sie mich nach Rostock."

„Sehr gut! In Rostock ist auch ein ADAC-Büro. Ich kann es einrichten, dort zu einer bestimmten Zeit hinzumüssen. Hotel?"

„Es gibt auf dem Darß ein paar nette Hotels." Günthi dachte nach. Er hatte noch nie ein solches Treffen arrangiert. Alles musste unauffällig bleiben. „Wir buchen zwei Einzelzimmer, jeder auf seinen Namen, auch wegen der Abrechnung. Dann sehen wir weiter..."

„Perfekt. Ich suche uns ein schönes über die Firma aus. Ich muss jetzt los. Wir schreiben uns." Sie schlang ihm die Arme um den Hals und küsste ihn. „Leb wohl, mein Held. Danke für die Rettung!"

„Melde dich, wenn du wieder mal gerettet werden willst."

„Das nächste Mal rettest du mich hoffentlich aus meinem traurigen Liebesleben."

Lächelnd zwinkerte sie ihm zu. Dann verschwand sie in dem silberfarbenen Focus, den sie angekündigt hatte. Einer ihrer Kollegen hatte ihn von einem abgelegenen Parkplatz herbeigeschafft. Günthi baute sei Warndreieck zusammen und fuhr wieder nach Hause. Er war sich nicht ganz sicher, ob er die Entwicklung der Dinge so gewollt hatte. Aber das alles roch nach Abenteuer, nach einem Ausbrechen aus dem festgefahrenen Alltag, und seine Bewährung bei dem gestellten Unfall hatte ihm dazu gehörig Auftrieb gegeben. Und nach dem Kuss stellte sich dieses eigenartige Gefühl ein. Da war plötzlich dieses so lange vermisste, aufgeregte Kribbeln im Bauch...

Es ging alles spielerisch leicht vor sich. Heidi ahnte offenbar überhaupt nichts. Das Taschentuch mit dem Theaterblut und die Flecken auf dem Hemd gingen problemlos als ungeschickter Versuch durch, eine Currywurst zu essen. Damit möglichst bald eine Dienstfahrt nach Rostock zustande kam, half Günthi etwas nach und begründete das mit einem ungebremsten Interesse an Peenemünde, wo er sich schon immer mal das Museum über die Raketenschmiede der Nazis ansehen wollte. Sein Chef ließ ihn ziehen, allerdings nur für zwei ganze Tage unter der Woche. Er sollte gegen Mittag seine Arbeit in der Filiale Rostock verrichten, einmal übernachten und am späten Nachmittag zurückkehren. Das müsste für einen Museumsbesuch reichen, hieß es. Für ein erstes Date mit Juliette sollte es wahrhaftig reichen, denn es blieb ja die Nacht! Sie trafen sich auf einer Autobahnraststätte kurz vor Berlin. Auf der gegenüberliegenden Fahrbahnseite war ebenfalls eine Raststätte, dort hatte Juliette ihr Auto abgestellt und war über den Tunnel für Bedienstete auf die andere Seite gekommen. Mit einer kleinen Reisetasche erwartete sie ihn lächelnd. Günthi öffnete ihr den Kofferraum und lud ihr Gepäck ein.

„Kleine Begrüßung?", fragte Juliette. Sie legte ihm die Arme um den Hals und küsste ihn, ohne eine Antwort abzuwarten. „Bin ganz aufgeregt!", rief sie und Günthi versuchte souverän zu wirken.

„Ja, ich glaube, wir werden eine gute Zeit haben. Willst du fahren?" Heidi hätte er das nie freiwillig angeboten.

„Später vielleicht, fahr du zuerst."

Sie stellte sich den Sitz bequem ein und prüfte mit geschultem Blick das Cockpit und den sehr sauberen Innenraum, dem Günthi sein letztes Wochenende gewidmet hatte. Heidi machte nie das Auto sauber.

Günthi fuhr los. Er fuhr seinen gleichmäßigen, nicht übermäßig schnellen aber doch flotten Stil. Sie begannen von der Arbeit zu sprechen, dann von den Familien, wie sie ihre Partner kennengelernt hatten und was es jeweils für Menschen waren. Irgendwann begann Juliette dann zu erzählen, wie es mit ihrem Mann im Bett war. Zumindest in der Zeit, als er noch nicht der langweilige Professor für Geschichte war. Sie sprach von ihrem Mann nie geringschätzig, was Günthi als sehr angenehm empfand, sie ließ mit keiner Silbe erkennen, dass sie ihn zu verlassen gedachte. Günthi wollte daraufhin nicht mehr über Heidi und ihre Fahrkünste lästern, obgleich er sich ursprünglich vorgenommen hatte sich richtig Luft zu machen. Aber an irgendeiner Stelle ihres Gespräches sagte Juliette mal:

„Hey, du fährst ja richtig gut!"

Das stimmte Günthi so milde, dass er die Worte über den Dauerkonflikt in seiner Familie deutlich abschwächte. Auch er erzählte aus seinem Liebesleben und stellte dabei fest, dass er es wesentlich besser hatte als Juliette. Und für einen kleinen Moment zweifelte er wieder an dem Unternehmen, in welchem er sich gerade befand. Er spürte aber auch, dass Juliette ihn anmachte. Ihre straffen Beine in der engen Jeans, ihre dunklen Augen, ihre brünette Haarpracht, welche sie nicht offen, wie bei dem gestellten Unfall, trug, sondern geschickt hochgesteckt hatte. Heidi beklagte sich, egal in welchem Auto, stets über die Kopfstützen, die ja wohl nicht für Frauen mit hochgesteckten Frisuren geeignet waren. „So was entwickeln nur Männer!" Juliette hingegen beklagte sich überhaupt nicht. Ach, und ihre anscheinend kleinen Brüste fand Günthi ebenfalls außerordentlich interessant.

Juliette schien diese Unterhaltung anzuregen.

„Du hast es gut", sagte sie und schaute ihn etwas sehnsüchtig an. „Na dann bist du ja wenigstens in der Übung."

„Du meinst also, wir werden es heute tun?"

„Ja, das dachte ich mir so."

„Aha."

Juliette seufzte. Sie warf den Kopf zurück – ohne sich dabei über die Kopfstütze zu beschweren.

„Erzähl mir, wie du es mit mir tun wirst. Ich kann nicht warten. Es ist noch so lange hin, bis wir uns lieben. Sag es mir von dem Moment an, wenn wir das Hotelzimmer betreten."

Günthi lachte. „Du willst also Dirty Talking? Ich weiß nicht, ob ich darin sehr gut bin, aber ich will es gerne versuchen."

Juliette schaute ihn erwartungsvoll an.

„Ja, also wir betreten mit unseren Sachen das Hotelzimmer…"

212

„Welches?"

„Sagen wir meins. Die Luft knistert. Wir wissen genau, da bahnt sich etwas sehr Leidenschaftliches an, doch keiner traut sich das Eis zu brechen. Wirst du anfangen mich auszuziehen? Werden wir fürs Erste schnellen Sex haben, nur um das Verlangen zu stillen, damit später mehr werden kann?"

„Ich weiß es nicht", flüsterte Juliette heiser.

„Wir stehen voreinander und sehen uns an. Erwartungsvoll." Günthis Blick ist auf die Straße geheftet, als lese er lüsterne Botschaften in den vorbeiflitzenden Linien in der Fahrbahnmitte.

„Dann küssen wir uns, gierig", fuhr er fort. „Nicht vor den Augen deiner Kollegen, auch nicht kurz und beobachtet auf einem Autobahnparkplatz. Nein, wir sind allein. Wir können nicht aufhören, wir streicheln uns und reiben uns aneinander. Niemand stört uns. Die Handys sind aus. Ist dir schon mal aufgefallen, dass man dabei automatisch anfängt sich rhythmisch zu bewegen, als wäre man bereits mitten im Akt?"

„Ja, stimmt!", bestätigte Juliette. „Man sucht ständig dieses Reiben und je näher man dem Ziel kommt, umso schneller wird es. Ziehst du mich jetzt aus?"

„Jetzt sofort?" Günthi grinste.

„Meinetwegen auch sofort. Ich dachte eher an deine kleine Vorschau. Das macht mich irgendwie an, was du da so alles erzählst."

„Ich schätze die Lage so ein, dass du es sein wirst, die beginnt mir das Hemd aus der Hose zu ziehen. Ganz langsam. Als ich merke, dass es losgeht, streichle ich über deinen Po und den Rücken hinauf. Ich wandere mit meinen Küssen langsam den Hals hinunter und auf der anderen Seite wieder hinauf. Dann wandert meine Hand zwischen unsere Leiber, um dir die Jeans zu öffnen. Unsere Hände begegnen sich, da du just die gleiche Idee hattest. Unsere Schuhe fliegen in irgendeine Ecke. Ich streife deine Jeans bis zu den Knien hinunter, du setzt dich aufs Bett, damit ich sie dir ganz ausziehen kann. Die Socken entwende ich bei dieser Gelegenheit ebenfalls und küsse deine Füße, besonders auf der Innenseite, von der man annimmt, dass sie das erotische Zentrum der Frau besonders anregt."

Juliette wand sich auf dem Beifahrersitz und stöhnte leise. Sie schien sich die Bilder sehr lebendig vorstellen zu können.

„Meine Lippen wandern dein rechtes Bein hinauf und setzen einen leichten Kuss auf die wunderbare Stelle, die dein Slip noch verborgen hält, doch ein feuchtes Paradies erahnen lässt. Du schiebst dich mir entgegen, doch ich wandere das andere Bein wieder hinauf."

„Günthi, ich glaube wir müssen aufhören. Ich bin schon ganz feucht."

„Aufhören?" Günthi begann die Sache so richtig Spaß zu machen. „Ich fang doch gerade erst an!"

„Sex ist eine Kopfsache", bemerkte Juliette. „Frauen können auch einen Orgasmus haben ohne Berührungen. Stell dir vor, ich bin schon mal beim Joggen gekommen!"

„Ich jogge auch gelegentlich, aber das würde bei mir nicht funktionieren", meinte Günthi, „wir Männer brauchen da mehr mechanische Penetration. Aber ich finde die Vorstellung sehr anregend, dass im Park lauter Damen herumjoggen, die plötzlich quietschend vor Wonne einen Orgasmus kriegen."

„Typisch männliche Fantasie." Juliette verdrehte die Augen. Als Frau ist man zuerst überrascht, dann genießen wir es einfach und versuchen dabei ganz unauffällig zu sein. Lächelnd nehmen wir das Geschenk an und laufen befreit weiter."

„Schade."

„Erzähl weiter. Wir waren ja noch nicht nackt, glaube ich."

„Genau. Wir wollen ja nichts überstürzen, oder?"

„Hätte ich auch nichts dagegen."

„Man kann so ein Zusammentreffen aber nicht planen", warnte Günthi.

„Ich weiß. Vielleicht wird alles ganz anders. Aber ich lausche gern deiner Geschichte."

„Also gut. Ich habe also einen kleinen Zwischenstop an deinem Venushügel gemacht und dir die Füße geküsst. Ich spüre deine Erregung und selbst in meiner aufgeknöpften Hose wird es nun eng."

214

„Ja, und obwohl es mich Kraft kostet – ich wäre gerne liegen geblieben und gleich so von dir genommen worden – schicke ich mich an, dich deines Beinkleids zu entledigen und dir das Hemd auszuziehen. Das T-Shirt, die Socken."

„Während du mich entblätterst, entwende ich dir gleich deine Oberbekleidung." Er warf einen flüchtigen Blich auf sie. Einen BH hast du vermutlich gar nicht an?"

Juliette lächelte abwesend. „Nein, den brauche ich nicht. Ich bin nicht so üppig."

„Jetzt trennt uns nur noch sehr wenig Textil voneinander. Bei mir dürfte sich jetzt schon ordentlich was aufgerichtet haben. Wir fallen uns in die Arme mit gierigen Küssen und jetzt geht es weiter, dieses rhythmische Reiben, als wären wir bereits vereint. Ich bin gespannt auf deine Laute der Lust. Es wird mich unglaublich anmachen. Ich liebe übrigens kleine Brüste, hart und gefühlsintensiv."

Juliette begann sich rhythmisch auf dem Autositz zu bewegen und atmete schwer. „Und ich spüre dein hartes Ding an meinem Bauch. Ich will ihn haben. Ich kann es kaum erwarten."

„Keine halbe Minute später sind wir völlig nackt und kleben förmlich aneinander."

„Oh ja, wirf mich aufs Bett. Ich will dich spüren!"

Günthi legte seine rechte Hand auf ihren Oberschenkel. Sofort nahm Juliette seine Hand und führte sie zwischen ihre Beine.

„Wir begeben uns aufs Bett und wälzen uns dort. Aber ich dringe noch nicht in dich ein. Ich will dich erforschen, deinen ganzen Körper mit den Lippen, mit der Zunge. Deine kleinen Harten Nippel. Und dann tiefer. Und noch etwas tiefer. Und noch…"

„Wenn du mich leckst, kann ich für nichts garantieren. Wir können dann unmöglich zusammen kommen."

„Das macht doch nichts. Frauen können doch öfter, oder? Ich gehe davon aus, dass dein Orgasmus mich nur noch heißer macht. Und wenn du wieder etwas zu dir gekommen bist, dann mache ich einfach ganz langsam weiter."

„Oh nein!", wandte Juliette ein. „Wenn du mich dann nicht endlich bespringst, dann werde ich dich zwingen mich zu nehmen! Findest du es denn nicht schlimm, wenn ich zuerst komme?"

„Nein", sagte Günthi ruhig. „Es wird immer viel Trara darum gemacht. Besonders bei Männern wird es immer mild belächelt, wenn er den point of no return beizeiten überschreitet. Ich setze mich da nicht unter Druck. Wer zuerst kommt, der kommt eben und macht weiter, bis der andere auch da ist. Zusammen kommen ist zwar cool, aber auskosten kann man seinen Höhepunkt doch besser, wenn man nacheinander da ist. Es ist doch auch für den jeweils anderen ein intensives Erlebnis. Doof finde ich, wenn man sich nach dem Höhepunkt auf die Seite legt und einschläft, egal wer von beiden."

„Du gehst mit dem Thema wirklich sehr vorbildlich um. Ich überlege schon die ganze Zeit, wie ich es anstelle nicht vor dir da zu sein."

„Mach dir keine Gedanken. Ich hatte versprochen, dich ein zweites Mal zu retten, und zwar aus deiner Liebesarmut. Ja, ich gedachte das zu tun, aber ich bin keine Sexmaschine. Ich erwarte, dass du dich gehen lässt und ich werde das genießen. Wir gehen ja nicht in ein Stundenhotel. Wir werden sicher auch in den Wellnessbereich gehen, vielleicht machen wir zwischendurch eine kleine Strandwanderung und essen wollen wir sicher auch was. Und dann haben wir auch noch die ganze Nacht."

„Ja, ich will, dass du mich leckst. Und ich will es auch von hinten..."

„Apropos hinten." Günthi zog vorsichtig seine Hand zurück. „Da hinten ist schon die zweite Ausfahrt von Rostock. Wo musst du denn hin?"

„Oh." Juliette rutschte in ihrem Sitz wieder nach oben. „Das war jetzt ein Coitus interruptus."

„Sagen wir, es war schon mal ein Vorspiel. Wir werden das nachher wieder aufgreifen."

„Dirty Talking hat was. Ich will es nachher genauso wie beschrieben und nicht anders!"

„Ich hoffe, ich hab mir alles gemerkt", sagte Günthi und brachte Juliette zu der ADAC-Niederlassung, ehe er zu seiner Firma fuhr. Er war froh, dass das Ding in seiner Hose nun wieder auf eine normale Größe schrumpfte.

Da Günthi die Fahrt nach Rostock gewissermaßen erzwungen hatte, gab es für ihn nicht viel zu tun und gegen 15 Uhr begab er sich wieder zum Auto, um zunächst Juliette anzurufen.

„Ich komme gleich", hauchte sie ins Telefon. „Und das meine ich ernst!"

„Soll das eine Warnung sein?"

„Oh ja!"

Wenig später erschien sie vor dem ADAC-Gebäude.

„Keine Empfangszeremonien hier bitte", sagte sie, als sie einstieg. „Man kennt mich hier zu gut und ich will kein Gerede."

„Wo ist denn das Hotel, das du ausgeguckt hast?"

„In Wustrow, direkt an der Seebrücke."

„Bis dahin ist es mindestens noch eine halbe Stunde Fahrt."

„Erzählst du mir noch was Schönes?" Juliette blickte ihn sehnsüchtig an.

„Wo waren wir denn stehen geblieben?"

„Wir hatten nur noch Unterwäsche an."

„Stimmt." Günthi fasste also das bisherige Vorspiel noch einmal zusammen, langsam, und fügte sogar noch einige Details hinzu, um die Zeit zu strecken. Er hoffte, Juliette würde es noch aushalten und sich nicht im Auto selbst befriedigen. Dann schilderte er genüsslich, wie er sie zu nehmen gedachte. Darauf wollte Juliette sofort hören, wie Günthi den zweiten Akt zu gestalten gedachte, aber so weit wollte er nicht im Voraus planen. Stattdessen überlegte er sich eine Geschichte von ihm und Juliette, die sich im Sommer abspielte in den Dünen, die man ja eigentlich nicht betreten durfte. In allen Einzelheiten malte er ihnen aus, wie sie sich im Verbotenen dort auf einer Decke bei Mondschein und Möwengeschrei leidenschaftlich lieben würden. Juliette wand sich auf dem Sitz und zuckte vor Lust manchmal regelrecht zusammen.

„Genug", bestimmte Juliette auf Höhe Dierhagen-Strand, „wir sind gleich da und ich bin es auch gleich wenn du damit jetzt nicht aufhörst. Du solltest ein Buch schreiben mit solchen Geschichten."

„Ich werde drüber nachdenken", lachte Günthi. „Wie machen wir das mit den Zimmern? Wir nehmen jeder eins. Wollen wir die Zimmer abwechselnd bewohnen?"

„Nein, wir werden in dem unbenutzten einfach das Bett zerwühlen – fertig. Das ist den Hoteltypen doch völlig egal, was in den Zimmern abgeht."

„Vielleicht bist du ja laut beim Liebesspiel und verstörst die anderen Gäste."

„Und du? Gibst du gar nichts von dir?"

„Oh, ich grunze auch etwas vor mich hin. Ansonsten bin ich, glaube ich, ein recht stiller Lover."

„Ich hätte nicht schlecht Lust, mal ein ganzes Haus dabei zusammenzuschreien."

„Dann hätten wir uns lieber ein freistehendes Ferienhaus nehmen sollen."

„Beim nächsten Mal?", fragte Juliette. „In Dänemark in den Dünen?"

„Wer weiß", seufzte Günthi.

Sie bezogen das Hotel. Jeder checkte für sich ein. Es war kein sonderlich großes Haus, beide Zimmer lagen auf einem Gang. Sie inspizierten die Zimmer und entschieden sich für jenes mit Blick auf Düne und Ostsee. Günthi warf ihr Gepäck hinein und schloss die Tür. Er war sich im Klaren darüber, dass nun etwas passieren würde, was er mit seiner Anmeldung bei der Partnerbörse eigentlich nicht beabsichtigt hatte. Er würde Heidi nun endgültig betrügen. Er begehrte Juliette körperlich und sie ihn, und für beide würde es unweigerlich den Ehebruch bedeuten. Für Günthi war das ein schwerer Einschnitt, den er noch nie durchschritten hatte, und den er sich nie hätte vorstellen können. Juliette stand ebenfalls etwas unschlüssig oder abwesend im Zimmer, vielleicht gingen ihr ähnliche Dinge durch den Kopf. Oder war sie gedanklich einfach nur mit ihrer Lust beschäftigt? War sie abgebrühter als er? Nach diesen Sekunden des Stillstandes stürmten sie plötzlich aufeinander los, sie steckten einfach schon zu tief drin in dieser Sünde. Die Erzählung von der Fahrt war nicht zu halten. Beinahe im Sekundentakt vielen Kleidungsstücke zu Boden, begleitet von gierigen Küssen und wildem Reiben. Günthi entsann sich kurz und versuchte an ihr hinabzugleiten, um sie mit der Zunge zu verwöhnen, aber Juliette zog ihn wieder hoch und zerrte ihn aufs Bett. Sie umklammerte ihn mit den Beinen und angelte sich seinen Penis fast wie ein zartes Pferdemaul, welches zielgerichtet mit geschickten und doch äußerst sensiblen Lippen sich jeden Leckerbissen auf der Wiese zu angeln vermag. Außer natürlich, dass Zähne hier eine Rolle spielten. Den ersten Stoß quittierte sie mit einem äußerst lustvollen Laut und empfand höchsten Genuss an dem prallen Ding, das sie nun fest umschloss. Sie war über ihm und klammerte sich am Bettgestell fest. Nur mit Mühe und viel Schwung gelang es Günthi auf sie zu gelangen, sie tief in das Federbett hineinzudrücken und sich dabei auf ihr Schambein zu pressen mit äußerst kleinen, tiefen, aber kräftigen Stößen. Juliette packte ihn an der Hüfte und erwiderte jede der feuchten Bewegungen, ihre Knie waren so weit angezogen, dass sie fast auf Höhe ihrer Brust waren, ja so sehr schob sie sich ihm in höchster Lust entgegen. Ihr Verlangen wurde gestillt. Und wie es sich erlöste! Um nicht zu schreien und die anderen Hotelgäste zu verstören, verbiss sie sich in Günthis Schulter und empfing ihren Orgasmus in nahezu spastischen Zuckungen mit Beben bis in die letzte Körperspitze, wie eine gewaltige, den Ostseestrand hinaufpeitschende Woge, mit blitzendem Wetter vor den Augen. Auch Günthi kam heftig, erzitterte dabei mit gepresstem Atem, drückte sich auf sie und ließ den Akt zum Ende kommen mit langsam abklingendem Reiben. Sie rollten auf die Seite, atemlos, fest aneinandergeklammert und blieben eine Weile erschöpft so liegen.

„Du hast dich nicht an deine Schilderung gehalten. Ich wollte es eigentlich, wie du es heute Morgen beschrieben hast." Juliette hatte kaum noch Stimme. Sie krächzte ihre Worte.

„Kein Wunder", flüsterte Günthi und betastete sorgenvoll seinen werdenden Knutschfleck auf der Schulter. „Du hast ja, liebestoll wie du warst, den Fahrplan völlig umgeworfen. Du hast mir die Kleider vom Leib gerissen und dich nicht lecken lassen. Du wolltest unbedingt sofort gebumst werden."

„Du hast recht, man kann so was nicht planen."

„Jetzt habe ich Durst. Ich brauche Wasser. Wie wäre es mit Sauna nach dieser sportlichen Einlage? Das lockert die Muskeln."

„Ich bin dabei."

Sie begaben sich langsam, immer noch etwas trunken vom Sex, in den kleinen Saunabereich des Hotels. Es war alles sehr simpel gehalten: eine finnische Sauna, ein Dampfbad, ein hölzerner Tauchbottich mit frischem, kaltem Wasser und kleine Schalen für ein Fußbad. Der Ruheraum war maritim gestaltet mit Modellen von Segelschiffen, Fischernetzen und hinterleuchteten Bullaugen.

Es befand sich noch ein weiteres Paar in dem Saunabereich. Juliette und Günthi gingen nach dem Duschen zunächst in die heiße, finnische Sauna. Dort wurde es Juliette aber nach kurzer Zeit zu heiß und sie musste sich sogleich abkühlen. Günthi schlief trotz der Hitze auf der untersten Ebene ein Weilchen ein und erwachte schweißüberströmt, ohne zu wissen, wie lange er bei diesen Temperaturen durchgehalten hatte. Nach der Abkühlung und einem Drink fand er Juliette schlafend im Ruheraum, wo er sein Nickerchen fortsetzte. Später, die Saunauhr zeigte schon nach 18 Uhr, wurde er von Juliette zärtlich geweckt.

„Ich gehe jetzt ins Dampfbad. Das vertrage ich besser. Kommst du mit?"

Günthi rappelte sich hoch und ging mit ihr ins römische Dampfbad. Er hatte schon einige Dampfbäder kennenlernen dürfen. Dieses bestand nicht aus Kunststoff-Fertigelementen, sondern war aufwändig mit Mosaiken gefliest und hatte einen künstlichen Sternenhimmel, bei dem die Farbe des Lichtes ständig wechselte. Dadurch entstand in dem völlig nebligen, nach Minze duftenden Raum ein gediegenes, diskretes Schummerlicht. Das andere Paar hatte den Bereich verlassen.

„Hast du Lust, es hier zu tun?", fragte Juliette.

„Warum nicht?", entgegnete Günthi. „Ich würde es mir allerdings, wenn ich die Wahl hätte, eher für später aufheben, um mit meinen Kräften etwas zu haushalten."

Sie begann ihn zu küssen und überall zu streicheln. „Ich glaube nicht, dass du mit mir irgendein Ausdauerproblem hast", sagte sie leise zwischen ihrer ausgiebigen Mundarbeit, welche sie sogleich an seinem besten Stück fortsetzte. Günthi keuchte und musste husten bei der feuchten Luft.

220

„Das ist gut was du da machst", seufzte er. Nach einer Weile der sanften oralen Stimulanz führte er einen Positionswechsel herbei. Er bettete Juliette auf der beheizten Bank aus Mosaikfliesen, einen ihrer bezaubernden Füße auf dem Boden und begann sich für die Mundarbeit zu revanchieren. Juliette wand sich vor Lust auf der Bank und presste die Lippen zusammen, um nicht laut zu werden, denn in einem gekachelten Raum wirkte ja jedes Geräusch gleich viel lauter. Günthi wandte die Technik an, die er durch jahrelanges Probieren erlernt und verfeinert hatte, sich nicht wie ein Unwissender brutal über die Klitoris herzumachen, sondern fein die Umgebung zu bearbeiten und die Königin der Lust nur hin und wieder wie zufällig zu streifen, um sie erst kurz vor dem Höhepunkt mit äußerster Zungenspitze etwas intensiver zu reizen. Juliette kam äußerst heftig und gab, da sie diesmal keine Schulter zum Hineinbeißen hatte, einen tiefen, entfesselten Laut von sich. Sie klemmte Günthis Kopf dabei zwischen ihren Schenkeln ein und er hielt seine Zunge auf Position bis sie völlig erschlaffte und nur noch tief atmete.

„Das ist gut für die Atemwege", meinte Günti trocken.

„Ich werd dir gleich zeigen, was gut ist", erwiderte Juliette, rappelte sich hoch und begann ihn zu reiten. Und Günthi war dazu jetzt durchaus bereit, denn er fand es immer sehr anregend für sich selbst, eine Frau zum Orgasmus zu bringen. Sein Freund war groß und hart geworden. Es war nur sehr eng auf der Bank. Er saß und Juliette hockte auf ihm, die Beine hoch angezogen und bewegte sich unheimlich gut. Ihre Körper waren nass von Schweiß und Wasserdampf, der Duft betörte und das Dämmerlicht machte ihren Liebesakt zu etwas ganz Zauberhaftem. Als Günthi kam, seufzte Juliette mit ihm und verlangsamte ihre Stöße bis zum völligen Stillstand. Sie selbst war nicht noch einmal gekommen, aber Günthi merkte, dass es ihr ebenfalls großen Spaß machte, nicht nur zu empfangen, sondern auch zu geben. Nach dem Abduschen vielen sie beide im Ruheraum erneut in tiefen Schlummer bis beinahe 20 Uhr. Dann rappelten sie sich hoch und gingen ins Restaurant, um bei Weißwein verschiedene Fischdelikatessen mit ofenfrischer Backkartoffel zu genießen. Anschließend gingen sie Hand in Hand an den Strand, um ein Stückchen in Richtung Dierhagen zu wandern. Die Wellen rauschten monoton, ein herbstlich frischer Wind blies von Norden und Günthi war seltsam glücklich, wenn ihn nur nicht das Gewissen so belasten würde. Die beiden begannen wieder über ihre Ehen zu reden, erzählten sich von den Kindern und von ihrer Jugend. Sie sprachen über Höhen und

Tiefen und über ihre Sehnsüchte. Günthi schloss daraus, dass Juliette diese Themen immer wieder berührte, dass auch sie nicht ganz im Reinen mit der Situation war. Trotzdem wirkte auch sie irgendwie befreit.

„Meintest du das ernst mit dem Haus in den Dünen von Dänemark?", wollte Günthi wissen.

„Ich weiß nicht so recht." Sie lächelte in Gedanken versunken.

„Es wäre sicher schön, aber kaum zu realisieren."

„Wahrscheinlich nicht. Wie kämen wir eine Woche von unseren Partnern los? Was für unglaubliche Lügen müssten wir verbreiten."

„Um letztendlich doch nicht frei zu sein in unserer Liebe."

„Liebe?"

„Körperlichen Liebe. Oder...?"

„Ich weiß nicht so recht", sagte sie wieder. „Es ist schön mit dir."

Es war nun völlig dunkel, der weiße Sand der Dünen und die Schaumkronen der Wellen warfen ein wenig Licht zurück, weit draußen auf der Ostsee fuhren hell erleuchtete Schiffe. Juliette und Günthi turtelten am Strand herum, unterbrachen ihre Wanderung durch plötzliche Umarmungen und Kussattacken und wussten beide, dass diese Zeit sehr bald vorüber sein würde. Auf halbem Weg nach Dierhagen kehrten sie wieder um. Zurück im Hotel „verwüstete" Juliette ihr Zimmer, sie durchwühle das Bett, zerknautschte die Handtücher und machte die Dusche nass.

„Was tue ich hier eigentlich?", fragte sie Günthi. „Es ist den Leuten hier doch völlig egal, ob wir in dem Zimmer wohnen oder nicht. Es ist ihnen auch völlig egal, ob wir beide fremdgehen, Hauptsache wir bezahlen unsere Rechnung!"

„Komm, lass uns schlafen gehen." Günthi war müde.

„Schlafen?"

„Ja."

„Ach so. Schlafen. Natürlich."

Juliette strahlte wieder ihr bezauberndes Lächeln aus. Alles schien vergessen. Günthi nahm sie wunschgemäß von hinten auf der Bettkante, ihren Rücken mit Küssen bedeckend. Eng umschlungen verbrachten sie die Nacht in tiefem Schlaf und konnten auch den neuen Tag nicht beginnen, ohne ein Liebesspiel zum Abschied, bei dem es ihnen sogar gelang gleichzeitig zu kommen. Günthi wunderte sich über seine Kondition. Im Alltag mit seiner Angetrauten war Sex zumeist eine einmalige Sache. Einmal geschehen war dann für mindestens 24 Stunden Ruhe, oft auch mehrere Tage. Solch ausgiebiges Lieben kannte Günthi nur noch von seiner frischen, jungen Liebe zu Heidi, als er noch Mitte zwanzig war. Da konnten sie nicht genug voneinander bekommen und waren manchmal mehrmals täglich auf Bett, Sofa oder an ungewöhnlichen Orten zugange. Solch ein Verlangen hatte er schon lange nicht mehr verspürt und war überrascht, dass es so was bei ihm als Mittvierziger überhaupt noch gab.

Nach dem Frühstück brachen sie auf. Günthi hatte aber keine Lust seiner Ausrede Folge zu leisten, um sich in Peenemünde Kraftwerk und Raketen anzusehen. Es war allerdings viel zu zeitig, um zurückzufahren, also schlug Juliette vor, sich in Güstrow die Altstadt und den Dom anzusehen. Juliette wollte gerne fahren, sie hatte schon länger nicht mehr am Steuer eines BMW gesessen. Sie fuhr ganz ausgezeichnet. Günthi machte nicht die leiseste Anstrengung, ihr irgendwelche Tipps zu geben. Er schaute entspannt aus dem Fenster, Juliette fuhr sportlich, reizte die Gänge etwas mehr aus als Günthi, aber schaltete immer im rechten Augenblick. Da gab es kein Ruckeln, kein Motor-Abwürgen, keine den Straßenverkehr gefährdenden, unkontrollierten Aktionen, auch die Lüftung war perfekt eingestellt. Sie blinkte eifrig, schaute in die Spiegel beim Abbiegen und Spurwechsel und hatte ihren Blick ansonsten immer fest auf der Straße und nicht in der Landschaft.

„Kein Wunder", dachte Günthi, „sie ist ja beim ADAC. Wer weiß, wie viele Trainings sie mitgemacht hat. Oder sie hat einfach ein tolles Gespür für Technik. Toll!"

In Güstrow schlenderten sie entspannt durch die Innenstadt und besuchten andächtig den Dom mit dem berühmten „Schwebenden" von Ernst Barlach. Juliette wollte in der Sakristei unbedingt eine Kerze anzünden.

„Wegen meiner Sünden", sagte sie.

Dabei schaute sie Günthi wieder mit diesem wissenden Lächeln an. Günthi fand das mit der Kerze eigentlich albern. Aber kurzerhand spendete er auch eine Kerze. Wenn es denn half, die Sünden vergeben zu bekommen... warum nicht?

Nach dem Mittagessen fuhren sie über Berlin zurück zu der Raststätte, an der Juliette ihren Ford Focus geparkt hatte. Auf dem Weg dorthin geschah etwas absolut Erstaunliches: Juliette saß wieder am Steuer und Günthi schlief auf dem Beifahrersitz ein! Er war tatsächlich so locker und entspannt, dass er den Kopf zurücklegte und ihn der ganze Verkehr um ihn herum überhaupt nicht mehr interessierte. Jede Form von Anspannung war völlig ausgeschaltet. Die Frau neben ihm, die nicht seine eigene war, hatte sein vollstes Vertrauen gewonnen. Sie fuhr so ruhig, so sicher, so souverän, dass Günther Watz im Auto schlafen konnte! Wenn auch manches völlig anders gelaufen war; in dieser Hinsicht hatte sich die Aktion mit der Partnervermittlung gelohnt. Es gab tatsächlich Frauen, die ein Kraftfahrzeug beherrschen konnten, ohne dass sich der Beifahrer in Lebensgefahr glauben musste!

Günthi wachte auf, als sie auf den Parkplatz fuhren. Vorbildlich stellte Juliette den Wagen ab und die beiden stiegen aus. Sie verschränkte ihre Hände in der Tür stehend auf dem Autodach, stützte ihr Kinn darauf und blickte über das Dach zu Günthi hinüber. Günthi tat es ihr gleich, und so schauten sie sich eine Weile an.

„Wir werden uns nicht mehr sehen", sagte Juliette.

„Nicht hin und wieder eine kleine Mail? Oder ein geheimes Telefonat?" Günthi war einerseits erleichtert, befürchtete aber, dass ihm die Trauer und die Erinnerung an die Leidenschaftliche Begegnung im Nachhinein zu schaffen machen könnten.

„Nein." Ihr Lächeln wirkte müde. „Im Interesse unserer Beziehungen. Lass uns retten, was noch zu retten ist."

„Wirst du ihm von unserem Date erzählen?"

Juliette nickte. „Im geeigneten Moment werde ich das mal anbringen und ihn an den Anfang unserer Ehe erinnern. Was anderes habe ich mit unserer Zusammenkunft nicht bezweckt."

„Und was ist mit der Rettung aus dem traurigen Liebesleben, wie du es bezeichnest?"

„Das war ein sehr schöner Nebeneffekt. Die Orgasmen müssen mich nun wieder eine Weile über Wasser halten. Aber was ist mit dir? Du hast doch auch erreicht, was du wolltest, oder?"

„Eigentlich schon", meinte Günthi. „Mit so viel Sex hatte ich gar nicht gerechnet, aber es hat mir gutgetan. Vor allem aber weiß ich nun: Es gibt Frauen, die einem beim Fahren nicht reinquatschen und einfach gut Auto fahren. So gesehen ist alles im grünen Bereich."

„Wirst du Heidi was sagen?"

„Ja, und zwar bald. Ich konnte es noch nie gut verbergen, wenn ich etwas ausgefressen hatte, das war schon zu Schulzeiten so. Meine Eltern wussten von meinen Fehltritten meist schon von mir, bevor der Lehrer anrief. Heidi wird ein großes Gezeter veranstalten, aber sie wird sich nicht von mir trennen, da bin ich mir sicher."

„Vielleicht sehen wir uns ja doch mal wieder."

„Vielleicht. Angeblich sieht man sich immer zweimal im Leben."

Juliette holte ihre Tasche aus dem Kofferraum. Noch ein kurzer, nicht sehr glücklicher Blick, dann ging sie zu ihrem Auto und fuhr davon, ohne sich noch einmal umzublicken.

Das Donnerwetter brach über Günthi herein, kaum dass er das Haus betreten hatte.

„Kannst du mir erklären, was das zu bedeuten hat?!", keifte Heidi und warf ihm eine Illustrierte vor die Füße. Günthi stellte seine Reisetasche ab, zog langsam seine Jacke und die Schuhe aus und nahm das zerfledderte Blatt in die Hand. Es war die neueste Ausgabe der ADAC Motorwelt.

„Seite 16." Heidis Stimme schnitt durch den Hausflur, scharf wie ein Messer. Das mit den Frauen war ja wohl ein absolutes Kontrastprogramm heute.

Günthi schlug die Seite auf – und musste sich erst mal im Wohnzimmer in einen Sessel fallen lassen. Es wurde berichtet über gestellte Unfälle, zunächst ein paar allgemeine Bilder von den gestellten Situationen, die stets ein wenig anders waren, aber immer fuhren im Hintergrund unscharf unbeteiligte Autos vorbei. Es folgten Interviews mit Fahrern, die Hilfe verweigert hatten und Günthi war erschüttert über die Ausreden, die dort zum Besten gegeben wurden. Dann kamen einige Statistiken, bis es fett gedruckt hieß: **„Es geht auch anders!"** Auf der Folgeseite war nun Günthi zu sehen mit seinem BMW, wie er das Warndreieck aufbaute und die Unfallstelle absicherte. Das Ganze war wie eine Fotostory aus einem Teenagermagazin aufgemacht, mit einer zusammenhängenden Bildfolge, es fehlte eigentlich nur die Sprechblasen, aber Günthi meinte sich auch daran zu erinnern, nicht sonderlich viel gesagt zu haben. Es wurde aus der Bauwagenperspektive gezeigt, wie er versuchte den Wagen auf die Räder zu kriegen und wie er dann aus Baumstämmen den Hebel baute. Verschwommen hinter der geborstenen Frontscheibe aus Verbundglas war Juliette zu erkennen. Als „sensationell" wurde der Moment beschrieben, an dem der Wagen auf die Räder krachte. Günthi schaute sich an, wie er Juliette aus dem Wrack holte und sie auf derselben Picknickdecke bettete, auf der er mit Heidi schon mal Sex im Wald hatte. Dann war zu sehen, wie er dem Unfallopfer das Blut wegwischte und schließlich – es war das größte aller Fotos und es war mit „Happy End" betitelt – wie er Juliette küsste. Oder von ihr geküsst wurde. Es folgte noch ein kurzes Interview mit ihm und einige Fotos, etwa wie ihm ein Polizist ermutigend die Hand schüttelte, aber das hatte Heidi wahrscheinlich gar nicht mehr gelesen.

„Weißt du eigentlich, was ein gestellter Unfall ist?", fragte er Heidi.

„Ist mir egal. Wer ist diese Frau?"

„Ich habe sie gerettet. Alle anderen sind vorbeigefahren."

„Musstest du sie deswegen ablecken?"

„Der Kuss hatte nichts zu bedeuten. Ich war der einzige, der geholfen hat. Es hätte auch ein echter Unfall sein können. Alle waren total erleichtert. Bist du denn nicht stolz auf mich?"

Heidi ging auf diese Frage nicht ein. Und Günthi fühlte sich nicht ernst genommen.

„Es ist eine Schande dich mit dieser Frau zu sehen. Ständig rufen hier Bekannte an und fragen mich. Meine Arbeitskollegen lästern bereits!"

„Ich hatte mit dieser Frau gerade eine tolle Zeit", sagte Günthi und senkte den Kopf.

Er beichtete alles, von der Partnerbörse, seinen Hintergedanken mit dem Autofahren, dass er Heidi zu einem Fahrtraining bewegen wollte, indem er sie eifersüchtig machte und ertrug gleichmütig das unglaubliche Gezeter und Geheule, das Heidi veranstaltete. Als Heidi höchstes Unverständnis äußerte über die Sache mit dem Autofahren, stand Günthi auf und schaute auf die Uhr. Es war noch nicht zu spät, um mit diesem Thema endgültig Schluss zu machen. Er ging zum Auto, fuhr zu seinem BMW-Händler und gab den Wagen in Kommission zum Verkauf. Schlüssel, Ersatzschlüssel, Fahrzeugbrief, Fahrzeugschein – alles ließ er dort mit dem Wagen, in dem er es an diesem Tage geschafft hatte zu schlafen, weil eine wunderbare, liebestolle, sanfte Frau gezeigt hatte, dass es Frauen gibt, die erstklassig fahren können. In dieser, aber auch nur in dieser einen Beziehung hatte er Heidi vollkommen aufgegeben.

Es dauerte einige Wochen, bis sich die Wogen geglättet hatten. Das Nichtvorhandensein eines fahrbaren Untersatzes unterstützte den Heilungsprozess. Heidi tat den Vorfall als einmaligen Fehltritt ab und Günthi tat Buße, aber er dachte manchmal noch sehnsüchtig an Juliette und fragte sich, wie es um sie stehen würde. Nur allmählich geriet sie in Vergessenheit, denn Beruf, der Umbau des Hauses, Enkelkinder, zahlreiche Reisen hielten Günthi und Heidi die folgenden 20 Jahre ständig in Bewegung. Es war keine unglückliche Zeit, bis Heidi plötzlich die Diagnose einer seltenen, sehr schweren Krebserkrankung erhielt. Innerhalb weniger Wochen hatte sie ihr Leben ausgehaucht.

Nachdem Günthi nun rund 20 Jahre nach diesen Vorkommnissen mit einer Probefahrt ein Autohaus stark beschädigt hatte, scheint ihm alle Lebensfreude genommen. Okay, da sind die Enkel, die prächtig gedeihen, er hat ein schönes Haus, aber er fühlt sich einsam und als Versager. Seine Haftpflichtversicherung will für den Schaden aufkommen, fordert aber für Bestand der Versicherung ein ärztliches Gutachten. In einigen Zeitungen wird der Fall genüsslich ausgebreitet: **„Rentner zerlegt Autohaus."** Oder: **„Wenn Opa Auto fährt!"** Oder noch schlimmer: **„Altersschwach durch den Showroom!"** Leider vergessen die Zeitungen allzu gerne, dass in Deutschland dieser Tage bereits jeder zweite über 50 ist…

„Ich bin ein Wrack", sagt Günthi von sich. „Ich tauge zu nichts. Frau weg und jetzt auch noch die Ehre, dabei war ich es doch, der damals anhielt, bei diesem gestellten Unfall."

Aber daran erinnert sich natürlich heute keiner mehr. Wirklich keiner? Tage später sitzt Günthi auf der Terrasse in der Sonne, als das Telefon klingelt. Günthi setzt sein Headset auf.

„Watz?"

„Günthi, spreche ich wirklich mit Günthi?" Eine Frauenstimme erklingt am anderen Ende.

„Ja, wer ist denn dort?"

„Ich bin ja so froh dich zu erreichen. Günthi, hier ist Juliette!"

Günthi zuckt zusammen. Seit über zwanzig Jahren hatte Familie Watz dieselbe Telefonnummer und sie schien diese tatsächlich aufbewahrt zu haben.

„Juliette", spricht er langsam. „Mein Gott, wir wollten doch nie mehr Mails schreiben und nie mehr miteinander telefonieren."

„Günthi, ich rufe an, weil ich dir was sagen muss", sagt Juliette flehend. „Du bist kein Versager. Tu mir den einen Gefallen und höre nicht auf das Lästern in der Presse. Ich habe dich erkannt auf den Fotos bei deinem kleinen Missgeschick in dem Autohaus. Erinnerst du dich an den Steinzeithebel? Ich weiß es besser. Du kannst es in Wirklichkeit."

„Danke." Günthi gibt einen tiefen Seufzer von sich. Eine warme Welle durchströmt ihn. „Danke. Das tut ja so gut. Aber das kleine Missgeschick – war es nicht in Wirklichkeit ein ziemlich großes? Ich hätte Menschen umbringen können! Ich sollte es mit dem Fahren anscheinend nicht mehr versuchen."

„Warum denn nicht?"

„Mich versichert doch keiner mehr."

„Quatsch. Ich bring es dir bei. Du bist so gut gefahren früher, es steckt alles noch in dir drin. Es muss nur erweckt werden. So viel anders sind Elektroautos nicht. Ich zeig es dir."

Günthi lauscht gedankenvoll ihrer Stimme.

„Wie ist es dir ergangen in all den Jahren?", fragt er.

„Günti, als ich dich damals auf dem Parkplatz verlassen habe…" Juliettes Worte stocken.

„Was war da?"

„…ich bin die nächste Ausfahrt gleich wieder runter, habe mich an den Straßenrand gestellt und geheult. Ich konnte nicht mehr. Eine Stunde oder länger nur noch geheult. Es hat mir so wehgetan dich nicht mehr sehen zu können."

„Das weißt du noch so genau nach zwanzig Jahren?"

„Solche Gefühle vergisst man nicht."

„Und dein Mann?"

„Ist gestorben."

„Meiner auch. Ich meine, Heidi gibt es auch nicht mehr. Seit Kurzem erst."

„Das tut mir Leid. Wollen wir es noch mal versuchen, Günthi? Diesmal ohne einem Partner etwas verheimlichen zu müssen? Ich bin jetzt allerdings eine alte Frau."

In Günthi macht sich eine plötzliche Hoffnung breit, dass sein Lebensabend doch noch ganz interessant werden könnte. Dieser Anruf verändert schlagartig seine Perspektiven! Vielleicht kann er tatsächlich noch mal Auto fahren und braucht obendrein nicht mehr allein zu sein. Sex im Alter war dieser Tage keineswegs ein Tabuthema.

„Ich bin auch nicht mehr der Jüngste", sagt er zögernd. „Aber ich kenne da ein ganz nettes Restaurant in Grimma."

„Und ich kenne da ein feines Strandhotel in Wustrow", kontert Juliette.

„Kommt mir bekannt vor. In einem Prospekt las ich neulich von Ferienhäusern in Dänemark. Ziemlich einsam dort an der Nordsee, aber mitten in den Dünen, wo man nicht gehört wird…"

Juliette schweigt. In der Telefonleitung hört man nur ihren schweren und doch aufgeregten Atem.

An eine Sängerin

Manchmal frage ich mich, wie das alles geworden wäre, wenn ich auf dein Angebot eingegangen wäre. Es ist heute viele Jahre her, aber die Situation habe ich noch immer genau vor Augen. Wir hatten das Abi in der Tasche, du machtest eine Ausbildung, wolltest später Gesang studieren, aber erst mal was Solides lernen, ich kann heute nicht mal sagen was. Ich war durch mit der Bundeswehr und hatte einen Studienplatz fern der Heimat. Aber ich hatte während der Armeezeit mit einem Freund dieses dämliche Musical geschrieben. Dieses zwar musikalisch durchaus interessante, aus heutiger Sicht aber inhaltlich so peinliche Musikwerk sollte damals an unserer alten Schule zur Aufführung gebracht werden. Die Beteiligten: fast alle Ehemaligen unserer Musikklasse, meine um einige Musiker erweiterte Brassband als Orchester, eine Tanztruppe und andere Gäste. Der Schulleiter war offen für das Projekt, ich zog die Fäden von meinem Studienort aus. Das Ganze hat mich mindestens ein Semester gekostet! Aus heutiger Sicht frage ich mich, wo wir damals alle die Power herhatten, so was noch durchzuziehen. Aber zurück zu der besagten Situation, an die ich mich so lebhaft erinnern kann und die mich so manches Mal in erotische Fantasien getrieben hat.

Wir saßen bei der Probe versammelt in der Aula, erst reine Gesangs- und Textprobe um den Flügel herum. Später sollte dann ein Bühnendurchlauf erfolgen – es war kurz vor der Premiere. Die Gesangsstücke liefen nur mäßig. Ich traf einen oder mehrere Töne nicht, dabei hatte ich dieses Zeug doch geschrieben! Und dann, ich weiß heute noch nicht einmal, ob die anderen überhaupt etwas davon mitbekommen haben, hast du mich so komisch angeschaut und gesagt: „Ich würde die Sachen gerne mit dir noch mal durchgehen."

In Sachen Frauen war ich damals nicht gerade ein Hellseher und im Umgang mit selbigen wohl etwas ungelenk. Und nun erhielt ich ein exklusives Angebot – streng künstlerisch wohlgemerkt. Zumindest war ich damals der Meinung, es wäre nur wegen der falschen Töne. Dennoch hat sich dein Augenaufschlag mir ins Hirn gebrannt, dass ich mir da heute nicht mehr so sicher bin. Vielleicht bin ich auch einfach nur dämlich und bilde mir Sachen ein, die völlige Hirngespinste sind.

Du hast der Sache aber noch mal Nachdruck verliehen, indem du sagtest:

„Du kommst einfach zu mir und wir üben noch mal." Dazu dieser Blick.

Warum ich damals nicht darauf eingegangen bin, kann ich heute noch nicht einmal sagen. Ich war anscheinend von meiner Sangeskunst sehr überzeugt und tatsächlich hat später bei den Aufführungen alles gut geklappt, auch ohne unser Rendezvous. Es war mir bis dahin nie aufgefallen, dass ich in irgendeiner Weise interessant für dich gewesen sein könnte. Wahrscheinlich liege ich mit dieser Vermutung ohnehin voll daneben. Außerdem lag mein Augenmerk zu der Zeit meist auf anderen Damen. Du warst für ein Mädel ungewöhnlich groß und kämpftest mit großer Mühe gegen die Akne. Sport war nicht gerade dein Ding, aber dein Klavierspiel, deine Musikalität und der schon damals beachtliche Mezzosopran haben mich beeindruckt. Du warst nicht gerade eine Modepuppe, aber du warst Christin und vielleicht hatte ich da Berührungsängste. Mit anderen Worten: Die inneren Werte übertrafen die äußeren und ich war wohl noch nicht reif genug das zu erkennen. Irgendwann habe ich dich dann in unserer geliebten Heimatstadt mal wieder getroffen. Nur kurz auf einem Jahrmarkt. Ich hatte Frau und Kinder im Schlepptau, du warst allein. Aber ich fand, du sahst gut aus, einfach viel reifer. Und als ich neulich mal wieder dahinschmolz, indem ich, ausgestreckt auf dem Sofa mit dem guten Kopfhörer auf den Ohren, die Orchesterlieder von Richard Strauss hörte, diese großartigen Lieder, gesungen von dramatischem Mezzo, da musste ich wieder an dich denken, an deine inzwischen sicher gut ausgebildete Stimme, und wie der Apparat dieser romantischen Orchesterbesetzung, vor der du gleich einer Diva stehst, dich klanggewaltig trägt wie auf Händen. Und ich schäme mich fast diese Spinnereien zu erzählen, wie es hätte werden können, wenn ich auf dein Angebot damals eingegangen wäre.

Ich stelle mir also vor, wie ich zu unserem Date fahre, mit dem Fahrrad, ein Bündel Noten im Rucksack. Du wohntest damals in einem alten Stadthaus, verblendet mit rotbraunen Klinkern, die schon fast einen Tick ins Lila gingen. Deine Eltern waren geschieden, du lebtest zusammen mit Mutter und älterem Bruder. Unser Termin ist von dir natürlich so gewählt, dass niemand zu Hause ist. Schüchtern, ja fast artig, begrüßt du mich an der Wohnungstür. Und da ist er auch schon wieder, dieser Blick. In unserer Schulzeit war mir nie aufgefallen, dass du so einen schmachtenden Blick aufsetzen konntest. Vielleicht war das ein Markenzeichen verliebter Sängerinnen; ich habe wirklich keine

Ahnung. Das Klavier steht in deinem Zimmer. Ich kenne den Raum, denn wir hatten hier bereits eine Musicalprobe gehabt. Schlichte Gardinen verhängen das Fenster, mit langen Schals an den Seiten. Ein Kleiderschrank mit Spiegel an der Schranktür, ein Schreibtisch, der wohl auch als Schminktisch herhalten muss, ein alter Sessel und das Bett unter dem Fenster, mit einer gehäkelten Tagesdecke überzogen, sind deine Einrichtung. Alles wirkt alt, gebraucht und jenseits des Trends der Zeit damals. Es gibt keinerlei Poster von Popstars, sondern nur Plakate von klassischen Konzertveranstaltungen. Das Ambiente entspricht irgendwie gar nicht so dem, was mich umgibt daheim bei den Eltern oder in meiner Studentenbude. Ich fühle mich dennoch irgendwie wohl. Das macht wohl das künstlerische Flair, welches dein Zimmer umgibt. Vielleicht bist du es auch, deine Aura, denn du bist auch eine Künstlerin und zweifellos die beste Stimme, die unser Musical zu bieten hat. Draußen ergeht sich ein nasskaltes Wetter. Der Februar weiß nicht recht, ob er regnen oder schneien soll, also weht er ein feuchtes Nieselwetter daher und scheint sich damit zufriedenzugeben.

Du hast Tee gekocht. In unserer ausklingenden Schulzeit war es in Mode gekommen, sich kleine Teestövchen samt passendem Geschirr bei Nanu-Nana zu kaufen und Gäste mit exotisch riechenden Teesorten zu beglücken. Manchmal auch mit Räucherstäbchen. Eigentlich war das schon wieder völlig out und ich hatte mein Stövchen bereits im Keller verstaut für einstige Polterabende, denn schließlich kamen wir jetzt in ein Alter, in dem durchaus mit der einen oder anderen Hochzeit zu rechnen wäre. Dein Tee ist aber eine ganz normale Kräutermischung, die mit weißem Kandis sehr angenehm im Abgang ist. Du wirst wissen, was gut ist für die Stimmbänder, besonders bei diesem Wetter. Mangels Sitzgelegenheit hast du die Zeremonie auf einer umgedrehten Kiste zubereitet, in der Mitte des Zimmers auf dem Fußboden. Wir hocken also nebeneinander auf dem Flokati, nutzen dein Bett als Lehne und plaudern über das Musical, über die Mitwirkenden und was noch alles zu tun ist. Ich fühle mich als einer der Komponisten von dir sehr geehrt und akzeptiert, wobei ich aus heutiger Sicht, wie bereits erwähnt, große Zweifel an dem „Werk" habe. Aber es ist Balsam für die Seele und als du dich ans Klavier setzt, um den Song zu intonieren, bei dem ich angeblich falsch singe, bin ich fast gerührt. Es ist ein Stück, welches ich geschrieben habe und es klingt umwerfend in deiner Interpretation. Zunächst reißt du mich aber wieder zurück auf den Boden der Tatsachen, indem du einige Einsingübungen mit mir machst. Ich stoße dabei klar an meine Grenzen, aber du lächelst nur. Ein wissendes, verständiges Lächeln. „Das wird schon", sagst du. Dann spielst du wieder den Song an und nach dem Einsingen merke ich, wie viel leichter es sich auf einmal Trällern lässt. Du stimmst mit ein, wir singen im Duett, zweistimmig, deine schlanken Finger huschen in einwandfreier Haltung über die Klaviatur und beim Schlussakkord nehme ich dich, neben dir am Klavier stehend, ganz unwillkürlich in den Arm. Du lässt es geschehen und lehnst deinen Kopf an meine Schulter. Als wären wir überrascht durch die plötzliche Berührung, rücken wir sofort wieder voneinander ab. Wir grinsen beide. Das Haar trägst du heute offen.

„Gleich noch mal", sagst du und ich weiß: Es geht dir vor allem um die Umarmung beim Schlussakkord. Wir gehen den Song gleich noch mal durch und wieder die ergreifende Szene am Schluss. Plötzlich fängst du sogar an mich zu streicheln. Dann erhebst du dich vom Klavierhocker.

„So, und jetzt a cappella!" Du stehst mir gegenüber, gibst mir die Töne und lässt mich singen, zwischendurch probierst du immer wieder, ob ich noch richtig intoniere. Dann singst du mit und am Schluss sind wir völlig überrascht, dass wir uns in den Armen liegen. Nur wenig später wälzen wir uns noch bekleidet, aber knutschend auf deinem Bett. Damit hatte ich nicht gerechnet. Soweit ich das beurteilen kann, küsst du feucht, aber ziemlich gut. Ich bin in Liebesdingen ein unbeschriebenes Blatt, erfüllt von Sehnsüchten nach Küssen und einfachen Berührungen, vielleicht auch mehr. Ich erlaube mir die Frechheit, deine kleinen Brüste zu berühren, ich streiche darüber und knete sie ganz vorsichtig, denn ich hatte dergleichen noch nie in der Hand. Fast erstaunt nehme ich zur Kenntnis, dass du mir wegen dieser Erforschung keine runterhaust, sondern ein genussvolles Seufzen von dir gibst und mir das Hemd aus der Hose ziehst. Du arbeitest dich vor, bis deine warmen Hände mit ihren schlanken, pianistisch geschulten Fingern meinen nackten Rücken erreicht haben und ich revanchiere mich, indem ich dir, unterbrochen von zahlreichen Küssen, den etwas aus der Mode gekommenen Strickpulli ausziehe, um mich deinen Brüsten, die mich irgendwie faszinieren, etwas intensiver nähern zu können. Nur wenig später haben wir uns auch unserer Beinkleider entledigt und ich bekomme etwas Angst. Über allem schwebte der Gedanke „Sie ist doch Christin. Sie darf das gar nicht!" Damals verstand ich Glauben noch als Spaßbremse und ertappte mich immer wieder schlechten Gewissens dabei, wie ich mit bestimmten Kollegen über die „Gebetsschwestern" meine Witze machte. Und in diesem Augenblick werde ich gerade mit einer selbigen intim; das passt irgendwie überhaupt nicht zusammen. Ich bin der festen Überzeugung, du bist noch Jungfrau und weißt vielleicht gar nicht, auf welchen Weg du dich begibst, jedenfalls fühle ich mich nicht Wert für dich der erste zu sein. Ich hätte aufspringen, meine Sachen packen und gehen müssen, aber ich kann nicht. Deine Liebkosungen fesseln mich, ich würde wochenlang in totaler Verstörung leben, wenn meine Neugierde und meine tiefsten Wünsche nicht befriedigt würden. Dass gerade du es sein sollst, die mich zum Manne macht, hätte ich nie für möglich gehalten, aber diese Tatsache scheint nun unausweichlich.

Und schließlich kommt der Moment, der mir auch im späteren Leben immer mehr bedeutet hat als das eigentliche Vollziehen des Geschlechtsaktes: das Spüren von nackten Brüsten an meinem entblößten Oberkörper. Oh, ich glaube, ich stöhne gerade ein bisschen. Oder warst du es? Dieses Aufeinandertreffen, dieses Aneinanderreiben, sich dabei küssen und streicheln, mein Gott, das ist das Höchste! Irgendwie haben wir es geschafft, uns der Klamotten ganz zu entledigen und wir kleben aneinander wie Kröten beim Laichen, nahezu unzertrennlich. Ich kann noch gar nicht mal sagen, wer unser Liebesspiel anführt. Später wirst du mir lächelnd sagen, ich wäre die treibende Kraft gewesen. Das stimmt aber nicht, weil du angefangen hast mich auszuziehen. Mal beugst du dich über mich, meinen Körper erkundend, mal bin ich es, der mit seinen Lippen an dir entlangwandert. Du ertastest vorsichtig mein Glied und wirst mir später von deiner Furcht berichten mir weh zu tun. Ich weiche anfangs leicht zurück weil diese Berührung gänzlich ungewohnt ist, aber ich spüre auch deine Vorsicht und lasse dich ein Weilchen gewähren, während ich mir gestatte, mindestens genauso vorsichtig die Region zwischen deinen Beinen zu erforschen. Unsere nackten Füße streicheln sich, die Lust schaukelt sich hoch und wird schier unerträglich. Bei unserer ersten jungen Liebe stelle ich fest, dass wir Männer beim Vorspiel durchaus ebenfalls feucht werden, ich hatte das bei früherer Lüsternheit zwar bemerkt, aber das nicht so einordnen können. Inzwischen sind wir beide eigentlich eher nass als nur feucht.

„Lass uns jetzt, bitte", sagst du und: „warte". Du schmeißt uns beide kurz aus dem Bett und wirfst die Tagesdecke in eine Ecke, um mich in deinem frisch bereiteten Bett zu empfangen. Mann, bin ich erregt. Ich bin völlig betäubt. Nur irgendwelche Instinkte sagen mir, was ich jetzt tun muss. Ich begebe mich auf dich, du öffnest die Schenkel deiner langen Beine und umschlingst mich, als könne ich davonlaufen. Die Unerfahrenheit lässt uns nicht augenblicklich zusammenfinden, aber irgendwie schaffen wir es und ich versuche dieses neue Gefühl einzuordnen in meinen bisherigen Erfahrungsschatz, aber es gelingt mir nicht. Es ist so fremd, so neu, dass es mir Laute entlockt, die ich früher noch nie von mir gehört habe und dir scheint es ganz ähnlich zu ergehen. Ich hatte von Frauen gelesen, die Schmerzen hatten beim ersten Mal. Es scheint dir nach unserem ausgedehnten Vorspiel von einer knappen Stunde, einschließlich knutschen und ausziehen, recht gut zu gehen. Du steuerst unsere Bewegungen, die zunehmend heftiger werden. Ich muss wohl am Rande der Bewusstlosigkeit vegetieren. Auch du kannst mir hinterher nicht sagen, wer von uns zuerst gekommen ist. Wir waren ziemlich laut und sind jetzt ziemlich erschöpft. Es müssen Unmengen von Liebessäften gewesen sein, die ich in dich abgegeben habe. Und plötzlich denke ich, während du mich noch festhältst und sich dein Atem langsam beruhigt, dass du ja schwanger werden könntest! Eigentlich wollte ich nie der typische Mann sein, dem solche Dinge erst hinterher einfallen. Es ist mir peinlich und ich sage es dir. Aber du nimmst es locker. Du sagst, es bestünde kein Grund zur Sorge, du hättest für alles gesorgt. Ich frage nicht weiter. Es entzieht sich völlig meiner Kenntnis, ob du es von vornherein erwogen hattest mit mir zu schlafen. Aber es stimmt: Wir werden es beide gewollt haben, wir wussten es nur nicht. Erst viel später, nachdem ich auch Christ geworden war, wurde mir klar: Wäre das tatsächlich alles so gekommen, hätten wir streng genommen die Ehe vollzogen. Wir wären füreinander bestimmt gewesen und dafür, ein Leben lang zusammenzubleiben, zu heiraten! Nun sind wir zumindest ein Paar und wir haben es gerade getan. Was eben noch unerkennbar verschwommen in ferner Zukunft lag, hat uns in der Gegenwart erreicht. Wir liegen da und kommen nicht los voneinander. Es ist warm und kuschelig, im Stövchen brennt noch das Teelicht. Wir können nicht aufhören. Im Flur rumpelt die Haustür und du erschrickst. Jemand zieht seine Schuhe aus, haut sie deutlich hörbar in eine Ecke und verschwindet dann in einem anderen Zimmer.

„Mein Bruder ist zurück von der Arbeit", sagst du, „wir müssen uns jetzt wieder anziehen." Nacheinander huschen wir vorsichtig ins Bad, um die Spuren der Liebe zu beseitigen. Ich habe jetzt keine Lust mehr zu singen, besonders wo nun dein Bruder zuhören kann. Und ich bin völlig benebelt, überwältigt. Ich muss das Erlebte erst mal verdauen. Wir sind jetzt zusammen. Was wird unsere Truppe dazu sagen? Heute frage ich mich vielmehr: Was hätte unsere Truppe nur dazu gesagt, wenn es so gekommen wäre? Mitunter hat man viel zu viel Angst vor der Meinung der anderen. Die Antwort ist ganz einfach: zunächst wäre es eine Sensation gewesen, man hätte ein Weilchen drüber getuschelt und dann wäre es in die Normalität übergegangen. Nach dem Musical sind wir sowieso in alle Windrichtungen verschwunden. Für uns hätte aber vieles erst begonnen. Ich denke da an deinen ersten Besuch in meiner Studentenbude.

   Ich stehe am Bahnhof meines Studienortes und halte eine Rose in der Hand. Da ich momentan kein Auto besitze, ist mir der Charme von Bahnhöfen nicht unbekannt. Regelmäßig zieht es mich zurück in die Heimat, besonders seit ich dich kenne. Da haben wir jahrelang gemeinsam die Schulbank gedrückt, nebeneinanderher gelebt und nun hat es gefunkt und ich stehe mit einer Rose am Bahnhof. um dich abzuholen und meine freudige Erregung steigt mit jeder Minute, in der sich der Zeiger der Bahnsteiguhr wieder ein Stückchen weiterbewegt. Es ist Freitag, später Nachmittag. Die Tage werden nun zwar wieder etwas länger, aber es ist bereits fast völlig dunkel und ich stehe hier im Kunstlicht und warte auf eine Künstlerin, meine Sängerin. Früher haben Bahnhöfe mich genervt. Wenn ich freitags heimfuhr, kamen auch all die Wehrpflichtigen aus ihren Kasernen, um Mutter die Wäsche waschen zu lassen und um mit ihren Freundinnen zu schlafen. Es war allzu offensichtlich. Die Soldaten strömten aus den Zügen in die Arme ihrer liebesbereiten Mädels in gebändigter Vorfreude auf hormonellen Ausgleich. Sonntags das umgekehrte Bild: sehnsuchtsvoller Abschied nach erfüllten Liebesnächten. Die Jungs sahen frisch und befreit aus, die Mädels glücklich aber irgendwie geschafft. Jedenfalls kam mir das immer so vor und ich gebe zu, ich war neidisch. Hätte ich während meiner Bundeswehrzeit ein Mädel daheim gehabt, was leider nie der Fall war, wäre es mir sicher genauso gegangen. Nach Männerschweiß und Kriechen im Dreck, Waffen und Gasmasken schreit der Sinn des jungen Mannes nach dem Duft weiblicher Körper, nach weichen Brüsten mit harten Nippeln, nach dem unbeschreiblichen Gefühl der Geborgenheit im bereiten Schoß einer Frau, und nach dem Verweilen im weichen Bette, Haut an Haut bis in den späten Vormittag. Unzählige Seufzer hat mich das gekostet. Deshalb wollte ich auch wieder ein Auto haben. Dort konnte ich auf der Autobahn der Maschine lauschen und mit meinen Sehnsüchten alleine sein. Nun stehe ich am Bahnhof, nicht um eine Soldatin, sondern um meine Sängerin abzuholen. Und ich weiß, dass wir, bei mir angekommen, augenblicklich übereinander herfallen werden. Liebestechnisch, meine ich. Die ganze Zeit schon versuche ich an andere Dinge zu denken – es gelingt mir einfach nicht.

236

Was ist bloß los mit mir? Warum bin ich so nervös und aufgedreht? Ist es denn das Wichtigste der Welt? Das Wichtigste vielleicht nicht, aber das Schönste, nur deshalb rückt es im Rang der Dinge, die unbedingt getan werden wollen, wahrscheinlich von ganz allein an die erste Position.

„Wir werden uns lieben, die ganze Nacht lang!", würde ich am liebsten durch den Bahnhof brüllen. Ich tue es nicht. Ich weiß es.

Als der Zug um Punkt 17.55 Uhr einfährt, macht sich bei mir Herzrasen breit. Ich würde ihn am liebsten mit der Hand zum Stehen bringen, damit alles schneller geht. Ich laufe den Zug entlang, da ich ja nicht wissen kann, wo du aussteigst. Es ist doch der richtige Zug? Dir ist doch wohl nichts dazwischengekommen? Die Rose wird welk und ich ergraue vor Gram, wenn du nicht in diesem Zug bist!

„Huhu, hier bin ich!", ruft es da hinter mir. Im nächsten Augenblick liegen wir uns in den Armen und unsere Zungen streicheln sich. Alles um uns herum wird null und nichtig. Vielleicht hat der eine oder andere Reisende, der uns sah, ebenfalls einen neidischen, sehnsüchtigen Blick auf uns geworfen. Ich kann diesen Leuten nur sagen: Ich wünsche euch das auch von ganzem Herzen! Freunde, ich könnte die Welt umarmen! Liebt einander!

Du hast dich verändert, seit wir zusammen sind. Vor deiner Zeit hatte es mal ein junges Ding auf mich abgesehen, die zwar ganz nett war, mir aber äußerlich nicht so zusagte. Enttäuscht zog sie später mit einem Kumpel ab, was mir natürlich irgendwo auch nicht so recht war. Unter ihm, im wahrsten Sinne des Wortes, erwuchs sie zu sexueller Reife und entwickelte sich vom struppigen Entlein zum Schwan und ich ärgerte mich darüber. Das gleiche hätte ich auch haben können, hätte ich ein wenig Langmut walten lassen. Ich wollte diesen Fehler nicht wiederholen und übe mich bei dir in Geduld, die sich auszuzahlen scheint. Deine Haut sieht jetzt viel besser aus, wobei es sich nicht klar sagen lässt, ob das vielleicht von unserer liebestechnischen Hormonbehandlung kommt. Du verstehst es dich dezent zu schminken und kleidest dich irgendwie geschickter. Mensch, wir hätten schon die ganze Schulzeit zusammen sein sollen. Diese verlorene Zeit! Unser Musical war für unsere Verhältnisse übrigens ein Erfolg geworden. Dummerweise hatte ich dich rollentechnisch mit diesem weibischen Tenor aus dem anderen Leistungskurs gepaart, der natürlich ständig versuchte mir eins auszuwischen. Wir haben beide in hinzugewonnener

Reife darüber hinweggesehen. Außerdem wurde er später angeblich schwul.

Der Zug ist längst wieder abgefahren und der Bahnsteig leer, da stehen wir immer noch am gleichen Fleck und knutschen. Zeit spielt jetzt keine Rolle mehr. Erst als du sagst: „Jetzt habe ich aber Hunger", merke ich, dass es auch noch etwas anderes gibt als nur Liebeshunger. In meiner Wohnung brauche ich nur noch den Kartoffelauflauf in die Röhre zu schieben. Wäre er doch schon gebacken! In der Straßenbahn auf dem Weg zum Kartoffelauflauf erzählst du mir von deiner Lehre und den Gesangsstunden. Und von deinem Bruder, dass er einen neuen Job hat. Und welche Leute du von früher getroffen hast. Ich halte deine freie Hand, denn in der anderen hältst du die Rose, und achte dabei auf dein Gepäck, was mir schwerfällt, denn eigentlich muss ich die ganze Zeit nur dich ansehen.

Die Wohnungstür ist ins Schloss gefallen. Es ist nicht so, dass wir uns unmittelbar die Kleider vom Leib reißen. Ich traue mich auch gar nicht damit anzufangen. Schließlich geht es mir ja nicht nur um Sex. Eine gewisse Vorfreude meine ich jedoch auch bei dir auszumachen. Erst mal schiebe ich den Auflauf in den Backofen. Dazu gibt es dann Salat und Rotwein. Ein paar Rezepte kann ich richtig gut, wenngleich ich mich nie als außergewöhnlichen Koch bezeichnen würde. Einige Rezepte von Muttern, die weiterleben sollen, dann kopierte Kochtipps von Freunden oder aus der Tageszeitung, alles Gerichte, die mit wenig Aufwand viel hermachen. Als Mann überlebt man in Haushaltsfragen nur mit Effizienz. Wir trinken beide ein großes Glas Mineralwasser und schon mal etwas Wein. Du wandelst in meiner Bude umher und schaust dir alles genau an. Daheim hatten wir mal eine Katze. Als sie neu zu uns kam, war sie genauso. Katzenkenner werden Ähnliches zu berichten wissen. Sie schlich um die Ecken, schaute sich alles an, schnupperte mal hier, mal da, machte interessante Entdeckungen, schmuste am Sofa entlang und ließ sich, nachdem sie alles für gut befunden hatte, schnurrend auf selbigem nieder. Wenn du auch deine Nase nicht an meine Sachen hältst, so betrachtest du zunächst mein ganzes Lernzeug fürs Studium auf dem Schreibtisch und verharrst dann ausgiebig bei meiner Bibliothek und der CD-Sammlung, besonders bei den klassischen Sachen. Später wirst du an meiner Bettwäsche schnüffeln und sagen:

„Mmh, es riecht nach dir."

Diese Aussage könnte auch missverstanden werden, aber du meinst natürlich die anregende Mischung aus meinen Pheromonen und meinem Deo. Jetzt lässt du dich ganz wie unsere Katze auf meinem Sofa nieder, die Beine seitlich angezogen, behaglich und doch aufrecht und stolz – eine Diva eben. Ich habe ein einfaches Sofa aus Schaumstoffteilen von Ikea, auch andere Möbel von mir sind von schwedischem Design geprägt.

„Schön hast du es hier", sagst du. „Wo schlafen wir?"

Diese Frage durchzuckt mich regelrecht. Die Vorfreude scheint ungebrochen – auf beiden Seiten. Meine Wohnung besteht nur aus Küche, Bad, Flur und diesem einen, größeren Wohnraum. Das Wohnzimmer ist also zwangsläufig auch Schlafzimmer. Das Bettzeug verwahre ich im Kleiderschrank. Ich antworte:

„Wir klappen das Sofateil auseinander und haben eine fantastische Spielwiese."

Du begegnest dem mit einem wissenden Lächeln. Der Auflauf beginnt einen appetitlichen Duft zu verströmen. Ich knie nieder vor meiner Diva auf dem Sitzmöbel und wir beginnen umgehend zu knutschen. Als wir uns zum Essen in die kleine Küche begeben, sind wir bekleidungsmäßig schon ziemlich zerrupft. Wir sitzen uns am Küchentisch gegenüber. Du hast die Beine hochgelegt, deine nackten Füße ruhen in meinem Schoß. So groß wie du von Statur bist, sind auch deine Füße, aber genauso schön! Wenn du mit den Zehen wackelst, ist das äußerst angenehm. Früher hatte ich mir gewünscht, der Küchentisch wäre kleiner, damit er nicht so viel Platz wegnimmt, aber dann hättest du bei deinen langen Beinen jetzt einen Meter vom Tisch weg gesessen und womöglich gekleckert. Wir reden über belanglose Dinge, über die nur Verliebte reden, ziehen uns auf neckische Art gegenseitig auf und jeder zweite Satz spielt an auf das nahende Aufeinandertreffen unserer Körper. Zum Beispiel kommen wir irgendwie auf grobe Wischtücher zu sprechen, mit denen man nass den Boden wischt. Im Rheinland sagen sie dazu „Aufnehmer" und bei uns daheim heißt das eben „Feudel". Du amüsierst dich über den „Aufnehmer" und sagst:

„Aufnehmer, so ein blödes Wort. Aber ich freue mich, dass ich dich bald aufnehmen kann."

Lauter so sinnloses Zeug reden wir. Und du lächelst dabei und nippst versonnen an deinem Weinglas. Ich schlinge mein Essen hinunter, damit ich beide Hände frei habe, um dir die Fußsohlen zu massieren. Nein, eigentlich brauche ich jetzt nicht mehr viele Worte über das Geschehen zu verlieren. Geschirrspülen fällt heute aus. Während ich die brennende Kerze in mein Zimmer trage, entwendest du mir bereits Beinkleid und Unterwäsche, sodass ich beinahe stolpere. Sekunden später ist es wieder da dieses Gefühl: Brust an Brust mit dir, der für mich königlichste Moment des Vorspiels. Große Brüste haben mich nie interessiert, sie führen bei Frauen durch das Gewicht und bei Männern durch die vorgebeugte Körperhaltung beim Küssen ohnehin nur zu Rückenschäden. Kleine Wölbungen wie bei dir mit zarten Knospen sind doch viel gefühlsintensiver! Wir nutzen meine ganze Spielwiese, wir liegen mal so herum, dann wieder quer, plötzlich wälzen wir uns am anderen Ende. Mal bist du oben, dann wieder ich. Wir finden uns, kopulieren und trennen uns wieder, um ihn hinauszuzögern, den ganz großen Moment. Ich liebe es, wenn deine langen Beine mich umklammern, mir den Rückzug verwehren und mich zwingen dir alles zu geben, alles. Wir sind laut und keiner stört uns, keine Haustür klappert, der Stecker vom Telefon ist herausgezogen und die Nachbarn sind mir egal. Ob wir mehrfach kommen – ich kann es nicht sagen. Der Schwall an Gefühlen ist schier unendlich und tiefe Erschöpfung bricht über uns herein. Und dennoch sind Erregung und Lust damit noch lange nicht erloschen. Wir nippen erlöst an unseren Weingläsern und necken uns. Ich kleckere etwas Wein auf dich und schlecke ihn ab. Jetzt erinnerst du mich daran, dass ich dir ja eigentlich noch die Innenstadt zeigen wollte. Und dann war da noch die Spätvorstellung im Kino! Wir wollen leben! Es ist Freitagabend und das Wochenende will voll ausgekostet sein. Der Anfang ist gemacht.

In der Stadt ist heut nichts los. Es ist vorfrühlingshaft kalt, die Leute sind noch nicht aus ihren Löchern gekommen, um den Sommer zu begrüßen. Also gehen wir ins Kino. Den Film hast du vorgeschlagen: „Der Liebhaber" von Maguerite Duras. Du sagst, das ist ein Klassiker der Weltliteratur und der Film würde hochgelobt. Ja, der Film entpuppt sich als romantisch, gefühlvoll und fast als ein erneutes Vorspiel für uns, denn die darin enthaltenen Liebesszenen sind absolut heiß. Mich hat das total überrascht und alleine hätte ich mir den Film wohl kaum angesehen. Es sitzen lauter Paare im Kino, die das wohl ähnlich sehen und sich danach ebenfalls lieben werden. Früher wertete ich solche Situationen als Angriff und Provokation auf meine Einsamkeit, ebenso wie die Wochenendszenarien am Bahnhof. Inzwischen genieße ich die

Sicherheit, dass mir nichts entgeht. Ich bin Teil der Gemeinschaft aller Liebenden, willkommen im Club! Ja, die Bettszenen in dem Film sind wirklich sehr gefühlvoll und erotisch in Szene gesetzt und du beginnst an mir herumzufummeln und zu streicheln. Die Armlehne der Kinositze stört irgendwie. Aber ich bitte dich – wir sehen hier ein verfilmtes Stück Weltliteratur und keinen Sexfilm! Eng umschlungen begeben wir uns auf meine Bude und trinken den Rest Rotwein aus. Sind uns schon beinahe höflich dabei behilflich aus den Kleidern zu kommen. Und wir sind zusammen, die ganze Nacht, den Morgen und den nächsten Tag und den Sonntag auch noch. Spazieren gehen – Liebe. Essen – Quatschen – Musik hören – Liebe. Wie kriegen einfach nicht genug davon. Nehme ich an. Wäre es so gekommen? Ich fantasiere sinnlos vor mich hin und komme in diesem Punkt nicht weiter, denn ich bin bereits seit vielen Jahren mit einer anderen verheiratet und dabei keineswegs unglücklich. Irgendwie fehlt mir die Antwort.

Ich wache auf und habe immer noch den Kopfhörer auf den Ohren, ein leichtes, offenes Modell mit sehr natürlichem Klang und einem wunderbaren Tragekomfort. Man merkt ihn fast gar nicht und hat dabei einen Sound wie im Konzertsaal. Die Orchesterlieder von Richard Strauss sind verklungen. Es passiert mir äußerst selten, dass ich beim Hören von Musik meiner hochverehrten Romantiker einschlafe. Und noch seltener ereilen mich solche Gedanken dabei, fast schon feuchte Träume. Früher hatte ich nie dergleichen. Ich bin verrückt. Und ich bin verheiratet. Habe ich das nötig? Es ist jetzt weit nach Mitternacht und die ganze Familie schläft. „Papa will Musik hören", hatte meine Jüngste erkannt, und damit war für den Rest der Familie von vornherein klar, dass mit mir diesen Abend nicht mehr zu rechnen sein würde. Nach inspirierendem Musikgenuss liege ich noch immer auf dem Sofa und schäme mich für eine Rückblende von Geschehnissen, die nie stattgefunden haben und wahrscheinlich auch nie stattgefunden hätten. Vielleicht hätte ich das auch gar nicht aufschreiben sollen. Und das nur wegen dieses Blickes der Sängerin damals...

Ich hoffe, es geht ihr gut.

Verbales Vorspiel

1. Szene (Rückblende in Schwarz-Weiß)

(auf dem Friedhof an einer Grabstelle. Beerdigung. Sven steht, je links und rechts eine Tochter im Arm am Grab. Alle sind völlig von Tränen überströmt und fertig. Er nimmt etwas Erde mit einer kleinen Handschaufel und schüttet sie ins Grab, welches nicht im Bild ist. Dann wenden sie sich ab und gehen.)

2. Szene (Rückblende in Schwarz-Weiß)

(vor einem Gerichtsgebäude. Louisa und ein Mann verlassen das Haus über eine Freitreppe. Er wirkt teilnahmslos und abwesend und ist nachlässig gekleidet. Sie schaut traurig zu ihm herüber und geht nach links ab. Er hält inne, schaut ihr kurz nach und holt einen Flachmann aus dem Jackett und trinkt hastig. Er schiebt die Flasche zurück in sein Jackett und verlässt die Szene nach rechts)

3. Szene

(Doppelhaushälfte, auf der Terrasse, verstellbare Gartenstühle, ein typischer Gartentisch, weiß und rund. Louisa und Sven haben es sich bequem gemacht. Eine ungeöffnete Flasche Wein samt Gläsern steht auf dem Tisch. Beide wirken entspannt.)

Louisa: Glaubst du wirklich, dass denen am Strand nichts passiert?

Sven: Ich bitte dich – wie alt ist dein Sohn?

Louisa: Vierzehn.

Sven: Na aber! Meine Töchter sind zwölf und dreizehn und etwas frühreif. Und der Thomas vom Ferienhaus nebenan ist doch total vernünftig. Es ist Hauptsaison. Da sind ständig Leute am Strand. Außerdem ist hier Ostsee in Meck-Pomm und nicht Miami Beach.

Louisa: Du hast recht. Aber zwei Jungs und zwei Mädels...

Sven: Sei ganz entspannt. Wir können gemütlich die Flasche Dornfelder leeren, dabei schön quatschen und ohne quäkende Handymusik und Gekicher ins Bett gehen – jeder in seins. Ganz in Ruhe.

Louisa: Die Botschaft ist angekommen. Überdeutlich.

Sven: Ich finde, du solltest wissen, woran du bist. Für den Außenstehenden scheinen es ideale Rahmenbedingungen zu sein. Jede Familie eine Doppelhaushälfte. Alleinerziehende Mutter, alleinerziehender Vater, die sich vorher nie begegnet sind. Und dann noch sturmfrei!

Louisa: Ich möchte nicht, dass du mich als leichtes Mädel siehst. Ich habe allerlei durchgemacht. Es ist für mich schon wie ein Sechser im Lotto, sich mal anständig mit einem Mann überhaupt unterhalten zu können. Ich weiß sehr wohl, dass du Witwer bist.

Sven: Aber?

Louisa: Nichts – aber. Irgendwann musst du das mal ablegen. Gut, vielleicht nicht gerade hier, auch wenn ich das sehr praktisch fände. Aber streng genommen kennst du mich ja auch gar nicht.

Sven: Oh, ich finde es auch ausgesprochen angenehm, sich mal wieder aufgeschlossen mit einer Frau zu unterhalten, besonders wenn man dabei nicht unter Druck steht.

Louisa: Unter was denn für einem Druck? Setze ich dich unter Druck?

Sven: Früher, als ich noch nicht verheiratet war, haben mich Frauen automatisch unter Druck gesetzt, ohne dass sie das vielleicht gewollt haben. Ich habe das so empfunden. Die Suche nach einer Freundin, nach einer Partnerin. Ich hatte gleich immer das Gefühl baggern zu müssen, oft vergebens. Das war anstrengend. Und es war falsch.

Louisa: Typisch Mann. Kein Wunder, dass ihr statistisch eher in die Kiste springt. Bei dem Stress, den ihr euch um uns Frauen macht.

Sven: Bei aller Statistik – bei dir kam wohl der Prinz angewackelt und du hast ihn kampflos gewonnen?

Louisa: Angewackelt – ja. Du weißt, dass ich geschieden bin, weil er Alkoholiker war?

Sven: Du erwähntest das gestern. Es tut mir Leid. So meinte ich das nicht.

Louisa: Aber es stimmt schon. Er hatte ziemlich viel getrunken damals auf der Fete. Ich habe ihn gesehen und ich war gerührt. Mein Vater war auch Alkoholiker. Eine andere Statistik besagt, dass Töchter immer nach Vaterfiguren suchen in den Männern, die sie sich auswählen. Deshalb sind Väter so wichtig für Mädchen. Er ist ihre erste Liebe im Leben. Er hat mich an meinen Vater erinnert.

Sven: Du musst darüber nicht sprechen, wenn du nicht willst.

Louisa: Ich finde es befreiend, mal darüber zu sprechen. Keine Angst – ich heule nicht gleich deswegen! Im Grunde genommen bin ich immer noch dabei, Stellung zu nehmen zu deiner Äußerung mit dem Anbaggern. Mein Mann kam so hilflos daher, ja da habe ich alles in die Hand genommen. Er hat jedenfalls nicht gebaggert.

Sven: Aber grundsätzlich willst du als Frau auch begehrt werden. Du willst, dass man um dich kämpft, dir den roten Teppich ausrollt.

Louisa: Natürlich. Jede Frau wünscht sich das. Aber dafür bin ich wohl nicht attraktiv genug.

(Schweigen auf beiden Seiten)

Sven: Mensch, fällt dir gar nichts auf? Wir sitzen hier auf der Terrasse, die Kerze ist an, die Gläser stehen bereit und wir haben noch nicht mal die Weinflasche geöffnet.

Louisa: Stimmt. Wir sind doof.

Sven: *(müht sich an dem Korken und bricht ihn ab)* Mist. Auch wenn es so aussieht, aber es ist nicht die erste Weinflasche die ich öffne. Ich glaube der Korken war schon morsch. Ich drücke den Rest jetzt rein. Sorry.

(er drückt den Korken in die Flasche)

Louisa: Mach dir nicht schon wieder Stress. Ich beurteile eine Männlichkeit nicht daran, ob die Weinflasche professionell geöffnet werden kann.

Sven: Ich mach mir keinen Stress. Es verschafft mir ein tiefes Gefühl der Zufriedenheit, wenn mir das scheinbar professionelle Öffnen einer Weinflasche auf Anhieb gelingt. Ein Beispiel: Ich war mal mit den Kindern auf einem Dorffest. Da war so eine Bude, wo man mit Bällen Dosenstapel umwerfen musste. Meine Jüngste wollte unbedingt die Lisa-Puppe von den Simpsons haben und es stand nur noch eine Dose. Ich nahm den Ball ganz lässig und ich zielte noch nicht einmal sonderlich gut. Ich rasierte auf Anhieb die Dose weg. Leute applaudierten und meine Tochter umarmte mich stolz und nahm die Puppe in Empfang. Weißt du Louisa – dieses Gefühl! Ich durfte mich für kurze Zeit wie ein Held fühlen. Wenn einem das Öffnen der Weinflasche souverän gelingt, geht mir das ähnlich.

Louisa: Ihr Männer strebt nach Anerkennung. Das ist es!

Sven: Ihr etwa nicht? Wie ist es denn, wenn der Mann nach Hause kommt vom langen Arbeitstag und das Tagewerk der Frau nicht würdigt? Das feine Essen, alles sauber, Blumen auf dem Tisch. Oh ja, solche Sprüche kenn ich! Man sollte als Mann wirklich darauf eingehen, wenn man seine Frau liebt. Ansonsten holt sie sich die Anerkennung irgendwann von jemand anderem. In einer gesunden Beziehung gleicht sich die Anerkennung zwischen den Partnern aus. Und dann bleibt auch Spielraum für guten Sex.

Louisa: Oh.

Sven: So ist es doch, oder?

Louisa: Jetzt hast du aber damit angefangen.

Sven: Womit?

Lousia: Vom Sex zu reden.

Sven: Ich habe nicht von Sex gesprochen. Ich habe nur gesagt, dass, wenn die Rahmenbedingungen gegenseitiger Achtung in einer Partnerschaft gegeben sind, sich automatisch ein besserer Spielraum für Sex ergibt, anstelle von Frust. Nichts weiter. Deshalb geht heute trotzdem jeder in <u>sein</u> Bett.

Louisa: Kann es sein, dass wir immer noch keinen Wein haben?

Sven: Na so was.

(starrt entgeistert auf die Flasche in seinen Händen, der Korken schwimmt oben beim Flaschenhals)

Sven: Hoffentlich mache ich jetzt keine Sauerei.

(Der Wein plätschert in kläglichen Mengen in die Gläser. Es dauert lange)

Louisa: *(beobachtet ihn belustigt)* Gut Ding will Weile haben.

(Sie prosten sich zu. Große, glänzende Rotweingläser. Er schlürft fachmännisch und spuckt dann dezent ein kleines Stück Kork auf den Rasen)

Sven: Wie kommst du eigentlich klar mit Alkohol, wo du einem Mann als Alkoholiker hattest? Musst du daran nicht denken bei jedem Schluck Wein?

Louisa: Ich habe kein gestörtes Verhältnis zu einem gelegentlichen Glas Wein. Mein Mann war es, der immer mehr brauchte, abends nicht nach Hause kam, die Arbeit verlor und am Ende gewalttätig wurde. Wie bei meinem Vater damals.

Sven: Aber ihr habt immerhin ein Kind.

Louisa: Ja. Willst du wissen, wie es entstanden ist?

Sven: Nein...

Louisa: Durch Sex, Beischlaf, oder was man sonst noch dazu sagt. Nicht sonderlich fantasievoll, zunehmend routinierter, mit immer mehr Alkoholfahne und wenn er fertig war, ist er weggeschnarcht. Eine Statistik sagt, dass es bei seltener aber dafür heftiger sexueller Betätigung meistens Jungs werden. Bei Kriegskindern waren es auch meistens Jungs, die die Väter zeugten, wenn sie auf Fronturlaub waren.

Sven: Du mit deiner Statistik. Das war jetzt schon mindestens das dritte Mal, dass du mit einer Statistik kommst. Und warum habe ich dann bitteschön zwei Töchter?

(Sie nippt an ihrem Weinglas und lächelt dabei süffisant)

Louisa: Bei dir hat ganz offensichtlich die Frequenz gestimmt.

Sven: Ja, bei uns hat alles gestimmt. Es schmerzt mich, wenn ich daran denke. Wie sehr ich sie vermisse. Dieser blöde Unfall.

Louisa: Wie ist das passiert?

Sven: Ein besoffener Autofahrer hat ihr die Vorfahrt genommen. Oder er hat sie auf ihrem Fahrrad überhaupt nicht wahrgenommen. Er hat sie volle Breitseite erwischt. Schädelbasisbruch, zwei Wochen Koma, dann haben sie die Geräte abgestellt. *(er schüttelt sich schaudernd)*

Louisa: Das ist ja furchtbar!

Sven: Ja, das ist eine Tatsache, die uns verbindet, das kann keiner leugnen. Unser beider Unglück kam jeweils durch den Teufel Alkohol zustande.

Louisa: Hast du in deiner Trauer daran gedacht zu trinken? Ich meine, Menschen versuchen doch manchmal Trost im Schnaps zu finden.

Sven: Ja, wenn ich ehrlich bin, habe ich daran gedacht den Schmerz gelegentlich mit Alkohol zu betäuben. Aber es war ja keine Lösung. Und unvernünftig wäre es obendrein gewesen. Ich musste neben meinem Beruf für die beiden Mädels sorgen. Das ist bis heute eine Mammutaufgabe, der ich mich gerne stelle. Meine Töchter brauchen mich und ich will für sie da sein.

Louisa: Wie lange ist der Unfall jetzt her?

Sven: Reichlich zwei Jahre.

Louisa: Hast du nie daran gedacht, dir wieder jemanden zu suchen?

Sven: Schon, aber so weit fühle ich mich noch nicht ganz.

Louisa: Du kannst aber nicht ewig den Trauerkloß geben.

Sven: So jemand wie sie werde ich wohl kaum wiederfinden.

Louisa: Das ist richtig. Diese Erkenntnis ist ein erster wichtiger Schritt. Dann wirst du auch nicht mehr nach „ihr" suchen und öffnest dich vielleicht für andere.

Sven: Vielleicht.

Louisa: Aber wie steht es mit deinen Bedürfnissen?

Sven: Louisa, bitte! Lass uns nicht von so was reden!

Louisa: Warum denn nicht? Streng genommen haben wir doch schon damit angefangen. Ich habe auch ganz klar meine Sehnsüchte. Und wenn ich es brauche, dann mach ich es mir auch. Und du hast auch eine gesunde rechte Hand wie ich sehe.

Sven: Das geht auch mit links. Aber eigentlich geht mir das zu weit!

Louisa: Ich mach es so, wie ich es nie haben konnte. Zuerst nehme ich ein Bad. Ich mache mir eine gemütliche Beleuchtung an im Schlafzimmer, mit allerlei Kerzen. Ich stelle mir einen Spiegel hin, damit ich mich nackt sehen kann. Dann nehme ich mir das Buch mit den vielen bunten Fotos über allerlei Liebestechniken und verliere mich in dieser Inspiration. Ich träume von heißen Liebesnächten mit imaginären Männern und besorge es mir, manchmal mehrfach. Es ist natürlich nicht so wie mit einem echten Mann. Und wahrhaftig – ich weiß gar nicht wie es ist mit einem „richtigen" Mann! Aber es hilft mir über die Runden.

(Sie seufzt behaglich. Sie stellt den Gartenstuhl in eine halbe Liegestellung. Das Fußteil kommt hoch, ihre nackten Füße treten in Erscheinung)

Sven: *(tiefer Seufzer)* Ja, natürlich. Es ist gut, wenn Frauen das so hinkriegen und mit ihrer Sexualität so einen offenen Umgang haben. Ja, manchmal mache ich es mir auch. Aber nicht mit so einem Aufwand. Still, heimlich, schnell. Ich habe da so ein Kamasutra-Buch. Meine Frau mochte das nicht...

(Er nimmt einen hastigen Schluck Wein und schenkt sich sofort nach)

Louisa: Wenn überhaupt, lieber Sven, gibt es irgendwas, und wenn es nur eine winzige Kleinigkeit ist, die dir an mir gefallen könnte?

Sven: Es ist nicht mein Stil Frauen mit den Augen abzuweiden wie das Rind eine Wiese.

Louisa: Sehr höflich. Und wenn ich es dir ausdrücklich gestatte?

Sven: Es ist mir unangenehm.

Louisa: Okay, ich schaue weg. *(Sie wendet den Kopf langsam weg von ihm)*

Sven: *(Taxiert sie, schüchtern mit kurzen, verhuschten Blicken)*

Louisa: Bist du fertig?

Sven: Ja. *(er meidet ihren Blick und spielt mit seinem Weinglas)*

Louisa: Und? Hast du was gefunden, was dir gefällt?

Sven: Ich mag deine Hände. Dazu brauchte ich dich aber nicht optisch abzutasten. Das habe ich vorher schon gesehen. Sie sind natürlich und unverwelkt. Und du pflegst deine Nägel. Ja, das gefällt mir.

Louisa: Schön. Noch was?

(er wirft einen verstohlenen Blick auf ihre Füße)

Sven: Deine Füße gefallen mir auch. Ich bin froh, dass du keine behaarten Beine hast, das finde ich abtörnend. Aber du müsstest an den Fersen etwas Hornhaut entfernen. Ich mag auch Lagellack an den Fußnägeln. Das könntest du mal ergänzen, allerdings nicht für mich.

Louisa: Nicht für dich?

Sven: Außerdem solltest du etwas Sport machen. Du bist zwar nicht dick, aber es besteht Gefahr, dass du etwas auseinander gehst. Ach, was erzähle ich nur für einen Käse.

Louisa: Nein, nein, ich finde dich sehr ehrlich. Aber du findest mich nicht hübsch, nicht wahr?

Sven: Hm.

Louisa: Sag schon. Sei ehrlich, ich will es wissen.

Sven: Ach Louisa, das ist doch alles subjektiv. Wir reden hier über Äußerlichkeiten. Du siehst dich selbst sicher völlig anders als ich. Es ist doch wichtig, dass du dich selbst schön findest, dann bist du auch mit dir im Reinen und hast beste Chancen wieder zu einem Partner zu kommen, weil du eine ganz andere Souveränität ausstrahlst. Wenn du es dir nackt vor dem Spiegel besorgst, bist du auf einem guten Weg.

Louisa: Bleib mal bei der Sache. Ich bin für dich nicht schön. Stimmt's?

Sven: Das ist doch Schwachsinn, was wir hier machen. (*kurze Pause*) Du hast gepflegte Zähne. Wenn ich mir überlege, ob ich eine Frau küssen könnte, ist mir ein gepflegtes Esszimmer wichtig. Ich mag keinen gelben Steinbruch.

Louisa: *(lacht)* Horch, horch!

Sven: Du machst dich über mich lustig.

Louisa: Aber nein! Wie steht's mit dem Rest? Mit meinen Brüsten etwa?

Sven: Die Größe ist mir absolut unwichtig. Alles gut dosiert bei dir. Aber können wir nicht langsam aufhören mit diesem Quatsch?

Louisa: Dann fange ich mal bei dir an. Ich lasse das Gesicht nicht aus. Ich mag deine Grübchen. Und wenn du diese Trauermine ablegst, wirkst du sehr anziehend. Ehrlich. Aber ich mag keinen Dreitagebart und die Haare stehen dir besser kurz geschnitten.

Sven: Was soll ich sagen?

Louisa: Nichts. Und deinen Arsch finde ich geil.

Sven: Was?!

Louisa: Darf man als Frau so was nicht sagen im 21 Jahrhundert?

Sven: Es wirkt auf mich befremdlich.

Louisa: Wenn ich auf meine Figur achten soll, müsstest du ein wenig aufpassen, dass du keinen Bauch bekommst.

Sven: Ich habe nicht gesagt, dass du auf deine Figur aufpassen sollst. Ich war nur offen zu dir. Es ist mir doch egal, was du mit deiner Figur machst. Du hast mich gefragt und du hast eine Antwort bekommen.

Louisa: Vielleicht malst du dir aus, wie ich dir gefallen könnte?

Sven: Das hast du doch von mir verlangt.

Louisa: Deine Hände gefallen mir auch. Sie sehen aus wie Hände die zupacken können. Handwerklich, meine ich. Und dabei sind sie gepflegt. Und dein Eau de Toilette sagt mir sehr zu. Du nimmst wenig davon, nicht wahr? Aber du duftest den ganzen Tag. Man riecht es selbst auf die Ferne. Und du hast was einigermaßen Großes im Schritt, oder?

Sven: Also jetzt wird's mir langsam zu bunt!

Louisa: Ich weiß, du bist in Trauer, aber hat dir deine Frau so was nie gesagt?

Sven: Nicht so direkt. Im Schlafzimmer alles nur im Dunkeln. Sie war nie öffentlich mit ihrer Meinung über mich. Nur im stillen Kämmerlein war sie nur für mich alleine da und ich für sie, da haben wir uns alles gesagt.

Louisa: Aber offenbar doch nicht alles. Da gibt es wohl klare Defizite.

Sven: Ich hätte mir gewünscht, sie hätte auch vor den Kindern mehr von unserer Liebe durchblicken lassen.

Louisa: Du hast mir immer noch nicht gesagt, ob ich hübsch bin.

(Sie befeuchtet den rechten Zeigefinger mit etwas Wein und bringt mit kreisender Bewegung auf der Kante das Weinglas zum Singen. Sven schweigt lange. Dann leckt sie den Finger ab.)

Sven: In gewisser Weise bist du schon irgendwie attraktiv, aber dann auch irgendwie... Ich weiß nicht. Es fehlt so das i-Tüpfelchen, vielleicht die Frisur, vielleicht sind die Augenbrauen zu buschig. Ich kann das gar nicht sagen. Aber grundsätzlich... Ach, ich weiß nicht, was das soll. Das ist doch hier keine Partnervermittlung. Wir machen doch keine Brautschau hier, oder?

Louisa: Weißt du, Sven, ich für meinen Teil fühle mich betrogen.

Sven: Von mir?!

Louisa: Quatsch, nicht von dir. Von meinem Mann.

Sven: Ist er im Suff fremdgegangen?

Louisa: Keine Ahnung. Ist mir heute auch egal. Nein, ich fühle mich betrogen in Liebesdingen. Bei dir ist es genauso, gib's zu. Wir vermissen Liebesbeweise in Wort und Schrift. Ausgedehnte Liebesnächte bei Kerzenschein und vor aufgestellten Spiegeln. Du bist genauso betrogen.

Sven: Ich fühle mich aber nicht so.

Louisa: Und was ist mit Kamasutra? Das Buch das du hast? Habt ihr euch jemals gemeinsam damit beschäftigt?

Sven: Nein. Ich sagte schon, sie mochte das nicht...

Louisa: Du wolltest gerne experimentieren und sie hat es nicht zugelassen. Sie hat dich also darum betrogen.

Sven: Gut, vielleicht ein unerfüllter Wunsch, aber unter Betrug verstehe ich was anderes.

Louisa: Oh nein, ich bleibe dabei. Ich bin betrogen um meine Sehnsüchte und du bist es auch. Ich habe mir schon immer Fellatio gewünscht – er hat mich beiseitegestoßen und nur von hinten gerammelt...

Sven: Louisa, bitte...

Louisa: Ich habe mich danach gesehnt geleckt zu werden bis hin zum Finale, aber er konnte mich nur besteigen... Ich wollte Liebe geben und ihn reiten – er mochte es nicht und hat mich aus dem Bett geworfen. *(Sie ruft es laut heraus)* Sven, ich fühle mich betrogen! Bitte Sven, gewähre mir doch einen Blick in dein Innerstes und gestehe es dir ein – auch du bist betrogen!

Sven: *(leise, schüchtern)* Bei dem Kamasutra ging es mir ja nicht nur um mich. Da gibt es Stellungen, die extrem G-Punkt-stimulierend sind. Das ist keine Akrobatik nur für Männer sondern äußerst lustvoll für Frauen! Ich wollte das in erster Linie für sie, aber sie hat es nicht an sich herangelassen. Da habe ich mich manchmal selbst beim Träumen erwischt, wie ich es mit anderen mache. Ich schäme mich dafür.

Louisa: Und Zunge?

Sven: Ich weiß zwar nicht, was dich das angeht, aber – ich weiß durchaus wie das geht. Sie konnte sich da aber nie so hingeben, als wäre das was Schmutziges. Deshalb ist sie meinen Liebkosungen ja auch öffentlich immer so ausgewichen. Sie ist jedenfalls nie mit ihrem Kopf an mir heruntergewandert, um mich feucht zu berühren.

Louisa: Siehst du, Sven, genau das ist es. Unerfüllte Sehnsüchte. Ich baggere dich nicht an...

Sven: Doch...

Louisa: Na gut...aber ich bin ausgehungert und du bist es auch. Wir haben Hunger! Beide!

Sven: *(fährt verträumt fort)* Sich lieben mitten in der Nacht nach einem Gewitter, auf der Wiese im warmen Sommerregen. So was war einfach nicht drin.

Louisa: Sex unter der Dusche bei Kerzenschein. Sich gegenseitig einseifen und massieren. Nie dagewesen!

(Sie reibt ihre Füße aneinander und fährt mit der rechten   Hand   von ihrer Scham über den Bauch zu ihrer Brust, die sie streichelt)

Louisa: Und ich hätte so gerne mal Sex in der Badewanne. Mit Rosenblättern auf dem Schaum... Ich habe noch nie von einem Mann Rosen gekriegt!

Sven: Was glaubst du wird nun passieren? Die Situation ist doch absurd! Sollen wir zusammen ins Bett gehen, nur weil wir beide sexuell ausgehungert sind? Sollen wir dem Druck nachgeben, ohne dass es sich um eine Herzensangelegenheit handelt?

Louisa: Das mit dem Herzen kann sich ja vielleicht noch entwickeln. Wir könnten der Sache doch mal eine Chance geben. Du bist sehr offen und sehr ehrlich, Sven. Wenn du mit dieser Offenheit bei deiner Frau nicht weitergekommen bist, ist das sehr traurig, aber nun nicht mehr zu ändern. Andere Männer gehen dann einfach fremd. Es ist halt anders gekommen. Außerdem sind wir jetzt ja beide Singles.

Sven: Du bist auch sehr ehrlich. Und theoretisch wärst du bei deiner Ehe auch eine Seitensprungkandidatin gewesen.

Louisa: Ich konnte es aber nicht, weil ich genau so treu bin wie du.

Sven: Und dir hat noch nie jemand Blumen geschenkt?

Louisa: Blumen schon, nur nicht von meinem Mann.

Sven: Das mit den Rosen ließe sich übrigens einrichten, langfristig betrachtet.

Louisa: Und die Liebe? Findest du mich denn so entsetzlich?

Sven: Das habe ich nicht gesagt. Das muss reifen – es geht einfach so furchtbar schnell. Wir sind wie zwei Züge, die unaufhaltsam aufeinander zurasen. Louisa, was machst du nur mit mir? Meine Gefühle fahren Achterbahn. Ich weiß noch immer nicht, ob das richtig ist, worauf wir gerade zulaufen.

(Er betrachtet sie gedankenverloren)

Louisa: Wir sind offenbar auf Kollisionskurs.

Sven: Sieht ganz danach aus.

Louisa: *(belustigt)* Jetzt schaust du mich an, wie du es vorhin tun solltest.

Sven: Entschuldige. Aber... Ich versuche mir gerade vorzustellen...

Louisa: ...wie wir miteinander schlafen?

Sven: *(beugt sich vor und nimmt ihre Hand von der Brust und küsst diese)* Aber ich glaube nicht, dass wir das ganze Programm auf einmal schaffen werden.

Louisa: Das müssen wir auch gar nicht. Wir wollen uns näher kennenlernen und unseren Sehnsüchten begegnen. Aber ich habe das Gefühl, es wird mehr daraus.

Sven: Ich warne dich, ich kann nicht poppen oder rammeln. Ich kann nur lieben. Wirklich, etwas anderes kann ich nicht. Du hast es geschafft mich zu erregen, mich abzulenken von allem Vergangenen. Innerlich zögere ich ja noch... Notfalls können wir auf zwei Schlafzimmer ausweichen....

Louisa: Das erwähntest du bereits. Ich aber weiß, dass es richtig ist, was wir tun und dass wir definitiv nur „ein" Schlafzimmer benötigen. Also klassische Frage: Gehen wir zu dir oder zu mir?

Sven: Zu mir. Ich möchte nicht, dass dein Sohn mich als Eindringling wahrnimmt, falls wir ertappt werden. Meinen frühreifen Töchtern wäre das glaube ich ganz recht, wenn ich wieder unter der Haube wäre. Außerdem soll ich mich ja wohl noch rasieren.

Louisa: Und dann? Vorspiel unter der Dusche?

Sven: Ja, nach unserem verbalen Vorspiel wäre das ein interessanter Auftakt.

Louisa: Aber Finale ist im Bett.

Sven: Finale ist im Bett. Vorerst.

Louisa: Küss mich.

(er beugt sich zu ihr über den Liegestuhl, noch etwas unbeholfen, sie schlingt ihre Arme um seinen Hals. Der Kuss ist kurz und leidenschaftlich. Schwer atmend springt sie auf und nimmt ihn bei der Hand. Sie lassen alles stehen und stürmen hastig auf eine der beiden dunklen Doppelhaushälften zu)

Sven: *(hält kurz inne)* Du hast mich rumgekriegt. Ich wollte nicht.

Louisa: Doch. Du wolltest schon immer. Ich habe es an deinem Blick gesehen.

Sven: Na gut, vielleicht. Aber angebaggert hast du mich.

Louisa: Und du hast dich anbaggern lassen. Es hat dir gut getan.

Sven: *(gespielt nachdenklich)* Jetzt wo du es sagst – stimmt!

Louisa: So, jetzt komm aber. Ich halte es nicht mehr aus!

(Sie stürmen weiter Hand in Hand in eines der Häuser und verriegeln die Tür von innen)

(eine einsame, weiße Möwe segelt still über den sommerlichen Abendhimmel in Richtung Düne davon.)

Vom Klang der Elfe

Sebastian richtete das Mikrofon ein. Unzählige Male hatte er das schon getan, hatte die Aufnahmesituation analysiert, den Raumklang berücksichtigt, vor langer Zeit gelernte frequenzabhängige Abstrahlwinkel der Musikinstrumente aus seinem Langzeitgedächtnis hervorgeholt und er freute sich, dass jedes Recording irgendwie anders war. Wie aber sollte er dieses merkwürdige Monochord mikrofonieren? So ein Ding hatte er noch nie vor die Membrane bekommen. Überhaupt war dieser ganze Job komisch. Ja, er hatte ihn angenommen des Geldes wegen. Und weil es ein außergewöhnlicher Auftrag zu werden schien. Aber die Auftraggeberin war merkwürdig und dieser Aufnahmeort, alles war mit einem Riesenaufwand verbunden, dazu noch mitten in der Woche. Und der Handyempfang war hier gleich null – ganz schlecht für einen freien Tonmeister!

Die Auftraggeberin nannte sich Alexandra. Es war vielleicht ihr Künstlername, vielleicht aber auch ihr richtiger. Einen Nachnamen gab es anscheinend nicht. Amtlich gesehen wird es schon einen geben, dachte Sebastian bei sich. Alexandra hatte ihren „Firmensitz" in Nürnberg. Sie agierte als Märchenerzählerin und als Musikerin, was das Beherrschen verschiedener exotischer Instrumente und ihren Gesang einschloss. Ihr Themenschwerpunkt waren Märchen und Sagen der Kelten und von Wesen, die in Europas tiefen Wäldern lebten. Alexandra tingelte auf Stadt- und Mittelalterfesten, trat aber auch auf Kleinkunstbühnen auf. Ihr Erscheinungsbild war „voll Öko". Sie hüllte sich in lange, bunte Kleider in gedeckten Farben mit viel Flechtwerk und eingearbeitetem Schmuck, zu dem sie zusätzlich noch etliche Klunker um den Hals trug. Ihren Kopf umgab eine wilde Haarpracht aus ungebändigten Locken, die die Ohren verdeckten und ihr weit den Rücken hinunterwallten.

„Sie leisten ganz hervorragende Arbeit", hatte sie Sebastian gesagt. „Sie sind mir empfohlen worden."

Sebastian konnte sich nicht erinnern, wer ihn empfohlen haben könnte. Normalerweise produzierte er Livemitschnitte, Bands und Musikbesetzungen aller Art. Dazu war hin und wieder mal ein

Oratorium dabei, dann wieder Werbespots. Wer könnte ihn Alexandra empfohlen haben? Ach, war da nicht dieser kauzige ältere Pensionär, der „Märchenonkel", welcher einige Hörspiele bei ihm aufnahm? Dem würde er das noch am ehesten zutrauen, denn der wandelte ebenfalls auf Jahrmärkten und erzählte Kindern im Tipi seine Geschichten.

Alexandra bot für die Arbeit mit ihr ein interessantes Honorar, weit über dem Üblichen. Dafür wollte sie, aus welchen Gründen auch immer, in diesem schlossähnlichen Anwesen aufnehmen. Die Akustik konnte es nicht wirklich sein. Die ehemalige Stallanlage, deren Kuppelgewölbe auf schweren Granitsäulen ruhten, war akustisch eher ein Albtraum. Schwer kontrollierbare Echos, Flüsterbogeneffekte, stehende Wellen – da waren Kirchen viel besser tonmeisterlich zu handhaben. Sebastian hatte viel Bühnenmolton mitgebracht, das ist der dicke, schwarze Stoff, schwer entflammbar, der als optischer Hintergrund für Bühnen genommen wurde und diese klanglich trockener machte. Er nutzte die alten schmiedeeisernen Lampenhalter, um meterweise diesen Stoff zu verbauen, um den räumlichen Einfluss der Mistgänge zu unterbinden. Mitten in dieser Stallanlage setzte er, weit weg vom eigentlichen Aufnahmeort, ein Stereo-Grenzflächenmikrofon zum Abbilden des Raumes, er würde dieses Signal später bei Bedarf zumischen. Alexandra ließ ihn gewähren. Wenn sie auch sonst immer recht ernst wirkte und in ihrer Welt zu leben schien, so umspielte ein feines Lächeln ihre Mundwinkel über so viel Eifer, als betrachte sie ein Kind beim Spielen. Das war paradox, denn Sebastian und Alexandra mochten mit Anfang dreißig ungefähr das gleiche Alter haben. Gänzlich ungeschminkt schwebte sie umher in Ballerinas, erläuterte Sebastian, wie sie vorzugehen gedachte.

Sie hatte diverse Keyboards mit der gesamten Basis ihrer Songs fertig programmiert, zumeist geheimnisvoll wabernde Klangflächen mit Geräuscheffekten und diversen rhythmischen Impulsen. Sebastian sollte das auf sein System hochladen und auf weitere Spuren ihren Gesang und das ganze Instrumentarium aufnehmen, das sie in ihrem Caddy mitgebracht hatte. Und der Wagen war bei ihrer Ankunft voll bis unters Dach! Verschieden große Trommeln waren dabei, mit Naturfell bespannt, die einen tiefen, kehligen Ton von sich gaben, dann wiederum Klangschalen, die durch Rühren mit einem Holzstab zu singen begannen, ein raumfüllender, schwer ortbarer, schwebender Ton! Alexandra spielte aber auch Laute, keltische Harfe und Irish Whistle. Zu den Saiteninstrumenten gehörte eben auch das Monochord, welches aus einem Korpus und unzähligen Saiten bestand, welche alle auf den gleichen Ton gestimmt waren. Da die Stimmung der Saiten nie ganz gleich war, entstand ein unglaublich räumlicher, obertonreicher Klang, mit dem sich durch unterschiedliche Spielweisen unglaubliche Stimmungen erzeugen ließen, obwohl ja eigentlich nur ein Ton gespielt wurde. Sebastian war fasziniert.

Das Landgut war erst kürzlich renoviert worden, großstadtmüde Individualisten sollten hier mal einziehen. Der große Stall sollte für feierliche Anlässe und Gesellschaften Raum bieten. Ein Nebenraum, eine ehemalige Kammer zur Aufbewahrung von Milchkannen, diente Sebastian als Regieraum, in dem er Mischpult, Harddisk-Rekorder und zwei Regielautsprecher aufgebaut hatte, natürlich nicht, ohne den Raum ebenfalls etwas reflexionsärmer umzugestalten. Wohntechnisch waren beide im Herrenhaus untergebracht in einstigen Gesindekammern, klein und spartanisch mit alten Bauernmöbeln eingerichtet. Das Bett knarrte furchtbar, wenn man sich darin umdrehte. Ein Badezimmer mit WC befand sich auf dem Gang sowie eine kleine Küche. Ihre Zimmer befanden sich, weit auseinander, an den jeweiligen Enden des Flures. Beide jedoch ermöglichten einen Blick auf einen recht großen See, in dessen Mitte sich eine kleine, bewaldete Insel befand.

Den ersten Aufnahmetag empfand Sebastian als sehr spannend, wenn auch ziemlich ermüdend. Alexandra war sehr penibel in ihrer Arbeit, hatte sehr genaue Vorstellungen, wie ihre Songs umgesetzt werden sollten. Sebastian musste sie einige Male wiederholt singen lassen, weil sie nicht gut intonierte. Er hätte das zwar auf dem Computer bereinigen können, aber ihre Musik barg eine solch urwüchsige Natürlichkeit trotz der Synthesizer, dass er so wenig wie möglich mit all seiner Digitaltechnik eingreifen wollte. Und Alexandra wusste das zu schätzen. Sie sang von rätselhaften Waldmenschen, von unerfüllter Liebe, keltische Balladen und von Elfen. Ihre Lieder waren gespickt mit eigenen Wortschöpfungen, streckenweise sang sie in einer Sprache, von der Sebastian annahm, dass es eine eigene Erfindung sei.

„Das ist Elbisch", belehrte sie ihn eines Besseren.

Den ganzen Tag hatten sie gearbeitet und nur Tee getrunken. Am Abend fuhr Sebastian los, um etwas Essbares zu besorgen. Er fragte Alexandra, ob sie auch einen Döner wollte. Aber sie wollte sich lieber selbst etwas zubereiten. So kam er nach einer guten halben Stunde mit einem Dönerpaket zurück zu ihr in die Küche und setzte sich ihr gegenüber an den Küchentisch. Sie hatte einen bunten Salatteller vor sich und schaute missbilligend zu, wie Sebastian den Döner aus der Folie schälte und derart herzhaft hineinbiss, dass der Saft vom Kraut ihm das Kinn hinunterlief.

„Ich hoffe, der ist nicht mit Knoblauch", sagte sie.

„Natürlich ist er mit Knoblauch", schmatzte Sebastian, „und mit Chili."

„Das ist aber nicht fair, wenn man auf so engem Raum zusammenarbeitet."

„Du agierst vor dem Mikrofon und ich in meinem kleinen Regieraum. Und unsere Schlafzimmer liegen auf dem Flur weit auseinander." Mit seinem Döner verstand Sebastian keinen Spaß. „Vielleicht machen deine Kräuter ja auch Mundgeruch?"

Alexandra mümmelte an ihrer Mischung und sagte nichts mehr. Sebastian hätte seine Äußerung gerne zurückgenommen. Er wollte sie nicht verärgern; sie war immerhin seine Auftraggeberin. Und ihr Salatteller sah auch gar nicht so schlecht aus. Anscheinend hatte sie sich einen Haufen Grünzeug selbst mitgebracht, nicht nur Salat und Tomaten. Da war auch Pimpinelle dabei. Die Oma von Sebastian pflegte das im Garten zu haben und als Kind hatten sie die einem übergroßen Kleeblatt ähnlichen Pflanzen gepflückt und für das Abendbrot in einem Wasserglas frisch gehalten. Man konnte das komplett essen mit Stil und Blüte und es schmeckte etwas wie frisch gemähter Rasen. Neben anderen verdächtig riechenden Kräutern hatte Alexandra das alles in ihrem Salat, einschließlich einiger Brotstückchen und etwas Käse.

„Du isst wohl kein Fleisch?"

Alexandra schüttelte den Kopf.

„Was machst du heute Abend nach diesem anstrengenden Aufnahmetag?" fragte Sebastian, nachdem er seinen Döner verspeist hatte. „Wirst du noch etwas lesen oder wollen wir ein Glas Wein trinken?"

„Nein, danke." Alexandra stand auf. Ich gehe noch ein wenig hinunter zum See.

Der See interessierte Sebastian ebenfalls, aber er wollte sich nicht aufdrängen. Er würde ebenfalls an die frische Luft gehen und sich ein

Fleckchen suchen, an dem er seine Mails empfangen konnte. Also schickte er sich an, vor Alexandra am Ufer zu sein und hielt sich eilig links vom Landgut auf einem Trampelpfad in Richtung des Dorfes. Er atmete tief durch. Ein leichter Wind blies und wehte frische feuchte Luft zu ihm herüber mit dem unverwechselbaren Duft stehender Gewässer, einer Mischung aus Fisch, Moder und lebendiger Biomasse des Uferbereiches. Das Schilf raschelte im Wind und nach dem ganzen Tag sitzend am Mischpult und der leckeren Mahlzeit hatte dieser Spaziergang etwas Befreiendes für Sebastian. Nach einer Weile, etwa auf halbem Weg zum Dorf, kam er an eine Landzunge, an der sich ein hölzerner Bootssteg befand. Auf diesem stand festgenagelt, als Bestandteil des Steges eine Holzbank für Angler. Auf dieser ließ Sebastian sich nieder und holte sein Handy hervor.

„Zwei Balken Handynetz", sagte er zu sich selbst und wartete eine Weile, bis das Telefon mögliche Mails abgeholt hatte. Derweil schaute er zurück. Er war dem Seeufer in einem kleinen Bogen gefolgt. Von hier aus konnte man einen Teil der Fassade des Gutshauses erkennen. Würdevoll ragte es heraus zwischen den alten Bäumen, die es umgaben. Und dort am Ufer wandelte jemand mit den Füßen im Wasser. Eine Person in langem, weißem Gewand, welches unwirklich hell schimmerte in der Abenddämmerung. Sebastian kniff die Augen zusammen, um schärfer zu sehen. Konnte das Alexandra sein? Oder war es ein anderer Gast des Hauses, dem er noch nicht begegnet war? Alexandra trug doch normalerweise so alternative Klamotten, die am Ufer bei diesen Lichtverhältnissen eher eine tarnende Wirkung gehabt hätten. Die weiße Gestalt erinnerte ihn an eine Spukgeschichte, die er als Kind gelesen hatte, bei der die Dame eines Anwesens, die auf unnatürliche Weise zu Tode gekommen war, als Vampir im weißen Kleide nachts die Gäste des Hauses heimsuchte, um zu schlemmen…

Sebastian schüttelte sich und blickte hinüber zu der Insel, die gleich einer alten Flussaue mit alten Bäumen dicht bewaldet war. Wie es wohl sein mochte, allein auf solch einer Insel? Er liebte es zu schwimmen und die Distanz war eine Herausforderung aber keineswegs ein Risiko für ihn. Heute war es zu spät, aber morgen vielleicht? Er würde Alexandra davon berichten, aber nur für den Fall, dass er nicht mehr zurückkäme. Und plötzlich nahm er auf der Insel ein Licht wahr. Nur ganz kurz flackerte es auf, nicht von einer Laterne oder einer Hausbeleuchtung oder Ähnlichem. Das Wesen im weißen Gewand stand noch immer am Strand des Gutshofes und hatte beide Hände zum Himmel emporgestreckt. Und wieder leuchte es von der Insel, in einem ähnlich schimmernden Licht wie das Kleid oder das Gewand der Person am Ufer. Es schien keine Lichtquelle zu geben, es war einfach da, beleuchtete schwach die Bäume von unten, flackerte kurz auf und verschwand wieder. Damit war der ganze Zauber auch vorbei und auch die Gestalt am Ufer war verschwunden. Die Dämmerung fraß sich in den Abend und Sebastian bemerkte erst jetzt den Mond, der hinter ihm seine nächtliche Bahn antrat. Gestern oder vorgestern muss Vollmond gewesen sein, denn der Himmelskörper war nicht mehr ganz rund. Sebastian checkte seine Mails; es waren glücklicherweise keine wichtigen Mitteilungen dabei. Ihm war etwas unheimlich zumute, also rappelte er sich auf und lief mit zügigem Schritt, begleitet vom jämmerlichen Quaken einiger Frösche und dem leisen Rascheln der Schilfrohre im Wind, zurück zum Gutshaus.

Am kommenden Tag wurde wieder sehr intensiv gearbeitet. Jeder Song stellte Sebastian vor neue tonmeisterliche Herausforderungen. Besonders diesen schwebenden Gesang der Klangschalen in sauberem Stereo, ohne Phasenverschiebungen einzufangen, machte einige Versuche erforderlich. Lied für Lied nahm Gestalt an und er freute sich bereits jetzt auf das Mastering in seinem Studio, bis hin zur fertigen CD. Das Projekt würde für ihn eine erstklassige Referenz werden. Am Abend bot Alexandra an, für beide einen opulenten Salat anzufertigen und Sebastian willigte ein. Sie war nach diesem erfolgreichen Aufnahmetag lammfromm und begegnete Sebastian mit einer warmen Freundlichkeit, wie er sie von ihr noch nicht erlebt hatte. Am morgigen Tag sollte nur noch ein einziger Song aufgenommen werden, der Alexandra offenbar sehr viel bedeutete. Sie hatten an diesem Tage zeitiger Schluss gemacht, daher fasste Sebastian tatsächlich den Entschluss schwimmen zu gehen. Nach solch einer leichten Mahlzeit war es sicher auch kein Problem, ins Wasser zu gehen.

„Ich muss mich bewegen", sagte er zu Alexandra, „sonst roste ich ein. Ich gehe schwimmen."

Sie nickte. „Zur Insel?"

Sebastian zögerte. Mit der Frage hatte er nicht gerechnet, vor allem mit der Belanglosigkeit, mit der sie diese Frage stellte.

„Es ist noch ein Weilchen hell. Ich werde sehen, wie weit ich komme. Vielleicht drehe ich vorher um. Ich weiß ja nicht, was mich dort erwartet."

Er musste plötzlich an das Licht denken. Diese Äußerung stimmte wiederum Alexandra nachdenklich.

„Was soll da drüben schon sein? Etwas unberührter Wald vielleicht. Ufer mit Schilf. Womöglich findest du keine Stelle, um an Land zu gehen."

„Ich will hier nicht den großen Entdecker oder den mutigen Kerl spielen", sagte Sebastian. „Vielleicht ist es ja unheimlich dort umherzustrolchen. Möglicherweise begegne ich da irgendwelchen Wesen."

„Was denn für Wesen?" Alexandra lächelte.

„Keine Ahnung. Schwimmst du auch? Dann komm doch mit!"

„Nein, ich kann zwar schwimmen, aber ich mag es nicht. Im Bach eines Waldes plantschen oder unter einem kleinen Wasserfall duschen, das finde ich klasse."

Sebastian ging zum See und dachte nach. Wer plantschte schon in einem Bach und duschte unter einem Wasserfall? Wahrscheinlich nur solche Müsli- und Salatesser wie Alexandra. Er hatte keine Badehose mit. Er breitete sein Handtuch aus und legte seine Sachen darauf ab, ehe er nackt zum Ufer schritt. Er blickte zum Gutshaus hinüber. Niemand war zu sehen, und doch fühlte Sebastian sich beobachtet. Er tapste ins Wasser, erst über Sand, dann über versunkenes, vermodertes Astwerk und Laub, und als Seegras um seine Beine strich schob er sich ganz ins kühle Wasser hinein. Ein paar Wasserpflanzen strichen ihm noch über Bauch und Glied und zunächst verspürte er eine leichte Erregung dadurch, aber der Gedanke an den großen Hecht, der sich in seinem Wurm verbeißen könnte, ließen ihn rasch auf den offenen See hinausschwimmen. Das Wasser war kühl aber nicht unerträglich kalt und bei seinen kräftigen Schwimmbewegungen kam Sebastian absolut nicht ins Frösteln. Am Ufer quakten die Frösche. Ein verdutztes Entenpaar nahm Reißaus vor ihm und mit singendem Flügelschlag flog ein Schwan dicht über seinen Kopf hinweg. Ja, die Natur hier in Mecklenburg-Vorpommern war fantastisch. Wenn man hier mehr Aufträge bekäme, könnte man hier glatt leben! Oder sich dereinst zur Ruhe setzen. Aber so alleine?

Sebastian war Single; seine letzte Beziehung lag Jahre zurück. Seine Ex wollte Kinder und eine große Familie und Sebastian hatte sein

Studio noch nicht. Er arbeitete für eine Beschallungsfirma. Immer unterwegs auf Veranstaltungen, laute Musik in verqualmten Festzelten, Nächte durchmachen, dann die ganze Technik wieder abbauen. Mindestens zwei Tage hatte er gebraucht, um wieder in einen halbwegs normalen Schlafrhythmus zu kommen. Er fing an zu rauchen ohne es wirklich zu wollen. Als sie sich trennten hatte er sein Studio gerade begonnen auszubauen. Als er einzog und mit den Jobs bei der Beschallungsfirma aufhörte, war es für seine große Liebe zu spät. Er änderte sich, machte Sport, hörte mit dem Rauchen auf, machte Dinge, die sie gern zu tun pflegte. Alles zu spät. Sie ist heute verheiratet und hat drei kleine Kinder. Und Sebastian realisierte nun die Musik von Alexandra und zog Kraft und Selbstbestätigung aus Jobs wie diesen, verliebte sich zumeist unglücklich in diese oder jene Künstlerin für die er arbeitete und wartete, dass ihm jemand begegnete, die mit ihm auf einer Wellenlänge lag und bereit war, ihn und seinen Job so zu nehmen wie sie eben waren.

Mit kräftigen Zügen näherte er sich der Insel. Sollte er hier wirklich an Land gehen? Was hatten gestern nur die Lichter zu bedeuten? Waren hier Leute, die wild campten? Oder ein paar kriminelle Typen, die hier heimlich ihren Geschäften nachgingen? Lautlos schwamm er entgegen dem Uhrzeigersinn an dem Eiland entlang. Es dämmerte zusehends und der Mond ging auf. Heute hatte er wieder ein Stückchen abgenommen. Die Luft war kühl und leichte Nebelschwaden bildeten sich über dem Wasser. Sebastian kehrte um und schwamm zurück über den See auf die Lichter des Gutshauses zu. Es war für diese Schwimmübung leider wieder etwas spät geworden. Sollte er diese Unternehmung morgen erneut wagen, so müsste er dies möglichst vor dem Essen tun, damit er noch bei Tageslicht auf der Insel ankam. Er würde dann auf der anderen Seite nach einem Zugang suchen, welcher westlich lag und am meisten vom abendlichen Licht abbekam. Am Ufer angekommen tapste er durch den Schlamm mit dem vermoderten Holz und schließlich durch den Sand. Da stand plötzlich Alexandra bei seinen Sachen und hielt ihm das ausgebreitete Handtuch hin.

„Warst du drüben?"

Sebastian wandte ihr instinktiv den Rücken zu.

„Fast. Ich habe östlich keine Stelle gefunden, wo man an Land gehen kann."

Sie legte ihm das Handtuch um die Schultern und begann ihn trocken zu tupfen. Erst den Rücken, dann die Schultern, schließlich nahm sie das nicht allzu große Handtuch und begann ihn vorne abzutrocknen. Sie fasste dazu um ihn herum.

„Wirst du es morgen wieder probieren?"

Sie stand noch immer hinter ihm. Sebastian fühlte ihren Atem und erspürte plötzlich ihre Brüste unterhalb von seinem Schulterblatt, erst zarte, harte Knospen, welche alsbald von ihrer weichen Brust umschlossen wurden.

„Wenn wir eher Schluss machen", brachte Sebastian stockend heraus, „schwimme ich wieder rüber." Und er dachte: Herrje, sie ist nackt – was soll das?

Er fröstelte. Alexandra strahlte eine wunderbare Wärme aus. Mit ihrem ganzen Körper schmiegte sie sich an seinen Rücken und ihre Hände wanderten mit dem Handtuch von oben nach unten und trockneten ihn vorne überall ab. Überall. Er hatte keine Ahnung, was sie von ihm wollte. Oder besser gesagt: Er hatte keine Ahnung, weshalb sie das von ihm wollen könnte, was sich hier anzubahnen schien. Sie war seine Auftraggeberin. Sie übte sich in Distanz den ganzen Tag, das hier war eine geschäftliche Beziehung – nicht mehr und nicht weniger! Er empfand keine Liebe für sie, noch nicht! Das Gefühl begehrt zu werden war ihm fremd geworden. Sebastian musste erst wieder lernen, Vertrauen zu fassen und die Hingabe einer Frau anzunehmen. Natürlich könnte er sie vermutlich jetzt bumsen – und dann? Er hatte Angst vor der unglaublichen Leere danach, schlimmer noch, als wenn er selbst Hand anlegen würde. Er wollte sich umdrehen, sie vor sich spüren, sie in die Arme nehmen, sie küssen, um die Empfindungen für sie zu erwecken und sie seine Erregung an ihrem Bauch spüren lassen. Als er sich wand, um sich ihr zuzuwenden, umgab ihn ein leiser, warmer Windhauch und sie war plötzlich verschwunden. Das Handtuch lag auf seinen Füßen.

„Alexandra?"

Sein Ruf klang ängstlich, beinahe flehend. Nach kurzem, verzweifeltem Innehalten trocknete er sich schnell die Füße ab und zog sich hastig wieder an. Was ging hier vor sich? Benommen stolperte er die Treppe zum Gutshaus empor. Alexandra war nicht in ihrem Zimmer, auch nicht in der Küche. Sebastian hängte das Handtuch zum

Trocknen auf und zog sich noch ein Sweatshirt über. Dann ging er hinunter in die als Aufnahmeraum fungierende Stallanlage. Hier brannte Licht, auch in dem Nebenraum, den er als Regieraum nutzte. Durch den Türspalt sah er Alexandra an ihrem Keyboard sitzen. Das Instrument stand dort zur Übernahme ihrer Basisarrangements in seine Aufnahmetechnik. Vielleicht wollte sie noch mal reinhören in ihren letzten Song oder einige Modifikationen anbringen. Vollständig bekleidet saß sie spielend da mit einem Kopfhörer, mit geschlossenen Augen, und strahlte eine unglaubliche Ruhe aus. Sie bemerkte Sebastian nicht und er betrachtete sie. Würde er diese Frau lieben können? Sie war so eigenartig öko-mäßig drauf, sie war künstlerisch so genial, sie sprach Elbisch, aber sie war auch eigenbrötlerisch und etwas weltfremd und hatte Dinge an sich, die sich Sebastian nicht erklären konnte. Er wehrte sich gegen den Begriff, denn als Ingenieur verlangte er immer nach sachlichen Erklärungen, aber konnte es sein, dass sie eine Art Zauber umgab? Gestern stand sie als weißes Wesen am Ufer. Lichter flackerten auf der Insel als sie die Hände hob. Heute empfing sie ihn nackt am See und ward augenblicklich fort, als er sich ihr hinwenden wollte. Nun saß sie da wie eine Engelsgestalt, versunken in ihren Klängen. Sebastian wandte sich ab und betrachtete ihr Instrumentarium. Da fiel sein Blick auf ihr Notenpult, auf dem sie stets ihre Texte liegen hatte. Obenauf lag das Blatt mit einem Liedtext, den Sebastian noch nicht kannte, möglicherweise das Lied für morgen, welches sie sich bis zuletzt aufgehoben hatte. Das Lied hieß „Liebesnacht der Elfe". Es hatte keinen Refrain und bestand nur aus vierzeiligen Strophen, die eine Geschichte erzählten und bei der der Text der vierten Zeile stets wiederholt wurde.

Helle Nacht mit Sternenglanz

Den Zauber kann er nicht verwehren

Der Mond nimmt ab, ist nicht mehr ganz

Die Elf tut ihn begehren, die Elf tut ihn begehren.

Ein zartes Licht, das wird ihn führen

Von einer Fee zum Ort gebracht

Die Elf sehnt sich ihn zu berühren

Im warmen Nebel dieser Nacht, im warmen Nebel dieser Nacht.

Sebastian stutze. Es war merkwürdig. Er las die Zeilen und das Szenario kam ihm irgendwie bekannt vor, als hätte er Teile davon erlebt. Ja die Nächte waren derzeit sternenklar und der Mond nahm ab. Aber die Fee sagte ihm irgendwie nichts. Alexandra hatte ihn berührt, falls er sich das nicht eingebildet hatte in seiner tonmeisterlichen Fantasie. Aber das mit der Elfe verstand er nicht. Alexandra hatte immer von Elfenzauber in ihren Liedern gesungen, aber nie so direkt eine Elfe thematisiert. Er las weiter.

Nach Jahren ist es an der Zeit

Vergangen ist so viel auf Erden

Ein Mensch soll freien das Elfenweib

ein Königssohn muss werden, ein Königssohn muss werden.

Edel seist du, Freund, und ungebunden,

ein sanfter Mann, kein Herzensdieb.

Wirst du im Klang von ihr gefunden

dann bist du Wert der Elfe Lieb, dann bist du Wert der Elfe Lieb.

Plötzlich fiel ein Schatten über das Blatt. Sebastian erschrak. Alexandra stand vor ihm und nahm ihm das Blatt aus der Hand.

„Entschuldige, ich wollte dich nicht erschrecken."

„Das Lied für morgen?"

Alexandra nickte.

„Warum darf ich es nicht weiterlesen?"

Sie wirkte etwas gequält, als wolle sie ihm am liebsten etwas anvertrauen, brachte es aber nicht übers Herz. Sie wandte sich ab und starrte auf ihre keltische Harfe. Das Haar hatte sie zum Tragen des Kopfhörers nach hinten geschoben und damit das Ohr freigelegt. Gerade fielen ihre lockigen Strähnen wieder zurück und noch für den Bruchteil einer Sekunde konnte Sebastian das Ohr sehen. Der Anblick brannte sich in seinem Gehirn ein, wie das zackige Gebilde eines Blitzes bei Nacht, das nur kurz aufflammt und dessen Form sich noch Augenblicke danach scheinbar auf der Netzhaut eingebrannt hat. Gründlich hatte er im Studium die Physiologie des Ohres lernen müssen. Schallübertragung erst durch die Luft, dann über das Trommelfell auf ein mechanisches System aus Hammer, Steigbügel, Amboss, auf das ein flüssiges System folgt, in dem letztendlich die Nervenzellen das Gehörte in elektrische Signale fürs Hirn umwandeln. Eingefangen und fokussiert wird der Schall aber über die Ohrmuschel, ein akustisch geniales System aus Knorpel, welches bei den Menschen scheinbar gleich, und doch bei jedem einzigartig ist. Bei Alexandra aber waren die Ohren spitz. Wohl hatte sie auch das klassische Knorpelgebilde, aber die Ohrmuschel verlief im oberen Bereich nicht rund, sondern einfach spitz zu. Gab es so etwas genetisch bei Menschen überhaupt? Sebastian meinte sich geirrt zu haben. Oder gehörte das auch zu diesem komischen Zauber? Ihre Lockenpracht verdeckte das Ohr nun wieder vollständig.

„Warum willst du dich um das Erlebnis bringen?", fragte sie freundlich. „Ja, das ist das Lied für morgen. Es ist etwas ganz Besonders. Ein Elfenlied. Du musst nicht schon alles wissen."

„Erzähle mir von Elfen."

„Uh, das ist nichts für nur eine Nacht. Weißt du, es gibt ja so viele verschiedene Arten von Elfen. Am meisten verbreitet sind die Waldelfen mit ihrem Hofstaat. Sie halten sich von den Menschen fern, aber sie helfen ihm, wenn er in Not ist. Wer Elfen von tiefem Herzen verehrt, wird in großen Waldgebieten auch sicher welche zu sehen bekommen."

„Und sie essen nur vegetarisch, baden in Bächen und duschen unterm Wasserfall."

„Du machst dich darüber lustig!" Alexandra wirkte verzweifelt. „Ich bin dir ja nicht böse, denn du weißt ja eigentlich nichts darüber. Ich wünsche mir einfach nur Respekt. Du bist der Auserwählte...quatsch... ich meine, der von mir Auserwählte, meine Musik aufnehmen zu dürfen. Du setzt meine Musik so gefühlvoll um, höre einfach auf die Texte, dann verstehst du vielleicht auch etwas."

„Ich glaube, ich habe schon etwas verstanden, von dem was ich gerade lesen konnte", erwiderte Sebastian.

„Mag sein." Alexandra ging zur Tür des Stalls, die hinausführte in die Halle und ins Treppenhaus zu ihren Gemächern, und legte die Hand demonstrativ auf den Lichtschalter.

„Morgen werden wir zeitiger fertig sein. Dann kannst du wieder schwimmen gehen. Vielleicht schaffst du es morgen auf die Insel. Würde mich freuen."

Sie machte das Licht aus.

„Warum?", rief ihr Sebastian hinterher.

„Darum!", schallte es zurück aus dem Gutshaus.

Am nächsten Morgen begann die Arbeit sehr entspannt. Zunächst hörten die beiden die Rohfassungen sämtlichen Materials durch, welches sie in den letzten Tagen aufgenommen hatten. Alexandra war sehr locker drauf und Sebastian meinte, dass er es sehr wohl lernen könnte sie richtig gern zu haben, wenn er noch weitere Tage mit ihr so intensiv zusammenarbeiten würde. Irgendwann spränge der Funke über. Dann begann die Arbeit an der „Liebesnacht der Elfe". Zunächst spielte sie auf die Musikbasis die Keltische Harfe ein, an einigen Stellen fügte sie auf einer anderen Spur noch Gitarrenakkorde hinzu, die in Verbindung mit der Harfe interessante rhythmische Figuren ergaben. Der Song hatte ein sehr ruhiges Tempo, die Keyboardflächen waren so extrem im Stereobild auseinandergezogen, dass sie schon beinahe gegenphasig waren. Aber in Verbindung mit den Spuren, die hinzukamen, war die Korrelation perfekt bei einem sehr angenehm breiten Klangbild. Im Anschluss spielte sie über mehrere Spuren verschiedenes Schlagwerk ein, darunter auch die große mit Naturfell bespannte Trommel und einen „Rainmaker". So langsam kristallisierte sich heraus, wo später der Gesang der einzelnen Strophen platziert wurde, dazwischen erstreckten sich teilweise ausgedehnte Zwischenspiele, in denen auch mal die Metrik wechselte, aber immer wieder zurückfand zu ihrem Ursprung. Nach einigen melancholischen Phasen auf der Irish Whistle wollte Alexandra noch einen Tee trinken und dann mit dem Gesang beginnen.

Als sie nach der kurzen Pause zu singen begann, stockte Sebastian der Atem. Er hatte ihr als Arbeitshall digital eine mittelgroße Kirche mit Bogengängen auf den Gesang gegeben. Sie fühlte sich wohl und er schmolz dahin, als sie den Text zum Besten gab, den er gestern auf ihrem Notenpult gelesen hatte. Nun bekam er auch zu hören, wie es damit weiterging.

Auf Waldes Lichtung, nicht an Land

In sanftem Kerzenschein

Bei Elfenreigen Hand in Hand

Dort dringst du lustvoll in sie ein, dort dringst du lustvoll in sie ein.

Entfesselt bricht ihr Schrei die Nacht

Der Elfenjubel ist gar groß

Die Lust zum Höhepunkt gebracht

Es wird ein Jüngling ihr im Schoß, es wird ein Jüngling ihr im Schoß!

Diese Offenheit in den Texten hatte Sebastian ihr gar nicht zugetraut. Obwohl – sie war ihm doch gestern auf sehr intime Weise am Ufer begegnet und hatte ihn von hinten umschlungen und abgetrocknet. Er war sich sicher, dass sie es war und er das Ganze nicht geträumt hatte. Doch warum sie plötzlich weg war, konnte er sich noch immer nicht erklären. Sie war mal hier, mal dort, sie erschien in weißen Gewändern, ließ vielleicht Lichter auf der Insel auflodern und war plötzlich wieder verschwunden. Und dann saß sie wie ein Unschuldslamm am Keyboard, als wäre nichts gewesen. Und dieses spitze Ohr. Hatte Sebastian nicht schon mal davon gelesen in einem Fantasyroman vor längerer Zeit? War sie vielleicht so eine Kreuzung aus Mensch und Elfe, wenn es denn Elfen überhaupt gab? Was aber hatte sie dann hier verloren?

Alexandra ergänzte das Lied noch mit einigen Stimmdopplungen, Vokalisen und einer zweiten Stimme bei den Wiederholungen in der jeweils vierten Strophenzeile. Für diese Aufnahmen musste Sebastian den Song immer wieder hören und er grübelte über dem Text. Er war fasziniert von der Sehnsucht dieser Elfe, fand aber, dass das Lied noch nicht richtig zu Ende war. Sie kam herein und hörte das Ergebnis gemeinsam mit ihm durch. Dabei heftete sie die ganze Zeit einen liebevollen Blick auf ihn.

„Nun? Das Lied ist fertig", sagte sie. „In den nächsten Wochen erwarte ich per Post das fertige Master."

„Ich habe selten so etwas Bezauberndes gehört, geschweige denn bearbeiten dürfen." Die Stimme von Sebastian war heiser, obwohl er kaum gesprochen hatte. „Aber diese Elfenliebe geht doch weiter. Ich finde das Lied ist hier nicht zu Ende."

„Für mich schon."

„Aber was wird aus dem Mann, der ihr seine Liebe schenkt? Werden sie ein Paar?"

„Ein Königssohn entsteht nur aus der körperlichen Liebe einer Elfe mit einem Menschenmann. Er gibt seine Gene. Er kann nicht glücklich werden im Reich der Feen und Elfen. Er geht zurück in seine Welt."

„Dann wird er sein Kind nie zu sehen bekommen?"

„Nein."

Sebastian schwieg. Alexandra wollte seinen Vervielfältigungsservice nicht in Anspruch nehmen. Er bot seinen Kunden auch stets die Gestaltung von CD-Cover an und das ganze Handling bis zur industriell gefertigten CD vom Presswerk in der gewünschten Stückzahl. Alexandra wollte nur das Master.

„Was hast du vor mit der Aufnahme?"

„Sie ist erst mal nur für mich. Dann lass ich mir eine nette Gestaltung einfallen und dann bringe ich sie heraus. Es gibt einen Markt für diese Art von Musik."

Sie strich ihm mit der Hand über den Kopf. „Schluss für heute. Lass uns was essen und dann kannst du schwimmen gehen. Morgen bauen wir unseren ganzen Krempel ab."

Als Sebastian wieder nackt am Ufer stand, war es genauso spät wie am Vortag. Er war sich sicher, dass er es erneut nicht bis zur Insel schaffen würde, wegen der hereinbrechenden Dunkelheit. Aber Alexandra hatte ihn fast gedrängt es doch noch einmal zu versuchen, als wollte sie zu gerne wissen, wie es auf der Insel so war. Also schwamm er los. Der Abend war wieder absolut klar, aber es war deutlich kühler und bereits jetzt schwebten die Nebelschwaden über dem noch recht milden Wasser. Als er die Insel erreicht hatte, war die Dämmerung bereits fortgeschritten und der unrunde Mond positionierte sich am Firmament. Trotzdem schwamm Sebastian noch ein Stück im Urzeigersinn um das Eiland herum und sah eine Stelle, an der deutlich weniger Uferbewuchs auszumachen war, ja, fast schien ein unscheinbarer Pfad in den Wald hineinzuführen. Sehr groß konnte die Insel nicht sein. Sebastian schwamm auf der Stelle und war unentschlossen. Er hatte weder Bekleidung noch Taschenlampe dabei. Wenn er noch einen kurzen Streifzug unternehmen wollte, dann würde er sich beeilen müssen. Er wandte sich um, um den Stand der Abenddämmerung und des Mondes besser einzuschätzen und als er sich wieder umdrehte, stand eine zierliche junge Frau im langen weißen Kleid am Ufer und rief ihm etwas zu. Er verstand es nicht. Sie wiederholte die Worte und es klang wie in einem dieser Lieder von Alexandra, in dem sie Elbisch sang. Die Gestalt war wie von einem Lichtkranz umgeben, was Sebastian aber darauf zurückführte, dass er etwas Wasser auf der Hornhaut hatte und deshalb Licht mit einem ganz besonderen Schimmer wahrnahm. Auch hinter der Frau schimmerte mattes Licht aus dem Wald und er spürte, dass er sich diesem Anblick nicht so recht entziehen konnte und unwillkürlich langsam in Richtung Ufer schwamm. Wie ging doch gleich die Liedzeile?

„Den Zauber kann er nicht verwehren..."

In was war er hier nur hineingeraten? Das Licht aus dem Wald waberte zu ihm herüber, es schien das gleiche kühle Licht zu sein, das er auf dem Bootssteg wahrgenommen hatte. Weitere Damen tauchten auf, alle in diesen dünnen weißen Kleidern und alle sehr zierlich mit nur wenig Brust, aber ihre Nippel zeichneten sich deutlich durch den dünnen Stoff ab.

„Komm mit!" rief die Erste freundlich mit einladender Geste.

Sebastian stieg aus dem Wasser und dem mehr und mehr aufsteigenden Nebel. Er liebte das Körpergefühl, das sich nach längerem Schwimmen einstellte und ihn muskulös und straff erscheinen ließ. Er störte ihn in diesem Zustand auch nicht unbedingt, dass er nichts anhatte, und so folgte er den Damen.

„Von einer Fee zum Ort gebracht..."

Diese Worte gingen ihm durch den Kopf und erstmals ahnte er, was ihn hier erwarten könnte. Immer weitere Feen oder Elfen, er konnte das nicht so genau unterscheiden, gesellten sich hinzu und sie begannen zu singen. Die erste Fee hatte ihn bei der Hand genommen, eine zierliche warme Hand, fast wie die eines reiferen Mädchens. Sie führte ihn auf eine Lichtung, die von unzähligen Kerzen erhellt war. Die Kerzen standen auf Ständern aus natürlichem Geäst und hingen, unregelmäßig verteilt, in feinen Leuchtern von den Bäumen. Es ergab sich daraus eine festliche Beleuchtung, die durch die hellen Kleider der vielen jungen Frauen reflektiert wurde und dem Ambiente einen ganz besonderen Glanz verlieh. In der Mitte der Lichtung war etwas aufgebaut, das wie ein Bett aussah, eine Konstruktion aus Stämmen, Zweigen, Blättern und einer Auflage, die an einen Flokati erinnerte. Und dort lag – Alexandra. Als man Sebastian herbeiführte, erhob sie sich und stellte sich vor ihn. Sie hatte ebenfalls ein langes, weißes Gewand an. Also war sie es doch gestern am Ufer des Sees.

„Du bist also gekommen", sagte sie. Und sie zitierte ihr Lied.

„Edel seist du, Freund, und ungebunden..."

„Ja, ich bin da", erwiderte Sebastian. Ich hatte Angst. Aber ich weiß nun, was mich erwartet." Und er zitierte ebenfalls eine Zeile.

„Die Elf sehnt sich ihn zu berühren..."

Die vielen Feen fassten sich nun alle bei der Hand und bildeten einen großen Kreis um die beiden vor dem Lager. Sie begannen zu singen, eine Melodie, die auf der CD von Alexandra zu hören war, ein Chor mit Stimmen von einer Klarheit, wie sie von Knabenchören nicht zu erreichen war. Dazu bewegten sie sich gleich einem Reigen alle synchron den Kreis entlang.

„Warum haben wir das nicht aufgenommen?" fragte Sebastian ergriffen.

„Das ist nicht von dieser Welt", antwortete Alexandra. „Ich habe versucht es so gut wie möglich in meiner Musik wiederzugeben."

Sie schwiegen eine Weile. Sie lauschten den Klängen und schauten sich dabei in die Augen. Es waren Melodien, die nur auf einer Grundharmonie basierten, Alexandra hatte das Lied mithilfe des Monochord umgesetzt. Klingend Es-Dur, die ganze Zeit. Richard Wagner hat das am Anfang vom „Rheingold" durchgezogen, 136 Takte lang! Gigantisch, was man aus einer einzigen Harmonie machen konnte! Sebastian schob Alexandra die beiden Bänder, die ihr Kleid hielten, von den Schultern und lautlos glitt der Stoff ihren Körper hinab.

„Auf Waldes Lichtung, nicht an Land...", sagte er.

„In sanftem Kerzenschein...", ergänzte sie.

„Bei Elfenreigen Hand in Hand...", fuhr er fort,

„Dort dringst du lustvoll in mich ein", hauchte Alexandra erregt,

„dort dringst du lustvoll in mich ein."

In einem langen Kuss und inniger Umarmung verweilten sie eine Weile in dem Szenario auf der Lichtung. Es schien für Alexandra normal zu sein so offen vor den Feen ihre Begierde zu zeigen. Sebastian erschien es anfangs befremdlich, aber der Lauf der Dinge schien ohnehin vorherbestimmt und er fügte sich. Für die sie umgebenden Elfen war das sich anbahnende Liebesspiel offenbar eine normale Sache und sie schienen sich daran zu erfreuen. Alexandra und Sebastian betteten sich auf das Lager, streichelten sich und rieben sich aneinander. Jeder erforschte den Körper des anderen mit den Lippen, aber nach jeder Expedition fanden sie in leidenschaftlichem Kuss wieder zusammen. Alexandra war heiß und feucht und Sebastian steil und hart. Als er über ihr war und zart mit den Lippen ihre Nippel zupfte, öffnete sie ihren Schoß und schob sich schwer atmend ihm entgegen. Sie zog ihre Beine an, umklammerte damit seine Oberschenkel, um damit die Bewegungen steuern zu können, und bewies damit außerordentlich viel Kraft. Als Sebastian in sie eindrang, meinte er zunächst sich die Eichel zu verbrennen in diesem vor Lust brodelnden Kelch. Die Musik ging in einen langsam beginnenden Rhythmus über, immer noch in der Harmonie Es-Dur, der allmählich schneller wurde und Alexandra nahm laut stöhnend diese Schläge mit den Bewegungen ihres Beckens auf. Sebastian konnte gar nicht anders, als diesem urwüchsigen Beat mit seinen Stößen zu folgen, allmählich schneller werdend. Er verlor fast den Verstand, bedeckte sie mit Küssen, merkte dass er Probleme bekam durchzuhalten. Der Rhythmus war von halben Noten auf Viertel, über Achtel nun bei Sechzehnteln angekommen, es war ein einziges Rammeln, als es plötzlich abrupt still wurde. Das war der Moment, an dem Alexandra kam und drei Schreie ihres dreimal aufflammenden Höhepunktes durch die Nacht schickte, und der Moment an dem Sebastian sich aufgab und eine gewaltige Menge seines Samens in sie injizierte.

„Ein Königssohn muss werden, ein Königssohn muss werden!"

Sich reibende Leiber, eng umschlungen, pulsierende Vulva, zuckender Schwanz, elbische Orgasmen! Die Feen jubelten, sie feierten ihr Fest, ihr Fest für einen ungeborenen Königssohn. Dass Alexandra eine Elfe war, daran bestand kein Zweifel mehr. Aber anscheinend bekleidete sie in der Hierarchie der Elfen eine höhere Position, war eine Königin oder zumindest eine Prinzessin. Sebastian wunderte sich, wie sicher die hier alle waren, dass aus dem Akt unmittelbar eine Schwangerschaft hervorgehen würde. Vielleicht hatte Alexandra vorher ihren Eisprung ausgerechnet und den Aufnahmetermin genau in diese Zeit gelegt, wo er doch angeblich der Auserwählte war. Warum eigentlich er? Sebastian hielt sich nie für etwas Besonderes.

„ein sanfter Mann, kein Herzensdieb...."

Hieß es in dem Lied. Konnte er das sein? War er derjenige, der

„im Klang von ihr gefunden"

wurde, nur weil er ihre Musik produzierte?

Sebastian fiel in einen tiefen Schlaf. In einen unnatürlich tiefen Schlaf, von dem er später nicht wusste, ob dieser nicht auch durch einen Zauber erwirkt wurde. Er erwachte in seinem Bett im Gutshof, halb zugedeckt. Als er ein wenig zu sich gekommen war, bemerkte er den fischigen Geruch der Liebe an sich, im Bett lag am Fußende etwas Gras und Erde vom Waldboden, über den er ja mit nassen Füßen den Feen gefolgt war. Seine Füße waren schmutzig. Er hatte keine Ahnung wie er hierhergekommen war, zumindest nicht durch eigene Kraft. Sebastian ging duschen und zog sich an. In der Küche wollte er sich ein bescheidenes Frühstück zubereiten. Alexandra hatte ihr Zeug bereits aufgeräumt. Er war wieder im richtigen Leben angekommen und er fühlte sich gut, erstaunlich gut nach den Erlebnissen. Es hatte sich nicht um einen Traum gehandelt. Er war real in den See gegangen und hatte später einen prima Orgasmus gehabt, die Spuren seines Abenteuers waren ebenfalls Realität. Plötzlich ereilte ihn eine Vorahnung. Er stürzte hinunter in den Stall. Die Bahnen aus schwarzem Molton waren sauber zusammengelegt, das gesamte Instrumentarium von Alexandra samt ihrer persönlichen Dinge war spurlos verschwunden, samt ihrem Caddy. Die Mikrofone standen einsam auf ihren Stativen – sie hatte sich aus dem Staube gemacht. Auf seinem Mischpult hatte sie in geschwungener Elfenschrift eine Botschaft hinterlassen.

„Bitte schick mir das Master zu mit deiner Rechnung.

Danke für alles. Alexandra."

Waren es dem Klischee nach nicht stets die Männer, die sich nach einer Liebesnacht davonstahlen? Aber es musste so sein wie es war; es war vorherbestimmt, das war ihm klar. Mit gemischten Gefühlen dachte er daran, dass er Vater werden würde, ohne sein Kind je zu sehen. Er hatte schon von Fällen gehört, bei denen Männer als Erzeuger benutzt, aber ansonsten unerwünscht waren. Dagegen konnte man juristisch vorgehen, nicht aber bei einer Elfe, die ihr Kind irgendwo in tiefen Wäldern gebar und unter Feen aufzog. Wenn Alexandra denn eine Elfe war. Der Zauber jedoch war nicht zu leugnen. Sebastian packte ebenfalls seine Sachen, nahm ein bescheidenes Frühstück ein und trat die Rückreise in sein Studio an.

Nachdem Sebastian Wochen später das Projekt vollendet, die Master-CD gebrannt und auf verschiedenen Geräten wie Kopfhörern Probe gehört hatte, sprang er mit plötzlichem Entschluss an seinen Schreibtisch. Er spürte, dass die Geschichte noch nicht zu Ende war.

Für Alexandra schon, aber der Song „Liebesnacht der Elfe" bedurfte nur noch weniger Zeilen, die er für sie ergänzen wollte, wenngleich der Text nun nicht mehr produziert werden und ihr Projekt vervollständigen konnte. Aber die Schriftform würde genügen, um ihr seine Gefühle zu beschreiben. Wenn sie auch fort war, das Lied blieb für immer. Er würde den Text der Rechnung und dem fertigen Master beifügen und abwarten was passiert. Himmel, was sollte denn passieren? Alexandra war fort. Er hatte keinen Zweifel, dass sie seine Rechnung bezahlen und seine Arbeit achten würde. Aber gleichzeitig würde sie versuchen sich mit aller Macht einer erneuten Begegnung zu entziehen. Vielleicht war ihre Adresse in Nürnberg nur ein Briefkasten und sie lebte unter seltsamen, für Menschen kaum wahrnehmbaren Wesen irgendwo mitten im Bayerischen Wald. Seine Rolle war nur die des Tonmeisters, der ihre Musik zu realisieren hatte, und der eines Erzeugers; er war der Auserwählte. Sein Job war erledigt – der eine wie der andere – und nun war er ausgeschlossen aus der Gemeinschaft. Er liebte Alexandra nicht und doch hatte er Liebe geschenkt. Er brauchte sie nicht und doch sehnte er sich nach ihr. Er war hin- und hergerissen. Dieser blöde Waldzauber! Vielleicht konnte er dieser beeindruckenden Frau wenigstens eine Träne entlocken. Mit sicherer Hand führte er das Lied zu Ende, indem er schrieb:

Der Zauber ward gar schnell vergangen

Der Jüngling blieb allein am Ort

Voll Sehnsucht, Lieb und wild Verlangen

Die Elf, sie war für immer fort, die Elf, sie war für immer fort.

Nie mehr wird er zu ihr dringen

In Wäldern ewig sie verschwand

Den Sohn wird sie ihm niemals bringen

Was bleibt ist nur der Elfenklang, was bleibt ist nur der Elfenklang.

Er faltete die Zeilen zusammen, legte das CD-Master samt Rechnung dazwischen und schob beides in einen Luftpolsterumschlag, der fertig Adressiert und frankiert war. Dann wandte er sich wieder Mischpult und Computer zu, um ganz weltlich noch einen letzten Job an diesem Tag zu erledigen. Da war noch ein Werbespot zu produzieren. Für eine Möbelhauskette, die nur Massivholzmöbel anbot. Sie warben mit einer kleinen Figur im Firmenlogo.

„Wenn ihr wüsstet...", seufzte Sebastian.

Deren Maskottchen war eine zierliche, schlanke, ganz offensichtlich weibliche Gestalt mit langen Haaren und spitzen Ohren, die stets in sattem Grün abgebildet war. Eine Elfe...

Blasmusi Teil3: „Bitte nur mit Musik!"

Das war wieder mal eine von diesen Weihnachtsfeiern. Erst die Spielrunde am Nachmittag für die Jüngsten des Orchesters mit Kaffeetrinken. Dann das große Abendessen, zu dem so nach und nach auch alle anderen Vereinsmitglieder eintrudelten. Schließlich wurde „gewichtelt". Jeder hatte einen Zettel mit einem Namen aus dem Orchester gezogen und musste nun im Rahmen eines festgelegten Geldwertes der gezogenen Person ein kleines Geschenk einpacken. Es wurden dabei die Altersgruppen natürlich streng berücksichtigt, denn die Inhalte der Päckchen konnten schon, je nach Person, ziemlich pikant ausfallen. Das Geschenk wurde aber nur gegen Vortrag eines Gedichtes, eines Liedes oder der pantomimischen Umsetzung eines Sprichwortes, welches durch die anderen zu erraten war, ausgehändigt. Nach dem Wichteln gab es das große Abendessen und unmittelbar danach wurde für die Großen die Theke eröffnet und für die Jüngeren war der Abend zu Ende. Richtig, die Rede ist hier wieder einmal vom Freudenhausener Blasorchester, dem Musikverein mit der tollen Jugendarbeit, mit dem vielfältigen Programm, mit der straffen Führung und mit dem ausgeprägten Paarungsverhalten seiner Mitglieder. Nun, wer schon mal Mitglied in einem Musikverein war, wird sehr schnell feststellen, dass Vorkommnisse wie bei den ersten beiden Geschichten vom Freudenhausener Blasorchester in diesem Buch sich durchaus auch in anderen Musikvereinen zutragen, in der einen oder anderen Variation. Nun geht es aber um ein Geschehnis ungeheuerlicher Art, eine Geschichte, die noch Jahrzehnte nach ihrem Vorfall hinter vorgehaltener Hand im Verein weitererzählt wurde, und die fand ihren Anfang hier auf der Weihnachtsfeier:

„Nils tat es mit der Mutter von Varenia!"

Hat sie ihn nun verführt? Oder hat er einfach nur die Gelegenheit beim Schopfe gepackt? Was hat sich da zugetragen? Aus verschiedenen Puzzleteilen der Erzählungen anderer, die namentlich alle nicht erwähnt sein wollen, sei die Geschichte hier nun hoffentlich wahrheitsgemäß wiedergegeben, damit das ganze Gerede endlich mal ein Ende hat.

Zu vorgerückter Stunde wurde die Party so richtig ausgelassen. Der Kleine Raum mit der Theke war rappelvoll und die ersten Musiker auch. Nur Nils nicht. Nils, einer der besten Nachwuchstrompeter des Orchesters, war in diesem Jahr abgestellt als Fahrdienst und durfte nichts trinken. Das war so eine Regel des Vereins: Wer in dem Jahr achtzehn wurde, hatte bei der zugehörigen Weihnachtsfeier die angetrunkenen Partygäste nach Hause zu fahren. Nils saß entnervt bei seiner Cola, vor sich sein diesjähriges Wichtelgeschenk: ein Versandgutschein von Beate Uhse.

„Was hast du denn gekriegt?", hatte ihn beim Abendessen eine frühpubertäre Halbwüchsige gefragt und Nils hatte versucht den Gutschein zu verbergen.

„Einen netten Gutschein." Aber das bezahnspangte Mädel hatte die Aufschrift schon erfasst.

„Wer ist denn Beate Uhse?"

Zahnspangen waren bei Blasinstrumenten immer so furchtbar unpraktisch, besonders bei den Blechbläsern, aber die Kleine war aus der Flötenliga, das Pfeifen ging auch mit Brackets. Glücklicherweise fiel Nils ein, dass Beate Uhse zuweilen auch Flugzeuge lenkte. Als er mal eine Weile Modellflugzeuge gebaut hatte, las er haufenweise Berichte über deutsche Fliegerpersönlichkeiten.

„Das war eine berühmte Pilotin", gab er cool zum Besten. „Die hat heute einen Versand für Modellbauzubehör. Äh, ich baue doch Modellflugzeuge, weißt du?"

Die Kleine hatte sich mit der Antwort zufriedengegeben und war abgezogen. Wer weiß, was sie nun zu Hause erzählen würde. Papa müsste ihr erklären, dass Beate Uhse die Spezialistin für eine andere Art des Abhebens war... Nils jedenfalls hatte keine Ahnung, was er sich für den Gutschein bestellen sollte. Was ihm jedoch besonders die Laune verdarb: draußen war ein wildes Schneegestöber. Es war sein erster Winter seit er den Führerschein hatte und dieser hatte sogleich mit voller Härte eingesetzt. Es war schon sehr viel heruntergekommen in der letzten Nacht und auch am Tage, dazu hatte ein beißender Ostwind für zahlreiche Verwehungen gesorgt. Mit anderen Worten: es war alles andere als ein günstiges Autofahrwetter. Weiße Weihnacht war natürlich was Feines, aber Nils hätte sie gerne ohne Fahrerei genossen und auch etwas gefeiert.

Es musste ungefähr Mitternacht sein, da meldete sich ein Grüppchen, welches gerne nach Hause gebracht werden wollte. Nils ließ seinen Wagen warmlaufen, obgleich man das ja eigentlich nicht tun sollte, und kehrte mit feinem Haushaltsbesen vom gesamten Fahrzeug den Schnee herunter. Wie das mit den Fahranfängern so war, besaß er als erstes Auto natürlich keine Luxuskarosse, sondern einen alten Ford Escort, der gerade noch mal für zwei Jahre TÜV bekommen hatte. Mitfahren wollte ein Orchesterpärchen, die daheim noch etwas weiterfeiern und dabei anscheinend kleine Menschen machen wollten, ein etwas älteres Vorstandsmitglied und Linda-Mareike, die Mutter von Varenia, einer Altsaxofonistin. Sie zwängten sich in den Ford, der immer etwas nach Benzin und eben nach altem Gebrauchtwagen roch. Das Auto rumpelte über die verschneite Zufahrt auf die Hauptstraße nach Freudenhausen. Hier war offenbar erst vor Kurzem der Schneepflug gefahren, diese Strecke war folglich gut zu bewältigen. Das Pärchen auf dem Rücksitz hielt selig seine Weihnachtsgeschenke vom Wichteln in den Händen und kuschelte sich aneinander. Die Scheiben beschlugen, weil der Wagen noch nicht warm war, der Lüfter kam nicht hinterher.

Nils lieferte zuerst das Vorstandsmitglied ab, dann das Pärchen. Linda-Mareike wohnte außerhalb von Freudenhausen in einem kleinen Nachbarort, der noch mit zur Gemeinde gehörte. Sie hatte nicht übermäßig viel getrunken und schien gut drauf zu sein. Was man von ihr im Verein wusste war folgendes: sie war geschieden und alleinerziehend, Varenia war ihre einzige Tochter. Sie war Klavierlehrerin an der Musikschule und hatte angeblich einen großen Flügel zu Hause stehen. Man sagt ihr nach, etwas vergeistigt zu sein, sich sehr den hohen Künsten verbunden fühlend. Ganz klar, wie kann man sonst sein Kind Varenia nennen? Das klingt natürlich nach was ganz explizit Tollem. Eine Liga mit Chantal, Kimberly und Elinor. Angeblich machte Linda-Mareike Yoga, ihrer schlanken Gestalt zufolge konnte das sogar stimmen. Sie war eine Enddreißigerin, die sich recht gut gehalten hatte. An der Musikschule war sie offenbar sehr erfolgreich, denn sie hatte einige Schüler zu Preisträgern der Jugend-musiziert-Wettbewerbe gemacht. Linda-Mareike hatte nach dem Absetzen der letzten Person auf dem Beifahrersitz neben Nils Platz genommen.

„Ich hoffe du kommst durch", sagte sie. „Heute Nachmittag war schon alles zugeweht bei mir draußen."

„Versuchen wir's", erwiderte Nils. „Ich muss um jeden Preis zurück, denn später wollen auch noch andere nach Hause. Ich habe mein Handy mit und einen Eimer Sand im Kofferraum, außerdem Schaufel und Besen. Damit sollten wir es schaffen."

Linda-Mareike lächelte über so viel Motivation. Auch wenn der Schneepflug hier bereits gefahren war – kaum hatten sie das nähere Umfeld von Freudenhausen verlassen, wurden die Straßenverhältnisse schlechter. Der stürmische Wind schüttelte das Auto, der Schnee klebte an den Seitenscheiben, sodass man dort nichts mehr sehen konnte. Linda-Mareike kurbelte ihre Scheibe herunter um sie frei zu bekommen, dabei wehte die scharfe Kälte einige Schneeflocken ins Auto. Der Wagen war jetzt wenigstens warm und brummte mutig vor sich hin, der Herausforderung entgegen. Er tanzte in den ausgefahrenen Spuren hin und her, fuhr letztendlich aber doch ganz gut geradeaus. Die Strecke war glücklicherweise nicht sehr kurvig, dadurch kamen sie ganz gut voran. Dann musste Nils abbiegen in eine kleinere Landstraße in Richtung des kleinen Nachbarortes, eine an sich völlig unspektakuläre Strecke.

In der Kurve kam der Wagen leicht ins Rutschen, aber Nils lenkte gegen und gab etwas Gas und sein Escort fing sich gleich wieder. Glücklicherweise hatte der Wagen trotz seines älteren Baujahrs bereits Frontantrieb, was man von den Vorgängermodellen nicht sagen konnte. Die Straße war nicht geräumt, war aber aufgrund des Waldes auch nicht so zugeweht. Dafür lag der Schnee recht hoch, doch bei der abschüssigen Strecke half die Schwerkraft etwas nach. Als der Wagen mit Schwung die Senke hinunter- und auf der anderen Seite wieder hinauffuhr, rief Linda-Mareike plötzlich: „Da vorne links!" Nils zog die Handbremse, lenkte ein und gab Gas. Der Wagen kam mit dem Heck um die Ecke und wurde in den Weg hineingezogen. Nils meinte es durchaus gut mit dem Manöver, aber er hatte im Driften noch nicht so viel Erfahrung. Der Schnee stieb empor, als das Heck sich zügig von der Straße machte, die Räder drehten durch, der Motor heulte auf und da standen sie nun abseits des Weges in einer dicken Schneewehe. Alle Versuche, den Wagen aus eigener Kraft wieder frei zu bekommen, scheiterten kläglich.

„Da nützt dir auch kein Sand mehr", stellte Linda-Mareike fest.

„Ich ruf den Abschleppdienst." Nils hatte sich für den Notfall bereits einige Nummern im Speicher abgelegt. Das Handy aber war völlig tot. Kein Empfang. Nichts.

„Verdammt, dann kann ich mich ja nicht mal beim Verein melden. Die werden auf mich warten."

„Keine Panik", sagte Linda-Mareike, „wir sind ja schon fast da. Schließ das Auto ab und komm mit. Du kannst von mir aus telefonieren."

Die beiden stapften durch den Schnee. Es schneite immer noch wie verrückt und ein eisiger Wind blies. Der Weg durch den Vorgarten bestand aus einer einzigen Schneewehe. Linda-Mareike bewohnte einen eingeschossigen Bungalow mit flachem Walmdach im Stile der Siebzigerjahre. Fenster und Türen wirkten neu und solide. Sie schloss die breite Haustür mit dicken Glaselementen aus Sicherheitsglas auf.

„Komisch", bemerkte sie, „die Weihnachtsbeleuchtung ist gar nicht an. Und es ist auch nicht gerade warm."

Es dauerte nicht lange bis sie herausfand, dass der Strom ausgefallen war und damit natürlich auch die Heizung mit allen Pumpen und der elektronischen Regelung. Wahrscheinlich war eine Oberleitung vor Eis- und Schneelast zusammengebrochen, das passierte in der Region öfters, wenn der Winter mit aller Brutalität zuschlug. Nils entdeckte das Telefon im Hausflur und griff sich den Hörer. Die Telekom hatte ja eine eigene Spannungsversorgung, das sollte also funktionieren. Ernüchternd stellte er aber fest, dass es in diesem Haushalt nur eines dieser Homehandys gab. Das Telefon selbst hatte noch genügend Ladung auf dem Akku, aber ohne Stromversorgung der Basisstation kam man leider nicht ins Netz. Er fühlte sich geneigt, ein Loblied auf die gute alte Analogtechnik zu singen – mit der hätte man jetzt wenigstens telefonieren können! Linda-Mareike befiel eine gewisse Hektik.

„Es darf im Wohnzimmer nicht zu kalt werden. Dann steigt nämlich die Luftfeuchtigkeit und das schadet meinem Flügel. Der Kühlschrank ist kein Problem, notfalls kann man was in den Schnee legen. Warmes Wasser ist auch noch eine Weile im Boiler, Hauptsache die Wasserleitung friert nicht auch noch ein."

Flink schaffte sie einige Kerzen herbei, darunter einen Minarettleuchter, einige Sturmlichter und einen ganzen Beutel Teelichter. Sie drückte Nils einen leeren Korb für Feuerholz in die Hand und bat ihn vom Stapel um die Hausecke einige Scheite zu holen. Nils war genervt. Er war hier gewissermaßen gefangen bei der Mutter von Varenia. Sein Auto steckte fest. Alle Möglichkeiten der Kommunikation waren unterbrochen und er sollte eigentlich auf einer Fete sein und ausgelassen feiern. Eben hatte er seine Schuhe ausgezogen, jetzt musste er alles wieder anziehen, um der Dame des Hauses das Feuerholz herbeizuschleppen. Es würde wohl eine einsame, alkoholfreie Nacht auf einer Couch oder in Varenias Bett werden, mit fröstelig kaltem Morgen, wenn der Kamin erst erloschen war.

Als er schwer beladen mit Scheiten wieder hereinkam, hatte Linda-Mareike bereits mit etwas Kohlenanzündern, Zeitungspapier und etwas kleinem Anfeuerholz das Feuer entfacht. Das Haus hatte einen modernen Heizkamin, bei dem das Feuer hinter einer dicken Glasscheibe brannte. Sie musste lachen über Nils, wie er dort stand mit dem Holz, die Hose voller Schnee. Sie nahm ihm den Korb ab, schichtete vier Scheite kunstvoll auf das kleine knisternde Feuerchen und schloss die Glastür des Kamins.

„Jetzt klopf dich mal richtig ab, sonst gibt's nasse Hosen."

Der Kamin verbreitete sofort eine angenehme Strahlungswärme. Wenn die Luftzirkulation in Gang war, würde auch warme Luft das große Wohnzimmer erwärmen. Nils stellte sich ans Feuer und genoss die Wärme an seinen Beinen. Er sah sich um, wie die alleinstehende Linda-Mareike wohnte. Das riesige Wohnzimmer war gleichzeitig Esszimmer und das Heim eines großen Flügels. Zu Terrasse führte offenbar eine große verglaste Schiebetür, die man im Moment besser nicht öffnete, da der Schnee mindestens einen Meter hoch ans Glas geweht war. Linda-Mareike hatte den Minarett-Leuchter vor die Terrassentür gestellt, sodass die Schneekristalle funkelten wie tausende Diamanten und man die wirbelnden Schneeflocken erkennen konnte. Der Boden bestand aus hellen Fliesen, unter der plüschigen Sofaecke mit vielen Kissen gab es Teppichboden. Schwere Schals beiderseits der großen Terrassentür, ein flokatiähnlicher Teppich vor dem Kamin und moderne, aus Farbklecksen bestehende Gemälde auf Leinwand ließen den Raum nicht ungemütlich hallig klingen, gaben dem Flügel aber gewiss einen gut abgestimmten Klangraum. Man sah, dass Linda-Mareike eine Künstlerin war. Alles passte zueinander: die offenbar zusammengesuchten, teilweise älteren Möbel, die Stoffe, das Sofa, die farblich abgesetzten Wände mit Relieftapete, einfach alles. Hier mochte sie schwelgen in Chopin und Rachmaninow oder in den großen Beethoven-Sonaten.

Nils drehte sich herum, um auch die andere Seite seiner Beine zu wärmen. Dabei entdeckte er auf dem Kaminsims merkwürdige Figuren.

Linda-Mareike reichte ihm ungefragt ein Glas mit einer goldgelben, offenbar alkoholischen Flüssigkeit.

„Du brauchst ja durch die gegebenen Umstände heute nicht mehr zu fahren", sagte sie. „Das ist ein sehr guter Whisky aus Irland. Von meiner letzten Reise. Merry Christmas!"

Na klar. Jemand wie Linda-Mareike reiste natürlich nicht nach Malle oder Ibiza, sondern nach Irland, Oslo oder Amsterdam. Der Whisky entfaltete ein angenehmes Bouquet, sofern man das bei Whisky überhaupt so sagen darf, und er ging runter wie Öl. Ein wahrhaft edler Tropfen. Nils starrte auf die Figuren auf dem Kaminsims. Sie sahen aus wie sportliche Paarübungen oder so ähnlich. Ihm war jetzt wieder angenehm warm. Er überlegte, ob es wirklich gut war zu bleiben. Er könnte sich zu Fuß auf den Weg nach Freudenhausen machen. Er könnte zur Fete gehen und sagen, dass sein Auto feststeckte. Dann könnte er dort mitfeiern und übernachten. Den Fahrdienst musste dann halt jemand anderes übernehmen, oder eben ein Taxi. Jedenfalls hätten dann alle Bescheid gewusst. Aber wie sollte er es Linda-Mareike verklickern? Sie war gerade bestens damit beschäftigt sich mit der Situation zu arrangieren und ihm allerlei Gastfreundschaft entgegenzubringen. Sie bemerkte seinen Blick auf die Figuren.

„Ach ja, meine nette Sammlung." Sie schaute Nils herausfordernd an. „Weißt du, was sie darstellen?

Nils schüttelte den Kopf.

„Das sind alles Kamasutra-Positionen. Du weißt doch was Kamasutra ist?"

Nils nickte. „Ja, aber ich habe mich nicht eingehend damit beschäftigt." Er dachte an sein Wichtelgeschenk, den Gutschein von Beate Uhse.

„Das hier ist eine Darstellung der *Mandarinente im Flug*", lehrte Linda-Mareike. „Zu praktizieren auf der Bettkante. Penis und Vagina sind parallel. Eine gefühlsmäßig tolle Variante für einen Quickie. Und hier sehen wir die *Seidenraupe beim Kokonspinnen*, eigentlich eine Abwandlung der *Missionarsstellung*, welche in der Liebeslehre *Der duftende Garten* beschrieben ist. Eine stoßfreundliche Position. Er ist die Seidenraupe, der mit seinen Stößen das Spinnen nachahmt und sie ist der Kokon, indem sie sich zurücklegt und ihrer sexuellen Fantasie freien Lauf lässt."

Nils nahm einen großen Schluck Whisky. Ihre obszönen Ausführungen und die Figuren brachten ihn auf die Idee, dass es am besten wäre, Linda-Mareike würde ihn aufgrund einer grenzenlosen Frechheit einfach rausschmeißen. Sie schaute ihn herausfordernd an, während sie gedankenverloren die *Mandarinente im Flug* hin und her schob. Er nahm seinen ganzen Mut zusammen.

„Willst du mit mir schlafen?", brachte er hervor. Er sagte das nicht gerade voller Leidenschaft, schaute sie dabei nicht an und bereitete sich darauf vor, jeden Augenblick eine gewaltige Ohrfeige zu kriegen.

Aber Linda-Mareike dachte nicht daran ihn zu schlagen. Sie wollte ihn auch nicht rauswerfen. Beinahe zärtlich spielten ihre feinen Pianistinnenhände mit kurzen, gepflegten Nägeln mit dem Kunstwerk. Sie wirkte attraktiv und unverbraucht, dabei hätte sie fast seine Mutter sein können. Eine quälende Stille war zwischen ihnen, nur das Feuer knisterte leise im Kamin. Das hatte Nils nicht erwartet. Er hatte mit der Rauswurfidee nicht im Plan gehabt, dass sie auf dieses unmoralische Angebot möglicherweise eingehen könnte. Was dann? Kneifen? Was für eine blöde Situation!

„Besitzt du denn Erfahrung in dieser Angelegenheit?"

Nils schwieg. Er hatte natürlich noch keinen Sex gehabt. Er war ein Spätzünder im Verein. Er litt darunter, aber ihm war noch nicht die Richtige dazu begegnet. Er wollte die Sache nicht erzwingen.

„Ich wäre also gewissermaßen die Erste?", hakte Linda-Mareike nach. „Nun, ich betrachte das als Kompliment. Und als Herausforderung. Ich könnte dir natürlich einiges zeigen. Allerdings müssen wir uns darüber im Klaren sein, dass derlei nur unter absoluter Geheimhaltung stattfinden dürfte."

Nils begann zu schwitzen an dem Feuer. Und er spürte eine seltsame Erregung in sich aufsteigen. Die Geschichte schlug gerade einen Kurs ein, den er nun nicht mehr „händeln" konnte. Ihm, der so gerne alles kontrollierte, sein Auto, den Trompetensatz als Stimmführer, seine Aufgabe als Schulsprecher, entglitt gerade die Kontrolle über seine eigene Unschuld. Es sollte also nun passieren, ausgerechnet mit der Mutter von Varenia.

„Dir wird warm, wie ich sehe." Linda-Mareike lehnte noch immer am

Kamin. „Zieh dich aus. Ich will dich nackt sehen."

Damit war eine Rückkehr nach Freudenhausen für heute endgültig passé. Er folgte dieser Aufforderung wortlos, nachdem er zuvor den Rest aus seinem Whiskyglas hinunterkippte. Mut antrinken! Linda-Mareike betrachtete ihn scheinbar genüsslich.

„Sehr hübsch", sagte sie nur. Sie wandte sich kurz ab und holte aus der Sofaecke einen Haufen Kissen und zwei Wolldecken und richtete vor dem Kamin ein nettes Lager ein. Dann schleppte sie ein mobiles CD-Radio herbei. Das Gerät enthielt offenbar noch intakte Batterien. Der Bolero von Ravel erklang mit seinem ostinaten Grundrhythmus, Nils erkannte das Stück sofort.

„Aber bitte nur mit Musik. Würdest du mir bitte beim Ablegen behilflich sein?"

Nils hatte zunächst Probleme den Trick herauszufinden, wie man das Winterkleid aus feiner Wolle öffnete. Er löste zuerst die Dekorknöpfe, musste sie aber wieder schließen, nachdem er dort nicht weiterkam. Nachdem das schwerste geschafft war, erlöste er sie vom Unterhemd, danach rollte er die Leggings über ihre Beine ab, während sie bereits in den Kissen vorm Kamin lag. Der Anblick ihrer natürlichen, weichen Füße auf seinem Oberschenkel ließ augenblicklich sein Glied emporschnellen. Jetzt fehlten nur noch der Slip und der BH. Oh Schreck, wie machte man denn nur das Ding auf? Kurze Zeit später lag Linda-Mareike nackt vor ihm.

„Was mache ich hier bloß?", fragte sich Nils.

„Komm her", sagte Linda-Mareike sanft und streckte ihre Hand aus. „Ich will dich spüren. Du sollst wissen, wie es ist in den Armen einer nackten Frau."

Nils folgte ihrer Einladung und sie rieb sich an ihm, streichelte ihn mit Händen und Füßen und sie küsste ihn. Ihr Atem duftete nach dem Whisky und es war ihm nicht unangenehm. Er war erregt, wie er es noch nie in seinem Leben war. Linda-Mareike spürte das und kürzte das Vorspiel etwas ab, indem sie ihn selbstlos zu sich heraufzog und ihre Schenkel öffnete. Sie hielt es für angebracht ihm eine erste Erlösung zu verschaffen. Instinktiv begann Nils sich zu bewegen als er sie gefunden hatte, hart und tief, und nach vier oder fünf Kontraktionen konnte er nicht mehr an sich halten. Es überkam ihn derart, dass es ihm fast die Tränen in die Augen trieb vor Überwältigung. Linda-Mareike seufzte erregt als er kam und hielt ihn lange fest und streichelte seinen Rücken bis er sich beruhigt hatte. Beim Bolero säuselte gerade das Altsaxophon das Thema, weiter war die Musik noch nicht gekommen. Wie bezeichnend! Varenia spielte Altsaxophon und Nils hatte gerade ihre Mutter gebumst. Und er war schon fertig.

„Fürs erste war das wirklich gar nicht übel", sagte Linda-Mareike als Nils erschöpft auf die Seite rollte. „Ich hatte zwar keinen Orgasmus, aber ich habe deinen sehr intensiv gespürt. Wir machen am besten gleich weiter."

Nils wusste nicht ob, sie ihn trösten wollte oder ob sie sich über ihn lustig machte. Er hatte seine Unschuld verloren, okay. Es war sein erstes Mal, na gut. Er war zu früh gekommen, war das ein Wunder? Schließlich musste er erst mal mit seinen Gefühlen klarkommen. Ihm waren die mechanischen Abläufe des Koitus natürlich bekannt, aber wie er sich genau bewegen sollte, wie man die eigene Lust im Zaume hält, wie man Leidenschaft entfachte und eine Frau befriedigte – er hatte es einfach noch nicht gelernt. Linda-Mareike ahnte offenbar, was in ihm vorging. Sie hatte es gewissermaßen vorhergesehen – und hatte ihn machen lassen.

„Entschuldige bitte", sagte sie und streichelte sanft seinen Arm. „Es soll wirklich nicht so aussehen, als wäre ich enttäuscht. Ich weiß genau, worauf ich mich mit dir heute eingelassen habe. Es erinnert mich an die Zeit, in der ich die Liebe entdeckte. In den seltensten Fällen schaffen Mann und Frau es gemeinsam zu kommen. Man muss sich dazu genauestens kennen und sehr einfühlsam sein, sonst klappt es nicht. Das bedeutet aber nicht, dass Sex damit automatisch nicht mehr schön ist. Ganz im Gegenteil!"

Ihre Hand wanderte zu seinem Bauch und nach und nach etwas tiefer…

„Ich werde dir verraten, was ich spüre, wenn du in mir kommst. Ich merke genau wie dein Körper bebt, wie dein Glied zuckt, wenn es sich in mir ergießt. Es reizt mich, es erregt mich und es macht mich glücklich, weil mir jemand dadurch seine Liebe schenkt. Ein Orgasmus ist der letzte Kick. Aber schön ist es auch ohne. Und du bist sehr zärtlich. Das gefällt mir."

„Es ist also nicht so, dass ich jetzt als Versager dastehe?"

„Aber nein. Das erste Mal ist etwas Besonderes. So soll es auch für dich sein. Ich wollte dir das ermöglichen und ich will dich gerne lehren, was du für mich tun kannst. Ein Mann ist nun mal leichter zum Höhepunkt zu bringen. Das ist fortpflanzungstechnisch auch ganz logisch. Vom Samen wird neues Leben, vom Orgasmus einer Frau nicht unbedingt. Aber ein Mann kann es lernen sich zu kontrollieren. Du bist erst am Anfang eines hoffentlich langen und sehr intensiven Sexuallebens, deshalb stehst du nicht als Versager da. Wie ich bemerke, stehst du bereits wieder..."

Nils war beruhigt. Als Klavierlehrerin war sie eben auch Pädagogin und hatte Übung darin Schüler zu motivieren. Und er merkte, wie er wieder auf dem Wege der Regeneration war, was sicher auch auf die hervorragende Handarbeit von Linda-Mareike zurückzuführen war.

„Wir haben drei ganz entscheidende Vorteile heute Abend", bemerkte sie lüstern.

„Die wären?"

„Es wird uns niemand stören, denn es kommt ja keiner hier raus, weil wir völlig eingeschneit sind."

„Zweitens?"

„Du bist jung und voller Manneskraft. Ich weiß es noch aus meiner Jugend- und Studentenzeit. In der heißen Zeit hatte ich manchmal drei- bis viermal Sex – in einer Nacht und mit einem Mann! Die jungen Burschen sind doch schnell wieder auf der Höhe. Ihr seid unverbraucht und neugierig."

„Auweia. Und drittens?"

„Die Nacht ist noch lang." Sie schmiegte sich an ihn, um seinen Penis auf ihrem Bauch zu spüren. „Aber ich finde, nun kannst du etwas für mich tun. Auch wenn du jetzt nicht kommst, so bist du doch prall genug um mir ein wenig Lust zu verschaffen. Ich lehre dich."

„Was kann ich tun, Lehrerin?"

„Ich zeige dir eine Stellung, die optimal den weiblichen G-Punkt stimuliert. Besonders wenn eine Frau so heiß ist, wie ich es jetzt bin, damit bringst du bei jeder das Fass zum Überlaufen."

„Die *Mandarinente*?"

„Ich wäre mehr für die *Seidenraupe*. Komm, tu's noch einmal Sam! Fange genauso an wie vorhin und dann werde ich ein paar Details verändern und hoffentlich kommen wie schon lange nicht mehr."

Nils begab sich wieder vorsichtig auf sie und versenkte sein bestes Stück in ihr.

„Ab in den Liegestütz", keuchte Linda-Mareike erregt.

Als Nils sich mit den Armen über sie erhob, zog sie ihre Beine an und kreuzte sie über seinem Hintern. Er spürte, dass er jetzt tiefer in sie eindrang und sich auf ihr Schambein presste.

„Oh ja, und jetzt spinne drauflos, kleine Raupe!"

Er begann sich zu bewegen im Rhythmus des Bolero, der sich musikalisch so langsam dem Finale zuwandte. Und sie unterstützte genau diese Bewegung, indem sie sein Becken führte und sich ihm im gleichen Rhythmus entgegenschob. Musik und Stöße – alles steigerte sich ins Unermessliche, jetzt stimmte der Gong und die große Trommel den Höhepunkt des Werkes an, und mit dem letzten Orchesterschlag umklammerte Linda-Mareike ihn plötzlich heftig mit den Beinen und bekam einen äußerst heftigen Orgasmus. Wie gut, dass der Schnee draußen so ein hervorragender Akustikdämmstoff ist; man hätte sie sonst möglicherweise bis nach Freudenhausen gehört. Nils hatte noch immer eine prächtige Erektion, aber er kam nicht. Die beiden Male lagen wohl zu dicht beieinander, außerdem war er viel zu sehr mit dem beschäftigt, was gerade mit Linda-Mareike geschah. So war das also wenn eine Frau den Gipfel der Lust erklomm. Es war wunderbar. Das war also das Ziel!

„Warum ausgerechnet der Bolero von Ravel?", wollte er wissen, nach dem Linda-Mareike wieder zu sich gekommen war.

„Da gibt es so einen amerikanischen Film, da treiben sie es beim Bolero", sagte sie noch immer etwas atemlos. „Er rettet den Mann seiner Traumfrau vor dem Ertrinken und bekommt dafür eine Nacht mit ihr. Das fand ich schon immer spannend. Ich mache es überhaupt gerne zu Musik. Ich versuche es so zu steuern, dass ich zeitgleich komme mit den musikalischen Höhepunkten. Übrigens auch, wenn ich mich selbst befriedige. Es ist ja nicht immer ein Mann zur Hand, wenn man ihn braucht."

„Und was hören wir beim nächsten Mal?"

„Beim nächsten Mal? Hört, hört! Habe ich es nicht gesagt, dass bei euch jungen Männern in einer Nacht die Kanone mehrfach klar ist zum Gefecht? Ich werde mir was überlegen. Ich denke, wir werden uns jetzt ein wenig frisch machen, noch etwas trinken und dann erkläre ich dir die anderen Figuren."

Später hatten die beiden wieder ein Whiskyglas in der Hand und waren sehr locker und gelöst. Sie standen beim Kamin. Linda-Mareike hatte gerade neue Scheite aufgelegt.

„In der fernöstlichen Lehre ist meine Vagina eine Blume, meine geöffneten Schenkel sind die Blätter. Die Blume erblüht langsam und entfaltet sich voll im großen Taifun."

„Im großen Taifun?"

„Im Orgasmus. Diese Figur hier stellt den *Drachenflug* dar", doziert Linda-Mareike weiter. „Ich öffne die Beine etwas weiter und ziehe sie weiter an mich. Du kniest über mir und presst dich an mich. Siehst du, meine Knie und Ellenbogen sind jetzt wie die Flügel eines Drachens und du fliegst mit mir. Oh ja, das ist eine sehr gute Stellung. Lass uns den *Drachenflug* machen!"

„Meinst du?" Nils betrachtete die Darstellung der Position mit den Figuren.

„Ich finde, sie ist zu ähnlich zu dem was wir heute schon ausprobiert haben", meinte er. „Das geht irgendwie alles zurück auf die *Missionarsstellung*. Lass uns was anderes machen."

„Die alten Meister wussten eben, was gut für die Frau ist. Der Verfasser des Kamasutra beschrieb Stellungen, bei denen der Mann oben ist und die Frau die Beine weit spreizt. Er muss über die Klitoris Bescheid gewusst haben. Denn er wusste offenbar, wie man sie optimal stimuliert."

„Was ist hiermit?"

„Das ist die *Schlangenfalle*. Die kommt aus dem Ananga Ranga. Ist sehr gut zur Stimulation beim Vorspiel. Damit können wir anfangen. Und dann machen wir etwas, bei dem wir beide schnell kommen. Das hier. Das ist die *Tigervariante*. Ich komme da gut und du lernst es mal von hinten."

„Ja, Meisterin", sagte Nils demütig, „ich will versuchen mich zu beherrschen."

„Aber bitte nur mit Musik."

Als Musik zu diesem Akt wähle Linda-Mareike von Arnold Schönberg „Verklärte Nacht". Nils kannte das Stück nicht, welches nur für Streichorchester geschrieben war und ein Gedicht von Richard Dehmel beschrieb.

„Das ist lang genug und hat mehrere Höhepunkte", kündigte Linda-Mareike an. „Und es ist etwas aufwühlend. Meistens wechsle ich bei diesem Stück zwischen Dildo und Vibrator."

Wenig später, nach dem Austausch von allerlei Zärtlichkeiten auf dem Flokati, saßen sie sich bei schmerzvollen Streicherklängen in der *Schlangenfalle* gegenüber. Blasorchester war Nils ja eigentlich lieber. Linda-Mareike hockte mit geöffneten Schenkeln auf seinem Schoß und ließ ihn eindringen. Er hatte unter ihr ebenfalls die Schenkel geöffnet. Beide stützen sich jeweils an der Fessel des anderen ab und koordinierten ihre Bewegungen hin und her wippend. Keiner konnte so recht der Stellung entfliehen, daher wohl *Schlangenfalle*. Linda-Mareike wand sich auch wie eine Schlange und begann zu stöhnen, was Nils irgendwie anmachte. Zweimal unterbrach er keuchend die Bewegungen."

„Du versuchst dich zu beherrschen", hauchte sie, „genauso ist es richtig! Es macht mich nur noch heißer, wenn ich weiß du könntest jeden Augenblick kommen."

Die Musik hatte gerade so eine Art emotionalen Höhepunkt überschritten und Nils war froh, dabei nicht mitgemacht zu haben.

„Ich halte das bald nicht mehr aus." Er schnaufte und rang um Beherrschung und Linda-Mareike löste sich von ihm. Sein bestes Stück bebte bereits verdächtig.

„Die fernöstlichen Lehren sind sehr poetisch", sagte sie. Stell dir vor, die Vagina bezeichnet man als Korallentor, goldener Lotus,

Vasenöffnung, oder als Schmuckterrasse."

Das lenkte Nils etwas ab, doch sie begab sich auf die Knie, den Körper leicht vorgebeugt. Wie eine Stute blickte sie erwartungsvoll auf Nils, der hinter ihr kauerte, und hätte sie einen Schweif gehabt, so hätte sie ihn wohl zur Seite geschwenkt, um den Weg frei zu machen.

„Und deinen unverbrauchten Freund", fuhr sie fort, „ bezeichnet man auch als Jade, Stiel, Korallenast, Stängel, Schildkrötenkopf…"

„Wie interessant."

Er drang von hinten in sie ein. Es lenkte ihn ein wenig ab, als er über die Begriffe nachdachte und sich gleichzeitig auf die *Tigervariante* konzentrierte. Umso schneller schien es jetzt bei Linda-Mareike zu gehen. Die langsamen Bewegungen der *Schlangenfalle* waren Geschichte, jetzt konnten ihr die Stöße nicht schnell genug gehen. Erst als sie plötzlich inne hielt und laut stöhnend den Kopf in ein Kissen vergrub, ließ Nils sich einfach gehen und belohnte sich mit seinem zweiten Höhepunkt dieser Nacht. Er kostete es voll aus und er war stolz, so gut durchgehalten zu haben.

„Jetzt steht es zwei zu zwei", sagte er, als er auf der Seite an ihrem Rücken lag und sein Glied noch wohlig zuckte von dem soeben erlebten. Die Streicher der „Verklärten Nacht" beendeten ihr Wirken in höchsten Lagen, dann knisterte nur noch das Feuer und die beiden lagen erschöpft bei dessen rötlichem Schimmer auf ihrer „Spielwiese".

Linda-Mareike meinte: „Das Tantra besagt, dass die Persönlichkeit immer reifer wird, je vollkommener der Liebesakt ist. Du bist also auf einem guten Weg nach so kurzer Zeit."

„Tantra, Kamasutra, Duftender Garten – ich kann das alles nicht auseinanderhalten", meinte Nils. „Wenn du mir schon Nachhilfe in Sachen Liebe gibst, dann bitte auch darin. Was ist denn nun aus Indien und was aus China?"

„Na gut." Sie bettete sich auf die Seite und stütze den Kopf mit einer Hand ab. Sie betrachtete Nils und streichelte ihn mit einem ihrer weichen Füße. „Mal sehen, was ich noch zusammenkriege." Sie schaute angestrengt an die Decke, als würde sie schwer nachdenken. „Tantra ist eine Strömung innerhalb der indischen Philosophie und Religion. Der Tantrismus betont die Identität von absoluter und phänomenaler Welt und es wird angenommen, dass diese energetischer Natur ist.

Dargestellt werden diese Prinzipien oft mit sexueller Symbolik. Das ist jetzt mal grob zusammengefasst. Das geht weit hinein in den Hinduismus und Buddhismus."

„Kamasutra ist aber indisch?"

„Ja, beide – Kamasutra und Ananga Ranga – sind von dieser tantrischen Philosophie durchdrungen. Ist mir aber alles wurscht. Gut, das mal gelesen zu haben. Die praktische Umsetzung ist viel interessanter."

„Und Der duftende Garten?"

„Der duftende Garten beschreibt elf Grundstellungen, bei der der Verfasser die körperlichen Voraussetzungen der Liebenden berücksichtigt hat. Interessanterweise finden sich in allen drei Lehren immer wieder die gleichen oder ähnliche Stellungen, die nur anders heißen. Das Lustempfinden richtet sich aber angeblich nach den unterschiedlichen Philosophien, also wie die Energien strömen und so was. Alles esoterischer Schwachsinn."

„Was war denn nun der chinesische Einfluss bei dem Ganzen?", wollte Nils wissen.

„Das asiatische und gleichzeitig das vermehrt akrobatische findet man im Tao. Dem Tao liegt die Vorstellung eines Systems von Kräften der Natur zugrunde, mit dem Ziel in Harmonie mit dieser natürlichen Ordnung zu leben. Das Tao der sexuellen Weisheit zielt darauf ab, die männliche und weibliche Sexualität in Ausgleich zu bringen. Außerdem soll Tao-Sex die Frau jung erhalten! Die alten Chinesen lasen Sexhandbücher, nicht nur der Stellungen wegen, sondern auch, um einen freien Zugang zur Sexualität und somit einem langen und erfüllten Leben zu haben. Fälschlicherweise denkt man beim Kamasutra meistens an Turnübungen."

„Für eine alleinstehende Frau, die vermutlich wenig sexuell aktiv ist, bin ich erstaunt über dein Wissen", meinte Nils.

„Was weißt du schon über mein Sexualleben?", entgegnete Linda-Mareike süffisant.

„Ich reime mir das so zusammen."

Linda-Mareike erzählte von ihren ersten Erlebnissen, von ihrem Mann und den „Freunden", die sie über die Jahre hatte, und erkundigte sich nach den Plänen und Sehnsüchten von Nils. Sie wollte auch wissen, ob Varenia nicht etwas für ihn wäre. Nils war die Frage unangenehm und Varenia wäre sie sicher genauso peinlich gewesen. Eltern sind eben manchmal peinlich. Varenia war für Nils nicht gerade die Traumfrau. Worauf wollte Linda-Mareike letztendlich hinaus mit der Frage – auf einen Dreier? Wollte sie sich eine Hintertür für guten Sex offen halten? Sie ließ die Frage unbeantwortet und ermunterte Nils noch einige Stellungen auszuprobieren. Also turnten die beiden noch ein wenig auf der Spielwiese herum und Nils versuchte sich alles gut einzuprägen. Die *Gefährtin des Indra*, der *gespaltene Bambus*, die *Krabbenstellung*, die *Schaukel* und natürlich den *Drachenflug*. Jede Position übte andere erotische Reize aus, hatte unterschiedliche Penetrationswinkel, Eindringtiefe und eigene Wirkungen bei der Stimulation. Es war schon nach drei Uhr am Morgen, da rief Linda-Mareike:

„Lass uns die *Schildkröte* machen zu Tristan und Isolde!"

„Meinst du die Musik zum Liebestod?"

„Genau! Sie gilt als **die** musikalische Darstellung des Orgasmus schlechthin. Kein anderer als Richard Wagner war in der Lage so etwas zu komponieren."

„Ich kenne das Stück", sagte Nils. Es bäumt sich langsam immer mehr auf und steigert sich in einen musikalischen Höhepunkt, der den Vergleich zu einem sexuellen nicht scheuen muss."

„Genau. Und genauso langsam wie er kommt, ebbt er auch wieder ab", fügte Linda-Mareike begeistert hinzu. „Die *Schildkröte* ist dafür ideal. Dein Ding ist der Schildkrötenkopf der langsam hervorkommt und sich wieder zurückzieht. Gemeinsam ahmen wir die Paddelbewegungen des Tieres nach."

Linda-Mareike suchte flink die CD heraus und Nils meinte zu beobachten, dass ihre Hände vor freudiger Erwartung zitterten.

„Bitte nur mit Musik!"

„Ja-ja."

Sie legte sich auf den Rücken und stopfte sich zwei Kissen unter den Po. Dann hob sie ihre Beine an.

„Mild und leise wie er lächelt...", begann die Sopranistin auf der CD im pianissimo. Linda-Mareike hielt die Beine geschlossen nach oben gestreckt und wies Nils an sich davor hinzuknien, ihre Beine zu umfassen und sich an ihren Schenkeln abzustützen und in sie einzudringen. Nils begann die *Schildkröte* zu geben.

„Langsam!", bebte Linda-Mareike. „Zieh dich ganz zurück – und jetzt komm wieder – noch langsamer..." Sie schob Nils ihr Becken entgegen und stöhnte. „Du bist jetzt ganz dicht bei meinem G-Punkt..."

Anfangs spürt Nils noch gar nicht so viel und fand die Position eher unbequem. Aber er befolgte genau das quälend langsame Tempo, welches Linda-Mareike vorgab, doch allmählich, mit sich ständig steigernder Musik und zunehmender Ekstase der Isolde wünschte er, es möge doch Erlösung herbeikommen.

„...mild versöhnend aus ihm tönend, in mich dringet, auf sich schwinget..."

Die Sängerin wurde und wurde nicht fertig; das war halt immer das Problem bei den großen romantischen Opern. Die Frau vor ihm, die das Werk und das großartige Ende eigentlich kennen sollte, stöhnte immer lauter und stand unmittelbar vor einem Ausbruch. Verzweifelt versuchte Nils an unangenehme Dinge wie seine Aufnahmeprüfung zu denken, oder an Flugzeugkatastrophen, nur um sich abzulenken. Herausgleiten – zustoßen, quälend langsam, immer wieder, es war wie eine Folter der Lust um den Zweck jene zu steigern und niemals zum Ende kommen zu dürfen! Und dann endlich nahmen Orchester und Isolde den letzten Anlauf und schwangen sich empor, um auf dem Gipfel zu verharren... Nils und Linda-Mareike spürten im gleichen Moment, dass der Zeitpunkt nun gekommen war, sich einfach nur gehen zu lassen und so kam der Liebestod über beide gleichzeitig. Intensiv feucht, lang und kräftezehrend. Als Nils schon dabei war in sich zusammenzusinken, zuckten Linda-Mareikes Beine noch immer in der Luft, ihre schönen Füße seltsam verkrampft, und ein harmloses, kleines Nachstoßen von Nils ließ sie vor Lust aufschreien und schüttelte ihren Körper durch. Sie rang nach Atem.

„Wahnsinn, das hört ja gar nicht mehr auf! War das so ein sagenumwobener multipler Orgasmus?" Nils wusste es nicht.

„Bleib so", winselte sie und er stieß noch einmal leicht nach und presste sich auf sie.

„...höchste Luuuust", verebbte der Gesang auf der CD. Linda-Mareike röchelte auf dem Flokati, als benötigte sie erste Hilfe. Als die orgasmischen Krämpfe nachließen, öffnete sie die Beine und Nils legte sich kraftlos auf sie, und sie umklammerte ihn mit den Beinen und presste ihn an sich. Er hatte viel gelernt in dieser Nacht.

Die Geschehnisse dieser Nacht drangen nie im Detail an die Mitglieder des Freudenhausener Blasorchesters. Dass Nils an jenem Abend fortblieb, nährte die Spekulationen. Darauf angesprochen sagte er nur, er habe allein auf der Couch übernachtet, wurde aber dummerweise rot dabei. Auch muss Linda-Mareike Varenia einiges erzählt haben, denn sie war fortan sehr zutraulich gegenüber Nils. Sie wird es wohl gewesen sein, die in der Trunkenheit nächtlicher Geburtstagsfeiern einige Details der weihnachtlichen Lehrstunde in fernöstlichen Liebestechniken kundtat. Selbst als Nils schon lange nicht mehr im Freudenhausener Orchester spielte, erzählte man sich noch die Story: Nils trieb es mit der Mutter von Varenia! Und man zog es nicht ins Lächerliche. Nein, es war stets Bewunderung und auch ein wenig Neid dabei, denn Varenias Mutter war zweifelsfrei eine attraktive Frau.

Nils machte als Trompeter zunächst Karriere in einem bekannten Musikkorps der Bundeswehr, später erhielt er eine Stellung im Staatstheater einer deutschen Großstadt als zweiter Trompeter. Es trug sich zu, dass hier auch die Oper Tristan und Isolde gespielt wurde, ein Werk, welches durch die schweren und langen Solopartien nur selten und an wenigen Orten aufgeführt wird. Und jedes Mal, wenn es auf den Liebestod hinausging, lief Nils ein eiskalter Schauer den Rücken hinunter. Immer wenn er diese Musik hörte, musste er daran denken, wie er in seiner Freudenhausener Jugendzeit durch Linda-Mareike, der Mutter von Varenia, seine Unschuld verlor.

Geplante Abfuhr

Wer ich bin oder woher ich komme, sei an dieser Stelle völlig uninteressant. Ich stehe vor dem Spiegel im Waschraum einer Turnhalle, um mir nach dem Pinkeln die Hände zu waschen. Die Luft riecht nach einer undefinierbaren Mischung verschiedener Duschbäder, Deos und kaltem Schweiß. Männerschweiß. Frauen riechen anders, schwitzen anders und nehmen natürlich auch andere Seifen und Deos. Es gibt in diesem Waschraum keine Handtücher, kein Gebläse oder Einwegpapiertücher, um sich die Hände abzutrocknen. Also schüttle ich die Hände bis keine Tropfen mehr abfallen und trockne den Rest an meinem T-Shirt mit Vereinsemblem ab. Der Blick fällt auf mein Antlitz im Spiegel.

Ich bin ein klassischer Mittvierziger. Es käme sicher etwas arrogant oder gar selbstgefällig rüber, würde ich behaupten, ich sähe gut aus. Ich bin sicher kein Märchenprinz, denn das sind meist dunkelhaarige Lover mit Waschbrettbauch, solche die auch noch fechten und reiten können. Nein, damit kann ich nicht dienen. Ich bin nämlich blond – hellblond. Nicht, dass dies unbedingt ein Nachteil wäre. Frauen drehen sich aber, wie ich Zeit meines Lebens stets beobachten konnte, nach blonden Männern immer zuletzt um. Weil bei uns blonden Männern ein Dreitagebart irgendwie affig aussieht. Weil die Stoppeln meist weich sind und uns wie ein Milchbubi aussehen lassen. Und weil der rassige Südländer als unverbesserlicher Liebhaber einfach ein besseres Image hat. Lieber schnell mal „amore", dann genauso schnell „arrivederci" ! Nein, so einer bin ich nicht. Auch wenn meine Haare lange nicht mehr so hellblond sind wie als Kind – ich bin eher der nordische Typ, so eine Art Däne oder Schwede. Aber ich habe es zu was gebracht, habe einen soliden Job, ein Haus gebaut, bin seit 15 Jahren mit derselben Frau verheiratet und habe zwei gesunde Kinder. Und ich bin ein unverbesserlicher Romantiker. Jawohl, ihr südländischen Swinger! Ihr habt ja lediglich durch die mediterrane Kost weniger Herz-Kreislauf-Probleme, und dadurch eine bessere und altersmäßig längere Erektionsfähigkeit. Nur daher rührt doch euer zweifelhaftes Image! Ich hatte zu kämpfen, das ist richtig. Ich habe gebuhlt um Dutzende, habe immer geglaubt, ich müsse mich irgendwie profilieren, in den Vordergrund rücken, den Helden spielen, doch die Damen meines

Herzens konnte ich nie erobern. Dafür kamen andere, welche für die ich nichts oder einfach zu wenig empfand. Habe dabei wohl einige ziemlich verletzt, was mir heute ausgesprochen leidtut. Ja, es war wohl mangelnde Reife damals – bitte vergebt mir Mädels! Aber all diese Erfahrungen, um das abzuschließen, haben eines nicht geschafft: mein Selbstwertgefühl aufzugeben. Ich bin zwar für meine Begriffe nicht schön. Kein Prinz, wie bereits erwähnt, aber ich kann mit mir leben. Ich schaue in den Spiegel und sage mir „Alter, du bist okay." Gerade jetzt, wo die Sonne mich leicht gebräunt hat, wo die ersten grauen Haare meine Schläfen zieren, wo leichte Falten an Stirn und Augen Weisheit suggerieren, da wirkt der klare jungenhafte Blick aus blauen Augen so selbstbewusst wie nie zuvor. Eben nicht mehr der Milchbubi mit langer blonder Mähne von vor 20 Jahren.

Irgendwann kam Tanja in mein Leben, auf der Fete eines Kumpels. Ich war schlecht drauf an dem Tag, hatte eine Prüfung vergeigt und hatte einfach keine Lust auf dieses ermüdende Buhlen nach dem anderen Geschlecht. Eigentlich war ich nur auf die Fete gegangen, um mir mächtig einen anzusaufen. Dieser Umstand bescherte mir offenbar eine gewisse Lockerheit, die ich sonst nicht hatte. Ich hatte mir nicht mal die Mühe gemacht, wie sonst üblich, die Besucher der Feier nach potenziell paarungswilligen Geschöpfen abzusuchen. Es war mir alles egal. Tanja sagte mir später, sie wollte immer einen blonden Mann, was ich nie so richtig verstehen konnte, und ich hätte gut gerochen. Sie mochte mein Eau de Toilette wie auch meine Pheromone. Wir landeten noch am selben Abend im Bett. Ein halbes Jahr später waren wir verheiratet.

Nun stehe ich also in diesem ungemütlichen, müffelnden Waschraum des Sportlerheims und habe eigentümlicherweise keine Lust diesen zu verlassen. Zuhause stehe ich nie lange vor dem Spiegel, wohl auch weil ich keine Zeit für solche Späße habe. Meine Augenbrauen sind heute viel buschiger als früher. Ich kämme sie mit den Fingern nach außen und an der Außenseite etwas nach oben. Das wirkt absolut schnittig und stromlinienförmig. Jetzt noch leicht eine Braue etwas James-Bond-mäßig angehoben – ha! Was für ein Blick! Eine kleine Falte über der Braue verrät, dass ich diesen Blick wohl schon häufiger probiert haben muss. „Nein, Alter, du kannst doch echt zufrieden mit dir sein!", denke ich so bei mir.

Dennoch hat, seit ich Tanja kenne, nie wieder eine Frau versucht mich anzubaggern. Ich bin für die Frauenwelt einfach nicht interessant. Deshalb, da bin ich mir absolut sicher, bin ich absolut ungefährdet, was einen liebestechnischen Angriff von dieser Seite anbelangt. Die Gefahr ist wie ausgeblendet, wie nicht vorhanden. Die Ehe hat mir Selbstvertrauen zurückgegeben, jeder hätte es merken müssen, vor allem die Frauen! Was vor fünfundzwanzig Jahren noch unvorstellbar erschien, ist heute selbstverständlich: Ich habe regelmäßig Sex, Leute! Tanja braucht es und ich brauche es und wir sind hervorragend aufeinander eingespielt. Wenn wir uns eine Weile nicht gesehen haben, fallen wir regelrecht übereinander her. Sex ist wie Essen und Trinken oder wie die Luft zum Atmen. Da ich nie damit prahle, und auch dieses sehr persönliche Zeugnis aus meinem Liebesleben möchte ich nicht als Prahlerei verstanden wissen, weiß die Frauenwelt natürlich auch nicht meine Souveränität in dieser Sache einzuschätzen. Ich frage mich manchmal, wie es wohl ist mit einer anderen zu schlafen als mit der eigenen Frau. Ich hatte ja nie eine andere. Ich finde es abstoßend, wie manche abfällig davon reden, sich in jungen Jahren die Hörner abzustoßen. Vielleicht deshalb, weil es mir nie vergönnt war sich die Hörner abzustoßen. Was für Hörner eigentlich? Tanja war und ist die einzige und wird es wohl bleiben bis ans Ende meiner Tage. Und doch habe ich manchmal das Gefühl, da ist so was wie Neugier, eine Versuchung, ohne dass eine Versucherin jemals erkennbar wäre. Wirklich stark und souverän wäre ich natürlich, würde ich einer potenziellen Verehrerin, was natürlich nie eintrifft, eine niveauvolle Absage erteilen. Ich baue mich vor dem Spiegel auf, richte meinen stahlblauen Blick auf die Augen meines Spiegelbildes, runzle mitleidig die Stirn und sage:

„Vergiss es, Baby." Meine Stimme hallt unheimlich in dem Waschraum.

Meine jüngere Tochter ist jetzt zwölf und ist über die Osterferien in einem Ferienlager für Leichtathletik. Das ist ein ganzes Stück weg von dort, wo wir wohnen. Man hat noch begleitende Elternteile gesucht, die das ganze durch ihre Anwesenheit unterstützen sollen. Die Begleiter bestehen neben mir leider hauptsächlich aus Müttern. Leichtathletik hat in unserer Familie Tradition. Ich war schon immer im Sportverein und bei Wettkämpfen. Sport ist eine gute Sache, auch im Hinblick auf die Erhaltung einer gesunden Potenz bis ins hohe Alter! Tanja ist zwar nicht im Verein, aber sie geht regelmäßig mit mir laufen. Die Kinder sind beide im Leistungskader, so mancher Pokal ziert ihr Zimmer. Ich gehörte zwar nie zu den Topläufern, erfreue mich aber bis heute einer ausgesprochen guten Kondition. Gut, ein wenig Fett habe ich auch angesetzt. Mein einstiges Waschbrett ist nur noch andeutungsweise zu sehen. Das ist bei einem Mann in meinem Alter normal. Dabei bin ich aber weitgehend schlank und athletisch geblieben. Gestern habe ich die ganze Trainingseinheit mitgemacht und bin zeitig schlafen gegangen. Heute Morgen war ich beim Waldlauf dabei (acht Kilometer). Ich fühle mich frisch und straff! Heute Abend ist geselliges Beisammensein mit Spielen. Ich hasse Gesellschaftsspiele, da ich die meisten ohnehin nicht kenne. Beizeiten werde ich mich abseilen und in Gedanken bei Tanja verweilen. Ich schlafe als männliche Begleitperson ganz am Ende der Turnhalle allein in einem kleinen Versammlungsraum auf einer dicken Matte für den Hochsprung.

Ich bin erschrocken über meine Stimme in dem stillen Waschraum. Nein, besonders niveauvoll ist das nicht gerade, eine Frau mit „Vergiss es, Baby" abblitzen zu lassen. Vielleicht noch mit Sonnenbrille auf, Goldkettchen um den Hals und einer Kippe im Mundwinkel? Das ist ja schon fast verletzend. Wie habe ich mich doch nach all den Abfuhren zurückgesetzt gefühlt, wenn die Dame meines Herzens mich nicht wollte! Nein, das kann man so nicht machen. Ich setze also einen milden, verständnisvollen Blick auf, gebe den Frauenversteher, höre mir an, wie ein imaginäres weibliches Wesen mir zu verstehen gibt, dass wir doch gerade allein sind und ganz gut zusammenpassen würden, wenn auch nur für diesen einen Moment. Und als sie näher kommt, um mich zu küssen, … Ha! … hebe ich meine rechte Hand und lenke ihren Blick auf meinen Ehering. Der Ring des Blonden! Ein Schutzschild vor feindlichen Angriffen, wie bei einem Science-Fiction-Film. Käpt'n an Brücke: Das Zeichen der Macht wird hervorgeholt, unsichtbare Kräfte entfalten sich und alles Böse wird abgewehrt!

„Sorry, aber ich bin verheiratet." Meine Stimme klingt dumpf und beschwörend im Waschraum. Die imaginäre Frau, dieser Eindringling in meine festen Ehebande weicht förmlich zurück durch den starken Schutzschild, als würde sie von unsichtbarer Hand beiseitegeschoben, und verschwindet schluchzend vor meinen Augen. Einfach weggebeamt. Und irgendwie bin ich auch etwas traurig dabei. Nachdenklich betrachte ich meinen Ehering aus Weißgold mit dem eingravierten Hochzeitsdatum und Tanjas Namen. Wie gut, dass mir so etwas erspart bleiben wird!

Natürlich könnte ich der höchst unwahrscheinlichen Verehrerin mit einer Masche kommen, die mich selbst erniedrigt. Ich könnte ihr klar machen, dass ich ein Loser bin, ein schlecht aussehender James Blond, mit dem man in der Öffentlichkeit nur mitleidige Blicke erntet. Ja, ein unterentwickeltes Selbstbewusstsein, wie es bei mir ja vor noch gar nicht so langer Zeit vorhanden war, könnte auch funktionieren. Wer will schon so einen? Grimmig spreche ich eine weitere geplante Abfuhr zu meinem Gegenüber im Spiegel:

„Zarte, weißt du eigentlich, mit wem du es zu tun hast? Ich verdiene dich doch gar nicht. Ich bin eine Null, ein Mann ohne Charisma. Du wirst es bedauern mit mir gevögelt zu haben."

Nicht doch! Sieht so eine niveauvolle Abfuhr aus? So mies finde ich mich doch gar nicht wirklich. Außerdem habe ich in frühester Jugend diese Tour schon mal probiert. Da hatte es in einem höchst seltenen Fall eine junge Sportlerin auf mich abgesehen und ich konnte mir nicht vorstellen mit ihr zu gehen, weil ich schlichtweg nichts für sie empfand. Ein eigentlich klarer Sachverhalt. Anstatt ihr das ehrlich zu sagen, kam ich ihr mit dieser eigenen Miesmache. Ist mir heute peinlich. Bitte nicht noch einmal!

Fremdgehen. Seitensprung. Ich kann darin nicht wirklich einen Sinn erkennen. Es ist möglicherweise reizvoll, wenn in der Routine einer festen Partnerschaft plötzlich und völlig überraschend Leidenschaft von außen hereinbricht. Und wenn Tanja nun ein anderer Blonder über den Weg läuft und sie mit ihm ins Bett geht? Schließlich sind wir Blonden ja Exoten, es gibt nicht übermäßig viele davon. Tanja sollte ihren Blonden hüten wie einen Schatz, aber wenn sie nun einem anderen Exoten meiner Art begegnet? Gelegenheit macht Diebe. Oder eben Liebe. Ich runzle die Stirn und schaue mich ernst an. Frauen vergeben eher, sagt man, und Männer neigen zu theatralischem Überreagieren. Porzellan geht zu Bruch. Die edle Vase von der Großtante zur Hochzeit. „Wie konntest du nur!" Ich glaube, ich wäre sehr verletzt. Aber ich bin Tanja so dankbar für ihre Liebe, und dass sie mich überhaupt genommen hat. Wenn es ein einmaliger Seitensprung und keine dauerhafte Affäre wäre, würde ich ihr alles verzeihen.

„Ich vergebe dir", sage ich in den Spiegel. Der Spiegel schweigt. Im Waschraum nebenan duscht jemand ausgiebig. Es ist das einzige Geräusch, welches neben meiner Stimme mit den wenigen gesprochenen Sätzen wahrzunehmen ist.

Wenn aber Frauen eher vergeben, würde Tanja mir vielleicht einen Seitensprung, der natürlich niemals stattfindet, auch nachsehen. Und wenn nicht? Da haben wir Männer doch sowieso die Arschkarte. Wie ist es denn, wenn eine Affäre für uns nicht gut ausgeht und sich ein Eifersuchtsdrama anbahnt, wenn es auf eine Trennung hinausläuft?

Zuerst kommen die Magenprobleme von dem ganzen Stress, mit Gastritis und Erbrechen, dann geht es daran, den jahrelang aufgebauten Hausstand aufzuteilen, um jede Tasse wird gefeilscht. Wer sich seiner Liebe gewiss ist, wird sich bei der Hochzeit auf die Zugewinngemeinschaft einigen, der Normalfall, bei dem alles im Haushalt jedem gehört. Nur bei Promis, bei denen von vornherein klar ist, dass man mindestens viermal heiratet, einigt man sich auf Gütertrennung, da Seitensprünge, Fremdgehen und Scheidung nach kürzester Zeit zum gesellschaftlichen Ton gehören. Ist es nicht so? Die Boulevardpresse will ja was zu schreiben haben! Gütertrennung ist natürlich einfacher – jeder nimmt seins mit und fertig. Aber das ist so eine blöde Hintertür nach dem Motto: „Es könnte ja doch was schiefgehen." Darin erschließt sich mir nicht der Sinn einer Ehe. Es bleibt der Eindruck nicht in der Gewissheit zu heiraten, um letztendlich ein Leben lang zusammenzubleiben. Und dann sind da noch die Kinder. Wer hat schon Lust den kleinen beizubringen: „Du, Mami und Papi haben sich nicht mehr lieb." Sie bricht mir das Herz, diese Vorstellung, es macht mich krank, wenn ich nur daran denke. Schließlich geht der ganze Mist los mit Sorgerecht und Alimenten. Das Sorgerecht kriegt die Frau und zahlen dürfen die Männer, egal wer nun an dem Desaster Schuld ist. So ist es doch, oder? Die Frauen machen sich ein feines Leben und haben ruckzuck einen neuen Partner, während wir Männer finanziell aus dem letzten Loch pfeifen. Mit Magengeschwüren rein in den sozialen Abstieg! Womöglich landet der Mann dann doch wieder bei einer Frau, die aber unbedingt noch Kinder will, da die Uhr des Lebens unaufhaltsam tickt. Dann geht alles von vorne los. Die Kinder erster Ehe sind selbstständige Teenager, und Mann stolpert wieder über Spielzeug, kann nachts nicht schlafen und steht erschüttert vor seiner zerstörten CD-Sammlung. Ich hole tief Luft und spreche zum Spiegel:

„Mein liebes Mädel, du weißt gar nicht, was du mir antust. Die Konsequenzen sind dir nicht klar. Ja, du bist eine attraktive, begehrenswerte Frau. Wenn du vor zwanzig Jahren in mein Leben geknallt wärst, hätte ich nicht gezögert. Aber du bist auf dem besten Wege, meine Familie zu zerstören. Nein, Süße, das ist es mir nicht wert. Ich liebe meine Frau und habe eine Abwechslung nicht nötig. Bitte gehe jetzt."

Meine Stimme ist leise, fast schon etwas heiser. Diese Argumentation gefällt mir besser als mich selbst zu denunzieren. Dennoch – wie gut zu wissen, dass mir so was nicht passiert! Der einmalige Seitensprung wäre ja noch nicht einmal das Problem. Man tut es, ist irgendwie befreit und um eine Erfahrung reicher, und danach sieht man sich nie mehr wieder. Es bleibt ein schlechtes Gewissen, ja, aber auch etwas romantische Verklärung. Fremde Haut, fremde Vorlieben, fremder Körper; eine Situation die viel Potenzial für Unsicherheit und Enttäuschung birgt, aber auch das plötzliche Entdecken einer großen Liebe. Beides könnte ich mir äußerst problematisch vorstellen:

Erstens: Die Erwartungen an die sexuelle Leistung werden nicht erfüllt. Sie bewegt sich falsch und er kommt zu früh. Ich stelle mir den Sex mit einer anderen Frau vor, als würde man plötzlich ein anderes Auto fahren. Die Lenkung geht anders, die Kupplung straffer, die Bedienelemente sitzen an anderer Stelle. Nein, das mit den Bedienelementen stimmt so nicht. Die dürften doch weitestgehend an der gleichen Stelle sein, aber schon die Ausmaße können empfindlich abweichen. Da sind Schrammen vorprogrammiert. Nach jahrelanger Monogamie weiß man genau wie die eigene Frau tickt, was man tun muss, um sie optimal zu befriedigen. Umgekehrt ist es genauso, und genau das sehe ich beim Seitensprung als Risiko. Vielleicht bleibt mein Gegenüber unbefriedigt und ich stehe als Loser da. Dieses „schlecht-im-Bett-sein" steht drohend über allem. Die Leistungsgesellschaft setzt einen da ständig unter Druck. Es gibt nur Helden und Loser, dazwischen ist nichts. Wir Männer sind ja recht einfach zu befriedigen, aber dasselbe bei einer Frau zu bewirken ist schon eine halbe Wissenschaft. Jedes Auto braucht seine Zeit, bis man sich optimal darauf eingestellt hat.

Zweitens: Es tritt genau der umgekehrte Fall ein. Beide geraten in völlige Ekstase, sie hat multiple Orgasmen und die ganze Nacht wird gebumst, was das Zeug hält. Hinterher sagt sie: „So etwas habe ich noch nie erlebt. Ich will für immer mit dir zusammen sein." Ein Klischee natürlich. In diesem Fall der totalen sexuellen Übereinstimmung könnte es zu den bereits durchdachten Problemen kommen. Sie müsste sich, sofern vorhanden, gegen ihren Partner entscheiden und ich mich gegen Tanja. Um nichts in der Welt möchte ich vor dieser Entscheidung stehen! Für einen rosaroten Moment geht alles den Bach runter. Alles! Wenn meine Geliebte keinen Partner hat, gebe ich ihr vielleicht das Gefühl nur ein Abenteuer zu sein und ich stehe da wie ein Schuft, ein Herzens- und ein Ehebrecher. Dabei bin ich doch so romantisch! Ich könnte nie mit einer Frau schlafen, für die ich nichts empfinde! Womöglich werde ich am Ende gestalkt, bedrängt, verfolgt. Eine dauerhafte Affäre würde mich innerlich zerreißen und richtig fertig machen. Alles nur eine Folge des einen Momentes der sexuellen

Ausschweifung. Wäre es das alles wert? Die Chancen, dass es so herum passiert, halte ich allerdings für äußerst gering. Da kann ich wirklich heilfroh sein, dass die Frauenwelt so einen großen Bogen um mich macht!

Ach, und dann ist da noch der geistliche Aspekt der ganzen Sache. Das darf man nun überhaupt nicht außer Acht lassen! Gott weiß um all die schrecklichen Szenarien, die ich mir da soeben zusammengereimt habe. Er weiß von schlechtem Gewissen und von dem, was Sünde für Folgen hat. Um uns davor zu bewahren, hat er uns durch Mose gleich in der frühen biblischen Geschichte die zehn Gebote erlassen „Su sollst nicht ehebrechen", heißt im zweiten Buch Mose das sechste Gebot. Und im zehnten Gebot heißt es: „Du sollst nicht begehren deines Nächsten Weib, Haus, Hund...", oder so ähnlich. Gott war das Thema wohl so wichtig, dass es gleich zweimal in nur zehn Geboten auftaucht! Haus und Hund sind ja nicht weiter interessant, wenn da nur das Weib nicht wäre. Begehren? Na ja, was ist schon Begierde? Das ist doch eher hormonell begründet, oder? Fest steht jedenfalls, ich werde das Antlitz Gottes nicht erspähen, wenn ich sündige. So ist es jedenfalls im Alten Testament. Der Mensch kann nicht vor Gott gerecht werden, er ist zum Scheitern verurteilt. Erst durch Jesus ändert sich das. Jetzt kommt der Aspekt der Vergebung hinzu, das heißt mir kann vergeben werden. Und der Heilige Geist ist das Gewissen, mit anderen Worten, ich weiß als Rechtschaffener genau, wann ich Verfehlungen begangen habe und strebe danach, sie zum Kreuz zu bringen. Wenn mir aber sowieso vergeben wird und das Himmelreich trotzdem offen steht – dann wäre doch auch ein kleiner Seitensprung kein Ding, oder? Hm. An anderer Stelle steht aber: „Der Mensch sieht, was vor Augen ist, Gott aber schaut das Herz an." Das ist das Problem. Ich kann mich nicht einfach gehen lassen, mich munter durchs Leben poppen und mir dabei ganz salopp denken: „Ach, mir wird ja sowieso vergeben." So hat Gott sich das sicher nicht vorgestellt. Wer Jesus angenommen hat, sollte eigentlich auch gar nicht auf solche Gedanken kommen. Schließlich gibt es auch eine dunkle Seite der Macht. Der Verführer, Gottes Gegenspieler, ist allgegenwärtig. Manchmal tappt man unwissentlich in eine Falle, die er aufgestellt hat, manchmal lassen wir uns aber auch von ihm mitreißen. Ich will damit übrigens nicht sagen, dass Frauen, die mich unwahrscheinlicherweise verführen wollen, mit dem Teufel gleichzusetzen sind. Wenn ich mich verführen lasse, sitze ich im selben Boot. Satan hat bereits verloren. Er weiß es und versucht uns trotzdem zu verführen und so viele von uns mitzureißen, wie er kriegen kann. Zügellose Begierde ist ihm da ein rechtes Mittel, denn er weiß: hier sind wir schwach. Das Gute steht gegen das Böse. Deshalb beten wir ja auch: „…und führe uns nicht in Versuchung."

Die Sache steht mir nun absolut klar vor Augen. Ich stütze mich auf den Waschtisch vor mir und sage bestimmt in den Spiegel:

„Gute Frau. Ich bin gläubiger Christ und bete darum, nicht in Versuchung zu geraten. Darum werde ich auch dieser Versuchung standhalten. Der Bund meiner Ehe ist ein Bund, den ich mit Gott geschlossen habe, bis dass der Tod uns scheidet. Bitte betrachte das Nichterfüllen deiner Sehnsüchte nicht als Ablehnung deiner Person als Mensch. Ich weiß aus eigener Erfahrung, dass Zurückweisungen bitter sind und ich hoffe, du kannst damit umgehen. Ich jedenfalls bin geführt vom Heiligen Geist und ich kann dir deinen Wunsch nicht erfüllen."

Alter, das hat Stil! Jetzt habe ich nur noch Angst, dass die imaginäre Lüsterne mir gegenüber sich totlacht. Aber Jesus musste Schmach ja auch erdulden. Ich werde dafür reich belohnt! Außerdem wird mich eine solche Situation ohnehin nicht heimsuchen.

Im Waschraum ist es jetzt wieder ganz still. Das Rauschen der Dusche im Raum nebenan hat aufgehört. Ich finde, dass ich nun genug herumfantasiert habe. Ich meine, Antworten gefunden zu haben und ich bin zufrieden mit mir. Federnden Schrittes verlasse ich den Waschraum.

Draußen im Gang stoße ich dann plötzlich auf ein Wesen wie aus einer anderen Welt. Ich begegne Dorothea, wie sie aus dem anderen Waschraum kommt. Der für die Mädchen liegt gleich neben dem der Jungen. Sie hat sich ein großes Saunatuch umgeworfen und hält es mit einer Hand zusammen, die Haare sind nass und auf Schulter und Ausschnitt sind noch Wassertropfen. Sie ist barfuß unterwegs, ihre Fußnägel sind mit schwarzem Nagellack verziert. Nur flüchtig schaue ich hin. Scheiße, woher weiß sie, dass ich auf Frauenfüße stehe, besonders auf solche mit Nagellack?! Hat sie keine Schuhe mit? Dorothea ist eine von den begleitenden Elternteilen, alleinerziehend. Sie ist einen Kopf kleiner als ich und hat hinreißende Naturlocken in leichtem Rotschimmer, schulterlang, wie ich sie noch nie gesehen habe. Wir hatten bei dem Waldlauf heute Morgen kurz miteinander gequatscht. Eigentlich ist sie gar nicht so herausragend hübsch, aber auf einmal denke ich: „Sie hat was, Vorsicht!"

Dorothea ist über unsere Begegnung genauso überrascht wie ich. „Na? Auch hier?"

Blöde Frage, finde ich. Sie sagt: „Endlich mal ein Mann, der sich nicht nur hinter seiner Arbeit verkriecht, sondern auch mal für so eine Freizeit zur Verfügung steht."

„Ja, ich habe frei. Meine Frau arbeitet dafür", gebe ich zurück und spiele nachdenklich an meinem Schutzschild, dem Ehering. Möge die Macht mit mir sein. Dorothea wirft einen flüchtigen Blick auf meinen Ring des Blonden. Der scheint sie aber nicht sonderlich zu beeindrucken. „Ich habe gerade geduscht", sagt sie.

Das war auch so eine dämliche Feststellung von ihr. Klar hat sie geduscht. Ich habe es gehört und es ist nicht zu übersehen. Außerdem duftet sie nach Seife. Nein, diese Füße sind wirklich bezaubernd! Ich kann gar nicht hinsehen! Das unvermeidbare bahnt sich an: Ich kriege so langsam eine Erektion, und das nicht anonym in straffer Jeans, die souverän alles zusammenzuhalten vermag, sondern in dieser weiten, schlabbrigen Trainingshose mit Vereinsemblem, in der man doch vergleichbar mit einem soeben aufgerichteten Zelt gleich alles sieht! Das hat man davon, wenn man sich mit Sport fit hält. Es wird alles besser durchblutet.

„Als Alleinerziehende hat man es nicht leicht", sagt sie. „Es dreht sich alles nur ums Kind, man kommt selbst zu kurz."

„Wobei?", frage ich benebelt und ärgere mich im nächsten Moment über diese Frage. Will ich sie jetzt bloßstellen? Bin ich hier der Frauenversteher? Erwarte ich, dass sie mir ihr Herz ausschüttet? Vielleicht erzählt sie mir im nächsten Moment, dass sie sexuell unterversorgt ist!

„In vielen Dingen", haucht sie und senkt den Blick. Mist, jetzt sieht sie gleich meine Latte. Das muss ja aussehen, als wollte ich was von ihr.

„Hier ist es schön ruhig", versuche ich abzulenken. „Alle sind draußen." Meine Äußerung ist taktisch natürlich völlig unklug.

„Ja, noch mindestens eine Stunde. Wo bist du untergebracht?"

„Da ganz hinten in einem Gruppenraum. Auf einer großen, weichen Matte, wie man sie hinter ein Trampolin stellt." Bin ich denn verrückt? Beschreibe ich hier ein Liebesnest, oder was?!

„Hast du Lust?", fragt Dorothea plötzlich.

Wenn ich ehrlich bin, muss ich gestehen, dass ich mit dieser Frage gerechnet habe. Obwohl – es darf nicht sein. Irgendwas läuft hier falsch. In mich verguckt sich keine Frau, niemals! Es war wie die Chronik eines angekündigten Todes. Ich hatte Angst davor und feine Schweißtröpfchen bilden sich auf meiner Stirn. Sie schaut mich an mit einem gewissen Maß an Begierde, liebestechnisch ausgehungert, und ein wenig verschüchtert, als hätte sie Angst, ich könnte nein sagen. Ich will doch nein sagen, doch ich bringe nichts heraus. Ja, ich habe Lust, aber ich darf nicht. Oh Dorothea, du bist geschieden oder getrennt lebend oder nie verheiratet gewesen, woher auch immer du dein Kind hast. Jedenfalls nicht vom Klapperstorch. Und du bist frei mit jedem zu schlafen, der dir über den Weg läuft. Aber warum nimmst du mich als Opfer? Warum lässt du dich so vom Verführer ausgerechnet vor meine Wenigkeit treiben? Ich flehe dich an: Bitte such dir einen anderen!

„Ich weiß nicht", stammle ich. Eigentlich bräuchte ich doch nur „nein" zu sagen!

Dorothea setzt alles auf eine Karte. Im nächsten Moment umarmt sie mich und legt den Kopf in den Nacken, um mich zu küssen, mich den blonden Loser. Das große Badelaken hat nun keinen Halt mehr und gleitet an ihr hinunter. Ich fühle jede Wölbung ihres Körpers, ihre Nippel durch mein T-Shirt und ihr wird meine Latte auch nicht entgehen.

„Doch, du hast Lust. Ich spüre es überall." Wir küssen uns.

Ich bin verzweifelt. Ich war auserwählt, NIEMALS in solch eine Situation zu geraten. Und nun das! Wo ist mein Schutzschild? Negativ! Was ist mit der detailliert geplanten Abfuhr, mit all den großen Worten, die ich mir zurechtgelegt habe? Wo ist die Kraft sie auszusprechen, wo bleibt der überlegene Heilige Geist? Und verdammt, warum ist dieser Kuss so großartig? Wenn sie doch stinken würde, auf dass ich mich entsetzt abwende, oder wenn doch nun jemand den Gang entlangkäme, um uns zu stören! Nein, sie riecht wie eine junge Blume und es ist absolut still, nur das vertraute Geräusch wie sich unsere Zungen streicheln und unser erregter Atem ist zu vernehmen. Ich habe das Gefühl, noch nie in meinem Leben so hingebungsvoll geküsst worden zu sein, nicht mal von Tanja. Ein warmer Schwall romantischer Gefühle überrollt mich. Ich möchte sie von mir stoßen und kann es nicht. Wie Magneten kleben wir zusammen. Wir reiben aneinander, ich fahre über ihren Rücken, ihren Po. Nein, ich werde nicht mit ihr schlafen. Oder doch? Nur dieses eine Mal? Es bekommt doch keiner mit! Und wenn doch? Ach Tanja, vergib mir! Innerhalb von fünf Minuten, seit ich den Waschraum verlassen habe, ist meine ganze Souveränität für den Arsch. Alle zurechtgelegten Argumente sind wie weggeblasen. Brutal muss ich feststellen: Eine Abfuhr lässt sich anscheinend nicht planen. Was ist, wenn Dorothea mich öfter will als nur dieses eine Mal, wenn eine handfeste Affäre daraus wird? Was ist, wenn sie schwanger wird? Was ist, wenn ich versage auf der Matte? All die Fragen, die ich mir selbst gestellt hatte, erwischen mich nun eiskalt und die weisen Antworten sind weggeharkt, wie man den Fußstapfen des Springers im Sand beseitigt für den nächsten Weitsprung. Ja, so kann es kommen: Ich weiß nicht mehr, was ich tue, ich weiß nicht, was nun werden wird. Alles ist offen. Schaffe ich es doch noch dieser Versuchung zu widerstehen? Hilfe! Mein Gott, ich bin ein Sünder, ich fühle mich so mies, so verliebt, so schwach ...so unendlich schwach...

Der kleine Voyeur, oder: woher die falschen Töne kommen...

Es war eines jener Gebäudekomplexe, die man als Karree bezeichnet. Jede Großstadt, die etwas auf sich hielt, hatte eines oder mehrere dieser Ungetüme im Stadtzentrum, denn diese Dinger waren praktisch. Unten waren zumeist Geschäfte untergebracht. Durchgänge luden ein zum Verweilen im Innenhof, der zumeist begrünt und hier und dort sogar mit einem Springbrunnen ausgestattet war. In einem Stockwerk über den Läden gab es das ein oder andere Büro von Versicherungsvertretern, Anwälten oder Mediaberatern, darüber lagen zumeist geräumige Wohnungen ohne Balkon für den urbanen Menschen. Leben und arbeiten in der City, mitten im Getümmel in einem Klotz aus Glas und Beton. In solch einem Karree – es mochte irgendwann in den frühen Neunzigern gebaut worden sein – lebte auch Olli.

Olli war nicht gerade dick, aber er neigte dazu Speck anzusetzen, besonders an der Taille. Unter seiner Problemzone stakten dünne Beine hervor und er hatte einen flachen Hintern, Frauen würden sagen: „Er hat keinen Arsch in der Hose." Sein Gesicht war blass, rund und gutmütig, sein dunkelblondes Haar mit Naturlocken war ein Krauskopf, gegen den kein Glätteisen half. In der Schule hatten sie ihn deswegen als „weißen Neger" gehänselt. Aber Olli hatte ein Gemüt, welches ihn selten aus der Ruhe brachte. Er ertrug alles mit Gelassenheit, rollte gemütlich ein paar Popel im Deutschunterricht, lächelte sich darüber hinweg und marschierte geradewegs durch ein recht gutes Abitur. Heute war Olli Beamter bei der Stadtverwaltung und leitete das Bauaktenarchiv. Bei größeren Umbauten, Abrissarbeiten oder Verkäufen hatte er die Akten der betreffenden Gebäude herauszusuchen, zu kopieren und gegen ordentlichen Beleg abgestempelt auszuhändigen. Bei Neubauten hatte er sämtliche Planungsunterlagen und Grundrisse ins Archiv einzupflegen. So war er seinerzeit auch auf das besagte Karree gestoßen und hatte sich dort gleich eine Wohnung ergattert, wenngleich auch nur in der dritten Etage, aber es gab ja einen Fahrstuhl. Es war nicht weit von der Stadtverwaltung entfernt. Praktisch, denn zu viel Bewegung war absolut nicht sein Ding. Sport, Schwitzen oder jegliche Art von körperlicher Arbeit hatte Olli von Kindesbeinen an verabscheut. Das Karree lag aber auch nicht weit entfernt vom städtischen Theater, weshalb einige Musiker ins Haus gezogen waren. Olli hatte Musiker gerne um sich, er liebte Musik über alles. Leider hatten seine Eltern ihm nie das Erlernen eines Instrumentes ermöglicht und der Musikunterricht an der Schule hatte ihn nicht sonderlich beeindruckt, so beschränkte sich Olli auf das Hören. Im Laufe der Jahre hatte er sich eine gigantische Klassiksammlung auf CD zugelegt und verfügte über ein sehr teures und klanggewaltiges Soundsystem in seinem Wohnzimmer. Man könnte ihn als schöngeistigen Menschen beschreiben, der gern ins Konzert ging und ansonsten in seiner Freizeit andächtig der Musik von Barock bis Romantik lauschte. Er wusste nichts über Formenlehre, über harmonische Abläufe, über die Zuordnung einer Komposition in ihr zeitgeschichtliches Umfeld, aber das störte ihn nicht.

Die meisten Aufnahmen seiner Sammlung standen unter der Leitung des längst verstorbenen Herbert von Karajan. Oh ja, Olli war ein großer Karajan-Fan. Aber Olli war eben auch ein Dilettant. Er sammelte DVDs mit Aufzeichnungen historischer Konzerte mit seinem Lieblingsdirigenten – und versuchte ihn nachzuahmen. Vor einem großen Spiegel mit einem selbst gebastelten Taktstock, einem groben Stab aus Buchenholz aus dem Modellbauladen, mit etwas Plakafarbe weiß eingefärbt und einem Griff aus mehreren Lagen Tesafilm. Da war natürlich nichts ausbalanciert. Stundenlang konnte er vor seinem Spiegel stehen und zu Beethoven und anderen die Posen von Karajan nachahmen, einschließlich dem herrisch, immer etwas arrogant wirkenden Blick und der unverwechselbaren Gestik. Er stand vor einem imaginären Orchester, doch kannte Olli noch nicht mal den Grundschlag eines Viervierteltaktes, geschweige denn alle Musikinstrumente. Seine Musikernachbarn wussten nichts von dieser Leidenschaft, sie hörten nur manchmal, wenn er seine Stereoanlage wieder in Betrieb hatte, dass er dieser Musik sehr zugetan war und das schmeichelte ihnen. Sie grüßten ihn stets höflich und Olli grüßte zurück und fühlte sich fast ein wenig in den Kreis der echten Musiker aufgenommen. Wenn im Hause geübt wurde, ließ er seine Musik aus und lauschte andächtig den Klängen. Schräg über ihm wohnte auch ein Musikerpaar, er war Geiger und sie Cellistin. Ein Posaunist wohnte auch mit seiner Freundin im Hause sowie eine Sängerin, alle in der vierten Etage, quasi unterm Dach. Und dann gab es noch eine Klavierlehrerin, die wohnte aber wie Olli in der dritten Etage gegenüber.

Das Paar mit den beiden Streichinstrumenten übte manchmal auch zusammen. Sie übten seit einiger Zeit am Forellenquintett, die Melodie war Olli geläufig, aber es war völlig nebensächlich, dass die anderen

Musiker dabei fehlten. Was aber merkwürdig war: manchmal hörte er sie üben, dann polterte es über ihm und dann war es ruhig. Oder sie begannen, ein Stück ordentlich zu üben, und das ging auch eine ganze Weile gut, dann aber kamen sie aus dem Rhythmus, spielten völlig falsch weiter und hörten irgendwann im Chaos auf. Olli begriff nicht, was das sollte. Dieses eigenartige Verhalten beim Üben eines Instrumentes konnte er nicht nachvollziehen, also beschloss er der Sache demnächst auf den Grund zu gehen.

Eines Tages, Olli hatte seinen gesetzlich und gewerkschaftlich geregelten Feierabend, kam er nach Hause und über ihm begann man gerade wieder sich mit Etüden einzuspielen. Falls das Üben heute wieder im Chaos versinken sollte, würde es noch ein Weilchen dauern, er könnte ja mal vorsichtig nachforschen. Olli schnappte sich sein Opernglas und zog los. Er hoffte durch eines der Treppenhausfenster der vierten Etage einen Blick auf die Wohnung der beiden Streichinstrumentalisten zu erheischen. Insgesamt hatte der Bau drei bewohnte Etagen. Unter Ollis Wohnung war noch ein Stockwerk mit vermieteten Wohnungen, darunter eine Büroetage und im Parterre waren Geschäfte. Es gab noch ein baugleiches Treppenhaus auf der gegenüberliegenden Gebäudeseite, von dem dunkle Gänge zu den einzelnen Wohnungen führten. Diese lagen teils zur Hauptstraße hin, teils zum Innenhof. Die Zimmer waren geräumig und geschickt angeordnet, nur zur ruhigen Hofseite hin in den unteren Geschossen bekamen die Wohnungen etwas wenig Tageslicht ab. Olli hätte den Fahrstuhl nehmen können, wie er es sonst immer tat, aber um besser die Blickposition einschätzen zu können, eilte er von Fenster zu Fenster und die fehlende Kondition machte ihm mit Kurzatmigkeit zu schaffen. Aber es war nichts zu machen. Der Blickwinkel war zu ungünstig, man konnte nur im spitzen Winkel ein Stück Tapete erkennen. Das Treppenhaus endete in der vierten Etage mit einem kleinen Plateau, von dem aus eine kleinere Treppe zum Maschinenraum für den Aufzug führte. Daneben gab es eine Stahltür, von der aus man das Dach betreten konnte. Schwerfällig schleppte Olli sich dort hinauf und stellte erstaunt fest, dass eben diese Tür nicht verschlossen war. Für ihn war das Ganze ein Abenteuer und auch etwas unheimlich, aber seine Neugierde über das Probenverhalten seiner Nachbarn war so groß, dass er schließlich seinen Fuß auf das leicht vermooste, mit Kieselsteinen bedeckte Flachdach setzte. Die Tür zum Treppenhaus ließ er offen stehen und begab sich zitternd an die Dachkante. Diese bestand aus einer vielleicht fünfzig Zentimeter hohen Brüstung, die ganz mit verzinktem Stahlblech verkleidet war. Schaudernd blickte er hinab in die Tiefe. Ei, das war wirklich ganz schön hoch! Er begab sich auf die gegenüberliegende Seite des Gebäudes, kauerte sich hinter die Randeinfassung des Daches und nahm sein Opernglas zur Hand. Olli hätte jubeln mögen. Er hatte einen ganz hervorragenden Blick auf die Schlaf- und Wohnräume der gesamten vierten Etage!

Bei seinen Streichern herrschte gedämpftes Licht im Schlafzimmer, der Kleiderschrank war geöffnet und es lagen einige Kleidungsstücke verstreut herum. Jetzt erschien die junge Frau mit ihrem Cello. Erstaunlicherweise hatte sie nichts an. Sie lachte kreischend und es sah so aus als liefe sie vor etwas davon. Das Etwas war ihr Freund mit der Geige, der ebenfalls splitternackt war. Er jagte sie spielerisch durch das Schlafzimmer, über das Bett, aus dem Raum und wieder herein. Immer mit Cello und Geige. Die vergnügten Rufe dieses Reigens konnte man sehr gut hören, denn sie hatten das Fenster gekippt in der Lüftungsstellung. Jetzt hatte er die Cellistin eingefangen und sie standen da mit ihren Instrumenten und küssten und liebkosten sich. Olli ließ das Opernglas sinken und ihm blieb der Mund offen stehen.

„Was machen die da?", entfuhr es ihm.

Er setzte sein Kulturfernrohr wieder an, um nun den Kulturbeitrag und den Grund für die merkwürdigen Töne herauszufinden. Die beiden nahmen gerade eine Position auf der Bettkante ein. Er lag auf dem Rücken mit der Geige in Spielposition, die Beine gespreizt und die Füße auf dem Boden. Sie war gerade emsig dabei, sich mit dem Rücken zu ihm auf seine Lenden zu setzen, mit dem Cello zwischen den Schenkeln. Da sie ja ebenfalls breitbeinig das Instrument vor sich hatte, musste er wohl ziemlich gelenkig sein, um das alles zwischen seine Beine zu kriegen. Beide wirkten sehr vergnügt und irgendwie etwas erregt. Jetzt begannen sie zu spielen – aus dem Forellenquintett. Sie begann sich während des Spiels auf seinem Becken auf und ab zu bewegen, gleichmäßig zur Musik. Olli konnte sie quietschen hören vor lauter Spaß, wenngleich er nicht genau nachvollziehen konnte, was da genau vor sich ging. Anfangs klang das Duett noch ganz brauchbar, aber irgendwie schienen sie sich aufzuschaukeln in merkwürdige Gefühlsausbrüche. Er schmiss die Geige auf ein Kopfkissen und packte sie beim Becken, während sie völlig abwesend versuchte weiterzuspielen. Dabei machte sie immer so reitende Bewegungen. Das Cello kratzte, eine Melodie war kaum mehr zu erkennen und sie stöhnte ganz furchtbar als habe sie Schmerzen. Olli dachte bei sich, der Geiger möge doch die arme Frau in Ruhe lassen. Ihr fiel der Bogen aus der Hand, als sie noch einmal eine Art Schrei von sich gab und

313

dann heftig atmend über ihrem Instrument erschöpft in sich zusammensank. Die Musik hatte in einem Chaos geendet, wie Olli es schon gehört hatte, nur die menschlichen Laute waren nicht durch die Betondecke gedrungen. Diese Praxis des Übens erschien ihm jedenfalls sehr befremdlich.

Als in dem Schlafzimmer der Streicher nichts Nennenswertes mehr passierte, wurde seine Aufmerksamkeit durch ein Geräusch etwas weiter rechts gezogen, auf die benachbarte Wohnung. Hier wohnte die besagte Sängerin, eine Sopranistin. Die Stimmlage jedoch entzog sich natürlich Ollis Wissen, denn er konnte lediglich hoch oder tief bei Sängern unterscheiden. Es wurde bei der Sängerin aber nicht gesungen, zumindest noch nicht. Sie war offenbar in männlicher Begleitung. Von Ollis Standort aus konnte man in ihr Wohnzimmer blicken, dort war vor der Couch eine beeindruckend große Tuba aufgebaut, die Königin der Blasinstrumente, funkelndes Goldmessing, klar lackiert – ein wahres Prachtstück! Der Besitzer dieses Instrumentes hatte die Tuba in einen recht stabil wirkenden Ständer gestellt. Eigenartigerweise war der Mann unbekleidet und hatte einen selbigen.

„Das sind ja merkwürdige Sitten in diesem Haus", entfuhr es Olli, als er das Opernglas kurz absetzte, um sich erstaunt die Augen zu reiben. Die Neugierde ließ ihn aber augenblicklich wieder hinüberschauen in die Stube der Sängerin. Sie erschien jetzt auch kichernd auf der Bildfläche und war – Olli konnte es kaum fassen – ebenfalls völlig nackt. Zunächst das gleiche Spiel wie bei den beiden Streichern. Die beiden jagten sich durch die ganze Wohnung, sodass sie mal vor dem Stubenfenster erschienen und dann wieder nicht. Kurz schien sich so eine Art Paarungsritual auf dem Sofa anzubahnen, dem sich die Sängerin aber wieder entwand. Das Zipfelchen ihres Tuba blasenden Freundes, den Olli noch nie im Hause gesehen hatte, war steil aufgerichtet. Seine Eltern hatten von frühester Jugend an vom männlichen Glied nur als Zipfelchen gesprochen. Jenes Körperteil war Olli noch nie sonderlich wichtig oder interessant gewesen. Ein Organ, welches bei Männern das Wasserlassen erleichtert. Okay, es hatte sich bei ihm auch schon mal aufgerichtet, aber es hatte ihn peinlich berührt und er war sich nicht klar über die Ursache. Fast schien es ihm, als rühre sich was in seiner Hose bei den Dingen, die er hier auf dem Dach zu sehen bekam, aber er ignorierte dieses Zeichen der Lust, weil das Gesehene viel zu spannend war. Und weil es viel zu abstrakt war, um von seiner bisherigen Lebenserfahrung eingeordnet werden zu können.

Die Sängerin war eine brünette, recht üppige Dame, welche durchaus die Körperlichkeit zu einer Walküre hatte. Olli mochte Frauen, an denen was dran war, aber noch nie war er einer Frau nahegekommen. Die Walküre kletterte nun offensichtlich sehr erregt auf die Tuba und setzte sich oben auf den Schalltrichter als wolle sie... Olli war entsetzt. So ein Instrument ist doch keine Toilette!

Dann stellte er fest, dass dies auch gar nicht die Absicht war. Der Tubist begab sich ans Mundstück und erzeugte einen sehr tiefen, leisen Ton, der durch das fleischige Weib obenauf merkwürdig gedämpft klang. Diese sanften Vibrationen schienen das brünette Wesen jedoch außerordentlich zu entzücken. Der Tubist spielte weiter und Olli fragte sich gerade, ob er die Melodie kannte, aber der Denkprozess wurde durch die geilen Töne der Sängerin unterbrochen. Sie versuchte etwas zu singen. Wie hieß doch gleich das Ding aus der Zauberflöte, wo die Sängerin so hoch singen muss: „A-ahahahahahaha...!" Der Tubist spielte was völlig anderes und schien sich der stimulierenden Vibrationen seines Spiels bewusst zu sein. Je lauter und je tiefer er blies, desto mehr geriet seine Freundin in lustvolle Ekstase. Schallwellen als Lustbringer, eine Tuba als gigantischer, vaginal-berührungsfreier Vibrator. Kurz bevor die Walküre gänzlich außer sich geriet, legte der Tubist, den das ganze offenbar ebenfalls anmachte, das Instrument geschickt auf die Seite, sodass die Erregte rücklings auf dem Sofa landete. Dort machte er sich sogleich mit zuckenden Bewegungen über sie her. Durch das gekippte Fenster hörte man ihn grunzen und seine Freundin laut stöhnen, was bei einer Sängerin selbst in solchen Situationen immer ein bisschen nach ausgebildeter Stimme klang. Ein Opernstöhnen gewissermaßen.

Olli stand auf und stellte fest, dass er jetzt ein großes Zipfelchen hatte. Also setzte er sich wieder hin, mit dem Rücken zum Innenhof, in dem die Liebeslaute abflauten. Ein frischer Wind war aufgekommen. Gerade noch bekam er mit, wie die Stahltür, die auf das Dach führte mit lautem Knall ins Schloss fiel. Pech, denn auf der Dachseite gab es nur einen Knauf – der Rückweg war ihm verwehrt. Wie zum Hohn drang der Klang einer Posaune zu ihm empor und das laute Stöhnen einer Frau, keiner Sängerin wohl bemerkt. Obgleich Olli rätselte, wie er wieder in seine Wohnung kommen sollte und dabei sein Zipfelchen wieder auf Normalgröße geschrumpft war, suchte er auf dem Dach stehend mit dem Opernglas die Fassade ab und erblickte ebenfalls in der vierten Etage den nackten Posaunisten, der an das äußerste Ende seines Posaunenzuges eine Art künstliches, großes Zipfelchen gebunden hatte. Damit machte er irgendwas zwischen den gespreizten Beinen einer Frau, die sich im Bette lustvoll wand. Das übermäßige Vibrato erzeugte er durch lockeres, aus dem Handgelenk hervorgehendes Hin und Her des Zuges, welches über die ungewöhnliche Verlängerung des Instrumentes in den geheimnisvollen, Olli völlig unergründlichen, Tiefen des feuchten, weiblichen Schoßes solch rätselhafte Lust hervorbrachte. Völlig verstört lief der arme Olli auf dem Dach umher, probierte die Stahltüren zu den Treppenhäuser und suchte nach irgendwelchen Notleitern. Er könnte nach Hilfe rufen, aber der Grund seines Besuches auf dem Dach war ihm zu peinlich. Womöglich kam dann die Feuerwehr und es würde ein großes Aufsehen geben. Nein, nein!

Er spähte über die Dachkante in den Hof hinab. Dabei streifte sein Blick die drei Wohnungen, in denen Musiker ihre Spielchen getrieben hatten. Überall lagen nackte Menschen friedlich beieinander, immer diverse Instrumente mit dabei. Musiker waren merkwürdige Leute! Die einzige Chance vom Dach zu kommen war das Rankgerüst für den Efeu, der den Hof von innen begrünte. Das Gerüst war an der Brüstung verankert und der Efeu war im Laufe der Jahre fast bis an die Dachkante emporgeklettert. Er brauchte nur zwei Stockwerke tiefer zu klettern, auf das Niveau der Etage die er bewohnte, dort stand ein Treppenhausfenster offen. Wahrscheinlich hatte es durch eben dieses Fenster gezogen, sodass oben die Tür zum Dach zugeknallt war. Aber es war hoch – sehr hoch. Und Olli war absolut unsportlich und ein ausgesprochener Angsthase. Aber er hatte keine Wahl. Vorsichtig tastete er sich bäuchlings über die Brüstung und ertastete mit dem linken Fuß ein Quadrat des Rankgitters, welches anscheinend lediglich aus einer kunststoffbeschichteten Baustahlmatte bestand. Da fanden die Füße guten Halt. Fast hatte er das Obergeschoss erreicht, da wurde der Efeu dichter und das Astwerk beanspruchte die Kletterhilfe mehr für sich. Hier fanden Ollis Plattfüße etwas weniger Halt als weiter oben. Auch die Bewohner der Begrünung machten sich bemerkbar. Zum ersten Mal wäre Olli beinahe abgestürzt, als ihm eine große, fette Spinne vom Ärmel über das Gesicht lief und sich anschickte in seinem Ausschnitt zu verschwinden. Da ließ Olli mit einer Hand los, um sich des widerlichen Insektes zu erwehren.

Etwas weiter unten – er hatte das Treppenhausfenster fast erreicht, kam er einem Spatzennest wohl etwas zu nahe. Die Spatzen bevölkerten den Innenhof zahlreich und hatten hier keine natürlichen Feinde. Den ganzen Tag machten sie einen unglaublichen Lärm. Der

Hof war vor dem Efeu immer voll von Vogelkot und Federn, manchmal fand sich auch ein totes Küken, denn Spatzen sind bekanntlich sehr unsolide Baumeister was Nester anbelangt. Der Spatz oder die Spätzin, die hier ihren Nachwuchs in Gefahr sah, flatterte schimpfend, fast kreischend um seinen Kopf und begann todesmutig auf den wehrlosen Olli einzuhacken. Olli war verzweifelt und angeekelt von Spinnen und Spatzen. Die Efeublätter sonderten ein klebriges Zeug ab, welches ihm anhaftete, und an dem wiederum Staub und Spatzendreck kleben blieb. Olli war völlig eingesaut und sehnte sich nach einer Badewanne. Als er gerade versuchte mit einer Hand den Vogel zu verscheuchen, schaute plötzliche eine Frau aus dem Fenster zu seiner anderen Seite.

„Was machen Sie denn da!", rief sie entsetzt.

„Das erkläre ich Ihnen, wenn ich wieder festen Boden unter den Füßen habe."

Olli wiegelte ab und stellte fest, dass er sich näher an dem Fenster der Dame als an dem des Treppenhauses befand, bei welchem sich obendrein das Vogelnest zu befinden schien. Also bewegte er sich vorsichtig auf sie zu.

„Ich kenne Sie", bemerkte sie spitz. „Sie wohnen auch hier im dritten Stock."

„Ich heiße Olli, angenehm."

„Na dann kommen sie erst mal rein, Herr Olli."

„Olli mit Vornamen."

„Ach so." Die Frau kicherte. „Na gut, ich bin Alma. Sie haben bestimmt schon von mir gehört. Ich bin die Klavierlehrerin und übe manchmal."

„Ja, es gefällt mir."

„Sind ja viele Musiker in dem Haus hier." Sie kicherte wieder. Ein beinahe wissendes Kichern. Sie machte keine Anstalten Olli hineinzuhelfen.

„Es tut mir Leid, aber ich bin sehr schmutzig durch diesen verdammten Efeu."

„Macht nichts. Das kriegen wir schon wieder hin."

Schnaufend kroch Olli in das Fenster und plumpste kraftlos auf den Fußboden. Er war in Almas Küche gelandet. Alma musterte ihn. Sie selbst war recht korpulent, aber eine absolute Frohnatur und strahlte eine Gutmütigkeit aus, die nur beleibte Menschen haben können. Vorsichtig schaute Olli an ihr hoch. Sie trug so eine triviale Kittelschürze aus Neprolon, für große Größen, aus dem ihre fleischigen, aber doch straffen Beine hervorragten. Sie war barfuß und hatte knallig roten Nagellack aufgetragen.

„Was haben wir denn auf dem Dach gemacht?", fragte sie mit gespielter Strenge.

Gerade wollte Olli sagen, dass er gar nicht auf dem Dach war, da ergänzte sie:

„Ich habe es gesehen. Im Spiegelbild der Fassade. Habe vorhin ein Weilchen aus dem Fenster geschaut."

„Dann hat sie auch alles gesehen", dachte Olli sofort und es war ihm schrecklich peinlich.

„Lass uns einen Tee trinken auf den Schreck, ja?" Alma half Olli auf die Beine und nestelte an seiner schmutzigen Jacke herum. „Erst mal raus aus dem dreckigen Zeug."

Ehe Olli sich versah hatte er auch keine Hose mehr an und wurde von ihr ins Bad geschickt, um sich Hände und Haare zu waschen. Olli wäre jetzt wirklich lieber nach Hause gegangen, aber es wäre unhöflich gewesen, nicht wenigstens einen Tee mit der Nachbarin zu trinken. Falls sie das gleiche wie er gesehen hatte, nun, vielleicht konnte man sich ja austauschen. In dem plüschigen Badezimmer fand Olli unter unzähligen Utensilien, Cremedöschen, Pudertöpfchen etwas Flüssigseife und stellte sich halbwegs wieder ordentlich her. Dann saßen sie sich gegenüber, sie in der Kittelschürze, er in Feinrippunterwäsche mit Socken, und schlürften schwarzen Darjeeling mit etwas Milch und einem Stück Zucker. Alma wollte wissen, was er beruflich macht. Sie wusste, dass er gerne und laut klassische Musik hörte und das imponierte ihr. Allerdings verschwieg ihr Olli seine Dirigierversuche. Sie kamen auf die Nachbarn zu sprechen, besonders die musikalischen Nachbarn.

„Ich liebe es, wenn Musik im Haus ist", bemerkte Olli. „Wobei sie manchmal so schief üben."

„Das gehört beim Üben dazu", belehrte ihn Alma. „Bis man ein Stück beherrscht, dauert das schon eine Weile."

„Aber manchmal brechen sie so plötzlich ab."

„Warst du deshalb auf dem Dach?"

Olli schwieg.

„Dann weißt du also warum?"

„Naja, ich konnte es nicht richtig sehen…"

„So ein Quatsch!" prustete Alma heraus. „Natürlich konntest du es sehen. Am allerbesten sogar. Noch besser als von hier aus. Ich weiß jedenfalls auch, warum es so schief klingt."

Sie blinzelte ihn an, aber Olli verstand nicht, was das sollte.

„Und?", fragte er.

„Sie poppen."

„Was?"

„Meine Güte – es sind Musiker! Musiker poppen eben, weißt du? Geschlechtsverkehr, ficken, Kopulation!"

Olli schaute Alma völlig entgeistert an. „Du meinst, der Mann hat sein Zipfelchen…?"

Alma lachte laut. „Zipfelchen! Ich schmeiß mich weg! Ja das meine ich. Zumindest glaube ich, dass wir das gleiche meinen. Ich kann zwar für den Mann nicht unbedingt sprechen, aber das ist sehr schön – wenn man es richtig macht, sogar für beide Seiten. Ich erklär's dir."

Und Alma begann bei der Blüte und der Biene, ging über Adam und Eva zum Menschen von heute, erläuterte die Anatomie von Mann und Frau und die Wichtigkeit eines Vorspiels. Sie endete Ihre Beschreibung mit Erläuterungen zu den richtigen Bewegungen nach dem Einführen. Ollis Zipfelchen beulte den Feinripp aus, während er mit offenem Mund lauschte. In der Schule hatte ihn all das nie interessiert, aber jetzt…

„…und deshalb stöhnt man auch beim Sex", beschloss Alma ihre Rede.

„Weil es anstrengend ist?"

„Weniger. Weil es schön ist. Frauen meistens etwas lauter."

„Aber mit den Musikinstrumenten..."

„Nimm das mit den Instrumenten nicht so ernst. Das sind Musiker. Die sind immer etwas kreativer, in allem was sie tun. Komm, ich will dir was zeigen."

Alma zog ihn am Unterhemd zu ihrem Klavier, welches genau gegenüber vom Fenster stand. Dann öffnete sie fix das Fenster und drehte das Licht am Dimmer etwas heller.

„Da kommen aber die Spinnen rein", gab Olli zu bedenken.

„Die spinnen, die Spinnen", sagte Alma und zog ihm die ausgebeulte Unterhose runter.

Olli wusste nicht wie ihm geschah.

„Setz dich hier hin." Sie schubste ihn auf den Klavierhocker, mit dem Rücken zum Klavier. Sie riss sich in Sekundenschnelle die Kittelschürze auf, unter der sie unbekleidet war. Im nächsten Augenblick hockte sie sich auf ihn – mit dem Gesicht zum Klavier.

„Auf diesen Moment habe ich schon lange gewartet." Sie leckte Olli am Hals. „Endlich kann ich denen mal was zurückgeben."

Dann begann sie auf dem Klavier hinter Ollis Rücken zu spielen. Alla turka von Mozart! Olli wähnte sich aufgenommen in ihr, warm feucht und angenehm. Alma war wohlriechend, ihren großen Brüsten war kaum auszuweichen, ohne vom Hocker zu fallen, also klammerte Olli sich an ihren Hüftfalten fest, was sie zu erregen schien. Rhythmisch zum Klavierspiel begann sie sich auf ihm zu bewegen. Olli war nahezu betäubt. Diese Hitze, diese Nähe, dieses Rubbeln bei einem schmatzenden Geräusch auf seinem verkannten, scheinbar unnützen Organ, dieses Eintauchen in lustvolles Fleisch versetzten ihn in einen Rauschzustand. Almas Brüste ohrfeigten ihn mal rechts, mal links, je nachdem auf welcher Seite der Klaviatur sie gerade unterwegs war. Sie rubbelte ihn immer heftiger, wobei auch ihr Stöhnen zunahm und die Anzahl falscher Töne beim Spiel, bis sie plötzlich kreischte und bloß noch mit der flachen Hand aufs Klavier hämmerte. Durchs Fenster konnte man das Echo dieser Cluster-Klänge im Hof wahrnehmen. Da geschah auch mit Olli was Merkwürdiges. Etwas durchzuckte seinen ganzen Leib auf das Angenehmste. War ihm solches Gefühl nicht schon mal im Traum begegnet, worauf am Morgen danach so ein komisches Zeug in seiner Pyjamahose klebte? Sein Zipfelchen zuckte mit wohligstem, kribbelndem Pulsieren und wollte gar nicht wieder aufhören. Er ertappte sich auch bei einer Art Stöhnen. Aber er war jetzt völlig fertig.

Alma lehnte sich nun zurück und hielt Olli dabei fest, damit er nicht vom Klavierhocker fiel. Dann stand sie auf, nahm Olli bei der Hand und führte ihn zum Fenster. Dabei lief ihr irgendeine milchige Flüssigkeit die Schenkel runter.

„Siehst du auch, was ich sehe?"

Waren da Gesichter an den Fenstern? Da beim Schlafzimmer der Streicher? Und dort beim Wohnzimmer der Sängerin? Blitze da nicht ein Fernglas auf, ein großer Feldstecher? Und dort beim Posaunisten: winkte er nicht frech herüber, während er am Fenster seine Freundin von hinten stieß? Nirgendwo Empörung. Überall wohlwollende, lüsterne, freundschaftliche Blicke.

„Sie haben uns beobachtet." Olli atmete tief durch.

„Natürlich haben sie das. Genauso wie wir sie beobachtet haben. Und sie wollten beobachtet werden. Ich glaube, wir beide konnten bislang keinen Beitrag leisten. Das haben wir nun endlich mal geändert."

„Jetzt gehören wir dazu."

„Jetzt sind wir ein Teil der Gemeinschaft", stellte Alma fest.

„Welcher Gemeinschaft?"

„Der Gemeinschaft poppender, voyeuristischer Musiker."

„Ich bin aber kein richtiger Musiker", sagte Olli traurig.

„Nun das kann man doch ändern."

In der folgenden Zeit nahm sich Alma dem Fall Olli an. Die beiden wurden ein Paar und Olli war überwältigt, wozu sein Körperfortsatz noch zu gebrauchen war, welches er nie mehr als Zipfelchen bezeichnete. Alma lehrte ihn nicht nur in Sachen Liebe, sondern auch in Musiktheorie, Instrumentenkunde, allgemeine Harmonielehre, Noten, Musikgeschichte und vieles mehr. Sie besuchten Konzerte und Olli begann verspätet Querflöte an der Musikschule zu lernen. Gemeinsam genossen sie die große Klassiksammlung und Ollis Stereoanlage, und so manches Duett aus Flöte und Klavier endete im Bett oder an anderen gut einsehbaren Orten. Olli versuchte sich nie wieder als Dirigent vor dem Spiegel. Übrigens wandten sich beide auch sportlichen Aktivitäten zu, wovon beide figürlich und konditionell profitierten. Und sie lebten fortan immer in Häusern zusammen, in den stets viele Musikerpärchen anzutreffen waren. Und manchmal schauten sie durch den Abend in die erleuchteten Fenster, wie man miteinander spielte, und gewährten selbstlos auch Einblicke ins gemeinsame Treiben, mal mit und mal ohne Instrument.